Captif du passé

Candice Proctor

Captif du passé

Traduit de l'américain
par Élisabeth Luc

Titre original :

WHISPERS OF HEAVEN
An Ivy Book
Published by The Ballantine Publishing Group,
a division of Random House, Inc., N.Y.

Pour mes filles, Samantha et Danielle.

*Puissions-nous toujours avoir le courage
de profiter de la vie.*

1

Tasmanie, septembre 1840

Jessica Corbett crispa une main gantée de cuir sur la portière de la voiture. Elle se pencha en avant, faisant bruisser ses jupons amidonnés sous son ensemble de voyage. Impatiente d'arriver à destination, elle contempla les eucalyptus et les gommiers blancs qui défilaient par la fenêtre.

Bientôt, je serai de retour à la maison, songea-t-elle, le cœur en joie.

Le fouet du cocher claqua dans l'air printanier, se mêlant au bruit des sabots et aux craquements des roues, tandis que l'attelage de son frère amorçait la dernière montée vers le domaine des Corbett. L'élégant véhicule vira en cahotant sur la route de terre, pour surgir d'un bosquet de bouleaux au sommet de la corniche, au-dessus d'une vaste paroi rocheuse. La jeune fille aperçut enfin la vallée verdoyante en contrebas. Retenant son souffle, Jessie maîtrisa son impatience.

Deux ans. Cela faisait deux ans qu'elle n'était pas rentrée chez elle. C'était alors la première fois qu'elle quittait la maison familiale, et elle ne s'attendait pas à ressentir une telle nostalgie. Certes, le dépaysement ne l'avait pas empêchée de suivre ses études avec passion et de faire des rencontres intéressantes mais, lorsqu'elle songeait à la Tasmanie, elle avait bien souvent refoulé ses larmes. En voyant se profiler l'imposante maison où elle avait grandi, avec ses cheminées et sa tourelle, elle sentit une vive émotion lui étreindre la poitrine. Des larmes de joie lui montèrent aux yeux.

— Warrick, dit-elle en agrippant le bras d'un élégant jeune homme assis à son côté, sur le siège de cuir fauve, arrête la voiture, je te prie. Je veux descendre un instant.

Son frère lui adressa un regard de biais.

— Tu veux descendre ? Mais... nous sommes à la carrière de grès !

Il frappa deux coups sur le toit du véhicule pour indiquer au cocher de faire halte, puis posa un regard éloquent sur le paysage vallonné. Une dizaine de bagnards déguenillés s'affairaient à détacher des blocs de grès doré, à l'aide d'outils rudimentaires.

— Qu'est-ce qui te prend de vouloir descendre ici ? demanda Warrick.

— C'est d'ici que l'on jouit de la plus belle vue sur la maison.

Saisissant ses épais jupons, la jeune fille ouvrit la portière d'un air décidé.

— Elle t'a manqué à ce point ? s'enquit son frère avec un sourire étrange au coin des lèvres. Je croyais que tu voulais absolument partir...

Sans attendre que l'un des deux hommes l'aide à descendre, la jeune fille mit pied à terre. Ses bottines en agneau foulèrent le sol poussiéreux. Puis ses jupons tournoyèrent sur ses chevilles lorsqu'elle s'adressa à son frère, qui se levait paresseusement :

— Ce n'est pas parce que j'ai tenu à faire mes études à Londres que je voulais fuir la Tasmanie.

Elle le considéra avec attention, la tête inclinée.

— N'as-tu jamais eu deux envies contradictoires ? reprit-elle.

Il se tut, les mains sur la portière. Son sourire fit place à une expression triste.

— Non, jamais. En fait, j'ai l'impression de n'avoir rien réellement désiré depuis des années.

Oh, si! songea la jeune fille avec amertume, sentant sa gorge se nouer.

Warrick hésita un instant, puis il descendit à son tour de voiture pour la rejoindre. Pendant son absence, il avait encore grandi. À vingt-deux ans, il avait les épaules plus larges. Mais il était toujours mince et blond. D'épaisses boucles dorées encadraient un visage aux traits finement ciselés, digne d'un ange de Botticelli. Malheureusement, l'air soucieux qu'il affichait n'avait rien d'angélique. Trop souvent, son regard gris-bleu s'animait d'une lueur étrange, comme en cet instant.

Un silence pesant s'installa entre eux, chargé de pensées non exprimées, que seul le martèlement régulier du fer sur la pierre venait rompre. Des relents de poussière et de sueur flottaient dans l'air, mêlés au parfum des eucalyptus, dans la brise de septembre. Jessie leva les yeux vers la colline, où les bagnards courbaient l'échine à un rythme monotone.

C'était ici, dans les colonies, qu'elle était née et qu'elle avait grandi. Le spectacle des bagnards se tuant au travail ne la choquait guère. En Tasmanie, ils faisaient partie du paysage, tout comme les immenses troupeaux de moutons et les champs de blé qui s'étendaient à perte de vue. Les gens les appelaient rarement des bagnards, préférant parler de travailleurs, comme si les entraves qu'ils portaient aux chevilles n'étaient pas humiliantes. Chacun savait pourtant ce qu'étaient ces hommes qui peinaient dans les carrières et dans les champs.

Jessie vit l'un d'eux se redresser. C'était un homme noueux, assez grand. Son torse nu, moite de sueur, était harmonieux et musclé. Il avait les traits durs et anguleux d'un Irlandais, avec ses cheveux d'un noir de jais et ses pommettes saillantes. Il semblait à peine plus âgé que Warrick. L'espace d'un instant, son regard croisa celui de la jeune femme. Puis son voisin lui tapota l'épaule et prononça quelques mots.

L'Irlandais secoua la tête avant de se remettre au travail.

En fait, elle avait grandi entouré de bagnards. Certains avaient été affectés comme domestiques dans sa maison. L'un d'eux lui avait même enseigné la danse. Autrefois, elle ne se souciait pas de ces malheureux. Mais ce jour-là, peut-être à cause de sa longue absence, le visage fermé de cet inconnu, la perspective de sa vie gâchée l'emplirent d'une tristesse inattendue.

Tournant le dos aux travailleurs, elle désigna les blocs de grès empilés au bord de la route.

— Qu'est-ce que tu fais construire, cette fois ? demanda-t-elle à son frère.

Warrick poussa un soupir exaspéré.

— Je voulais agrandir les écuries, mais mère a décidé que la clôture du cimetière devait être remplacée par un mur de pierre. Naturellement, j'ai dû m'incliner.

— Notre mère n'a pas changé, apparemment ! commenta Jessie en souriant.

Il haussa les sourcils.

— Tu croyais peut-être qu'un tel miracle était possible ?

— Je me disais que, après la mort de père...

Elle n'eut pas le courage de terminer sa phrase. Quand Jessie avait pris le bateau pour l'Angleterre, Anselm Corbett était un homme sain et vigoureux de cinquante ans. Malheureusement, il avait succombé à une crise cardiaque trois semaines plus tard. La jeune fille n'avait appris la nouvelle qu'au bout de six mois. Elle avait du mal à se faire à l'idée que son père ne serait pas là pour l'accueillir, lorsqu'elle franchirait le seuil de la grande maison de pierre qu'il avait fait construire dans la vallée.

— Elle n'a pas changé, confirma Warrick en observant la carrière, la mine impassible. Je dirais même qu'elle est encore pire. Elle a endossé un personnage

10

de veuve éplorée en plus de sa froideur coutumière, et elle est toujours aussi guindée.

— Tu n'es pas très gentil, gronda Jessie.

Warrick se tourna vers sa sœur, les yeux écarquillés... un peu fous.

— Tu trouves ? Et quand a-t-elle été gentille avec nous ? Tu peux me le dire ?

— Souvent, répondit Jessie, en songeant aux histoires qu'elle leur racontait pour les endormir, aux goûters à l'ombre de la véranda, au milieu de ses poupées. Tu sais bien qu'elle nous aime.

— Oui, admit Warrick, les lèvres pincées. Mais d'un amour distant et impitoyable.

— Elle ne veut que notre bien, insista doucement sa sœur. Comme toutes les mères.

Il ouvrit la bouche pour parler mais, avant qu'il puisse prononcer un mot, un hennissement strident attira leur attention vers la route de terre, derrière la voiture. Un superbe étalon galopait d'un pas souple, crinière au vent, les muscles saillants. Il s'appelait Finnegan. Jessie avait acheté ce pur-sang à la demande de son frère et l'avait ramené d'Angleterre. Face à cette bête superbe, Warrick parut se détendre. Sa colère fit place à l'enthousiasme.

— Je dois avouer que je n'ai jamais vu un cheval aussi magnifique, concéda-t-il avec un sourire. Je savais que je pouvais compter sur toi pour le choisir. Ses descendants vont faire des envieux sur l'île.

Elle se mordit la lèvre.

— Dis-moi, tu comptes aller à la chasse avec lui ?

— Bien sûr. C'est un excellent sauteur, je crois ? Alors pourquoi pas ?

Jessie dénoua le cordon de sa capeline, soudain prise d'une sensation d'étouffement.

— Le problème, c'est qu'il a une mauvaise habitude...

Warrick l'interrompit d'un rire.

11

— Comme tout le monde. Je suis certain que ce n'est pas si grave.

— Warrick, il faut que je te dise...

— Tu me le diras ce soir.

La prenant par le bras, il voulut l'entraîner vers la voiture.

— Nous sommes en retard. Mère va finir par croire que tu t'es noyée.

La jeune fille résista.

— Attends. Il faut que tu connaisses certains détails à propos de Finnegan avant de le monter.

— Que redoutes-tu ? Qu'il me fasse tomber et que je me rompe le cou ?

Son sourire devint amer.

— Que ferait notre mère, dans ce cas ? ajouta-t-il. Et surtout, chère sœur, que ferais-tu ? Tu te retrouverais avec tout le poids de la famille sur les épaules. Tu as déjà assez de mal à être la fille que mère voudrait que tu sois...

Soudain, le cœur de la jeune fille se serra de façon inexplicable. Elle crut étouffer, mais elle repoussa cette sensation désagréable d'un rire nerveux.

— Je peux toujours être moi-même en ta présence, j'espère !

— Toujours, dit-il en prenant sa main dans la sienne.

Leurs doigts se croisèrent. Ils balancèrent les bras, comme lorsqu'ils étaient enfants.

— C'est bon d'être de retour à la maison, déclara Jessie en contemplant la vallée en contrebas, avec ses champs verdoyants sillonnés de rivières aux eaux boueuses.

Les eaux commençaient à s'écouler de la forêt tropicale qui couvrait les montagnes, au loin.

Warrick émit un grommellement bourru.

— Tu as toujours été plus attachée à cet endroit que moi, constata-t-il.

12

— C'est si beau...

Elle prit une profonde inspiration, puis poussa un soupir de contentement.

— À mon avis, la Tasmanie est le plus beau pays du monde. Plus jamais je ne la quitterai.

Lucas Gallagher brandit sa pioche. Il sentit l'extrémité pointue s'enfoncer dans la pierre. Les muscles de ses bras se tendirent, puis se relâchèrent dans une série de mouvements répétitifs.

Avec l'expérience, il avait acquis un rythme, une cadence fluide. Une fois que ses paumes avaient cessé de saigner, lorsque ses muscles s'étaient habitués à répéter inlassablement les mêmes mouvements, il était parvenu à travailler machinalement, sans réfléchir, insensible à la douleur.

Cela faisait longtemps que Lucas Gallagher s'était endurci. Avant d'être affecté sur le domaine des Corbett, il avait passé un an enchaîné à plusieurs codétenus. Là, il avait appris à manier la pioche avec quinze kilos de fer autour des poignets, sous la pluie battante, dans le vent glacial, l'estomac vide.

Beaucoup mouraient d'épuisement. Lui avait survécu.

À présent, il parvenait à dormir et mangeait presque à sa faim. Il travaillait sans effort, le front moite de sueur, dans la brise printanière. Ses pensées l'emmenaient bien loin des carrières...

Par rapport aux détenus enchaînés, les bagnards qui travaillaient sur les domaines privés étaient considérés comme des privilégiés. Toutefois, un homme tel que Lucas Gallagher avait du mal à accepter l'autorité. Il risquait à tout moment de subir les coups de fouet réservés aux rebelles. Il risquait de retourner à ses chaînes, ou dans une prison plus pénible encore, comme Port Arthur et l'île de Norfolk. Là-bas, certains bagnards en étaient réduits à désobéir pour être pendus, préférant cette forme de suicide au calvaire qu'ils subissaient quotidiennement.

Naguère, Gallagher pensait pouvoir survivre aux sept années qu'il fallait en général pour gagner sa liberté. Mais il avait vite compris qu'il n'y avait pas de libération possible pour le crime qu'il avait commis. Il avait réalisé qu'on ne pouvait subir de telles humiliations sans séquelles, et une telle brutalité sans devenir soi-même une bête féroce. Déjà, il avait changé. Or il refusait de devenir une brute. À un moment donné, alors qu'il était enchaîné, Lucas avait pris une décision : dès qu'il se retrouverait domestique, il profiterait de sa liberté relative pour s'évader.

Ou alors il mourrait.

— Eh bien, voilà le plus beau cheval que j'aie vu depuis que j'ai quitté l'Irlande, déclara Daniel O'Leary en s'arrêtant près de Lucas, pour désigner le pur-sang qui galopait sur la route.

Comme Gallagher, Daniel était irlandais, mais plus corpulent, plus trapu, avec d'épais cheveux roux. Des taches de rousseur parsemaient sa peau pâle. Cela faisait dix-huit ans qu'il avait été déporté en Tasmanie – à l'âge de dix ans, pour avoir tué le chien d'un magistrat anglais. Daniel aurait dû être libre depuis longtemps, mais il avait un caractère emporté et ne cessait de s'évader. Il avait accumulé les infractions, de sorte qu'il était condamné à perpétuité. Comme Lucas Gallagher.

Ce dernier se redressa, un sourire au coin des lèvres.

— S'il s'agit bien du cheval que je crois reconnaître, Corbett n'est pas au bout de ses surprises…

Le son d'une voix féminine attira l'attention de Lucas vers les deux jeunes gens qui contemplaient leur maison. Cela faisait moins de deux ans qu'il travaillait chez les Corbett, mais il devinait sans peine de qui il s'agissait : Jessica Corbett, la fille unique du maître

14

des lieux aujourd'hui disparu, la sœur du nouveau maître. À l'âge de dix-huit ans, elle avait convaincu son père de la laisser faire des études de géologie et était partie pour Londres, fréquenter quelque académie scientifique. Jessica Corbett était donc de retour au domaine.

Avec sa réputation d'aventurière, d'excentrique, de rebelle, cette jeune fille l'intriguait. Elle était descendue de voiture sans l'aide de son frère. Elle n'est pas aussi belle que Warrick, songea Lucas en la voyant caresser l'étalon. Ses traits étaient moins réguliers et elle avait les cheveux dorés, alors que Warrick était blond comme les blés. Mais quelque chose en elle capta son attention.

— Allons, mon gars, railla Daniel, tu ferais mieux de t'intéresser uniquement au cheval. Ces jolies demoiselles anglaises ne sont pas pour nous.

— Les pur-sang non plus, rétorqua Lucas en soulevant sa pioche.

Il s'interrompit et se tourna à nouveau vers la jeune fille, toute de rose vêtue.

— Elle est mignonne, hein ? fit-il.

À l'autre extrémité de la carrière, le contremaître fit claquer son fouet en hurlant.

Gallagher reprit son travail. Il ne se retourna que lorsque la voiture et ses occupants eurent disparu à l'horizon.

2

Sous le soleil printanier, l'allée de coquillages pilés étincelait de blancheur à travers le parc entretenu avec soin, planté de sycomores et de bouleaux, de chênes et de caroubiers, de hêtres et de frênes. Enfant, Jessie trouvait naturel de vivre au milieu de ces arbres anglais, parmi les rosiers, les lilas, les camélias. À présent, de retour d'Europe, elle découvrait les lieux sous un jour nouveau. Ses parents s'étaient donné beaucoup de mal pour recréer un petit coin d'Angleterre, à l'autre bout du monde.

Anselm Corbett avait érigé sa demeure de deux étages en grès, selon un plan classique. En Tasmanie, le soleil était moins intense que partout ailleurs en Australie, mais les étés pouvaient être chauds. Il avait donc entouré sa maison de balcons et de vérandas, non pas en bois comme le voulait la tradition, mais en pierre, avec des arcades gothiques. L'ensemble n'était pas sans rappeler un cloître médiéval ou un palais oriental. Pour se protéger des attaques des autochtones, il avait fait construire un porche imposant surmonté d'une tourelle carrée, de sorte que les gens de la région appelaient la maison des Corbett « le Château ». Fils d'un modeste minotier du Lancashire, Anselm se rengorgeait de vivre dans une demeure aussi somptueuse.

Songeant tristement à son père trop tôt disparu, Jessie écouta les roues de la voiture crisser dans l'allée de coquillages, à mesure qu'elle s'approchait de la maison. Au cours des derniers mois passés en mer, la jeune fille avait souvent imaginé cet instant. Dans ses rêves les plus fous, sa mère entendait le tintement de l'attelage et le bruit des sabots, et se précipitait pour l'accueillir sous le porche majestueux. Naturellement, Béatrice Corbett ne s'abaisserait jamais à se jeter dans les bras de la seule fille qui lui restait, même après une aussi longue absence. Elle jugeait ces effusions trop vulgaires pour une dame de son rang... Au sortir du dernier virage de l'allée, Jessie découvrit avec un léger pincement au cœur le porche désert.

Warrick descendit le premier et se retourna pour prendre sa sœur par la taille. Face à son expression déçue, il se figea.

— Tu ne t'attendais tout de même pas à voir notre mère sous le porche pour t'accueillir à bras ouverts ? demanda-t-il en la déposant à terre.

— Non, répliqua-t-elle. Mais j'avoue que je gardais tout de même une lueur d'espoir...

Warrick la retint au moment où elle gravissait la première marche du perron. Son visage trahissait une certaine inquiétude.

— Elle t'attend sans doute dans le petit salon depuis ce matin, folle d'impatience, incapable de se concentrer sur sa sempiternelle broderie... Pendant ces deux ans d'absence, tu lui as beaucoup manqué, tu sais. Beaucoup.

— Je sais, répondit Jessie en lui adressant un sourire qui se voulait rassurant.

Gravissant les dernières marches du perron d'un pas léger, elle ouvrit la porte à double battant. En Angleterre, toute demeure aussi somptueuse nécessitait la présence d'un majordome ou d'un valet, prêt à ouvrir la porte aux visiteurs. Mais le personnel de maison avait toujours posé problème en Tasmanie. Les voleurs à la tire et autres malfrats qui peuplaient le bagne faisaient de piètres domestiques.

Les pas de Jessie résonnèrent dans le vestibule de marbre noir et blanc, digne d'un palais. Un grand escalier d'ébène poli trônait sur la droite.

Le petit salon occupait le coin nord-est de la maison. Le matin, on y profitait du soleil, même si Béatrice Corbett avait coutume de laisser les volets à demi fermés, ne laissant filtrer que peu de lumière. C'était une pièce au décor très féminin, avec des meubles en bois de rose et des rideaux en damassé ivoire. La majestueuse cheminée de marbre était surmontée d'un énorme miroir. Comme prévu, Jessie y trouva sa mère installée sur un divan, toujours en deuil, son ouvrage de broderie posé sur les genoux.

Dans sa jeunesse, Béatrice Corbett était considérée comme une véritable beauté. Grande et mince, elle avait les traits harmonieux. En dépit des années, elle était encore belle, malgré son apparence stricte et guindée, sa tenue impeccable. Son mode de vie et ses nombreuses grossesses avaient toutefois alourdi sa silhouette, et l'expression de ses lèvres pincées s'était durcie.

À l'entrée de Jessie, Béatrice ne se leva pas. Elle posa son ouvrage et tendit des mains blanches et fines vers sa fille. Ses yeux gris semblaient embués de larmes.

— Jessica ! Dieu merci ! Je commençais à croire que le bateau avait sombré corps et biens. Ces derniers temps, la côte a essuyé de nombreuses tempêtes…

Jessie ôta son chapeau et ses gants, puis alla prendre les mains de sa mère dans les siennes. Les paroles chaleureuses de Béatrice la surprenaient. Jamais elle ne l'avait vue aussi proche d'évoquer la tragédie effroyable qui expliquait pourquoi Mme Corbett n'était pas venue au port tout proche de Blackhaven Bay pour accueillir sa fille. Cette même tragédie familiale que l'on devinait derrière le visage fermé de Warrick et sa nature rebelle… Mais aucun membre de la famille n'en parlait jamais.

— Je vais bien, mère. Le voyage s'est déroulé sans encombre. Si nous sommes en retard, c'est parce que j'ai prié Warrick de s'arrêter à la carrière de grès en chemin. J'ai toujours aimé cette vue spectaculaire sur la maison. Je suis désolée de vous avoir inquiétée.

Béatrice secoua la tête en souriant.

— J'aurais dû m'en douter !

Elle pressa les mains de sa fille.

— C'est si bon de te revoir à la maison...

Soudain, elle se leva avec sa grâce habituelle et la serra si fort dans ses bras, que la jeune fille perçut les battements de son cœur. Pendant quelques secondes de bonheur, Jessie sentit le parfum de lilas de sa mère, qui fit remonter des souvenirs d'enfance. Enfin, Béatrice s'écarta et détourna les yeux, un peu gênée de cette démonstration de tendresse. Elle se mit à tapoter nerveusement son chignon.

Jessie regarda sa mère reprendre sa place sur le divan et récupérer sa broderie. Dans leur milieu, il était de bon ton de ne pas étaler ses sentiments, même dans les circonstances les plus tragiques. Ensuite, on faisait de son mieux pour oublier les épreuves. En tout cas, on n'évoquait jamais sa souffrance ou sa colère. Ce n'était pas convenable. Lorsqu'on vivait à l'autre bout du monde, dans une colonie peuplée de malfaiteurs et de bagnards, de rebelles irlandais et leurs enfants, il fallait veiller scrupuleusement au maintien des bonnes manières.

— Je prévois d'organiser une petite fête pour célébrer ton retour, annonça Béatrice en maniant l'aiguille avec dextérité. Ce sera tes nouveaux débuts officiels dans la société, en quelque sorte. Elle aura lieu le mois prochain. D'ici là, je tiens à ce que tu te reposes. Pas question d'aller chevaucher à travers champs pour étudier la formation des roches, ou de travailler sur une nouvelle espèce d'orchidée. Tu auras besoin de temps pour te remettre de ce long voyage.

— Je ne suis pas fatiguée, assura Jessie en s'écroulant sur un siège. Et je n'ai certainement pas besoin d'un mois pour me remettre.

La jeune fille se demanda aussitôt pourquoi elle avait dit cela, car elle connaissait d'avance la réaction de sa mère.

— Une dame doit toujours se reposer après une épreuve. Tes sœurs l'avaient compris, elles.

Béatrice se tut. Jessie se contenta de crisper rageusement les poings. Depuis sa plus tendre enfance, sa mère ne cessait de la comparer à ses deux sœurs disparues. Malgré les efforts qu'elle déployait pour être une fille idéale, elle n'arrivait pas à les égaler aux yeux de Béatrice.

— Je n'aurais même pas invité Harrison et Philippa à se joindre à nous pour le souper, reprit Mme Corbett, concentrée sur son ouvrage. Mais Harrison brûle de te revoir. Tu lui as beaucoup manqué, tu sais. Il est très impatient, ajouta-t-elle avec un sourire.

Harrison Tate était leur voisin. C'était aussi le meilleur ami de Jessie, et l'un des hommes les plus fortunés de la colonie depuis qu'il avait hérité du vaste domaine de son père. Lorsqu'ils étaient enfants, Harrison, Warrick, Jessie et Philippa, la jeune sœur de Harrison, jouaient ensemble. Deux ans plus tôt, pour le dix-huitième anniversaire de Jessie, Harrison lui avait demandé de l'épouser.

Ces fiançailles n'étaient qu'une formalité, car leur union avait été arrangée depuis longtemps entre Anselm Corbett et Malcolm Tate, le père de Harrison. Le fils d'Anselm épouserait Philippa, et Harrison se marierait avec Jessie. Celle-ci avait grandi avec cette idée. Il n'était jamais venu à l'esprit de quiconque qu'elle puisse un jour refuser. D'ailleurs, elle n'avait jamais protesté. Mais elle avait tenu à faire des études à Londres avant de se marier. Harrison avait accepté de bonne grâce cette « folie », selon le terme de Béatrice. Il lui avait même promis d'aller au-devant du bateau avec un bouquet de roses et une bague. Jessie en avait bien ri. Harrison était trop conformiste pour un geste aussi frivole. Tout débordement le gênait au-delà des mots.

— À un moment, il a évoqué l'idée d'accompagner Warrick pour t'accueillir, expliqua Béatrice, comme si elle lisait les pensées de sa fille. Mais je l'en ai dissuadé.

— Pourquoi? s'enquit la jeune fille en joignant les mains sur ses genoux.

Béatrice leva les yeux de son ouvrage.

— J'ai pensé que tes retrouvailles avec ton fiancé devaient avoir lieu dans un cadre plus… approprié.

Jessie éclata de rire.

— Mon fiancé? Seigneur! À vous entendre, il s'agit d'un inconnu à qui je dois le respect. C'est un ami d'enfance, je vous le rappelle. Bien des fois, je l'ai vu échevelé et crotté comme un petit chenapan.

— Jamais je n'ai vu Harrison crotté. Tu dois confondre avec Warrick.

Jessie rit de plus belle, mais sa mère lui adressa un regard réprobateur.

— Tu peux rire, Jessica, mais tu n'es plus une enfant. Et Harrison le sait.

La jeune fille retrouva soudain son sérieux. Elle se leva et gagna la fenêtre aux persiennes entrouvertes, pour contempler le jardin fleuri.

Toutes les fenêtres de la maison étaient dotées de persiennes intérieures, afin que les occupants puissent se barricader en cas de révolte des bagnards ou d'attaques aborigènes. Certes, les Aborigènes avaient disparu de la région et les brigands étaient plus rares, mais les volets demeuraient en place, témoins d'une époque plus dangereuse où les Corbett avaient perdu des êtres aimés, victimes d'une violence terrible.

Là encore, c'était une tragédie familiale dont il ne fallait pas parler.

Jessie posa les mains sur le rebord de la fenêtre et ouvrit les persiennes en grand. Elle apercevait la ferme, au-delà de l'enceinte du parc, et l'étang près d'une vieille mine d'argile qui avait permis de construire granges et maisons. Le cimetière familial était aménagé près de l'étang aux eaux scintillantes. Elle découvrit le nouveau mur que Béatrice avait fait ériger. S'il existait un monument funéraire à la mémoire d'Anselm Corbett, il était dissimulé par les arbres. Plus tard, elle se forcerait à y aller, à se recueillir sur la tombe de son père, près de ses enfants disparus. Mais pas tout de suite.

— Jessie, referme les volets. Le soleil va faner les couleurs du tapis.

— Bien, mère.

La jeune femme voulut obéir, mais son attention fut attirée par l'autre cimetière du domaine, situé non loin de la baraque où logeaient les détenus. Parsemé de simples croix de bois, il abritait les sépultures des domestiques. Même dans la mort, un gouffre séparait les hommes libres et les bagnards.

— Jessica, le tapis !

Réprimant un soupir, elle ferma les persiennes et se détourna.

Le soleil accablant projetait de longues ombres sur la pelouse impeccable du jardin. Jessie laissa sa mère monter se préparer pour le souper, et se dirigea vers l'étang. La plupart des familles fortunées de la région enterraient leurs morts au cimetière de Blackhaven Bay. Pas les Corbett. L'église de Blackhaven Bay se dressait au sommet d'une colline balayée par les vents, surplombant la mer. Or Béatrice Corbett fuyait la mer comme la peste.

Il n'existait pas encore de grille entre les deux colonnes en pierre qui marquaient l'entrée du cimetière, où Anselm Corbett avait enterré ses enfants pour que sa femme puisse se recueillir sur leurs tombes, sans songer à la façon dont le premier avait péri.

22

Jessie hésita, serrant dans son poing un petit bouquet de fleurs, la gorge nouée d'émotion en découvrant la tombe la plus récente.

Deux ans. Au bout de deux ans, la terre s'était tassée, l'herbe avait poussé. Cela faisait déjà deux ans que son père reposait en ces lieux. Jusqu'à présent, elle n'avait jamais vraiment cru à sa disparition…

Avalant sa salive, elle avança parmi les sépultures, les yeux embués de larmes, pour s'agenouiller près de la pierre tombale. Autour d'elle, les bouleaux se balançaient tristement dans la brise. Dans l'air flottait un parfum d'herbe coupée et de pommiers en fleur.

Les pommiers étaient aussi en fleur, le jour où son père l'avait embrassée pour la dernière fois. Il ne voulait pas qu'elle parte pour Londres, trouvant ses ambitions extravagantes, voire inconvenantes. Pourtant, il avait plaidé sa cause auprès de sa mère. Grâce à lui, Jessie avait pu suivre ses chères études. À présent, elle ne le verrait plus jamais.

— Papa, murmura-t-elle en posant son bouquet sur le marbre, vous me manquez tant.

Elle ne sut combien de temps elle resta là, noyée dans son chagrin.

En se retournant, toujours à genoux, elle découvrit un domestique qui l'observait, une botte posée sur une pierre, tenant une boîte à outils. Il avait enfilé une chemise, glissée dans son pantalon de toile, mais elle le reconnaissait. C'était l'homme qu'elle avait vu à la carrière. Le bel Irlandais au regard troublant.

— Je croyais que votre journée de travail était terminée, déclara-t-elle en se relevant, à la fois agacée et gênée qu'il soit témoin de son chagrin.

Il s'approcha d'elle. Déconcertée, elle recula d'un pas.

— Il me reste le chaperon du mur à terminer, expliqua-t-il. Je me suis porté volontaire pour venir après le souper.

La jeune femme se tenait droite, les poings serrés dans sa robe. Il s'arrêta près d'elle. Jessie regarda le mur, puis se tourna vers l'homme.

— Volontaire ? répéta-t-elle, incrédule.

— Seigneur, je croirais entendre mes compagnons, répondit-il avec un sourire étincelant, malgré son regard d'un bleu-vert métallique. Eux aussi, ils me croient fou.

Elle ne s'était pas trompée, il était bien irlandais. Son accent semblait même un peu forcé, comme pour la provoquer.

— Je vous ai vu travailler à la carrière, aujourd'hui, dit-elle sans savoir pourquoi.

— C'est vrai, répliqua-t-il en allant inspecter le mur inachevé, les mains posées sur ses hanches minces, tournant le dos à la jeune femme. Mais dès demain, je dois participer à la construction des nouvelles écuries.

— Construire un mur est certainement une tâche moins pénible que de casser des pierres toute la journée.

— Effectivement.

Il la regarda par-dessus son épaule. Il avait un visage superbe, des pommettes saillantes, avec des sourcils épais qui lui conféraient un air mystérieux. Incapable de soutenir ce regard magnétique, elle pivota vers le mur.

— Vous connaissez le métier de maçon, au moins ? s'enquit-elle.

Il se mit à fouiller dans sa boîte à outils.

— Je viens de passer un an à construire des routes et des ponts pour Sa Majesté. Je crois en connaître un rayon.

— Je vois, murmura Jessie, qui ne comprenait pas ce qui la troublait autant.

Elle ignorait pourquoi elle discutait ainsi avec ce détenu rustre et brutal. Le vent se leva, plus frais, annonçant la fin du jour. Dans la maison, les premières chandelles scintillaient derrière les fenêtres. Il était temps de rentrer, d'aller se préparer pour le souper en compagnie de Harrison et Philippa Tate. Cependant elle hésitait, saisie d'une impulsion étrange de faire un dernier commentaire avant de s'éloigner. Mais l'homme lui tournait le dos, comme s'il avait déjà oublié sa présence. Après tout, ce n'était qu'un domestique en train de faire son travail. Pourquoi s'était-elle montrée aussi familière ?

Elle le laissa à sa tâche et traversa la pelouse en direction de la demeure.

Elle ne se retourna pas pour voir s'il la suivait des yeux. Pourtant, elle sentait sa présence dans son dos.

3

Harrison Winthrop Tate faisait les cent pas devant les marches de Beaulieu Hall. Le soleil déclinant faisait briller les boutons de son habit sombre. Les graviers crissaient sous ses bottes de cuir. Il passa devant la voiture avec son attelage de deux juments blanches. Son chien remuait gaiement la queue à la perspective d'une promenade vespérale.

— Pas ce soir, mon vieux, déclara Harrison en se penchant pour le caresser. Désolé.

L'animal parut résigné et se coucha, la tête entre les pattes, suivant son maître du regard.

Harrison contempla le premier étage de sa maison, avec sa façade somptueuse dont la symétrie et la sobriété étaient inspirées des manoirs écossais. D'habitude, il ressentait de la fierté à poser les yeux sur sa demeure, mais il n'avait pas la tête à penser à l'architecture. Ce jour-là, il était absorbé par une émotion à laquelle il ne cédait pas souvent : l'impatience.

Il glissa une main blanche et très soignée dans la poche de son gilet de satin bordeaux, et en sortit la montre en or que son père lui avait offerte pour ses dix-huit ans. En l'ouvrant, il ravala une exclamation d'agacement. Il comptait être au Château pour sept heures, or il était déjà sept heures dix !

Il commençait à envisager une action d'éclat peu raffinée – comme se précipiter dans la maison pour ordonner à sa sœur de se hâter, par exemple – quand

Philippa surgit enfin, arborant un châle en mousseline. Une jeune femme de chambre la suivait, cherchant à mettre de l'ordre dans ses épais jupons amidonnés sous le taffetas de sa robe bleue.

Harrison poussa un soupir de soulagement, mais ne rangea pas sa montre, afin de montrer à Philippa combien il était mécontent de son retard.

— Ne me regarde pas avec ces yeux noirs, Harrison, protesta la jeune fille en prenant son ombrelle sous le bras pour enfiler ses gants de cuir très fin. Nous ne sommes pas en retard, et tu le sais bien.

— Je ne te fais pas les yeux noirs.

— Bien sûr ! Ce serait trop impoli, pas assez convenable ! Tu te contentes de froncer les sourcils, comme un juge sur le point de prononcer une sentence de mort.

Il ouvrit la portière du cabriolet.

— Comment sais-tu à quoi ressemble un juge ?

— Je l'ignore.

Elle lui prit la main et sourit tandis qu'il l'aidait à monter en voiture, mais ses lèvres demeuraient pincées. Philippa avait une façon de sourire avec les yeux, qui échappait à la plupart des gens. En réalité, se disait Harrison, nul ne connaissait vraiment sa sœur. Lui-même avait parfois l'impression d'être face à un mystère, même s'il était son unique frère. Cette façade calme, sage qu'elle affichait lui rappelait sa demeure : élégante, et totalement superficielle.

— Combien de fois as-tu changé d'avis sur ta tenue ? demanda-t-il en s'installant à son côté.

— Deux fois seulement, répondit-elle en ouvrant son ombrelle pour protéger son teint délicat des derniers rayons du soleil.

Au contraire de Jessica, Philippa se refusait à exposer sa peau d'ivoire au soleil implacable d'Australie.

— Tu sais, Warrick ne sera peut-être pas là…

L'ombrelle se pencha un peu, comme si la main qui la portait avait faibli, l'espace d'un instant.

— Bien sûr qu'il sera là! assura-t-elle, dissimulant les émotions qui traversaient ses yeux noisette sous ses longs cils. Jessie vient de rentrer.

Harrison s'adossa plus confortablement alors que le véhicule s'ébranlait.

— Eh bien, s'il n'est pas là, tant pis pour lui. Il ne verra pas combien tu es ravissante, ce soir.

Elle le remercia d'un sourire radieux qui illumina son visage. Ce jour-là, elle était particulièrement en beauté, avec ses joues roses, ses cheveux châtains formant d'élégantes anglaises, comme le voulait la mode.

Depuis sa naissance, elle était promise à l'héritier du Château. Malheureusement, au fil des années, l'identité de celui-ci avait changé. Le fils aîné d'Anselm était mort, puis le suivant. Mais Philippa restait promise à l'héritier. Les décès de Cecil puis de Reid Corbett l'avaient attristée, comme toujours à l'occasion de la mort d'un ami. Mais elle n'en avait rien montré. Elle avait accepté Warrick comme étant son futur époux, avec résignation.

Warrick, quant à lui, n'était guère enthousiaste à l'idée de se marier avec la fiancée de ses frères décédés. Il aurait dû demander officiellement la main de Philippa le jour de son dix-huitième anniversaire. Pourtant, ce jour remontait à plusieurs mois et il n'avait pas encore fait sa demande.

Cette pensée un peu triste rappelait à Harrison que, si Jessica avait accepté sa proposition depuis deux ans, il n'avait pas réussi à l'épouser. Au contraire, elle avait tenu à poursuivre ces études ridicules à l'autre bout du monde. Parfois, il se demandait avec inquiétude si elle avait changé au cours de ce séjour. Naturellement, il avait confiance en elle. Elle n'était pas volontairement provocante ou rebelle comme Warrick, mais elle était assez imprévisible et peu conformiste. Ce trait de caractère n'était pas pour le rassurer.

— Tu serres le pommeau de ta canne comme si tu voulais étrangler quelqu'un, commenta Philippa tandis que le véhicule avançait en cahotant sur la route. Je te trouve bien nerveux, ces derniers temps. Et je ne comprends pas pourquoi tu n'as pas accompagné Warrick à Blackhaven Bay, pour accueillir Jessie.

Harrison lança un regard de biais à sa sœur, puis se détourna vivement. Il garda les yeux rivés sur le paysage qui défilait, mal à l'aise. Une partie de lui avait désespérément regretté de ne pas avoir été présent à l'arrivée de la jeune femme qu'il aimait, pour effleurer sa joue d'une caresse, voir ses lèvres lui sourire. Pourtant, il avait été secrètement soulagé quand Béatrice Corbett lui avait suggéré de venir souper au Château. En réalité, ses sentiments profonds pour Jessica avaient quelque chose d'inconvenant, de presque... bestial. Sur une plage ensoleillée, les cheveux au vent, il aurait très bien pu s'oublier et laisser libre cours à ses pulsions. Peut-être aurait-il effrayé la jeune fille ? En tout cas, il aurait été le premier gêné de son audace. Dans le salon raffiné et strict des Corbett, il ne risquait aucun débordement.

— Vraiment, Philippa ! fit-il d'un ton irrité. Jessie revient de l'autre bout du monde. Tu devrais comprendre que sa mère tienne à ce qu'elle se remette de cet éprouvant voyage.

Philippa rit doucement.

— Il me faudrait au moins six mois pour récupérer d'un tel périple. Mais pas notre Jessie. Tu l'as déjà vue fatiguée ?

La voiture ralentissait déjà, pour s'engager dans l'allée menant au Château. Ils auraient pu effectuer le trajet à pied, comme autrefois, quand ils étaient enfants. Mais ils étaient adultes, à présent. De plus, se présenter à un dîner à pied ne se faisait tout simplement pas.

— Jessie est une femme, déclara Harrison. Elle ne peut plus se permettre de jouer les adolescentes rebelles et un peu fantasques.

— Elle ne changera jamais, affirma Philippa.

— Bien sûr que si, répliqua-t-il, le souffle court, à mesure qu'ils approchaient du Château. Ces activités masculines sont tolérables chez une jeune fille dotée d'un caractère bien trempé, mais pas chez l'épouse d'un homme de mon rang.

À ces mots, elle se figea et leva les yeux vers lui, le front plissé.

— Si Béatrice Corbett n'a pas réussi à la dompter pendant toutes ces années, je ne vois pas comment tu y parviendrais.

Il crispa le poing sur sa canne.

— Ne t'en fais pas! Jessie a peut-être des loisirs inhabituels, mais elle sait ce que nos familles attendent d'une dame digne de ce nom.

Lorsque le valet eut aidé sa sœur à descendre, il lui tendit le bras et, masquant son impatience, se prépara à revoir la femme qui serait bientôt son épouse.

Jessie se trouvait encore dans le parc, quand elle entendit l'attelage de la voiture tinter et les roues crisser sur le gravier.

— Seigneur, gémit-elle.

Elle souleva le bas de sa robe et franchit l'enceinte du parc pour se précipiter dans l'allée. Elle vit un jeune homme élégant, coiffé d'un chapeau, offrir son bras à une femme portant une ombrelle en dentelle.

— Jessie! s'exclama celle-ci en la reconnaissant.

Les derniers rayons du soleil couchant se posèrent sur la robe en taffetas de Philippa et le jabot de Harrison. L'attelage s'éloigna dignement en direction des écuries. Cela faisait deux ans que Jessie n'avait pas revu ses amis, mais une sensation familière l'emplit de joie et dissipa quelque peu les tourments qui hantaient son esprit. Enfin, elle était de retour chez elle, à sa place, et elle retrouvait ces êtres chers qui lui avaient tant manqué!

Elle lissa vivement sa robe tachée d'herbe et tendit les bras en riant :

— Vous me prenez au dépourvu ! Je ne suis pas prête pour le souper… Vous voyez, je n'ai guère changé.

Philippa fut la première à l'embrasser.

— J'espère bien que tu n'as pas changé, Jessie. Je suis si heureuse de te revoir !

Jessie s'écarta pour contempler son amie. La jeune fille de seize ans qu'elle avait quittée semblait avoir mûri. Des quatre enfants, Philippa avait toujours été la plus réservée. Son humour était si pince-sans-rire qu'il échappait parfois totalement à son frère. Il émanait d'elle une étrange sérénité, une sagesse inattendue face aux épreuves de la vie.

— Je suis ravie d'être à nouveau parmi vous, déclara-t-elle.

— Bienvenue à la maison, Jessica, dit Harrison en s'approchant pour lui prendre les mains.

Il était grand, plus grand que Warrick, plus mince et dégingandé, et dégageait une assurance et une dignité héritées de plusieurs générations de bonne éducation. Elle lui sourit, redécouvrant ses traits racés, son nez aquilin, sa petite moustache fine et ses favoris impeccables. L'espace d'un instant, elle eut l'impression de ne jamais s'être absentée.

Il l'avait toujours appelée Jessica, même lorsqu'ils étaient enfants. Un jour, elle lui avait demandé pourquoi il n'utilisait jamais son diminutif, comme les autres. C'était une belle journée d'été, très ensoleillée. Ils étaient tous à la plage de Blackhaven Bay. C'était avant la mort de Cecil. Harrison avait surgi des vagues et l'avait dévisagée. Il avait treize ans, elle neuf.

— Jessie, ce n'est pas un nom de fille, avait-il répondu avec le plus grand sérieux. Tu es déjà assez garçon manqué comme cela.

— C'est faux, avait-elle répliqué en posant les mains sur sa poitrine pour le repousser, malgré sa grande taille.

— Ah bon ? avait-il lancé. Les filles ne se battent pas comme des chiffonniers. Et elles ne discutent pas !

Cet argument avait fait mouche. Jessie n'avait pas réussi à lui faire changer d'avis. Depuis ce jour, il persistait à l'appeler Jessica.

— Harrison ! déclara-t-elle avec un sourire. Tu es toujours le même. Tu refuses de m'appeler Jessie !

Il rit. Elle crut un instant qu'il allait l'enlacer, comme sa sœur, mais il s'en abstint. Toutefois, il pressa fortement ses mains dans les siennes. Ses traits semblaient étrangement tirés, plus graves qu'autrefois. Elle se demanda s'il n'allait pas l'embrasser. Soudain, elle fut intimidée. Mais il la relâcha et s'écarta, comme s'il avait besoin de s'éloigner d'elle au plus vite.

— Je devine que tu es allée te recueillir sur la tombe de ton père, dit-il en regardant en direction du cimetière. Je n'ai pas de mots pour exprimer ma peine…

— Merci, répliqua-t-elle, la gorge nouée par l'émotion.

Elle savait qu'il était sincère, mais lui en voulut de parler ainsi. Elle n'était pas encore prête à évoquer la mort de son père. Du moins, en présence de Harrison. Avec lui, elle se sentait obligée d'être forte, de dissimuler sa vulnérabilité, de se contrôler en permanence.

Elle ne tarda pas à s'éloigner pour aller se changer.

Béatrice salua ses invités et les mena dans un vaste salon aux riches moulures, avec une cheminée en marbre blanc et des sièges couverts de damassé pêche. Lorsque Jessie les rejoignit, Warrick n'était toujours pas apparu.

— Ton frère devrait être là, persifla sa mère au moment où l'on annonça que le dîner était servi.

— Il ne va pas tarder, murmura Jessie. Il a certainement été retenu.

Béatrice dissimulait mal sa colère.

— Jamais ses frères ne se seraient comportés de la sorte...

Jessie respira profondément, sans parvenir à chasser la douleur lancinante que lui inspiraient toujours les réflexions acerbes de sa mère sur ses frères et sœurs disparus. Cecil, Reid, Catherine et Jane avaient été obéissants, fiables, sages... En un mot : parfaits. Béatrice était accablée de chagrin car, des six enfants qu'elle avait mis au monde, seuls les deux plus jeunes et les plus « décevants » avaient survécu.

— Mère, Warrick est en retard pour le souper. Ce n'est pas si grave.

Les lèvres pincées, Béatrice lissa le bas de sa robe noire.

— Je crains que ce retard ne cache quelque chose de plus grave...

Jessie dévisagea sa mère, visiblement tendue. Elle n'eut pas l'occasion de répondre, car Harrison lui tendit galamment le bras. Elle le suivit dans la salle à manger, en compagnie de Philippa.

Pendant qu'ils dégustaient le potage, en discutant de l'importance de l'instruction pour les jeunes filles, Warrick apparut enfin.

— À quoi bon instruire les filles ? disait Harrison d'un ton péremptoire. Je suis prêt à admettre qu'il existe des femmes intelligentes, mais il n'en demeure pas moins que la grande majorité ne sont pas aptes à supporter les rigueurs des études supérieures. Ce serait gaspiller les ressources de la société.

— Peut-être, répliqua sèchement Jessie, mais si les femmes étaient plus instruites, leur tempérament évoluerait aussi.

Harrison secoua négativement la tête.

— On ne peut aller à l'encontre de la nature, ma chère Jessica. D'ailleurs, à quoi bon ?

Il afficha un sourire enjôleur et ajouta :

— Vous êtes adorables telles que vous êtes, mesdemoiselles. Ne changez pas.

Jessie savait que c'était un compliment qu'il lui adressait, mais elle ne put refouler son agacement et rougit de colère.

— Le problème avec toi, chère sœur, intervint une voix dure, c'est que tu ne cesses d'oublier la règle fondamentale de notre monde.

Elle leva les yeux vers son frère, nonchalamment appuyé au chambranle de la porte, un verre de cognac à la main. Il poursuivit :

— La règle veut que les hommes contribuent vraiment à la société, alors que les femmes...

Il leva son verre, faisant mine de porter un toast.

— Les femmes ne sont là que pour faire joli... Ah, et pour la reproduction de l'espèce, bien sûr !

— Warrick ! gronda Béatrice. Puisque tu nous fais l'honneur de ta présence, peut-être daignerais-tu t'asseoir. Nous pourrons ainsi passer au plat de résistance.

Il prit le temps de vider son verre et répondit :

— Avec plaisir.

Pétrifiée de honte, Jessie regarda son frère s'installer en bout de table, la cravate de travers, les cheveux en désordre. Il éprouvait un malin plaisir à montrer qu'aucun travail acharné ne l'avait retardé malgré lui. Le regard de la jeune femme passa vivement du visage furibond de sa mère à celui de Harrison, la mâchoire crispée. Comme toujours, Philippa affichait un calme olympien. Elle comprit soudain pourquoi son frère se comportait si mal et ce qu'il avait fait, ou plutôt omis de faire.

Ce fut Philippa qui relança la conversation, tandis que les domestiques s'affairaient autour de la table.

Au fil du repas, Jessie ressentit une sorte de brûlure inexplicable en elle, une sensation inconnue et déconcertante. Ce n'est que lorsque les dames se levèrent pour laisser les messieurs boire leur digestif en fumant un cigare, qu'elle comprit la raison de cette sensation.

Elle était terriblement jalouse de Warrick.

Elle s'apprêtait à se coucher quand elle aperçut son frère, seul sur le balcon, face à sa chambre. Il lui tournait le dos, les mains posées sur la balustrade, le regard noyé dans l'obscurité du parc et des collines environnantes. Doucement, elle ouvrit la porte. Le vent frais lui caressa la nuque. Elle resserra contre elle son châle. Un peu hésitante, elle s'approcha de Warrick. Leurs chambres se trouvaient chacune à une extrémité du premier étage.

— Je crois que j'ai un peu gâché ton dîner de bienvenue, dit-il sans la regarder. Je te dois des excuses ?

— Non.

Elle s'appuya contre la balustrade, près de lui.

— Alors qu'est-ce que tu veux ? reprit-il avec un regard de biais.

— Tu n'as pas encore demandé Philippa en mariage, n'est-ce pas ?

Il secoua négativement la tête.

— Tu comptes le faire un jour ?

— Non, répondit-il en se détournant à nouveau.

— Mais… c'est ce que tout le monde attend de toi.

Elle vit un sourire naître sur ses lèvres.

— Depuis quand fais-je ce que l'on attend de moi ? Selon notre chère mère, je fais tout le contraire.

La jeune femme passa une main dans ses boucles dorées qui voletaient au vent.

— J'ai toujours cru que tu aimais bien Philippa…

Warrick prit une profonde inspiration, comme s'il allait soupirer tristement. Jessie avait raison. Ils avaient grandi ensemble. Il s'était toujours montré plein de sollicitude envers Philippa, prenant systématiquement sa défense lors de ses disputes avec Harrison.

— Contrairement à toi, je n'ai pas l'intention de me contenter d'un mariage de convenance, dénué de toute passion.

— Tu ne devrais pas dire des choses pareilles.

— Pourquoi pas ? répliqua-t-il avec un rire amer. Pourquoi n'avons-nous jamais le droit de parler de sujets qui risquent de déranger ? Qu'est-ce qui t'inquiète le plus ? Que j'admette ouvertement que je ne suis pas amoureux de Philippa, ou que je souhaite épouser une femme qui suscitera ma passion ? Tu crois qu'il suffit de taire un problème pour qu'il disparaisse ?

— Non, mais...

Il s'écarta de la balustrade et fit volte-face.

— Essaies-tu de me dire que tu es amoureuse de Harrison ?

— Bien sûr que je le suis ! répondit-elle en riant. Je l'ai toujours été.

— Et rien n'a changé ?

— Non. Pourquoi ?

Il se pencha vers elle.

— Parce que toi, tu as changé, Jessie. Tu n'es plus une enfant. Nous sommes des adultes, maintenant. Cela ne te dérange pas d'éprouver pour ton futur mari les mêmes sentiments que lorsqu'il avait dix ans ?

Elle le fixa, le souffle court.

— Harrison est le mari que je souhaite.

— C'est-à-dire ?

— Comment cela ? Tu... tu connais Harrison. Il a tout d'un vrai gentleman. Il est calme, posé, maître de lui-même. Il est sûr de lui, il sait ce qu'il veut dans la vie.

— Tout ce que tu n'es pas, conclut Warrick d'une voix plus douce. Tu crois donc qu'en épousant Harrison, tu deviendras comme lui ?

Elle plongea dans son regard torturé. À la faible lueur de la lune, il lui parut soudain plus âgé, plus sage.

— Harrison m'aime, assura-t-elle.

— Tu as raison. Il t'aime. Malheureusement, je ne crois pas qu'il t'aime comme il t'aimait quand il avait dix ans.

Jessie songea à cette tension étrange qu'elle avait décelée sur le visage de Harrison, plus tôt dans la soirée. Sa timidité avait alors frisé la panique. Troublée, elle contempla le parc endormi.

— Je suis venue te parler de Philippa.

— Vraiment ? Je n'en suis pas si sûr, rétorqua-t-il en lui prenant la main. Jessie... le mariage, c'est pour la vie. Ne t'engage pas, si ce n'est pas vraiment ce que tu souhaites. C'est ta volonté qu'il faut suivre, et non celle de Harrison ou de notre mère.

— Je me suis déjà engagée. De plus, tu te trompes. Je veux vraiment l'épouser, affirma-t-elle.

Comme si le simple fait de le dire suffisait à en faire une réalité.

Le lendemain matin, Jessie se réveilla de bonne heure. D'abord, elle eut du mal à se souvenir qu'elle n'était plus dans une cabine en pleine mer, mais dans son lit. Très vite, elle reconnut le chant des oiseaux multicolores sous sa fenêtre. Ses yeux se posèrent sur le papier peint familier de sa chambre, les meubles en cèdre qu'elle avait toujours connus.

C'était si bon de se retrouver à la maison...

Elle s'étira longuement puis se glissa hors du lit, foulant le tapis de ses pieds nus pour se diriger vers le balcon. Elle ouvrit les volets et contempla le parc sous le pâle soleil du matin.

Comme le petit salon, situé juste en dessous, sa chambre était orientée vers le nord-est. Elle avait une vue imprenable sur les dépendances, au-delà de l'enceinte : les granges, la ferme, la forge, la buanderie, la baraque des bagnards et les écuries. Elle se demanda si ce bel Irlandais qu'elle avait rencontré la veille y logeait également. Puis elle se demanda pourquoi elle pensait à lui.

Croisant les bras, elle frissonna dans la fraîcheur de l'aube. Une perruche à ventre jaune se posa sur la balustrade en bois. Elle observa son long bec et sourit, attendrie par son chant rythmé.

Puis Jessie foula les planches, sentant le contact du bois sous ses pieds nus. Elle contempla les parterres de lavande et thym, d'hysope et de sauge, entourés de buis. Un jeune homme élancé, aux boucles blondes et au visage angélique, longeait le mur de briques, une cravache à la main...

La jeune fille retint son souffle. Elle ne s'attendait pas à le voir debout de si bon matin, car ils avaient bavardé tard dans la nuit. Elle réalisa soudain qu'ils n'avaient pas évoqué les caprices de Finnegan. Avec effroi, elle vit Warrick franchir la barrière et se diriger d'un pas décidé vers les écuries, dans l'intention évidente de monter son nouvel étalon.

— Seigneur, murmura-t-elle, le souffle court, crispant les mains sur la balustrade.

Elle pivota pour s'habiller à la hâte.

4

Les dalles humides de rosée parurent froides et glissantes sous les pieds nus de Jessie, tandis qu'elle courait en direction des écuries. Ses cheveux défaits volaient souplement dans son dos. Dans sa précipitation, elle n'avait pas pris la peine de s'engoncer dans un corset et s'était contentée d'enfiler un unique jupon. Aussi devait-elle tenir le bas de sa robe pour ne pas trébucher à chaque pas.

Elle fit claquer la grille du jardin derrière elle. À cette heure matinale, les dépendances étaient presque désertes. Seuls deux ou trois hommes s'affairaient déjà à ériger le nouveau mur des écuries. Un peu plus loin, tapotant sa botte de sa cravache, Warrick attendait qu'un jeune palefrenier au visage parsemé de taches de rousseur lui amène sa monture.

— Warrick! Attends! cria la jeune fille.

Au son de sa voix, l'étalon irlandais secoua la tête et voulut se cabrer, visiblement nerveux. Warrick se retourna et blêmit, stupéfié par l'apparition de sa sœur, pieds nus et échevelée – une tenue indécente pour la fille des Corbett.

— Jessie, qu'est-ce qui te prend?

— C'est Finnegan, souffla-t-elle en s'arrêtant près de lui, les pieds dans la poussière. Je t'avais dit de ne pas le monter avant que je ne t'aie mis en garde…

Il fronça les sourcils.

— Qu'est-ce qu'il a de particulier?

Elle reprit son souffle, les mains sur les hanches.

39

— La première fois qu'on le monte, il désarçonne aussitôt son cavalier.

Son frère contempla l'étalon qui s'ébrouait, secouant sa superbe crinière, battant la queue. Incrédule, il se tourna à nouveau vers Jessie :

— Tu veux dire que tu as acheté un cheval impossible à monter ?

— Non. Finnegan est un grand sauteur et un chasseur hors pair. Il ne résiste pas systématiquement. Seulement la première fois qu'on le monte. Il ne cherche jamais à se débarrasser de son cavalier ensuite.

— C'est ridicule, grommela Warrick. Soit un cheval est rebelle, soit il est docile !

— Celui-ci ne résiste que la première fois qu'il est monté, insista sa sœur.

Il glissa la cravache sous son bras droit et se pencha vers la jeune fille.

— Et tu l'as quand même acheté ?

— Je ne savais pas, affirma-t-elle en secouant la tête. Avant de l'acheter, j'ai participé à deux parties de chasse avec lui. À chaque fois, c'est l'ancien propriétaire qui le montait en premier. Je n'ai jamais été la première à le monter.

Warrick fit volte-face pour observer l'animal, qui affichait un calme trompeur et reniflait les poches du garçon d'écurie, en quête de friandise.

— Apparemment, continua-t-elle, son propriétaire le vendait plusieurs fois par saison, pour le racheter ensuite à moindre coût. De toute évidence, ce monsieur ne voyait pas d'inconvénient à mordre la poussière chaque matin. Cette petite escroquerie lui a fait gagner pas mal d'argent.

Warrick avait les joues empourprées de colère.

— Pourquoi diable l'as-tu gardé, alors ?

— Parce que c'est vraiment un cheval exceptionnel, répondit Jessie en allant flatter l'encolure de Finnegan, dont les yeux pétillaient d'intelligence. C'est aussi un excellent reproducteur. Et j'espérais que nous trouverions un moyen de lui faire perdre cette mauvaise habitude...

Son frère la rejoignit, le regard rivé sur elle.

— Et aussi parce que tu voulais prendre ce propriétaire à son propre jeu, n'est-ce pas ? Tu voulais lui faire payer son escroquerie. Avoue.

— C'est vrai, admit la jeune femme en riant. En fait, juste avant mon départ d'Angleterre, le pauvre homme est venu me trouver en larmes. Il m'a proposé de racheter Finnegan pour le double de son prix initial !

— Cela aurait été une vengeance suffisante, non ? Tu aurais pu accepter.

Elle secoua la tête et flatta l'encolure de l'animal.

— Jamais je n'ai monté un cheval aussi merveilleux. Tu vas voir. Tu ne le regretteras pas.

Warrick prit les rênes des mains du palefrenier.

— Très bien. Voyons.

— Warrick, qu'est-ce que tu fabriques ? s'inquiéta Jessie.

— Eh bien, je le monte.

Elle saisit son frère par le bras.

— Mais... il va te projeter à terre !

Le visage séduisant du jeune homme fut soudain illuminé de joie. Il la repoussa et posa un pied dans l'étrier.

— Et alors ?

— Ordonne plutôt à l'un de tes hommes de le monter. Si tu te fais mal, mère va...

Elle s'interrompit face à l'expression inflexible de Warrick.

— Tais-toi et recule !

Finnegan ne bronchait toujours pas. Warrick prit son élan et monta souplement en selle, adressant un sourire triomphal à sa sœur.

À la seconde où il toucha la selle, le cheval bondit. Son cavalier fut projeté en l'air. Son chapeau s'envola tandis que ses pieds cherchaient désespérément à rester dans les étriers. La tête de l'animal plongea en avant et il rua de plus belle. Affolé, Warrick écarquilla les yeux. Il s'envola, pour retomber près de la croupe de sa monture. Enfin, une dernière ruade fit mordre la poussière au cavalier qui atterrit pitoyablement sur le ventre, le souffle coupé.

Triomphant, Finnegan hennit en secouant la tête et fit un tour d'honneur de l'enclos au galop. Toujours à terre, Warrick demeura immobile.

— Warrick! s'écria Jessie en se précipitant vers lui, le cœur battant à tout rompre. Tu n'as rien?

Elle posa une main sur son épaule, et fut soulagée lorsqu'il la repoussa rageusement. Il s'assit en grommelant des jurons, s'essuyant le visage de ses mains maculées de terre. Du regard, il suivit le cheval qui gambadait toujours.

— Ne reste pas planté là, Charlie! ordonna-t-il au jeune garçon qui avait récupéré son chapeau. Va me chercher ce maudit étalon avant qu'il ne fiche le camp!

— Bien, monsieur, balbutia le palefrenier, impressionné par la puissance du cheval. Mais, euh... comment le rattraper?

— Cours-lui après! répliqua Warrick en lui arrachant son chapeau des mains.

Un cri retentit alors. L'un des bagnards venait de sauter le mur et fonçait vers Finnegan. C'était un homme élancé, aux cheveux noirs, dont Jessie reconnut aussitôt les traits. Il courait avec la grâce d'un félin, d'une foulée puissante et décidée. Elle l'entendit apaiser l'animal aux yeux fous. Puis il se mit à crier quelque chose à propos des rênes. Un sabot du cheval s'était posé brutalement sur la lanière de cuir. La tête de l'animal fut projetée vers le bas. Dans un cri de douleur, l'étalon chuta et retomba sur le flanc.

— Seigneur, murmura Jessie.

Elle se redressa vivement et se précipita vers lui.

Gallagher se tenait bien à l'écart des pattes du cheval à terre. Enfin, se remettant du choc, Finnegan parvint à se redresser, le souffle court.

— Doucement, doucement… murmura-t-il.

Saisissant les rênes, Lucas effleura le museau du cheval, ses oreilles, son encolure luisante, puis passa une main experte le long de ses pattes. L'animal protesta un peu, mais il ne cessait de le rassurer.

— Il est blessé ?

Une paire de pieds nus et délicats apparut près de lui, dans la poussière. Une main toujours sur l'encolure du cheval, Lucas leva les yeux vers le visage grave de Jessica Corbett. Elle s'accroupit à son côté, les mains crispées sur les plis de sa robe, les sourcils froncés. Le vent faisait voleter ses cheveux longs. À chaque respiration, ses petits seins fermes, libres de tout corset, se plaquaient contre le fin tissu de sa robe. L'espace d'un instant, elle parut aussi libre et désinhibée que si elle sortait du lit de quelque amant. Elle n'avait plus rien de la jeune fille sage et convenable qu'il avait vue la veille.

— Il est simplement énervé, assura-t-il en se relevant.

Tournant le dos à Jessie, il alla vérifier la croupe. Leurs regards se croisèrent au-dessus de l'étalon.

— Pourquoi avez-vous laissé votre frère le monter ? Vous saviez très bien que Finnegan allait ruer.

En dépit de ces longues années de bagne, il arrivait encore à Lucas de faire une gaffe, de temps en temps. Il pouvait oublier la nécessité humiliante d'afficher une servilité qui était en totale contradiction avec sa nature profonde, oublier qu'une parole de trop ou un regard insistant lui vaudrait le fouet.

Il vit les joues de la jeune femme s'empourprer de colère. Ses yeux exprimèrent d'abord l'étonnement, puis l'indignation. Elle redressa fièrement le menton, comme toutes les femmes de son rang. La mâchoire crispée, il attendit la sentence inévitable.

— On dirait que vous avez momentanément oublié cet accent irlandais que vous preniez grand soin de souligner, hier, cher monsieur…

Elle s'interrompit, l'interrogeant du regard.

— Gallagher, précisa-t-il, pris au dépourvu par sa réaction. Lucas Gallagher.

— Cher monsieur Gallagher.

Elle le dévisageait. Malgré les risques de punition, il se permit de soutenir son regard.

Elle était peut-être à demi dévêtue, les cheveux en bataille, mais elle n'avait rien perdu de son élégance naturelle. Elle était grande et mince. Ses longues jambes fuselées se devinaient sous sa robe. Ses traits n'étaient pas aussi parfaits que ceux de son frère, avec son petit nez retroussé, sa lèvre inférieure un peu trop charnue, peut-être, mais ses yeux d'un bleu magnifique et profond pétillaient d'intelligence. Cependant, Lucas crut y déceler un éclair d'inquiétude, lorsqu'elle vit Warrick venir vers eux.

— Il va bien ? demanda celui-ci en boitillant.

Il avait déchiré une manche de sa veste, et son foulard pendait de travers.

— Oui, répondit Gallagher, mais il faudra surveiller le tendon de la patte antérieure droite.

— Charlie ! fit Warrick en se tournant vers le jeune garçon d'une douzaine d'années qui l'avait suivi. Va chercher le vieux Tom et dis-lui qu'il a un cheval à examiner. Quant à toi…

Le regard de Corbett toisa rapidement Lucas.

— … emmène cet étalon aux écuries et attends-moi, le temps que j'aille me nettoyer.

— Warrick… fit Jessie en posant une main sur son bras.

Il la repoussa brutalement.

— Pas un mot ! gronda-t-il en claudiquant vers la maison.

Jessica ne bougea pas. Le soleil matinal caressait sa peau nacrée. Les sourcils froncés, elle regarda son frère s'éloigner. Puis elle prit une profonde inspiration et fit volte-face.

— J'admets que vous aviez raison, déclara-t-elle, la mine grave. C'était une erreur de monter ce cheval dans un espace ouvert. Mais ne me parlez plus jamais sur ce ton ! ajouta-t-elle en brandissant un index rageur.

À son tour, Lucas sentit monter sa colère. Il en eut la gorge nouée. Parfois, il avait l'impression que la rage allait l'étouffer, cette rage qu'il devait garder en lui. Il ne put que la fusiller d'un regard empli de haine. Il détestait ce pays et ce système répressif qu'elle représentait. Toute réaction spontanée était interdite à un bagnard.

Jessie emboîta le pas à son frère, puis s'arrêta.

— Comment le savez-vous ? demanda-t-elle en inclinant la tête.

Étrangement, il parvint à s'exprimer d'un ton neutre, où sa violence contenue ne perçait pas :

— Quoi ?

Le vent faisait voler les cheveux de la jeune femme dans son visage. Elle dut les retenir. Quelques mèches dorées scintillaient au soleil.

— Comment savez-vous qu'il s'appelle Finnegan ?

Gallagher esquissa un sourire.

— Je l'ai reconnu.

La surprise poussa Jessie à baisser sa garde. Elle parut plus humaine, mais pas plus aimable pour autant.

— Vous l'avez reconnu ?

— Oui, fit-il en souriant davantage. Les Gallagher sont des cousins des Logan. Enfin, des cousins éloignés.

Elle le fixa intensément.

— Ainsi, vous saviez qu'il allait ruer. Vous le saviez, et vous n'avez pas suggéré qu'il soit d'abord monté dans un box ?

Il caressa l'encolure luisante de l'animal, reprenant soudain son accent irlandais :

— Je me dois de rester à ma place. Un conseil de cette nature aurait été insolent de ma part, pas vrai ?

— Vous ne semblez guère soucieux de rester à votre place, monsieur Gallagher, rétorqua Jessie.

Sur ces mots, elle s'éloigna. Il la suivit des yeux, tenant toujours les rênes de Finnegan.

— Comme ça, tu travailles aux écuries maintenant, déclara Daniel O'Leary. Tu ne te contentes plus de construire ce maudit mur ?

Chiquant son tabac, le corpulent Irlandais appuya le dossier de sa chaise contre le mur de la baraque et posa une petite bourse en cuir dans la main de Lucas.

— Tu m'étonneras toujours, toi, ajouta-t-il.

Nonchalamment adossé au poteau de la rambarde, Lucas glissa le tabac dans la poche de sa veste. En Tasmanie, les soirées étaient fraîches. Il fallait se couvrir à la tombée du jour. Lui-même ne chiquait pas, mais Warrick Corbett fournissait à tous ses hommes, même les détenus, une ration de tabac. La plupart des colons considéraient cette pratique comme un geste généreux. Mais Lucas savait que Corbett était simplement prudent. À Port Arthur ou Maquerie Harbor, certains hommes étaient prêts à tuer père et mère pour obtenir du tabac.

Il avait rencontré Daniel un an plus tôt. Sans lui, Lucas n'aurait jamais surmonté le désespoir de ces premières semaines de calvaire. Un jour, alors qu'ils construisaient une route dans une gorge, au sud de Hobart, Daniel avait fait une chute dans la rivière. Il avait failli se noyer, à cause de ses chaînes. Ignorant les menaces du surveillant, Lucas avait plongé pour le sauver. Daniel répétait sans cesse qu'il lui devait la vie, mais Lucas savait qu'il lui était davantage redevable. Sans sa présence et son amitié, il aurait sans doute mis fin à ses jours.

Daniel pencha sa chaise en avant et cracha un long jet de chique brunâtre dans la poussière. Il jeta un rapide coup d'œil aux alentours. Les autres hommes étaient trop loin pour l'entendre, mais il baissa tout de même le ton :

— Désormais, il te suffit d'emmener un cheval un peu trop loin, un jour, lors d'une promenade par exemple, et de ne jamais revenir. Si tu choisis ce bel étalon qui vient d'arriver, ils ne te rattraperont jamais, je te le garantis.

Lucas changea de position.

— Ils ne me rattraperaient pas le premier jour. Peut-être pas le deuxième, non plus. Mais ils finiraient par m'avoir, ne te fais aucune illusion, mon vieux. Et je serais pendu haut et court pour vol de cheval.

Il leva la tête et regarda au loin, vers les champs verdoyants qui baignaient dans une douce lumière dorée. Le soleil couchant projetait des ombres bleutées dans la vallée fertile. De là, il ne voyait pas la mer. Pourtant il savait qu'elle était toute proche. En respirant très fort, il pouvait sentir son odeur dans la brise, promesse de liberté.

— Un jour, je m'en irai, c'est certain, affirma-t-il doucement, toujours fasciné par les collines. Mais pas avant d'avoir la certitude de pouvoir quitter l'île.

Il se tourna vers son ami aux cheveux roux.

— Et je vous emmènerai avec moi, toi et Fox, ajouta-t-il avec un sourire, en désignant un homme qui les rejoignait.

— Salut, fit celui-ci.

Fox s'appelait en réalité Todd Doyle et était originaire de Tipperary. Petit et malingre, il avait le visage anguleux, les oreilles pointues. À cause de cette ressemblance avec un renard, tout le monde le surnommait Fox. Autrefois, avant d'être condamné pour escroquerie, il avait été le jardinier du comte de Swathmore. Il y avait pris le goût du luxe. Il s'était mis à apprécier les bonnes choses, que son maigre salaire ne pouvait lui offrir.

À l'arrivée de Lucas et Daniel, cela faisait plus d'un an qu'il travaillait au Château. Cependant, Fox et Lucas se connaissaient depuis le jour où ils s'étaient retrouvés dans les cales nauséabondes du bateau qui les avait acheminés vers les colonies. Fox était prêt à tout pour aider un ami et aurait volontiers sacrifié sa ration de pain.

— Je vais vous dire une chose, annonça-t-il en se perchant sur la balustrade. Si je dois m'évader en m'agrippant à une bête à quatre pattes, alors je suis condamné à m'occuper des roses de Béatrice Corbett jusqu'à ma mort.

Ses yeux intenses et jaunes scintillaient de mépris.

— Quant à ce grand benêt de Daniel, s'il a déjà monté une fois dans sa vie, moi je suis le roi d'Angleterre.

— À t'entendre et te regarder, on dirait un pasteur, rétorqua l'intéressé en crispant les poings sur les accoudoirs de sa chaise.

Daniel n'appréciait guère les manières affectées de Fox. Pas plus que ce dernier n'aimait les sautes d'humeur de Daniel. Lucas le savait, mais il était habitué à ces échanges pleins de sarcasme et de sous-entendus.

— Apparemment, on aura besoin d'une voiture, déclara-t-il en riant.

— Ce qu'il nous faudra surtout, c'est un bateau, grommela Daniel.

— C'est vrai, admit Lucas. Mais inutile de songer à nous en procurer un, tant qu'on n'aura nulle part où le cacher.

— Par la Sainte Vierge…

Daniel s'interrompit. Croyant entendre un cri de douleur, il se retourna vivement. Puis ils perçurent le rire gras d'un homme, suivi d'un sanglot étouffé.

Toujours appuyé contre le poteau, Lucas se tourna vers la cour, les yeux plissés dans la pénombre. Charlie, le garçon d'écurie, était malmené par John Pike, un imposant Anglais brun et barbu, originaire de Newcastle. Pike était le forgeron du domaine. Il tenait le garçon par les cheveux et lui tirait la tête en arrière, tout en lui tordant un bras dans le dos. Le palefrenier tomba à genoux dans la poussière. Des larmes coulaient sur ses joues. Son regard terrifié était posé sur un récipient en verre, posé à un mètre de lui. À l'intérieur, Lucas vit bouger quelque chose, une créature noire et velue. Une araignée.

Il se redressa.

— Ces histoires ne nous regardent pas, déclara Fox en le retenant.

— Non, renchérit Daniel, les lèvres pincées.

— Tu aimes les araignées, mon gars ? disait Pike. Parce que j'en ai une, ici. Elle t'attend. Et il y en a plein d'autres…

L'homme resserra son étreinte. Le garçon grimaça, mais ne cria pas.

— Tu as deux possibilités. Tu connais déjà la première. Quant à la seconde…

Pike s'approcha du visage de Charlie jusqu'à le frôler :

— Eh bien, tu vas devoir manger cette grosse araignée velue pour le petit déjeuner, demain matin. Et après-demain, il y en aura une autre, puis une autre, et une autre encore… Réfléchis, petit. Je ne serai jamais à cours d'araignées. Tu penses pouvoir me dire non encore longtemps ?

Lucas s'approcha de la scène, foulant la poussière de ses bottes.

— Lâche ce gosse, et tout de suite, ordonna-t-il d'une voix implacable.

5

John Pike se redressa. Ses yeux noirs, un peu exorbités, glissèrent en direction de Gallagher. Seuls quelques mètres séparaient les deux hommes. Lentement, l'imposant Anglais fit volte-face, entraînant le garçon avec lui.

— C'est à moi que tu parles?

Lucas fit un pas de plus, les bras ballants.

— Je t'ai dit de le lâcher!

John Pike avait la réputation d'être méchant et vicieux, et il pesait au moins trente kilos de plus, mais Lucas jouissait lui aussi d'une certaine réputation parmi les forçats.

Le forgeron projeta Charlie dans la poussière d'un geste de mépris.

— Très bien, je le lâche. Pour l'instant.

— Pour toujours, rétorqua Lucas en regardant le garçon ramper loin de son agresseur. Tu n'as qu'à trouver quelqu'un qui veuille bien de toi, Pike.

La brise vespérale soufflait, chargée de poussière. Le soleil était presque couché. Le ciel semblait se faner. Un mouvement attira l'attention de Gallagher vers le bâtiment en pierre. Dalton, le régisseur de Corbett, s'était enfin donné la peine d'apparaître sur le seuil. Ce que les brutes telles que Pike infligeaient aux jeunes garçons dans les coins sombres de la baraque, à la nuit tombée, était une chose. Mais une bagarre entre deux hommes dans la cour, alors que le maître risquait de surgir à tout moment, en était une autre.

Pike avait lui aussi remarqué la présence du régisseur. Il esquissa un rictus cruel.

— Tu sais pourquoi je veux ce gosse, hein ?

Il se pencha en avant, les doigts glissés dans la ceinture de son épais pantalon de toile.

— Tu veux peut-être prendre sa place, reprit-il. Il paraît que tu as de l'expérience en la matière...

La main de Daniel surgit à temps pour retenir Lucas par le bras.

— Ne fais pas ça, lui intima-t-il en désignant le régisseur.

En assenant un coup de poing à Pike, Gallagher ne ferait que récolter une semaine de cachot ou des coups de fouet.

Lucas prit une profonde inspiration.

— Rappelle-toi bien une chose, Pike, lança-t-il. Si tu touches une seule fois à ce garçon, tes boyaux serviront de nid à tes amies les araignées.

Sur ces mots, il alla aider le jeune palefrenier à se relever.

— Tu vas bien, petit ?

— Oui, répondit Charlie en s'essuyant les joues de la manche de sa chemise sale. Mais vous n'auriez pas dû. Pike a une bonne mémoire. Il se vengera d'une façon ou d'une autre. Vous n'êtes pas là depuis assez longtemps pour savoir de quoi il est capable.

— Je le sais parfaitement, répondit Lucas en ramassant le chapeau de Charlie. M. Corbett m'a demandé de travailler avec Finnegan, le matin. Tu veux m'aider ?

Les yeux gris de Charlie s'illuminèrent, rappelant à Lucas qu'il n'était encore qu'un enfant, même s'il avait été déporté pour vol à l'étalage et avait déjà connu la faim et les horreurs de la promiscuité.

— Vraiment ? s'exclama-t-il. Vous ne plaisantez pas ?

— Bien sûr que non !

Lucas porta le regard vers les collines verdoyantes qui dissimulaient la mer, au-delà.

— Il commence à faire nuit, dit-il en souriant. Il y a une place de libre à côté de Fox. À partir d'aujourd'hui, tu y installeras ton hamac.

Le garçon hocha la tête et s'éloigna.

Lucas profita encore un peu de l'air embaumé du soir. Puis il regagna la baraque. La porte se referma sur lui avec un cliquetis métallique, lugubre et familier.

Jessie savait que c'était lui.

Elle le voyait, seul, dans la cour, à la nuit tombante. À cette distance, il lui était impossible de distinguer ses traits. Mais elle ne pouvait se tromper. La fierté de son port de tête, ses épaules droites, la grâce de ses mouvements tandis qu'il regagnait la baraque. Il s'arrêta un instant. Elle entrevit sa douleur, son désespoir, sa peur. Puis il disparut de son champ de vision. Elle était trop loin pour entendre le claquement de la porte et le bruit des serrures. Pourtant, elle les devina.

Ses mains se crispèrent sur la poignée de la porte-fenêtre de sa chambre. Mais elle ne l'ouvrit pas. Lorsqu'elle était montée s'habiller pour le souper, quelque chose avait attiré son attention, au loin, au-delà du jardin. Quelque chose qu'elle ne comprenait pas, et qu'elle ne voulait pas comprendre.

— La robe de soie verte, mademoiselle ?

— Oui, répondit-elle en faisant volte-face.

Elle observa la femme de chambre, venue l'aider à se préparer. Celle-ci s'affairait un peu timidement dans la pièce. Elle ne pouvait avoir plus de seize ans et avait un visage mince et délicat. Ses cheveux courts et bruns étaient dissimulés sous une coiffe blanche. Les autorités coupaient toujours les cheveux des détenues qui quittaient Londres en bateau. Cette jeune fille ne devait pas être en Tasmanie depuis très longtemps.

— Comment t'appelles-tu ? lui demanda Jessie.

La domestique se raidit et esquissa une révérence maladroite.

— Emma, mademoiselle. Emma Pope.

Jessie la vit baisser la tête et traverser la chambre. Au contraire des hommes, les servantes dormaient dans deux pièces du sous-sol, près des cuisines. Mais quand elles avaient fini leur journée de travail, elles étaient enfermées à clé, elles aussi. Jessie se demandait ce qu'elles ressentaient, à quoi elles pensaient en entendant la clé tourner dans la serrure, les confinant dans la pénombre.

Emma déposa avec respect la superbe robe sur l'épais édredon du lit à baldaquin. Les forçats dormaient dans des hamacs. Jessie le savait car, quand elle était enfant, il lui arrivait de jeter un coup d'œil furtif dans la baraque de pierre, en passant dans la cour. Le personnel de maison avait droit à des paillasses. Toutefois, elle n'avait jamais osé emprunter l'étroit escalier qui menait au sous-sol pour vérifier.

— C'est confortable ? demanda-t-elle à brûle-pourpoint, tandis qu'Emma dégrafait sa robe. Vos quartiers en bas, là où vous dormez ?

La domestique écarquilla ses grands yeux bleus.

— Oui, mademoiselle.

Ôtant sa robe, Jessie se dirigea vers la coiffeuse et prit sa brosse à cheveux, croisant le regard de la jeune fille dans le miroir.

— Vraiment ?

— Oh oui, mademoiselle ! Jamais je n'ai connu un tel confort. J'ai un lit pour moi toute seule, avec deux couvertures, et je mange à ma faim tous les jours. Pour la première fois de ma vie.

Jessie se mit à brosser ses cheveux, suivant toujours Emma des yeux dans le miroir. Elle avait un accent des faubourgs londoniens. Sans doute avait-elle grandi dans quelque taudis, dans une soupente dénuée de fenêtre, avec une ribambelle de frères et sœurs affamés et déguenillés, parmi les poux et les cafards. En comparaison, l'existence d'une domestique au Château était une sinécure. Les forçats tels que ce Gallagher trouvaient leur exil en Tasmanie insupportable. Les autres, comme Emma, ne regrettaient probablement pas leur vie antérieure, leur foyer, leur famille, leur liberté. Et pourtant...

Jessie se rappela ce que le vieux Tom lui avait dit, dans l'après-midi, quand elle était allée le voir dans sa cabane. Tom avait été son palefrenier depuis sa plus tendre enfance. C'était un ancien forçat, mais il avait été réhabilité et vivait désormais dans l'une des cabanes qui abritaient les anciens détenus ayant purgé leur peine.

Elle avait trouvé Tom perché sur un tabouret, sous son porche, en train de jouer de la cornemuse. Il avait les yeux fermés et semblait perdu dans le son lancinant de son instrument. Il était plus chétif que dans les souvenirs de la jeune femme. Il avait vieilli et ses cheveux blancs étaient clairsemés. Son visage buriné portait les traces d'un passé douloureux. Elle se sentit submergée d'une vague de tristesse. Alors il ouvrit les yeux. La musique se tut aussitôt.

— Tu es venue me voir, petite ?

Elle s'arrêta au pied de l'escalier branlant et lui sourit.

— Cela vous étonne ?

— Pour sûr, la demoiselle qui est partie pour l'Europe, il y a deux ans, serait venue. Mais les gens changent rapidement...

Elle gravit les marches pour le rejoindre sous le porche, faisant voleter sa robe en fine laine bleue.

— Eh bien, pas moi.

Il ne répondit pas. Fourbu d'arthrite, il se tourna avec difficulté et posa sa cornemuse sur la vieille table brute. Puis il contempla Jessie, une lueur amusée dans le regard.

— On peut dire qu'il est beau, ce cheval que tu as acheté, Finnegan.

— Hum...

Elle s'appuya contre la balustrade, comme lorsqu'elle était enfant.

— Allez, dites-le. J'ai été stupide de me faire avoir en achetant un cheval aussi vicieux.

— C'est peut-être du vice. À moins que ce soit simplement une mauvaise habitude, fit Tom en haussant les épaules. Ce jeune Irlandais que ton frère a engagé aux écuries est persuadé que c'est une mauvaise habitude.

Jessie releva vivement la tête. Elle ignorait que Warrick avait transféré Gallagher aux écuries.

Voilà qui est habile de la part de l'Irlandais, songea-t-elle. Très habile…

— Comment le saurait-il? s'enquit-elle.

Les yeux bleu délavé de Tom se posèrent sur elle. Il était peut-être âgé, mais possédait une grande sagesse.

— Il en sait plus que la plupart d'entre nous, à mon avis. Il a même quelques idées pour remettre ce cheval dans le droit chemin.

Jessie se détourna vers le pré, où les chevaux du domaine s'ébattaient tranquillement. Elle n'avait pas envie de parler de cet homme aux yeux fous et au corps de félin.

— Je suis allée voir Cimmeria ce matin, dit-elle, histoire de parler d'autre chose. Vous avez pris grand soin d'elle.

— Oui. C'est une superbe jument. J'ai dit à Charlie de la faire travailler. Je voulais qu'elle soit rétablie pour ton retour.

Tom saisit un canif et un morceau de bois posés sur la table.

— Tu la monteras, demain? demanda-t-il avec une nonchalance étudiée en façonnant le morceau de bois. Tu comptes te rendre à la crique des Naufragés?

— Non. Ma mère insiste pour que je prenne quelques semaines de repos.

Elle sauta de la balustrade et gagna l'extrémité du porche, pour contempler la rivière Daymond qui serpentait près des dépendances du domaine.

— Comment va-t-elle, Tom? s'enquit-elle posément, sans se retourner.

Ils savaient tous deux qu'elle ne parlait pas de la jument. Le vieux Tom connaissait tous les secrets de Jessie. Comment aurait-il pu en être autrement? Il l'avait suivie durant toutes ses promenades à cheval. Et les visites que Jessie rendait à la femme de la crique des Naufragés constituaient son secret le plus intime.

— Tu lui as beaucoup manqué, c'est certain. Parfois, on se sent bien seul, là-bas, avec pour toute compagnie le bruit des vagues sur les rochers et les fantômes des naufragés...

Jessie avala sa salive.

— Je ne pouvais même pas lui écrire. J'avais peur que ma mère ne l'apprenne. Sur cette île, les gens se mêlent volontiers des affaires des autres.

— C'est vrai. Il y a un proverbe irlandais qui dit qu'un secret partagé par trois personnes n'est plus un secret.

Elle sourit et baissa les yeux vers la cornemuse du vieil homme, qu'elle effleura du bout des doigts.

— Elle vous manque, parfois? Je parle de l'Irlande, bien sûr...

— Oui.

Il demeura impassible, mais elle avait perçu le tremblement de sa voix. Soudain, ses yeux s'embuèrent de larmes.

— Pourquoi n'êtes-vous jamais reparti là-bas? Vous auriez pu rentrer depuis longtemps. Votre réhabilitation vous le permettait, non?

Il se tourna à nouveau vers elle. La jeune femme crut qu'il allait dire quelque chose, mais il se contenta de secouer la tête et se remit à l'ouvrage avec son canif.

— Ce ne sont pas des histoires pour toi, mademoiselle Jessie.

— Si. Je veux savoir.

Il se concentra sur la lame de son canif. Un copeau de bois se détacha et tomba à terre.

— Très bien, concéda-t-il, la tête baissée. Je vais te raconter. J'aurais préféré être pendu plutôt que de quitter l'Irlande comme je l'ai fait. Je les ai suppliés de me pendre, mais les soldats m'ont traîné de force sur ce maudit bateau… alors j'ai juré sur la tombe de ma mère de ne jamais revenir dans mon pays natal. Pas tant qu'il y aurait un Anglais sur la terre irlandaise.

Jessie retint son souffle.

— Mais… vous vivez parmi les Anglais, ici.

— Oui, mais ce n'est pas mon pays.

Elle observa les copeaux de bois qui tombaient un à un. Elle n'avait jamais vraiment réfléchi aux raisons de la déportation de Tom. Elle imaginait que c'était pour avoir braconné ou trafiqué quelque marchandise. À présent, elle en doutait.

— Vous nous détestez tant que cela ? demanda-t-elle. Je l'ignorais.

— Pas toi, mademoiselle Jessie, assura-t-il en secouant la tête.

— Pourquoi pas ? Je suis anglaise.

— Oui, mais tu ne leur ressembles pas. De plus, à ta façon, tu es emprisonnée comme nous tous.

— Je ne comprends pas.

— Vraiment ? fit-il avec un regard perspicace. Alors pourquoi me poses-tu la question, après toutes ces années ?

— Je l'ignore…

Ensuite, ils avaient discuté de tout et de rien, de la jument Cimmeria, des chiens de son frère, de la fête que sa mère comptait organiser pour célébrer son retour. Mais les paroles de Tom étaient restées gravées dans sa mémoire…

— Mademoiselle Corbett ?

Elle se détourna de sa coiffeuse. Emma Pope était immobile au milieu de la chambre, tenant la robe en soie. Jessie leva les bras et laissa la servante l'habiller. La soie verte scintilla à la lueur des chandelles et enveloppa le corps de la jeune femme.

6

Le lendemain matin, Jessie se rendit aux écuries pour observer l'Irlandais à l'œuvre avec Finnegan. Elle se répétait qu'elle ne s'intéressait qu'aux progrès du cheval, mais une petite voix intérieure lui murmurait qu'elle avait d'autres motivations.

Pendant la nuit, il avait beaucoup plu. Le sol était lourd et humide, la végétation luxuriante ruisselait de grosses gouttes d'eau. D'épais nuages peuplaient le ciel, surplombant la vallée jusqu'à la mer. Les arbres du parc n'étaient que des ombres indistinctes qui semblaient flotter dans la lumière opaque. Le temps était à la pluie. Aux alentours des écuries, flottait une odeur familière de foin humide et de cheval.

Avant même d'atteindre le petit enclos à gauche du bâtiment, elle entendit les sabots de Finnegan marteler le sol, ainsi que la voix douce d'un homme. Perché sur la barrière blanche, Warrick salua sa sœur d'un grommellement. Il était concentré sur le cheval qui trottait, les muscles saillants, la tête haute et fière, sa crinière sombre voletant au vent. Lucas Gallagher le guidait d'une main ferme et de la voix.

Jessie s'arrêta à côté de son frère et posa ses mains gantées sur la barrière. Elle observa à son tour Gallagher et le cheval en plein travail.

Debout au milieu de l'enclos, bien campé sur ses jambes écartées, il pivotait avec grâce, tenant les rênes enroulées dans sa main gauche. Peu à peu, il relâcha son emprise, le visage grave, concentré, et fit passer l'étalon du trot au galop. L'animal tourna autour de lui à un rythme régulier. Un jeune garçon d'écurie suivait des yeux les moindres mouvements de Gallagher.

Celui-ci semblait à la fois brutal et rebelle, à l'image de ces malfrats dangereux qui peuplaient la Tasmanie et qu'elle avait appris à redouter. Pourtant, la communion de l'homme et de l'animal lui coupa le souffle. L'espace d'un instant, elle se laissa aller à le fixer intensément, à admirer sa maîtrise, ses longues mains marquées par le travail, son dos droit, ses cuisses fuselées.

Leurs regards se croisèrent furtivement. La gorge de la jeune femme se noua. Elle sentit sa poitrine se serrer, la laissant étourdie, haletante. Le martèlement régulier des sabots dans la poussière la transperçait. Son sang se mit à bouillir dans ses veines, trahissant un trouble qu'elle ne comprenait pas.

Effrayée par ses propres réactions, Jessie détourna la tête.

— Je ne vois pas en quoi cela va empêcher Finnegan de ruer, dit-elle à Warrick d'un ton réprobateur.

Sans quitter le cheval des yeux, son frère lui répondit d'un grognement indistinct.

— Cet homme fait connaissance avec l'animal, expliqua-t-il enfin. Selon lui, mieux vaut ne rien brusquer si on veut obtenir des résultats.

— Pourquoi ne pas avoir confié Finnegan au vieux Tom, comme tous les autres chevaux ?

Warrick se tourna vers sa sœur et fronça les sourcils.

— C'est justement Tom qui m'a recommandé Gallagher, figure-toi. Selon lui, il connaît parfaitement son affaire. Or je fais confiance à son jugement. Pas toi ?

— Bien sûr. Mais…

Elle s'interrompit en entendant un bruit de pas. Se retournant, elle découvrit l'imposante silhouette de Harrison qui venait vers elle. Il portait une élégante veste vert foncé, une culotte de peau et des bottes étincelantes. Il dégageait une telle assurance et un tel calme que la jeune femme se sentit soulagée. Elle avait l'impression d'avoir dérivé un instant vers un monde dangereux et inconnu. La présence de Harrison la ramenait sur terre, en sécurité, dans un monde qui était le sien.

— Harrison, fit-elle en allant à sa rencontre, les mains tendues. Quelle bonne surprise !

— Ta mère m'a dit que je te trouverais près des écuries, répondit-il en prenant ses mains dans les siennes. Elle m'a proposé d'envoyer quelqu'un te chercher, mais je n'ai pas pu résister à l'occasion de venir admirer ce superbe étalon dont j'ai entendu parler.

— Erreur fatale de ta part, commenta Warrick sans quitter l'animal des yeux. Je crains que tu n'aies privé notre chère mère d'une occasion unique d'empêcher sa fille de traîner dehors pour l'enfermer au salon, qui est la place de toute jeune fille digne de ce nom.

Une lueur d'amusement scintilla dans les yeux gris de Harrison.

— Oui, je l'ai déçue. Mais je lui ai promis de ramener Jessica à la maison pour le thé.

Jessie se mit à rire. Les traits de Harrison se détendirent.

— Voici donc Finnegan, déclara-t-il.

Il s'appuya contre la barrière et observa le travail de Gallagher.

— Il est magnifique. Tu l'as déjà monté, Warrick ?

Celui-ci croisa le regard entendu de sa sœur et grimaça un sourire.

— Je préfère que le palefrenier s'en occupe pendant quelques jours, répliqua-t-il simplement.

— Hmm, fit Harrison en plissant les yeux tandis que Gallagher maintenait le cheval à distance, les bras écartés. Cet homme est nouveau, au domaine ?

— On ne trouve pas facilement un forçat qui soit aussi habile avec les chevaux, répondit Warrick en hochant la tête.

Gallagher fit arrêter Finnegan et se mit à marcher, lâchant la longe. Le garçon d'écurie trottinait près de lui. Docile, le cheval suivit le mouvement.

— C'est peut-être un voleur de chevaux, suggéra Harrison, ironique.

Warrick éclata de rire.

— Peut-être ! Mais dans son cas, je penche plutôt pour l'insoumission ou la résistance. C'est un Irlandais, après tout. Et cet homme est un ancien gentleman. Il suffit de l'entendre s'exprimer, quand il oublie d'imiter ce faux accent irlandais.

Gallagher recula, s'éloignant du cheval, jusqu'au milieu de l'enclos. L'étalon tournait toujours en rond.

Jessie leva les yeux vers son frère. Gallagher était un «ancien gentleman»? Toute sa vie, elle avait entendu sa mère prononcer cette expression à propos de personnes issues de familles aisées qui avaient sombré dans la déchéance. Elle avait toujours trouvé contradictoire que l'acquisition de beaux habits et d'une belle demeure ne puisse transformer un homme d'extraction modeste en gentleman, selon les critères de la société, alors que la perte d'une fortune pouvait priver un gentleman de toute dignité et faire de lui un ange déchu.

— Quelle expression ridicule, dit-elle. Un ancien gentleman ! Vraiment, Warrick, tu devrais réfléchir avant de parler. Je comprends qu'on puisse parler d'un ancien pasteur, par exemple, ou d'un ancien médecin. Mais comment peut-on être un ancien gentleman, si on est bien né ?

— Tu sais pertinemment ce que je veux dire, rétorqua son frère avec impatience. Regarde-le, pour l'amour du ciel !

Jessie obéit. Malgré la fraîcheur matinale, l'Irlandais ne portait qu'un vieux gilet élimé sur une chemise en coton brut. Ses cheveux trop longs tombaient sur son col ouvert. Les années qu'il avait passées à travailler douze heures par jour sous l'implacable soleil australien avaient tanné sa peau et musclé ses bras. Bien campé sur ses jambes, il tournait sur lui-même au rythme du cheval, qu'il semblait maîtriser uniquement grâce à sa voix et à son autorité naturelle. Il avait l'air dangereux, sauvage, un peu menaçant.

En tout cas, il n'avait rien d'un gentleman.

— Franchement, reprit Harrison en ôtant une poussière invisible de la manche de sa veste en laine, j'ai toujours considéré que ces hommes-là étaient encore plus méprisables que les forçats issus des classes laborieuses. Après tout, un homme bien né possède toutes les chances de réussir dans la vie. Mais non, il a préféré sombrer pour en arriver là...

Il lança un regard éloquent à l'homme qui tournoyait au milieu de l'enclos et soupira.

— Cette déchéance en dit long sur la personnalité et la moralité de ce sinistre coquin, conclut-il.

Jessie avait oublié combien Harrison pouvait parfois être prétentieux et méprisant envers son prochain. En regardant son fiancé, elle se dit qu'il représentait le modèle de ce que devait être un homme de son rang, avec cette froideur, cet air hautain en toute circonstance. Elle ne l'imaginait pas une seconde en train de remettre en cause ses privilèges ou de renoncer à son confort. Jessie le fréquentait depuis l'enfance, mais elle eut soudain l'impression de ne pas le connaître – en tout cas, pas comme une femme devait connaître son mari. Elle ignorait tout des rêves et des passions qui habitaient Harrison, de son âme profonde.

— Tu fronces les sourcils, Jessica, constata-t-il en inclinant la tête, comme toujours quand il la taquinait. Tu m'en veux ? Tu trouves que je juge le nouveau palefrenier de ton frère trop sévèrement ?

— Je trouve que tu es très prompt à juger un homme dont tu ne sais absolument rien.

Harrison écarquilla les yeux. Il prit la main de la jeune femme dans la sienne, fraîche et légère.

— Tu as raison, chérie. Ce n'est pas très charitable de ma part. Pour te prouver que mon âme n'est pas définitivement perdue, laisse-moi t'informer que la société scientifique de Blackhaven Bay organise une conférence sur la spéléologie, samedi prochain, donnée par le professeur Heinrich Luneberg. Connaissant ta passion pour ce sujet, je suis venu te proposer de m'y accompagner. De plus, Philippa et moi souhaitons t'inviter à dîner, demain soir. Voilà. Je me propose de satisfaire à la fois ta curiosité et ton appétit... Alors, je suis pardonné ?

C'était le genre de sottises dont il se servait pour dissimuler ses émotions. Malgré son rire, Jessie décela une lueur grave dans son regard.

— Merci, Harrison, répondit-elle en glissant ses doigts entre les siens. J'en serai ravie.

— La spéléologie ? fit Warrick en sautant de la barrière pour poser une main sur l'épaule de son ami. Seigneur, Harrison, c'est ce qu'on appelle du dévouement ! Tu t'es déjà engagé à l'épouser, je te le rappelle.

— Cela ne m'ennuie pas d'écouter une conférence sur les roches, répliqua-t-il en posant la main de Jessie sur son bras avant de se diriger vers la maison. Tant que Jessica ne me demande pas d'aller explorer quelque grotte sinistre...

Les deux hommes s'esclaffèrent, sans se rendre compte que Jessie ne riait pas.

Le trio s'éloigna. La jeune femme était bien loin de la conversation de ses compagnons. Elle ne comprenait pas ce qui l'avait poussée à prendre la défense de Gallagher, cet homme brisé plein de haine et de mystère, aux yeux féroces et à l'attitude provocante. Elle hâta le pas, refoulant son envie de courir, de fuir le bruit des sabots de Finnegan et la voix caressante de l'Irlandais.

L'eau fraîche éclaboussa le visage de Lucas et le revigora. Il plongea entièrement dans la rivière, nageant près du fond, cherchant à aller toujours plus loin, avant de remonter à la surface.

Dans les noisetiers, plus haut sur la colline, chantait une grive. Lucas secoua la tête pour écarter les cheveux de son visage, et aspira à pleins poumons l'air vespéral. Il se sentit lavé de la poussière et de la sueur de sa journée de travail. C'était l'un des aspects pénibles de la vie de forçat, la crasse perpétuelle, les odeurs corporelles. Certains bagnards pouvaient passer des semaines sans avoir l'occasion de se laver. Désormais, Lucas venait se baigner chaque fois qu'il le pouvait. Il aimait nager dans cette rivière qui ceignait la propriété des Corbett, en contrebas du Château. Une ou deux fois par semaine, il s'efforçait également de nettoyer ses vêtements crottés – du moins, s'il lui restait un peu de temps avant le coucher du soleil. Par chance, avec l'arrivée du printemps, les jours étaient plus longs.

Il se mit à nager contre le courant, effectuant plusieurs allers et retours, se purifiant l'âme autant que le corps. Il était né dans une modeste maison aux murs blanchis à la chaux, donnant sur la mer d'Irlande. Tout jeune, il avait bravé le danger des courants. En fermant les yeux, il avait presque l'impression qu'il était encore là-bas, auprès des siens, qu'il n'avait jamais quitté sa terre natale…

Il rouvrit les yeux et émergea sur la rive herbue. L'air embaumait le citron et l'eucalyptus. Submergé par une vague de nostalgie, il se dit qu'il détestait ces parfums exotiques, la forêt tropicale, si éloignés de son environnement familier. Il enfila un pantalon de toile et laissa son torse nu sécher sous la brise, tenant ses vêtements sales à la main.

En plongeant son linge dans l'eau, il songea que le travail manuel avait l'inconvénient de pousser les gens à réfléchir un peu trop. Au fil des heures, des jours et des semaines, l'esprit était libre de vagabonder à sa guise. Cela expliquait sans doute le regard vague de certains vieux briscards, dont certains subissaient le système répressif des Anglais depuis plus de vingt ans. Ceux qui trouvaient leur passé trop doux et leur avenir trop sombre avaient tendance à ne penser à rien.

Agenouillé sur la rive, il regarda l'eau qui venait lécher les pierres. À un moment, il avait espéré gagner la mer en nageant le long de la rivière. Mais il avait appris qu'elle se jetait dans Blackhaven Bay, le port où la Royal Navy n'avait pas grand-chose à faire, sinon pourchasser les fuyards.

Il avait entendu parler d'une autre issue vers la mer, par une crique située au nord de la baie. Il n'avait pas encore eu l'occasion de s'y rendre, mais maintenant qu'il travaillait aux écuries, il trouverait un moyen. Il avait déjà commencé à rassembler du matériel, des cordes, du goudron, du bois, des outils, au cas où il devrait construire sa propre embarcation. Il passait beaucoup de temps à réfléchir à la conception d'un bateau, à ses besoins. C'est en pensant à son évasion qu'il évitait de ressasser des souvenirs douloureux et d'afficher cette expression vide de forçat.

Lucas sortit sa chemise de l'eau et l'essora, avant de la mettre à sécher sur un buisson. Il allait laver son autre pantalon, quand il entendit des pas légers dans l'herbe.

La brise vespérale lui caressait le torse, éveillant ses sens. Il s'attendait à croiser un wallaby ou un autre animal, venu s'abreuver en cette fin de journée. Pas cette jeune femme élégante, vêtue d'une robe lilas aux manches ourlées de dentelle, et coiffée d'un chapeau de paille orné de rubans.

Elle s'arrêta, les lèvres entrouvertes.

— Monsieur Gallagher… fit Jessica Corbett.

7

Lucas la vit hésiter, une main posée sur son chapeau, l'autre soulevant légèrement sa robe, comme si elle allait prendre ses jambes à son cou. Il retint son souffle, attendant qu'elle s'éloigne. Il voulait qu'elle s'en aille.

— Je vous ai vu faire travailler Finnegan, ce matin, déclara-t-elle toutefois, comme s'il pouvait ne pas avoir remarqué sa présence près de l'enclos. Vous paraissez très… compétent.

Elle s'exprimait presque à contrecœur.

— À vous entendre, se moqua-t-il, on jurerait que vous espériez me voir mordre la poussière.

— Ne soyez pas ridicule…

Mais ses joues empourprées indiquaient qu'il avait vu juste.

Il se tut, se contentant de la regarder, mince et élégante, un peu raide. Le vent les enveloppa, chargé du parfum des fleurs du jardin. Soudain, il se sentit misérable dans son pantalon de toile, pieds et torse nus. Avait-elle remarqué les balafres écarlates qui barraient son dos, témoignant de ses années d'humiliation ? D'ailleurs, que lui importait l'opinion de cette fille de bonne famille ?

Il lui tourna délibérément le dos. Tenant son pantalon, il s'accroupit au bord de l'eau et se mit à le laver consciencieusement. Même s'il ne voyait plus la jeune femme, il sentait sa présence derrière lui. Loin de s'éloigner, elle l'observait avec attention. Il poussa un long soupir dans le silence pesant.

— Qu'est-ce que vous faites ? demanda-t-elle.

Il ne releva pas la tête.

— Cela me semble assez évident.

— N'y a-t-il pas une femme chargée de la lessive des détenus ? Il y en avait une, avant.

— Oui, c'est vrai. Mais elle ne fait pas la lessive assez souvent, à mon goût.

— Alors vous venez ici, le soir, pour laver vos vêtements vous-même ?

L'étonnement sincère de la jeune femme le piqua au vif. Il s'interrompit, les coudes posés sur les cuisses, et la regarda par-dessus son épaule.

— Vous n'en croyez pas vos yeux, n'est-ce pas ? Pour vous, les Irlandais ne sont qu'une bande de pouilleux. De vrais sauvages !

Les détenus irlandais avaient effectivement mauvaise réputation en Australie. On leur reprochait leur esprit de révolte, leur hostilité chargée de haine et leur soif de vengeance. La plupart des colons anglais les redoutaient. Jessie partageait au moins en partie ce sentiment. Lucas le devina à son regard, à ses yeux écarquillés, à son souffle court. Elle avait d'ailleurs les plus beaux yeux qu'il ait jamais vus, d'un bleu sombre et velouté, pétillants de vie et d'intelligence, comme la mer par une nuit d'orage.

Croyant qu'elle allait s'éloigner, il attendit, tendu, pris d'un soupçon de regret. Mais elle ne partit pas. Au contraire, elle dévala la pente menant au bord de l'eau, faisant bruisser ses jupons pour révéler ses bottines. Il savait qu'il devait détourner les yeux, mais n'en fit rien.

Elle le contempla sous le bord de son chapeau de paille. Le soleil projetait des ombres étranges sur son visage.

— Et vous en êtes très fier, n'est-ce pas ? dit-elle en esquissant un sourire. Non seulement de vos origines, mais d'être un hors-la-loi, un rebelle notoire ?

Il se leva souplement et fit volte-face. Il ne portait qu'un vieux pantalon usé, si bien que la jeune femme eut un mouvement de recul. Son regard était rivé sur le torse nu de Lucas. Face à ce spectacle inhabituel, elle avait la gorge nouée. Il glissa les pouces dans sa ceinture et prit une pose résolument provocante.

— Que voulez-vous, ma bonne dame, les Irlandais sont comme ça! Tout comme les Anglais sont modérés, stricts et sérieux.

Par son arrogance, il ne cherchait qu'à la faire fuir. Il voulait qu'elle s'en aille le plus loin possible. Mais elle ne broncha pas, comme si elle déployait mille efforts pour ne pas céder.

— Vous ne pensez pas que c'est un jugement un peu simpliste? fit-elle d'une voix posée.

Il esquissa un sourire, mais garda les yeux plissés.

— Cela ne vous plaît pas, hein? On peut prétendre que les Irlandais sont des paresseux qui ne pensent qu'à prendre du bon temps, mais quand il s'agit d'affirmer que les Anglais sont ternes, hautains, qu'ils aiment l'autorité plus que tout et ont peur d'être autonomes, c'est une autre histoire!

Indignée, elle prit une profonde inspiration, qui attira l'attention de Lucas sur sa poitrine.

— Il y a une différence entre aimer l'autorité et respecter la loi, rétorqua-t-elle d'un air suffisant. La loi britannique fait des envieux dans le monde entier.

Il se mit à rire.

— Vraiment? C'est pourquoi vous tenez tant à l'imposer un peu partout, je suppose. L'avidité et l'égoïsme n'ont rien à voir dans ces ambitions impérialistes?

— L'avidité et l'égoïsme? répéta-t-elle en renouant nerveusement le ruban de son chapeau.

— Absolument, répondit-il en se penchant vers elle. Le tout dissimulé sous la moralité et la charité, histoire de civiliser les contrées primitives. Qu'est-ce que vous croyez? Que Dieu a créé le monde rien que pour vous? Pour que l'Empire britannique puisse gouverner tous les peuples? Vous vous croyez les garants de la seule civilisation qui compte?

Jessie demeura immobile, mais elle était si tendue que Lucas avait l'impression de voir une veine pulser sur son cou.

— Nous avons constitué le plus vaste empire que le monde ait jamais connu, déclara-t-elle avec un flegme tout britannique. Un empire prestigieux et...

Il eut un geste d'impatience.

— Prestigieux ? Je vais vous dire une chose : votre empire n'aura jamais rien de glorieux, tant qu'il s'imposera par la force et la répression. Un jour viendra où vous perdrez tout ce que vous avez pris, que ce soit en Afrique, en Inde, ou en Irlande.

Elle tremblait presque, même si elle parvenait encore à s'exprimer d'un ton posé.

— Vous délirez, déclara-t-elle. Vous êtes... complètement fou !

Il lui adressa son sourire le plus diabolique.

— Pas du tout. Je suis irlandais, c'est tout.

L'espace d'un instant, Jessie resta stupéfaite. Puis, à la grande surprise de Lucas, elle éclata de rire. Pas l'un de ces petits rires polis, de bon ton dans les soirées mondaines, mais un rire franc, qui illumina son visage. Soudain, sa robe de soie ourlée de dentelle parut incongrue, tant elle se laissait aller à sa gaieté naturelle, oubliant les diktats de son éducation. Pour la première fois depuis leur rencontre, il remarqua ses lèvres charnues, la courbe de sa nuque.

Un étrange silence s'installa entre eux, que seuls le vent et le ruissellement de l'eau venaient rompre...

Puis un bruit de pas attira l'attention de Lucas, qui tressaillit.

— Ah, te voilà, mon gars ! lança Daniel O'Leary, son ami aux cheveux roux. Comme tu tardais à revenir, je me suis inquiété. Le soleil va bientôt se coucher et...

Il s'interrompit et écarquilla les yeux en découvrant la présence de Jessie.

L'éducation de Béatrice Corbett reprit ses droits. Jessie ne montra rien de sa déconvenue à être surprise en compagnie d'un forçat à moitié nu, à la nuit tombante.

— Vous ne devriez pas nager seul, monsieur Gallagher, déclara-t-elle d'un ton sec. Vous pourriez avoir des problèmes avec les autorités pénitentiaires.

Sur ces mots, elle s'éloigna, la tête haute, faisant voleter ses rubans dans son sillage.

Après son départ, Daniel demeura bouche bée.

— Qu'est-ce qu'elle fabriquait là ? s'enquit-il enfin à voix basse.

Lucas haussa les épaules et se pencha pour ramasser sa chemise propre.

— Elle se promenait, je suppose.

Daniel secoua la tête et se massa distraitement la nuque.

— J'espère que tu sais ce que tu fais, mon gars...

— Qu'est-ce que tu vas chercher ? rétorqua Lucas en enfilant sa chemise.

Mais Daniel se contenta d'une tape sur l'épaule.

— Sois prudent, c'est tout, prévint-il, la mine grave.

Le lendemain soir, Jessie se rendit à Beaulieu, chez les Tate, en compagnie de sa mère et de son frère.

La lune scintillait dans le ciel pourpre, baignant les champs d'une lumière bleutée et projetant des ombres sur les visages des passagers silencieux. Jessie observa les traits fins de Warrick et le visage strict de Béatrice. Elle n'appréciait pas du tout la lueur troublée qu'elle décelait dans les yeux de son frère, ce soir. Il avait passé l'après-midi dans une ravine, au pied des collines, à faire sauter les couches d'argile à l'aide de deux pistolets tout neufs, tout en buvant du cognac en grande quantité. Il lui avait demandé de l'accompagner pour lancer des cibles, et elle avait accepté volontiers. Elle ne savait pas quoi faire de sa journée, incapable de comprendre l'humeur étrange qui s'était emparée d'elle, et qui l'énervait et la fatiguait à la fois...

Elle se réjouissait de cette soirée à Beaulieu. Elle avait envie de voir Harrison. Elle avait grand besoin de son caractère flegmatique et posé… Cette pensée était si incongrue qu'elle sourit dans la nuit.

— Pourquoi ce sourire mystérieux? lui demanda Béatrice, rompant le silence de sa voix haut perchée.

— Je me rappelais ce que vous m'avez dit récemment, répondit Jessie, consciente du regard curieux de Warrick.

La jeune fille veilla à ne plus sourire, pour ne rien trahir de ses émotions.

Le salon des Tate ressemblait en tout point à celui du Château, avec ses coûteux meubles en noyer, sa cheminée de marbre blanc et partout de la soie, du satin, du brocart. Dans la salle à manger trônait une imposante table en acajou de Cuba, assez grande pour accueillir vingt-quatre convives. Les chaises étaient couvertes de soie italienne de couleur bordeaux assortie aux rideaux. Un lourd chandelier en argent de Sheffield était posé au centre de la table, à côté d'un service à condiments en argent massif. De part et d'autre étaient disposées deux consoles en bois précieux, nichées dans une arcade de style italien, bordée d'or, de bordeaux et de vert foncé.

Un bataillon de domestiques, étonnamment bien formés pour des détenus, servirent les nombreux plats parmi les plus raffinés: canard, cygne, kangourou et agneau. En tant que magistrat, Harrison disposait des meilleurs éléments sélectionnés parmi les forçats.

À mesure que le repas se déroulait, Jessie se surprit à observer son fiancé avec de plus en plus d'attention. Il était assis en bout de table, un bras sur son accoudoir, plus détendu maintenant que le repas était presque terminé. Il portait une longue veste au col bas et un élégant gilet brodé de soie qui lui donnait fière allure. Elle le vit choisir un dessert sur un plateau d'argent, de sa main blanche et manucurée avec soin.

La jeune femme se sentait à l'aise dans cet environnement familier, cette élégance sereine.

Il bavardait avec Béatrice du nouveau service de table qu'il avait commandé à Worcester, et qui porterait les armoiries familiales en doré sur fond bordeaux et bleu. Au contraire d'Anselm Corbett, dont le père avait fait fortune à la force du poignet, les Tate étaient issus de l'aristocratie et descendaient d'un modeste chevalier du Hampshire. Cependant, les origines de Harrison étaient loin d'être aussi impressionnantes que celles de Béatrice, dont la famille était très ancienne. Dans les colonies, il importait encore d'être bien né. Mais l'argent avait aussi son importance, encore plus qu'en Angleterre. Les Tate et les Corbett jouissaient d'une fortune à peu près équivalente. Les deux familles étaient donc faites pour s'allier.

Jessie saisit son verre de vin d'une main tremblante et crispa les doigts sur le pied en cristal. La lignée et l'argent… Voilà ce qui dirigeait le monde. Tels étaient les critères qui valaient le respect d'autrui. L'argent, la lignée… et l'absence de toute condamnation, qui constituait une tache indélébile.

Après le dîner, tandis que Philippa et Béatrice interprétaient un duo au piano et que Warrick, affalé dans un fauteuil, dégustait un énième cognac, Harrison invita Jessie à admirer le clair de lune sur la terrasse.

La lune luisait plus que jamais dans le ciel sombre.

— Tu avais raison, déclara la jeune fille. C'est un spectacle merveilleux.

— Vraiment ? souffla-t-il tout près de son visage, en lui prenant la main.

— Tu ne regardes pas le ciel ? demanda-t-elle en riant alors qu'il la tournait vers lui.

En découvrant l'expression de son fiancé, elle retrouva vite son sérieux.

— Non, répondit-il avec un sourire énigmatique. Je t'ai attirée sur la terrasse sous un faux prétexte. Tu es la seule que j'aie envie d'admirer.

Son air grave la fit frissonner. Elle ressentait une émotion proche de la peur.

Il va m'embrasser, songea-t-elle. Il va m'embrasser comme un homme embrasse la femme qu'il va épouser. La femme qui sera un jour dans son lit...

Soudain, Jessie se sentit très intimidée. Elle se persuada qu'elle était stupide, qu'elle connaissait Harrison depuis toujours, qu'elle serait bientôt son épouse légitime. Elle devrait s'habituer à cette nouvelle intimité.

— Jessica... murmura-t-il.

En sentant son souffle tiède contre sa joue, elle ne bougea pas. Harrison posa les mains sur ses épaules et l'attira doucement vers lui, glissant un bras possessif autour de sa taille. Puis il se pencha pour l'embrasser.

Elle trouva ses lèvres douces, fraîches et humides. Ce baiser tant redouté serait peut-être une expérience agréable, finalement. Cependant, il resserra très vite son étreinte et sa bouche se fit plus brutale, plus exigeante. Il insinua sa langue de force entre les lèvres de la jeune fille, provoquant en elle un sentiment de panique et un vague dégoût. L'espace d'un instant, elle endura ce contact, incapable de respirer, les yeux écarquillés, le regard fixe, les mains crispées sur les épaules de son fiancé. Puis, ne pouvant en supporter davantage, elle émit un gémissement de protestation, cherchant à l'écarter.

Il la relâcha aussitôt et s'éloigna vers l'extrémité de la terrasse, la tête rejetée en arrière, une main sur les yeux. Gênée, honteuse, se sentant maladroite, Jessie ne bougea pas.

— Je suis désolée... murmura-t-elle d'une toute petite voix.

Par chance, il lui tournait le dos. Il ne la vit pas s'essuyer vivement les lèvres, comme pour chasser le goût désagréable de ce premier baiser. Elle ajouta :

— J'ignore ce qui m'a pris de réagir de la sorte...

— Non, ne dis pas cela. Tout est ma faute, répondit-il en revenant vers elle pour prendre ses mains dans les siennes. Pardonne-moi, chérie. J'ai eu tort de…

Il avait le souffle court, de sorte qu'il dut déglutir avant de continuer :

— Vois-tu, les passions d'un homme sont plus intenses que celles d'une femme. C'est naturel. C'est… normal. Face à une femme bien éduquée, un homme honorable se doit d'adopter un comportement délicat. Or je viens de te brusquer. Pardonne-moi, je t'en prie.

Elle secoua la tête.

— On croirait que tu parles d'un cheval fougueux et d'une tasse en porcelaine.

Il se mit à rire. Jessie lui caressa doucement la joue.

— En acceptant de t'épouser, je t'ai donné l'autorisation de m'embrasser. Ce sera mieux la prochaine fois. Je saurai à quoi m'attendre.

Au plus profond d'elle-même, elle s'en fit la promesse.

Ils regagnèrent le salon. Harrison alla tourner les pages de la partition de sa sœur, toujours au piano. Jessie s'assit près de Warrick, dans un coin de la pièce faiblement éclairé d'une chandelle. Le jeune homme semblait trop absorbé par ses sombres pensées pour lui prêter la moindre attention. Toutefois, elle sentait le regard réprobateur de sa mère. Ses joues rouges et son énervement ne lui avaient pas échappé.

Jessie devina qu'elle n'avait pas fini d'en entendre parler.

Comme elle s'y attendait, le lendemain matin, alors qu'elle passait devant la porte du salon après un petit déjeuner un peu tardif, Béatrice l'interpella.

— Entre un instant et referme la porte, lui ordonnat-elle, toujours occupée à sa chère broderie. J'ai à te parler.

Jessie obéit. Elle avait mal dormi, troublée par des pensées qu'elle refusait d'affronter. Elle ne voulait surtout pas évoquer la soirée de la veille avec sa mère.

— Ferme les volets, ajouta Béatrice au moment où sa fille s'apprêtait à s'asseoir près d'elle sur le divan.

La jeune fille traversa la pièce et alla fermer les volets de cèdre, pour protéger sa mère du soleil matinal et des oreilles indiscrètes. Les mains dans le dos, elle s'appuya ensuite contre le mur et inclina la tête.

— De quoi s'agit-il, mère?

Béatrice maniait habilement l'aiguille sur son ouvrage. Jessie songea qu'il s'agissait pour elle d'un moyen de trouver une contenance, tout comme Warrick se réfugiait dans le cognac. Peut-être était-ce une façon de se protéger?

— Hier soir, tu as passé un certain temps sur la terrasse, seule en compagnie de Harrison, il me semble, déclara Béatrice d'un ton sec.

Jessie poussa un soupir.

— Mère, nous sommes fiancés, et...

Béatrice l'interrompit:

— Je sais. C'est justement ce qui m'inquiète. Harrison est un vrai gentleman. Jamais il ne se permettrait un geste déplacé. Toutefois, puisque vous êtes fiancés, il se sent peut-être autorisé à certaines... libertés.

— Que cherchez-vous à me dire, au juste?

Jessie la vit rougir légèrement, puis se ressaisir. Elle croisa furtivement le regard de sa fille.

— Pour certaines femmes, il est... difficile de résister aux avances d'un homme. Elles se laissent aller à... l'intensité du moment, et elles font des choses qu'elles ne devraient jamais faire.

Béatrice baissa le ton et se pencha en avant:

— Des actes qui sont réservés au lit conjugal...

— Mère! protesta Jessie en rougissant à son tour.

Elle quitta la fenêtre pour arpenter nerveusement la pièce.

— Vraiment! Pour qui donc me prenez-vous?

Elle fit volte-face, les bras croisés.

— Hier soir, reprit-elle, Harrison s'est contenté de m'embrasser. Cela n'a rien de choquant entre deux fiancés, il me semble !

— Un baiser finit souvent par mener à autre chose, répliqua Béatrice, qui ne faisait plus mine de broder et tenait son ouvrage sur ses genoux. Si une telle chose se produisait, il faut que tu le repousses fermement, Jessica. Tu as bien compris ? Même si tu souhaites ardemment le contraire. Tu dois attendre d'avoir prononcé les vœux du mariage avant de renoncer à ta vertu.

Jessie ne put réprimer un rire ironique, et alla s'asseoir près d'elle sur le divan.

— Mère, je vous assure que vous n'avez aucune raison de vous inquiéter. Je n'ai aucune chance d'être emportée par la passion avec Harrison.

— Il suffisait de voir ton visage, hier soir, pour deviner qu'il s'était passé quelque chose entre vous.

Jessie crispa les mains sur ses genoux.

— Je vous l'ai dit, il m'a embrassée. J'ai trouvé ce baiser à la fois inquiétant et désagréable. Une expérience que je n'ai guère envie de renouveler. Ne vous inquiétez pas.

Il y eut un long silence, que seul le tic-tac de l'horloge venait rompre. Dans la salle à manger adjacente, les domestiques débarrassaient la table.

— Excuse-moi, mon petit, déclara enfin Béatrice d'une voix brisée. Tu lui ressembles tant... J'en ai conclu que tu étais comme elle, dans ce domaine-là...

Jessie releva vivement la tête.

— De qui parlez-vous ?

— Peu importe, éluda sa mère en posant une main sur la sienne. Toutefois, j'espère que rien dans tes paroles ou ton comportement n'a suggéré à Harrison qu'il t'inspirait la moindre révulsion.

Jessie cligna les yeux et faillit éclater de rire. Mais elle ressentait une étrange douleur au fond de la poitrine, un vide qui la laissait triste et désemparée.

— Vous venez de me mettre en garde contre certaines libertés qu'il pourrait prendre. À présent, vous me recommandez de ne pas le décourager ?

— Jessica…

Béatrice se tut, comme si elle rassemblait son courage avant de parler.

— Il est très délicat d'évoquer ces choses, mais puisque tu vas te marier…

Elle prit une profonde inspiration et poussa un soupir à fendre l'âme, le regard rivé sur un superbe vase de Sèvres posé sur un guéridon.

— La plupart des femmes trouvent le… l'anatomie masculine à la fois effrayante et repoussante, et le devoir conjugal leur est pénible. Cependant, nous devons toutes passer par là. C'est le prix à payer pour avoir des enfants, un foyer, un rang dans la société. Ne l'oublie jamais, conclut-elle en regardant sa fille dans les yeux.

Ce fut au tour de Jessie de se détourner. Les paroles de Béatrice restèrent en suspens, chargées de non-dits.

Puis Jessie se leva et gagna la cheminée de marbre blanc. Elle ne s'était jamais bercée d'illusions sur le couple que formaient ses parents. Elle ne les avait jamais vus s'embrasser, se toucher. Ils menaient leur vie en parallèle, cachant leur indifférence l'un pour l'autre, voire leur antipathie, sous une politesse de bon aloi. Seuls ses enfants avaient réussi à faire naître un sourire sur les lèvres pincées de Béatrice. À moins qu'elle n'ait affiché cet air maussade à cause des exigences de la vie conjugale ? Jessie se demandait ce qui avait pu faire de sa mère un être aussi amer et triste.

— C'est tout ce que vous vouliez me dire ? s'enquit-elle tranquillement.

Béatrice récupéra sa broderie.

— Oui. Je crois. Mieux vaut ne plus jamais aborder ce sujet.

Jessie allait sortir, quand sa mère lança :

— Tu comptes aller faire du cheval, ce matin ?

Une main sur la poignée de la porte, la jeune femme se retourna, étonnée.

— Vous m'avez dit que vous ne vouliez pas que je monte à cheval avant votre fête.

— Eh bien… fit sa mère avec un geste désinvolte. J'ai l'impression que tu tournes un peu en rond, ces derniers temps. Monte donc te changer. Je vais dire à ton frère de donner des ordres aux écuries.

Jessie gravit lentement les marches, troublée par cette conversation. Elle n'avait pas cherché à contredire sa mère. En affirmant qu'elle n'avait pas apprécié le baiser de Harrison, elle n'avait pas menti.

Pourtant… pourtant elle sentait, au plus profond d'elle-même, qu'elle ne faisait pas partie de ces femmes qui trouvaient l'anatomie masculine repoussante. Elle frémit en imaginant la réaction de sa mère, si elle l'apprenait. Si elle avait su que Jessie avait passé de longues minutes au bord de la rivière, à admirer comment des années de dur labeur au soleil pouvaient sculpter un torse masculin ; si elle avait su que, depuis, des rêves la hantaient chaque nuit, des images de ce dos meurtri de coups de fouet qui avaient laissé des marques indélébiles.

8

Perché sur la barrière blanche de l'enclos, les avant-bras appuyés sur les genoux, Lucas suivait des yeux le superbe étalon bai qui trottait sans fin, foulant la poussière de ses sabots gris argenté, sa crinière dorée volant au soleil matinal.

L'enclos était suffisamment vaste pour que le cheval ait l'illusion d'être en liberté. Jusqu'à ce qu'il atteigne la barrière et s'arrête brutalement, relevant la tête, les oreilles penchées, les narines frémissantes.

— C'est ça, murmura Gallagher. Tu peux galoper à ta guise, mais tu ne peux aller nulle part, mon vieux. Tu es cerné.

— Tu vas essayer de le monter, aujourd'hui ? demanda Charlie, tout excité, en prenant place près de lui sur la barrière.

— Pas encore, répondit Lucas en souriant. Je préfère faire plus ample connaissance avec lui, pour l'instant. Ça te dirait de le faire travailler à la longe, tout seul ? ajouta-t-il avec un regard de biais vers le garçon.

— Et comment ! s'exclama Charlie, ravi.

En se retournant, Lucas plissa les yeux. Warrick Corbett arrivait à longues enjambées. En le regardant s'approcher, il songea qu'il ne savait pas encore quoi penser de cet homme énigmatique. Par certains aspects, c'était un bon patron, dénué de cette tendance au sadisme qu'avaient de nombreux anciens pensionnaires des écoles privées anglaises. Mais Warrick Corbett n'avait jamais fréquenté Eton ou Winchester. Il n'était même pas vraiment anglais, quoique certainement persuadé du contraire. Il était né et avait grandi en Australie, ce qui faisait de lui un homme différent de ses compatriotes.

Toutefois, Lucas ne comprenait pas l'origine de cette lueur féroce qui brûlait parfois dans son regard, ni ce sourire inquiétant d'ange déchu qu'il affichait souvent. En tout cas, il dégageait une brutalité refoulée qui n'inspirait guère confiance.

— Charlie ! lança Warrick. Va vite seller Cimmeria, la jument de ma sœur, et prépare-la. Tu en profiteras pour seller le cheval rouan pour Gallagher.

Le jeune garçon sauta de la barrière et s'éloigna en courant vers les stalles. Corbett se tourna vers Lucas, un sourire diabolique aux lèvres :

— J'ai du travail pour toi, Gallagher.

Lucas pivota et passa les jambes de l'autre côté de la barrière.

— Je croyais que vous vouliez que je m'occupe de Finnegan, aujourd'hui.

— C'est vrai. Mais Finnegan devra attendre.

Corbett suivit des yeux le fougueux étalon et précisa :

— Ma sœur a besoin d'un palefrenier.

Lucas crispa les poings sur le bois et sauta souplement à terre. En Europe, aucune jeune fille digne de ce nom n'aurait osé s'aventurer à cheval dans la campagne sans être escortée d'un domestique ou d'un palefrenier. Cependant, cette tradition semblait incongrue à l'autre bout du monde, là où les domestiques étaient en général des forçats au passé douteux.

— Je croyais que le vieux Tom occupait ce poste depuis longtemps, protesta Gallagher d'une voix tendue.

Être obligé de chevaucher en compagnie de cette jeune arrogante, lui obéir au doigt et à l'œil, lui paraissait soudain plus dégradant que tout ce qu'il avait enduré jusqu'à présent : les chaînes, le cachot, les coups de fouet, les humiliations quotidiennes.

Corbett vint s'appuyer contre la barrière, toujours concentré sur les mouvements de l'étalon.

— Le vieux Tom n'est plus en état de monter aussi longtemps. En fait, il était si faible, ce matin, que je lui ai conseillé de retourner se coucher.

— Pourquoi ne pas envoyer Charlie?

Corbett le regarda de biais.

— Charlie est trop jeune pour la défendre si elle croisait une bande de brigands, par exemple.

Lucas savait qu'il frôlait les limites de l'insolence, ce qui ne l'empêcha pas d'insister:

— Il y a certainement un autre homme qui...

Corbett s'écarta de la barrière, agacé par ce comportement intolérable.

— Aucun des autres hommes ne monte assez bien pour suivre ma sœur. Tu es son nouveau palefrenier, Gallagher. Un point c'est tout!

En levant les yeux, Jessie aperçut un homme mince aux cheveux noirs, qui menait deux chevaux hors des écuries. Elle se figea. Le bas de sa robe bleue lui glissa des mains. Il lui tournait le dos, occupé à inspecter la selle d'un rouan qu'elle ne connaissait pas. Mais elle n'eut aucun mal à reconnaître son dos musclé et ses mouvements souples et assurés.

Ignorant les battements effrénés de son cœur, elle traversa la cour ensoleillée. Une pie se mit à jacasser dans les pommiers, près de l'étang. L'homme ne leva pas les yeux. Jessie passa devant lui pour rejoindre sa petite jument noire aux pattes blanches.

— Bonjour, ma belle, lança-t-elle en flattant l'encolure de Cimmeria. Je t'ai manqué durant mon absence, j'espère? Toi, tu m'as beaucoup manqué.

Elle posa tendrement la joue contre la robe satinée de l'animal. Même si elle ne le voyait pas, elle sentait la présence toute proche de l'Irlandais.

— Votre frère m'a dit que vous souhaitiez vous rendre à la crique des Naufragés, déclara Gallagher en forçant à nouveau son accent irlandais.

Jessie regarda dans sa direction. Il lui tournait toujours le dos, ajustant les rênes du cheval, mais son ton moqueur n'avait pas échappé à la jeune fille.

— Effectivement, répondit-elle, désireuse de le voir s'éloigner au plus vite.

Elle ne s'expliquait pas l'effet troublant qu'il produisait sur elle. Cet homme avait le don de la rendre nerveuse, de la déstabiliser, sans qu'elle sache pourquoi.

— Où est le vieux Tom?

— Il est souffrant. Votre frère l'a envoyé se coucher.

Elle tressaillit.

— Se coucher? Qu'est-ce qu'il a?

Jamais de sa vie, Tom ne s'était admis assez malade pour garder le lit.

— Selon lui, une crise de rhumatisme, répliqua Gallagher en ajustant les étriers. Mais, à mon avis, c'est plutôt le cœur. Il présente tous les symptômes.

— Le cœur?

Jessie regarda en direction des cabanes, désertes à cette heure de la journée. Elle dut se retenir à la jument, sentant ses jambes se dérober sous elle. Très vite, elle retrouva l'équilibre, mais... mais elle savait que quelque chose avait changé. Pendant toute son enfance, Tom avait été présent, attentif, à ses côtés. En songeant à sa jeunesse, c'était à lui qu'elle pensait, plus qu'à ses parents.

C'était en effet Tom qui lui avait appris à monter, et non Anselm Corbett. Il lui avait fait découvrir le monde, lui avait appris le nom des merveilles de la nature, des créatures vivantes ou des roches. Avec lui, elle avait exploré des grottes à flanc de montagne, et vécu bien des aventures au fil des années. Depuis toujours, on l'appelait le vieux Tom, mais Jessie ne l'avait jamais perçu comme tel. Il n'était pas assez vieux, en tout cas, pour tomber malade. Lors de leur dernière rencontre, il n'avait à aucun moment évoqué un problème de cœur. Cependant, elle avait affirmé qu'elle ne comptait pas se promener vers la crique de sitôt.

Elle se rendit compte que Gallagher l'observait avec attention, les yeux plissés.

— Que faites-vous là ? lui demanda-t-elle.

— Votre frère vient de faire de moi votre nouveau palefrenier.

— Vous ?

Le ton alarmé de sa voix le fit sourire. Ses yeux bleu-vert se mirent à pétiller.

— Eh oui !

Elle faillit rétorquer qu'elle ne voulait pas de lui, mais elle se rattrapa à temps. Une foule d'émotions contradictoires la submergèrent. Au-delà de son inquiétude pour la santé du vieux Tom, elle avait le souffle court et éprouvait une gêne qu'elle ne s'expliquait pas.

Lucas tapota gentiment la croupe de son rouan et s'approcha de la jeune femme, la mine impassible, le chapeau enfoncé sur la tête, de sorte qu'elle ne voyait plus ses yeux. Il n'était pas très grand, mais il semblait la dominer de toute sa hauteur, si menaçant qu'elle faillit reculer. Comment allait-elle supporter sa présence à ses côtés, à la place de Tom ?

Avec un sourire forcé, fruit de son éducation irréprochable, elle déclara :

— Je vous remercie, monsieur Gallagher, mais je ne voudrais pas vous détourner de vos responsabilités auprès des chevaux du domaine. Aussi, veuillez appeler le jeune Charlie, qui...

— Non.

Sa brutalité la réduisit au silence. Jessie n'avait jamais rencontré un domestique aussi effronté. En fait, cet homme n'avait rien d'un domestique. Il était trop sûr de lui, trop viril, ce qui ne plaisait pas du tout à la jeune fille.

— J'ai moi-même suggéré à votre frère de faire appel à Charlie, précisa-t-il en saisissant les rênes de la jument. Mais il considère que le petit ne ferait guère le poids, face à une horde de brigands.

Il leva les yeux vers le ciel. Le soleil joua sur ses traits finement sculptés.

— Prête à monter en selle, mademoiselle ?

Jessie n'ignorait pas la présence de nombreux rôdeurs sur l'île. La plupart étaient des prisonniers évadés, des hommes désespérés, affamés. La nature tasmanienne n'était pas clémente envers ceux qui ne la connaissaient pas. Peu avant le départ de Jessie pour l'Angleterre, trois malfrats avaient agressé la femme d'un fermier, près de Blackhaven Bay. Ils avaient projeté son nourrisson contre un mur avant de s'en prendre à elle. Ces hommes n'avaient plus rien à perdre, car ils se savaient condamnés à mort s'ils étaient repris, voire pire. Certains étaient envoyés sur l'île de Norfolk ou à Port Arthur. D'après les récits que Jessie avait glanés dans sa jeunesse, c'était un sort plus redoutable encore que la mort.

L'Irlandais l'observait toujours, comme s'il la défiait de changer d'avis, de renoncer à cette promenade à cheval.

— Je suis prête, répondit-elle enfin.

Avec Gallagher, il ne lui serait pas possible de se rendre au cottage de la pointe de la Dernière Chance, mais elle pouvait tout de même aller admirer la crique.

Les paupières baissées, elle le regarda monter souplement en selle. Cet homme avait certainement passé toute son enfance à cheval. Les forçats ayant une bonne connaissance dans ce domaine étaient rares en Tasmanie. Il s'agissait en général d'anciens palefreniers ou garçons d'écurie. Ce qui n'était pas le cas de Gallagher. Il avait beau faire de son mieux pour masquer ses origines aisées, il ne parvenait pas à échapper à son passé. Jessie se demanda ce qu'il avait pu faire pour tomber aussi bas, pour en arriver là…

Tournant la tête, il croisa son regard. L'espace d'un instant, elle lut dans ses yeux la fierté, la colère et la honte mêlées. Il avait des traits d'une beauté saisissante, la beauté du diable, un air presque inquiétant.

Sans un mot, elle talonna sa jument, lui laissant le choix de la suivre ou non. Elle se prit à espérer qu'il resterait sur place.

Le problème, c'était que Gallagher ne pouvait pas davantage désobéir à un ordre, qu'elle ne pouvait aller se promener seule au-delà de l'allée du Château. Ils se dirigèrent donc vers la route de terre.

Au bout d'un moment, Jessie mit sa jument au trot, sous un soleil éclatant. L'air embaumait l'herbe fraîche. Tout autour d'elle, s'étendaient des champs de blé. Le vent lui caressait les joues. Très vite, quelques mèches rebelles s'échappèrent de son chapeau, mais elle s'en moquait. Elle se sentit soudain fusionner avec sa jument, qui lui transmit son énergie et sa force. Ivre de liberté, elle n'entendait plus que le martèlement régulier des sabots sur la terre.

Pourtant, elle ne pouvait chasser de son esprit la présence de Gallagher, juste derrière elle. Il ne cessait de ressurgir dans ses pensées. Elle se sentait poursuivie, traquée, et avait une envie irrépressible d'aller de plus en plus vite.

Lorsqu'ils atteignirent le pied des collines qui séparaient la vallée verdoyante de la mer, le chemin se fit plus escarpé. Les champs de blé et d'orge laissèrent la place à une épaisse forêt peuplée de bouleaux et de grands eucalyptus. Les arbres projetaient des ombres sur l'étroit chemin, où la lumière jouait à cache-cache avec les branchages. Dans l'air flottait une forte odeur d'eucalyptus et de terre humide.

À contrecœur, Jessie mit la jument au pas. L'Irlandais avançait lentement derrière elle. Par deux fois, elle dut se retenir pour ne pas l'observer furtivement. Elle ne supportait pas qu'il la regarde alors qu'elle-même ne pouvait le voir. Sans crier gare, elle fit stopper sa monture et attendit qu'il vienne à sa hauteur.

Il lui adressa un regard de biais, perplexe.

— Alors, monsieur Gallagher, déclara-t-elle en se penchant pour flatter l'encolure de sa jument en nage. Avez-vous essayé de monter Finnegan ?

Il la considéra sous le bord de son chapeau, puis regarda droit devant lui, au loin, les lèvres crispées comme s'il se retenait de sourire.

— Pas encore.

— Pas encore ? Vous me sidérez, monsieur Gallagher. Peut-être n'appréciez-vous guère de mordre la poussière dès le matin ?

— Oui, c'est un peu cela, répondit-il en singeant l'accent irlandais, ce qui amusa la jeune fille.

— Je ne sais pas exactement comment vous comptez débarrasser Finnegan de cette fâcheuse habitude, mais vous en avez parlé au vieux Tom, il me semble ?

— J'ai quelques idées, avoua-t-il en penchant la tête en arrière pour observer les perruches et les cacatoès dans les branches. Pour l'heure, je le fais travailler à la longe.

Elle remarqua qu'il arborait une barbe de trois jours et que ses cheveux trop longs, mal coupés, lui tombaient sur les épaules quand il se penchait. Il semblait plus sombre et terrifiant que jamais. Pourtant, elle savait que les apparences étaient trompeuses. Gallagher avait endossé ce personnage de brute pour se forger une carapace, rien de plus.

— Pourquoi faites-vous cela ? demanda-t-elle soudain.

— Quoi ? fit-il en se tournant à nouveau vers elle.

— Pourquoi exagérez-vous vos origines irlandaises ? Vous êtes un homme éduqué, cela s'entend quand vous restez vous-même. Pourtant, vous faites tout pour donner l'impression que vous êtes un...

Elle hésita.

— Un vaurien d'Irlandais ? compléta-t-il d'une voix rauque, les sourcils froncés. N'est-ce pas ce que nous sommes tous, à vos yeux ? Des ignorants, des sauvages, des mangeurs de patates, des bons à rien qui ne sont faits que pour vivre sous le joug de votre empire ?

La jeune fille retint son souffle. Lucas se concentra sur le paysage.

— De plus, je ne joue pas la comédie, ajouta-t-il plus doucement avec une petite pointe d'accent. Les gens avec qui j'ai grandi parlent ainsi. Les pêcheurs, les fermiers, les petits commerçants, les ouvriers… En famille, les Irlandais s'expriment dans la langue de leurs ancêtres.

Il enroula les rênes autour de ses doigts. Au contraire de sa compagne, il ne portait pas de gants.

— À la maison, ma mère ne parlait que le gaélique, raconta-t-il. Elle aimait sa patrie autant que ses enfants, et elle tenait à nous transmettre sa langue, pour que nous la transmettions à notre tour à notre descendance.

— Et votre père ?

Elle remarqua l'esquisse d'un sourire sur ses lèvres.

— Mon père ? Oh, c'était un patriote, lui aussi, mais il avait les pieds sur terre ! Pendant que ma mère nous enseignait le gaélique, il nous apprenait l'anglais. Il disait toujours que la tradition avait du bon, mais qu'il fallait bien manger, et un avocat dublinois ne peut se permettre de parler comme quelqu'un du cru, s'il veut avoir une clientèle.

Incapable de soutenir son regard, Jessie baissa les yeux. Ses longs doigts tenaient les rênes sans effort. Il avait des mains magnifiques, parfaites, malgré les cicatrices et les traces laissées par un dur labeur. Sous le soleil accablant, il avait ôté sa veste et roulé les manches de sa chemise, révélant ses avant-bras musclés, ses poignets encore meurtris par les chaînes et les menottes.

Depuis l'enfance, Jessie avait vu de telles cicatrices. Voilà ce que le fer creusait sur la peau d'un homme, jour après jour. Toute leur vie durant, les forçats gardaient le témoignage de leur détention et de la servitude. Lucas devait avoir les mêmes cicatrices sur les chevilles, songea-t-elle.

— Vous étiez donc avocat à Dublin, avant ? s'enquit-elle doucement.

Il secoua la tête, un sourire crispé au coin des lèvres.

— Je voulais le devenir. J'étais jeune, idéaliste, plein d'enthousiasme. Je voulais lutter pour la liberté de l'Irlande dans les tribunaux et au Parlement, à coups de grandes idées et de belles paroles, sans fusil ni couteau.

Jessie mourait d'envie de lui demander ce qui s'était passé ensuite, mais elle se retint. La gorge nouée, elle était au bord des larmes. C'était ridicule, car elle n'avait aucune raison de pleurer. Elle regretta qu'il ait évoqué son passé. Elle ne voulait pas penser à la vie qu'il avait menée autrefois. Aux parents, aux frères et sœurs qu'il avait laissés pour toujours. Elle devait s'efforcer de ne voir en lui qu'un forçat, rien de plus.

Regardant droit devant elle, elle talonna sa jument et laissa Gallagher en arrière, comme le voulait l'usage.

Lorsqu'ils surgirent enfin de la forêt, au sommet d'une falaise couverte de bruyère, l'air marin les fouetta, chargé d'embruns. Le soleil faisait scintiller les vagues déferlantes d'un bleu sombre.

En contrebas, à droite, se déployait la petite ville de Blackhaven Bay, avec ses maisonnettes en pierre et ses boutiques, ses quais gris battus par les vents, ses entrepôts. Baraquements militaires et stations baleinières jalonnaient la côte sur plus de trois kilomètres de plage. Au large, dans les eaux calmes de la baie, une petite flotte de bateaux de pêche avait jeté l'ancre, près de deux grands baleiniers dont les mâts se balançaient dans le ciel bleu.

Seule une langue de terre boisée, appelée pointe de la Dernière Chance, séparait la baie de la crique des Naufragés. Celle-ci formait une anse profonde, et portait bien son nom. Il suffisait à un navigateur imprudent de jeter l'ancre trop loin de la baie pour que, par grand vent et à cause des forts courants, l'embarcation soit emportée et se fracasse contre les rochers au pied des falaises noires, à l'extrémité de cette crique.

Pourtant, par cette belle matinée printanière, le paysage était idyllique et serein. Les rochers sournois étaient encore dissimulés par la marée haute. Les vagues venaient mourir sur la plage de sable.

Au sommet de la corniche, le chemin se divisait en trois. En prenant à droite, on arrivait à Blackhaven Bay. À gauche, un chemin serpentait vers la crique. Quant au troisième sentier, envahi par la végétation, il conduisait vers un petit cottage aux murs blancs, au milieu des rosiers.

Jessie s'arrêta brutalement au croisement. Son cœur lui disait de se diriger vers le cottage, même si sa raison l'en empêchait. La pensée de ne pouvoir s'y rendre lui était insupportable. Pourtant, en l'absence de Tom, elle n'avait pas le choix.

— Tiens, fit Lucas en se redressant, c'est la crique des Naufragés, en bas à gauche.

— Je le savais, monsieur Gallagher, répondit-elle sèchement.

En sentant son regard perçant posé sur elle, Jessie regretta aussitôt ce ton acerbe.

— Je suis au courant de vos visites au cottage, si c'est ce qui vous inquiète.

Elle sursauta si violemment que ses mains se crispèrent sur les rênes. La jument se mit à reculer.

— Doucement, ordonna-t-elle en caressant l'animal.

Elle croisa le regard dur et scintillant de Gallagher, mais parvint à s'exprimer d'une voix posée :

— Je ne vois pas à quoi vous faites allusion.

— Je vous parle de Geneviève Strzlecki, répondit-il, sans se soucier de l'attitude hautaine de la jeune fille. C'est une femme de mauvaise réputation, dans le coin. Elle vit en ermite dans ce cottage, là-bas. On interdit à tous les jeunes gens et jeunes filles de bonne famille de s'en approcher. Pourtant, cela fait des années que vous lui rendez régulièrement visite.

Il lui adressa ce sourire qu'elle détestait, un sourire superbe, qui ne parvenait toutefois pas à réchauffer son regard froid.

— C'est bien chez elle que vous aviez l'intention de vous rendre ce matin, n'est-ce pas?

9

Lucas la vit écarquiller les yeux, incrédule, soudain alarmée d'être démasquée. Puis l'étonnement fit place à une vague de colère.

Jessie réfléchit brièvement, se demandant si elle devait nier. Mais elle y renonça.

— Comment le savez-vous ? demanda-t-elle.

La jument s'agita. Jessie la maîtrisa d'une poigne de fer, sans quitter Lucas des yeux.

— Ne me dites pas que Tom vous a tout raconté !

— En Irlande, répondit-il avec un sourire, il y a un proverbe qui dit...

— Un secret connu de trois personnes n'est plus un secret, compléta-t-elle.

— C'est cela ! approuva-t-il, ravi de constater qu'elle connaissait un proverbe irlandais.

La jeune fille s'écarta et talonna sa monture pour s'engager dans le sentier menant au cottage. Il la suivit.

Ils avancèrent en silence. Les sabots des chevaux foulaient la terre humide de ce sentier presque à l'abandon, à l'ombre de grands eucalyptus, parmi les clématites parfumées et les cornouillers. Au loin, Lucas entendait les vagues frapper les falaises rocheuses et le cri des mouettes dans la brise salée. Le bleu du ciel contrastait avec les nuages d'un blanc immaculé qui s'amoncelaient à l'horizon. Malgré lui, il porta le regard sur sa compagne.

Elle était peut-être fière, hautaine, agaçante, mais il fallait être aveugle pour ne pas admirer le spectacle qu'offrait cette créature de rêve aux cheveux dorés sur sa jument noire. Elle semblait à l'aise et montait sans effort. Son chapeau de couleur castor était surmonté d'une plume de coq. Le col ourlé de blanc de sa veste bleu foncé rehaussait la pâleur nacrée de sa peau. Il observa sa mâchoire volontaire, son petit menton, ses longs cils, ses pommettes pâles. Au plus profond de son être, il sentit naître la flamme du désir.

C'était si absurde, si impensable qu'il faillit éclater de rire. Cette jeune fille de bonne famille lui était aussi inaccessible que les portes du paradis! Warrick Corbett devait être complètement fou, pour laisser sa magnifique sœur en compagnie d'un forçat au sang chaud qui n'avait pas touché une femme depuis trois longues années. Parfois, Lucas se demandait si les riches propriétaires comme Corbett ou Harrison Tate se rendaient vraiment compte que leurs domestiques étaient des hommes de chair et de sang, et non des eunuques créés pour les servir, dénués de toute réaction, de toute réalité.

Le modeste cottage se profila parmi les arbres, avec ses murs blanchis à la chaux, ses fenêtres bordées de noir et son toit de chaume. On se serait cru en pleine campagne anglaise. Sans crier gare, Jessie tira sur les rênes et fit volter sa jument, affichant un air fier, arrogant sous son petit chapeau, même si son regard semblait quelque peu troublé.

— Allez-vous révéler mon secret?

— Non, répondit-il.

Lorsqu'elle redressa le menton, il découvrit la peau laiteuse de sa gorge.

— Et pourquoi pas?

Posant une main sur sa cuisse, Lucas se tourna vers la mer, les vagues ourlées d'écume et la plage de sable fin. Par grand vent, la crique et ses courants pouvaient être meurtriers, si l'on n'y prenait pas garde. Par temps calme, elle constituait l'unique accès à la mer

sur presque cent kilomètres de littoral. Être le palefrenier de cette pimbêche hautaine et désirable à la fois
ne l'enchantait guère, mais il devait reconnaître les
lieux en vue de son évasion.

Il avait entendu parler de cette crique, quelques
jours à peine après son arrivée au Château. Depuis, il
s'efforçait de glaner de plus amples renseignements.
À part ce cottage perché sur la falaise et les ruines
calcinées d'une maison, à flanc de colline, la crique
était déserte, disait-on. On racontait que ces ruines
avaient été le théâtre d'une tragédie que nul n'osait
évoquer. En tout cas, Gallagher supposait que cette
maison devait être dotée de son propre embarcadère,
ce qui était fort intéressant pour un forçat cherchant
à s'évader...

Toutefois, il n'avait aucune intention d'en parler à
Jessie. Il lui répondit par une question :

— Pourquoi le vieux Tom n'a-t-il jamais révélé ce
secret ?

— Ce n'est pas son genre.

Il la regarda à nouveau. Il comprit soudain que,
même s'il n'avait pas eu un intérêt personnel à venir
à la crique des Naufragés, il aurait été incapable de
trahir la jeune fille.

— Je ne dirai rien, promit-il.

Les sourcils froncés, elle le fixa de ses yeux couleur
d'orage, implacables, tourmentés. Naturellement, elle
ne lui faisait pas confiance. Elle n'avait aucune raison
de lui faire confiance. Mais elle n'avait pas le choix.

Chantonnant doucement pour elle-même, Geneviève Strzlecki tailla un bouton de rose jaune du
rosier grimpant qui s'étalait sur les murs de sa maison. Ces rosiers devaient être robustes, pour résister à
l'atmosphère salée et venteuse de la pointe de la Dernière Chance. Ils devaient consacrer toute leur force
à survivre, de sorte que lorsqu'ils donnaient une fleur,

de temps à autre, Geneviève la laissait pour récompenser la plante de sa persévérance. Mais elle avait décidé de porter cette rose-là dans la maison. Parfois, une simple rose suffisait à tenir compagnie à un être solitaire.

Un bruit sourd, au loin, attira son attention. Elle retint son chapeau de paille d'une main pour l'empêcher de s'envoler, sans toutefois y poser la paume ou ses doigts maculés de terre, comme tous les jardiniers. Autrefois, à Capri, elle avait esquissé exactement le même geste. Un jeune homme brun au regard de braise lui avait murmuré combien elle était sublime. Sublime et désirable... Elle sourit à l'évocation de ce souvenir. C'était un Français, ou un Italien, peut-être. C'était si loin...

Jadis jeune et belle, avec ses cheveux longs et dorés, son teint d'ivoire, elle n'était plus qu'une vieille femme aux cheveux blancs comme la neige et au visage strié de rides. Mais elle ne pensait à son âge qu'en regardant son reflet dans la glace, ou lors des longs mois d'hiver, quand le vent glacial soufflait du pôle Sud et que son corps était fourbu.

Au plus profond de son âme, elle était restée la Geneviève qui avait fait scandale, autrefois.

Un jour, elle avait tout quitté pour l'homme qu'elle aimait. Elle avait dansé la valse avec les grands de ce monde, elle avait fui sa famille dans les bras de son amour interdit. À l'époque, elle portait des robes en soie, arborait des rivières de diamants, parcourait le monde entier. Son univers se réduisait désormais à ce modeste cottage, qui abritait un étrange bric-à-brac de souvenirs et une dizaine de chats, au milieu des eucalyptus battus par les vents, face à l'océan infini.

Cette déchéance sociale ne la tourmentait pas outre mesure. Geneviève avait aimé vivre dans le luxe, la soie et les dentelles, fréquenter les salons les plus en vogue, faire tourner la tête des hommes les plus beaux. Mais elle aimait tout autant son cottage, la mer, la vie saine au grand air. Très jeune, elle avait compris que les êtres humains n'attendent pas tous la même chose de l'existence. Le plus important est de savoir ce que l'on veut vraiment et de le reconnaître, puis d'avoir le courage de le réaliser.

Le bruit reprit. Des sabots de cheval. Elle déposa la rose jaune dans un panier, le cœur battant.

Elle était peut-être bannie de la société respectable, mais elle avait toujours des amis parmi les commerçants, les pêcheurs et les fermiers de la région. Elle était au courant du retour de Jessica Corbett à Blackhaven Bay, quelques jours auparavant. Cependant, Geneviève savait mieux que quiconque combien une jeune fille pouvait changer en deux ans, surtout lorsqu'elle quittait sa famille pour la première fois…

Elle se tint immobile, craignant d'être déçue. Puis elle aperçut les deux cavaliers. Une jeune fille mince, suivie d'un domestique inconnu, un homme brun et ténébreux. Geneviève les vit s'arrêter. L'inconnu descendit de sa monture avec la grâce d'un félin et alla aider sa maîtresse d'un pas assuré. Il arriva trop tard : la jeune fille était déjà à terre.

Posant son sécateur et son panier, Geneviève sourit, puis éclata d'un rire joyeux quand Jessie courut à sa rencontre.

Recroquevillée dans un fauteuil près de la fenêtre, dans une position peu orthodoxe pour une jeune fille de bonne famille, un gros chat sur les genoux, Jessie avait ôté ses bottines et ses bas qui gisaient sur le carrelage, à ses pieds.

Elle avait toujours adoré la cuisine de Geneviève, avec son énorme fourneau, ses bouquets d'herbes aromatiques, ses fenêtres à petits carreaux que l'on pouvait ouvrir pour laisser entrer l'air du large. Jessie n'avait peut-être jamais mis les pieds dans la cuisine du Château, mais elle avait passé de nombreuses heures de bonheur dans celle-ci.

— Assez discuté de grottes, d'expériences scientifiques, déclara Geneviève en se levant de son fauteuil à bascule, pour ôter la bouilloire du feu. Tout cela est très intéressant, mais ce que j'aimerais savoir…

Elle se tut, la bouilloire fumante dans une main, et leva les sourcils en regardant son amie :

— As-tu pris un amant, lors de ton séjour à Londres ?

— Geneviève…

Au bout de tant d'années de complicité, la vieille dame arrivait encore à choquer Jessie, même si celle-ci se rendait compte qu'elle la taquinait.

— Vous savez bien que je suis promise à Harrison ! répondit-elle en riant.

Geneviève leva les yeux de sa jatte de lait.

— Je sais que ton père t'a promise à Harrison, mais ce n'est pas lui qui devait l'épouser !

Attiré par le lait, le chat sauta des genoux de la jeune fille et se mit à miauler, plein d'espoir.

— Je me suis promise moi-même à Harrison, corrigea Jessie, riant toujours.

Elle se leva pour aller prendre des tasses et des soucoupes dans le vaisselier, près de la porte.

— C'était il y a deux ans, ajouta-t-elle.

Geneviève chercha des biscuits.

— Et quel est ton sentiment, à présent ?

En se retournant, Jessie laissa errer son regard vers la grange, par la porte ouverte. Un peu plus tôt, elle avait vu Gallagher abreuver les chevaux. À présent, il avait disparu.

— Je veux épouser Harrison, affirma-t-elle en posant les tasses près de la théière.

Geneviève s'interrompit pour lui sourire.

— Alors je suis heureuse pour toi.

Elle tendit la main vers le bord de la fenêtre et saisit une petite sphère en quartz rose, parfaitement polie.

— Tu te souviens de ceci ?

— Bien sûr, répondit la jeune femme en prenant l'objet dans sa paume. Quand j'étais petite, cette boule de quartz m'intriguait beaucoup.

Elle sourit et plaça l'objet en pleine lumière, entrouvrant les lèvres en admirant la splendeur de la pierre. Geneviève avait toujours affirmé qu'une bohémienne la lui avait donnée, autrefois.

— Je pouvais l'admirer pendant des heures, dit Jessie. J'étais persuadée que, en essayant bien, je pourrais y lire mon avenir… Mais je n'ai jamais vu que mon propre reflet.

— Je m'en souviens, acquiesça Geneviève en disposant quelques biscuits sur une assiette. Je me demandais pourquoi elle te fascinait tant, alors que tu as grandi dans la certitude d'épouser Harrison Tate.

Soudain, la boule lui parut lourde et chaude. Jessie la posa et croisa les bras sur sa poitrine.

— J'ai toujours souhaité pouvoir te l'offrir, mais ta mère se serait demandé d'où elle venait, précisa la vieille femme.

Le chat miaulait de plus en plus fort. Elle se pencha pour verser du lait dans une soucoupe.

— Au fait, comment se porte-t-elle ? Et ton frère ?

C'était une question que Geneviève posait systématiquement lors des visites de Jessie, même si, à sa connaissance, elle ne les avait jamais rencontrés.

— Oh, toujours la même ! répondit Jessie avec un sourire navré. En pire.

— J'ai appris, pour ton père. C'est très triste.

Jessie hocha la tête, la gorge soudain nouée par le chagrin.

— Ma mère semble bien s'en remettre…

L'espace d'un instant, elle crut que Geneviève allait parler, mais elle s'affaira à servir le thé.

— Viens, dit-elle en soulevant le plateau. Nous allons prendre le thé dans le jardin… Non, laisse tes bottes ici. Depuis combien de temps n'as-tu pas marché pieds nus dans l'herbe ?

— Deux ans, avoua Jessie en riant.
— C'est bien trop long!

D'où il était assis, sur un muret près de la grange, Lucas voyait la rivière, large et calme, se jeter dans la crique, formant un estuaire qui divisait la plage en deux. En plissant les yeux face au soleil, il distinguait les murs noircis et envahis par les herbes de ce qui avait dû être une maison. S'il existait un embarcadère, il ne le voyait pas.

La crique, en forme de croissant, était ceinte de collines couvertes de bois et de broussailles. De l'autre côté, la mer venait frapper le pied des falaises. Lucas cueillit un brin d'herbe et se mit à le faire tournoyer entre ses doigts. Les vagues dissimulaient les rochers. Par mauvais temps, ou par une nuit sans lune, ces eaux devaient se révéler très dangereuses.

— C'est un paysage superbe, non? fit la voix de Jessie, derrière lui. Superbe... et meurtrier.

Elle s'arrêta à bonne distance de lui, sous un vieux chêne. Il ne l'avait pas entendue s'approcher et ignorait depuis combien de temps elle l'observait. Il pivota vers elle. Jessie se détourna vivement, comme si elle redoutait d'être surprise à l'épier. Très vite, il rit de cette idée absurde. Il fallait être fou pour croire qu'une jeune fille puisse épier un forçat.

— Si vous m'aviez prévenu, j'aurais pu préparer votre jument, bougonna-t-il en coiffant son chapeau.

Elle haussa les épaules et se dirigea vers la grange.

— Je suis parfaitement capable de seller moi-même mon cheval, vous savez.

— Vraiment? railla-t-il en la suivant dans la vieille grange humide. Où va le monde, si les jeunes filles sages se mettent à seller leurs montures?

Ignorant le sarcasme, elle posa une couverture sur le dos de sa jument.

— Vous m'en croyez incapable?

Lucas lui tendit la selle et la regarda faire. Elle travailla sans effort, comme si elle avait maintes fois répété ces gestes. Il n'en fut pas étonné.

— Oh, je ne doute pas de vos capacités! assura-t-il en s'occupant du rouan.

— Il existe un chemin qui mène directement à la plage, déclara-t-elle avec désinvolture. Nous allons l'emprunter.

Il croisa son regard.

— Pourquoi?

Elle guida la jument hors de la grange.

— J'ai dit à ma famille que je me rendais à la crique, répondit-elle en saisissant les rênes.

Il s'avança pour l'aider.

— J'ai horreur de mentir, ajouta-t-elle.

Il l'aida à monter mais, au lieu de s'écarter, il soutint son regard.

— Et si quelqu'un vous demandait si vous êtes allée à la pointe de la Dernière Chance, que diriez-vous?

— Nul ne me posera jamais cette question, répliqua-t-elle en talonnant la jument.

10

Le vent, de plus en plus violent, venait fouetter leurs visages. L'air était chargé d'embruns. Ils entendaient les vagues déferler sur les rochers, à mesure qu'ils descendaient vers la crique sur le sentier escarpé. Provoquant un éboulis de terre et de cailloux, ils atteignirent enfin le sud de la plage, étroite bande de sable battue par les vagues.

Jessie tira sur les rênes, attendant que l'Irlandais arrive à sa hauteur.

— Le pouvoir de cette petite plage est assez incroyable, déclara-t-il d'un ton faussement désinvolte, comme s'il parlait de la pluie ou du beau temps. Il y a quelques minutes, votre âme était souillée par le mensonge. À présent, votre péché est effacé.

Les vagues vinrent frapper les pattes des chevaux. La jeune femme regarda Gallagher, le cœur battant. Contre toute attente, l'opinion qu'il se faisait d'elle avait de l'importance à ses yeux.

— Vous me méprisez parce que je me rends au cottage en secret, n'est-ce pas?

— Je n'ai pas pour habitude de juger les autres, rétorqua-t-il en secouant la tête. Vous avez certainement de bonnes raisons d'agir ainsi.

Jessie talonna sa jument, fixant la mer ourlée d'écume. Au-dessus de leurs têtes, tournoyaient des mouettes. Le vent se leva et fit voler une mèche des cheveux de la jeune fille. Elle la remit en place d'une main distraite, sans quitter la mer des yeux.

Lucas vint à sa hauteur.

— Vous connaissez quelqu'un qui a péri ici?

— Comment le savez-vous? répliqua-t-elle en écarquillant les yeux.

— Je le lis sur votre visage.

— Un de mes frères, avoua-t-elle en se détournant. Mon frère Cecil est mort ici.

L'Irlandais avançait au bord de l'eau, qui se retirait à une vitesse vertigineuse. Jessie aurait pu s'écarter de lui, mais elle n'en fit rien.

— Quand est-ce arrivé? s'enquit-il.

— Il y a dix ans. Nous venions très souvent à la crique, à l'époque, surtout Warrick. Il ne pensait qu'à contempler la mer.

Ce souvenir fit naître un sourire nostalgique sur ses lèvres, qui se mirent à trembler.

— Il avait un petit bateau qu'il laissait amarré à l'embarcadère, là-bas, où le chemin descend depuis la pointe.

Elle se tourna vers la pointe de la Dernière Chance, où l'on distinguait le cottage de Geneviève à travers les arbres, au bout de la langue de terre.

— Autrefois, le cottage des rosiers appartenait à ma grand-mère. Ma famille s'en servait comme résidence d'été. À la mort de mon grand-père, ma grand-mère a quitté sa maison de Hobart pour venir s'y installer définitivement.

Il lui lança un regard de biais, sous le bord de son chapeau.

— Cecil était votre frère aîné, n'est-ce pas?

Elle le dévisagea avec étonnement.

— J'ai vu sa tombe, expliqua-t-il.

— Oui. Il était l'héritier de mon père. Papa était très fier de lui. Nous pensions tous que Cecil ne s'intéressait qu'au domaine, mais il devait envier secrètement Warrick car, un jour, il a insisté pour sortir en mer sur son bateau.

Elle ignorait pourquoi elle lui racontait cette histoire, mais elle éprouva le besoin de continuer :

— C'était une superbe journée d'été, mais le vent soufflait et les courants étaient violents. Warrick a recommandé à Cecil de ne pas sortir.

— Il y est allé quand même ?

— Ma mère... ma mère a accusé Warrick d'être égoïste, de prendre le vent comme prétexte pour ne pas prêter son bateau. C'était une si belle journée...

Elle s'interrompit, la gorge nouée, puis reprit :

— Warrick n'avait que douze ans et Cecil dix-huit. Mais il n'était pas capable de manœuvrer le bateau. Pas dans ces conditions. Il s'est fracassé contre les rochers, au pied de la falaise.

Elle vit Lucas observer l'extrémité de la crique, les yeux plissés à cause du soleil. Là-bas, les rochers n'étaient que des ombres inquiétantes, à peine visibles sous les eaux turquoise.

— Il ne savait donc pas nager ?

— Si, mais cela n'a pas suffi. Il a été projeté à la mer et s'est écrasé sur les rochers. Ma mère...

Jessie prit une profonde inspiration.

— Cecil avait toujours été son préféré. Ma mère était venue le voir naviguer, ce jour-là. Elle n'a rien pu faire que le regarder mourir depuis la plage.

— C'est la raison pour laquelle elle refuse désormais de voir la mer ? Elle lui reproche de lui avoir pris son fils ?

Jessie observa son compagnon. Le vent plaquait sa chemise en lin sur son torse musclé. Le soleil s'était caché derrière un gros nuage. Il faisait soudain un peu plus frais.

— Elle a toujours eu des difficultés à se remettre en cause, déclara la jeune fille d'un ton sec.

— Vous lui en voulez.

— Pas de la mort de Cecil.

— Alors de quoi ?

Un aigle passa au-dessus de leurs têtes. Jessie leva les yeux pour l'admirer et poussa un lourd soupir.

— Je lui reproche la culpabilité qui ronge Warrick depuis tant d'années, sans doute…

— Ce n'était pourtant pas sa faute.

— Il en a toujours été persuadé, assura Jessie en haussant les épaules. Il savait que Cecil était incapable de manœuvrer son bateau, mais il n'a pas tenu tête à ma mère. C'est une erreur qu'il n'a plus jamais commise, par la suite, ajouta-t-elle avec un sourire triste.

— Cela m'étonne que vous veniez ici, déclara Lucas en chevauchant à côté d'elle, tandis qu'ils atteignaient l'embouchure de la rivière. Quand on pense aux sentiments que vous inspire cet endroit, et au secret de vos visites au cottage…

— Je viens voir Geneviève, répondit-elle en se détournant vers les ruines de la maison des Grimes qui se détachait, noire et brisée, contre le ciel chargé.

Son amitié avec Geneviève l'avait toujours tourmentée. Toute sa vie, elle avait dû lutter contre sa vraie nature pour plaire à sa mère, pour correspondre au modèle de demoiselle convenable que celle-ci lui imposait. Pourtant, cette petite révolte durait depuis des années. Elle soupira de nouveau.

— Je ne sais pas pourquoi, au juste, avoua-t-elle enfin, même si ce n'était pas tout à fait exact.

Cette amitié répondait à un besoin profond de la jeune fille, mais elle n'avait jamais eu le courage de se demander quelle était la nature de ce manque.

— Si je viens ici, c'est parce que je le dois.

Il effleura la joue de Jessie de ses doigts calleux et tourna doucement son visage vers lui.

— Je ne dirai rien, assura-t-il en ôtant sa main.

Elle aurait dû lui reprocher ce contact physique, qui violait toutes les règles de la bienséance, mais elle en était incapable. Cette caresse semblait si spontanée, si naturelle… Elle eut soudain très chaud et se mit à trembler.

Elle détailla les traits de son visage buriné, ses pommettes saillantes, ses traits finement ciselés. Elle le croyait brutal, dangereux, elle voyait en lui un rebelle qui remettait en cause toutes ses convictions. Et c'était vrai. Pourtant…

— Pourquoi pas? rétorqua-t-elle d'une voix brisée, à peine audible. Pourquoi ne pas trahir mon secret?

Il afficha un sourire canaille, qui fit pétiller ses yeux bleu-vert et creusa une fossette ravissante sur sa joue.

— Parce que tout le monde a droit à ses secrets, dit-il en regardant au loin, vers les ruines de la maison. Personne ne vient jamais ici?

— La plupart des gens évitent ces ruines. C'est un endroit habité d'une grande tristesse, expliqua Jessie.

— Il paraît qu'il est hanté.

— Oui, je l'ai entendu dire.

Il plissa les yeux d'un air un peu moqueur.

— Croyez-vous aux fantômes, mademoiselle Corbett?

La jument se mit à remuer la tête nerveusement.

— Non, pas vraiment. Mais je suis persuadée que, lorsqu'il se déroule un événement terrible, les lieux absorbent les émotions de ceux qui ont souffert.

— Et il s'est déroulé un événement terrible, ici?

— Oh, oui! répondit-elle en talonnant sa jument pour s'éloigner dans un nuage de sable.

Lucas ne la suivit pas tout de suite. Il s'attarda près des ruines noircies et du ponton abandonné.

L'orage éclata peu après le souper.

Lucas se tenait sous le porche de la baraque, appuyé contre un poteau. La pluie se mit à tomber dans la cour, sous un ciel plombé. On distinguait à peine l'imposante demeure des Corbett, qui se dressait telle une forteresse, respirant la respectabilité et l'opulence. Il fixa les fenêtres éclairées de l'étage, se demandant quelle chambre occupait la jeune fille. Il s'en voulut aussitôt de cette idée ridicule. Que lui importait de savoir où elle se trouvait, et ce qu'elle faisait en cet instant ? Les sentiments qui commençaient à poindre en lui étaient absurdes. Comment pouvait-il trouver cette fille séduisante ? Mieux valait s'éloigner au plus vite de ce domaine, songea-t-il, le vent dans les cheveux, une bruine salée lui balayant le visage. Il respira profondément, savourant le parfum de la mer.

— Daniel m'a dit que tu avais déniché une planque pour un bateau ? s'enquit Fox à voix basse, près de lui.

Lucas opina du chef, fasciné par le ciel strié d'éclairs.

— Un bras de la rivière se jette dans la crique des Naufragés. Il y a un vieux ponton qui nous donnera accès à la mer. La végétation est assez épaisse pour dissimuler un bateau jusqu'au jour du départ. Les gens évitent la maison en ruine qui se trouve non loin, alors nous aurons peu de risque d'être découverts.

— Une maison en ruine, à la crique des Naufragés ?

— Oui, fit Lucas en observant le visage de Fox. Tu en as entendu parler ?

— C'est formidable ! railla Fox. Tu veux qu'on fasse la fête avec les fantômes de la maison des Grimes, au moment de quitter cette maudite colonie !

— Tu ne crois tout de même pas aux fantômes ? demanda Gallagher avec un sourire.

Pendant un long moment, Fox se contenta de contempler la pluie, le visage pâle et tendu.

— Si, avoua-t-il enfin.

Lucas sortit sa ration de tabac et la lui lança.

— Tiens. Chique un bon coup.

Fox rattrapa la bourse d'une main et se servit.

— Maintenant que tu sais où cacher un bateau, où comptes-tu le trouver, ce fichu bateau ?

Lucas s'écarta du poteau et sortit dans la cour détrempée et boueuse.

— On en trouvera un, assura-t-il en penchant la tête en arrière, laissant les grosses gouttes d'eau froide marteler son visage. D'une façon ou d'une autre.

— Et sinon ?

Les pieds dans la boue, Lucas se tourna vers la baraque. La lourde porte était encore ouverte, mais les hommes seraient bientôt enfermés pour la nuit. Il respira profondément, sentant l'eau couler dans son dos.

— Sinon ? fit-il. On en construira un.

Le lendemain matin, Gallagher fit travailler l'étalon bai à la longe. Il se dit que Jessie viendrait peut-être du côté des écuries, mais il ne la vit pas. Le surlendemain non plus.

Il ne voulait pas qu'elle vienne, qu'elle l'observe pendant son travail. En tout cas, il n'avait nulle envie de jouer les domestiques dévoués et respectueux, et de chevaucher derrière elle où bon lui semblerait. Il avait besoin de retourner à la crique, d'examiner de plus près les ruines de cette maison et le ponton abandonné, de repérer les rochers qu'il devrait contourner habilement s'il voulait gagner le large. Peu à peu, Lucas commençait toutefois à penser que Mlle Jessica Corbett pourrait être aussi dangereuse pour lui que ces maudits rochers...

Non, il ne fallait pas qu'elle vienne. Pourtant, il ne cessait de guetter son arrivée.

Ce n'est que le samedi matin, alors qu'il s'apprêtait à seller Finnegan, qu'elle apparut. En levant les yeux, il découvrit la jeune fille sur le pas de la porte. Elle portait une robe toute simple en toile bleu marine, avec un fichu de tulle blanc. Ses cheveux étaient relevés en arrière, laissant ses boucles cascader sur ses épaules. Elle avait les joues roses. L'espace d'une seconde, Lucas eut l'impression qu'elle avait retenu son souffle.

— Alors, lança-t-il en continuant son travail. Vous êtes venue assister au spectacle ?

11

— Une selle, monsieur Gallagher?

Lucas la vit s'approcher, les mains dans le dos, faisant bruisser ses jupons à chacun de ses pas mesurés. Ses lèvres pincées en un sourire mutin contredisaient l'étincelle noire de son regard.

— Vous avez enfin décidé de monter cet indomptable étalon irlandais?

— Eh oui, répondit-il en posant la selle sur le dos de l'animal.

— Je suis impressionnée par votre audace.

Lucas caressa le cheval. La jeune fille était venue assister à sa chute, c'était évident. Comme si elle regrettait d'avoir trahi ses émotions, lors de leur conversation étrange et inattendue sur la plage. À présent, elle voulait le faire payer.

Il se pencha pour sangler la selle.

— Vous estimez que j'aurais dû le faire plus tôt?

Il entendait le bruissement des jupons, tout près de lui.

— Selon Warrick, vous avez tardé parce que vous estimez qu'il faut bien connaître un cheval, avant de vouloir le dompter.

En levant les yeux vers elle, il aperçut ce sourire hautain qu'il détestait tant.

— Toutefois, reprit-elle, Warrick ignore que vous connaissiez déjà ce cheval.

— Pas autant que cela, répondit-il en se redressant.

Elle pencha la tête, les sourcils froncés.

— Ah non? Alors vous avez appris quelque chose de nouveau, monsieur Gallagher?

— En quelque sorte.

— Quoi, par exemple?

Il vit Finnegan, toujours en quête de sucre ou toute autre friandise, tendre l'encolure pour venir renifler le fichu blanc de la jeune fille. Déçu, l'animal grogna et lui souffla au visage.

Surprise, elle se mit à rire et écarta le museau du cheval de la main.

— Non, je n'ai rien à manger! protesta-t-elle en le caressant. Tu es un vrai Irlandais, toi! Que fais-tu des bonnes manières?

Lucas aimait la voir rire. Son visage devenait plus doux, plus beau... Soudain, il saisit la bride.

— On dirait que vous avez appris deux ou trois détails sur lui, vous aussi, déclara-t-il. Il est très gourmand et apprécie surtout les sucreries.

Elle glissa la main le long de l'encolure soyeuse.

— C'est une découverte intéressante, mais qui ne résout en rien son problème.

— Cela dépend, rétorqua Lucas en passant la bride par-dessus la tête de l'animal.

— De quoi?

— Du fait qu'il ait ou non mangé, ce matin.

— A-t-il mangé?

— Non.

Lucas guida le cheval hors de l'écurie, vers l'enclos. La jeune fille le suivit.

— Tel est donc votre plan génial? L'affamer, jusqu'à ce qu'il se soumette?

Dans l'enclos, Lucas s'arrêta pour ajuster les étriers.

— Je ne l'affame pas. Je cherche simplement à susciter son intérêt pour une petite récompense.

— De quelle nature?

Prenant les rênes dans une main, il désigna une botte de luzerne bien fraîche qu'il avait accrochée à la barrière.

— D'après vous, que va préférer Finnegan ? Me désarçonner ou aller déguster ces herbes appétissantes ?

— Vous désarçonner, décréta-t-elle avec un large sourire, avant de s'écarter.

Gallagher se mit à rire et monta en selle.

Le cheval s'agita un peu, sans quitter des yeux la luzerne tant convoitée, mais hors de sa portée. Il ne rua pas.

— C'est bien, murmura Lucas.

Tenant toujours les rênes souplement, il fit avancer sa monture de quelques pas et arracha la botte de luzerne de la barrière. L'air matinal semblait lourd, immobile. Il entendait le tintement des bidons de lait, dans la crémerie, et le craquement du cuir de la selle. Le cheval se mit à mâcher la luzerne avec entrain. Il s'attendait à ce que Jessie dise quelque chose, mais elle demeura silencieuse.

— Alors, fit-il en se penchant pour la regarder. Vous souhaitiez faire une promenade à cheval ? Vous n'avez pas revêtu la tenue adéquate.

— Non. Ce matin, je vais assister à une conférence à Blackhaven Bay. (Elle s'interrompit.) Comment avez-vous su ?

Il la contempla. Elle avait le dos appuyé à la barrière, les bras le long du corps, les lèvres entrouvertes. Il se surprit à fixer sa bouche, de sorte qu'il mit un certain temps à retrouver l'usage de la parole.

— Comment j'ai su quoi ?

— Comment avez-vous deviné la bonne façon de s'y prendre avec Finnegan ?

Lucas fit volter le cheval et avança en direction de la jeune fille.

— Un homme d'une grande sagesse m'a appris que le meilleur moyen d'obliger un cheval à faire quelque chose, c'est de faire en sorte qu'il lui soit plus agréable de vous obéir que de vous désobéir.

Elle le regarda venir vers elle.

— Je ne pensais pas que vous réussiriez, avoua-t-elle.

— Je sais, dit-il en tirant sur les rênes avant de repousser son chapeau en arrière. Vous êtes venue ici dans l'espoir de me voir mordre la poussière, hein ?

Une lueur amusée scintilla dans les yeux bleus de la jeune fille. Un sourire mutin effleura ses lèvres.

— Je suppose que vous avez raison. Pourquoi ?

Il la dévisagea, soudain très sérieux.

— C'est justement la question que je me pose. Pourquoi souhaitez-vous me voir échouer ?

La lueur amusée disparut de son regard. Elle secoua la tête et déglutit péniblement.

— Je l'ignore. Peut-être parce que vous... vous n'avez pas une attitude convenable.

Il s'appuya sur le pommeau de la selle tandis que l'étalon s'agitait un peu.

— Une attitude convenable... Voilà quelque chose qui compte énormément à vos yeux, n'est-ce pas ?

— Oui.

La brise faisait voleter les rubans de satin de son fichu, ce qui effraya le cheval. La jeune fille les attrapa d'une main, pensive, et les enroula autour de sa paume.

— Oui, reprit-elle. Ce n'est pas toujours facile, je l'avoue, mais j'essaie de faire ce que l'on attend de moi. D'être la fille dont mes parents ont toujours rêvé.

— Pourquoi ?

Jessie sursauta, le souffle court, et crispa le poing sur ses rubans.

— Que voulez-vous dire ? Quelle étrange question !

— C'est manifestement une question pertinente, répliqua-t-il avec un sourire, puisque vous êtes incapable d'y répondre.

Elle releva fièrement le menton, les narines frémissantes, affichant cet air hautain qui avait le don de hérisser Lucas.

— Il me semble que la réponse est évidente. Après tout, si vous aviez respecté les règles, monsieur Gallagher, vous ne vous retrouveriez pas dans cette situation, aujourd'hui.

Il se figea.

— Peut-être, admit-il en reprenant les rênes. Mais si vous-même aviez brisé quelques règles, vous ne seriez pas coincée dans cette situation comme vous l'êtes.

— En quoi ma situation est-elle déplaisante? demanda-t-elle en allant ouvrir la barrière.

Il s'arrêta devant elle.

— Je l'ignore. À vous de me le dire.

Il mourait d'envie de s'attarder, de rester badiner ainsi avec elle, de voir des émotions subtiles apparaître sur son visage, de remarquer tant de détails, comme la courbe de sa nuque nacrée ou le reflet du soleil dans ses cheveux dorés.

Ravalant un juron, il talonna le cheval pour s'éloigner en direction des pâturages.

Les conférences mensuelles de la Société scientifique de Blackhaven Bay se tenaient dans l'unique église de la ville, un robuste édifice anglican de style néogothique, au sommet d'une colline verdoyante surplombant la mer.

Le professeur Heinrich Luneberg était un homme dégingandé, au visage strié de rides. Il arborait une fine moustache et des sourcils épais qu'il levait machinalement pour ponctuer son discours. La spéléologie était l'un des sujets favoris de Jessie. Elle trouva la conférence passionnante.

Pourtant, elle ne pouvait empêcher son esprit de vagabonder.

Au bord de la mer, la lumière avait une qualité particulière. Elle laissa son regard errer sur les murs blancs de l'église. Elle comprenait pourquoi Geneviève aimait tant son cottage, sur la pointe de la Dernière Chance. Jessie se dit qu'elle aussi aimerait vivre près de la mer, un jour. Se réveiller chaque matin dans un univers baigné de cette lumière magique… Puis elle se souvint. Elle savait où elle passerait le reste de sa vie : à Beaulieu, avec Harrison.

Il était assis à côté d'elle, sur le banc. Elle l'observa furtivement. Harrison Tate était séduisant. Sans posséder la beauté flamboyante de Warrick, ou la force et la rudesse d'un homme tel que Lucas Gallagher, il avait les traits réguliers. Chez lui, tout était mesuré. Il était le type même du colon britannique : équilibré, modéré en toute circonstance.

Comme s'il sentait son regard, Harrison tourna la tête et lui sourit. Mais ce fut un sourire crispé, destiné à rappeler à la jeune fille qu'elle se devait d'écouter le professeur Luneberg, au lieu d'admirer la lumière sur les voûtes ou se demander pourquoi la perspective de finir sa vie à Beaulieu lui serrait tristement la poitrine…

Après la conférence, les fiancés marchèrent côte à côte sur le chemin menant au pied de la colline, parmi les tombes éparses du cimetière, pour rejoindre la voiture. Le vent s'était levé, chassant les quelques nuages blancs. En contrebas, dans la baie, la mer semblait menaçante et sombre. Les vagues ourlées d'écume déferlaient en rythme sur les plages.

— Cette conférence était très intéressante, commenta Harrison en posant la main de la jeune fille sur son bras. Mais pas autant que le jour où cet homme a réanimé une grenouille grâce au courant électrique.

— Pauvre professeur Luneberg, fit Jessie en riant. On aurait dû lui permettre de donner sa conférence dans une grotte à Fern Gully, parmi les stalactites et les stalagmites. Tu aurais certainement apprécié le spectacle.

— Hmm, fit Harrison, je ne serais jamais allé à Fern Gully. Je n'ai pas apprécié ces grottes où tu m'as entraîné, quand nous étions enfants. Je n'ai aucune envie d'y retourner.

Elle le dévisagea.

— Tu ne crois pas qu'il serait intéressant d'explorer des grottes, maintenant que tu comprends mieux leur formation?

Un silence pesant s'installa entre eux.

— Tu n'y penses pas sérieusement, j'espère? Tu ne souhaites quand même pas explorer des grottes!

— Bien sûr que si!

Malgré son sourire, Harrison ne put s'empêcher de cligner de l'œil, comme chaque fois qu'il était contrarié.

— Vraiment, Jessica... Assister à des conférences sur la spéléologie est une chose. Mais qu'une jeune fille de ton rang aille crapahuter dans des grottes, en quête de sensations fortes, c'est une autre affaire.

Elle lâcha son bras.

— Une autre affaire? À quoi penses-tu au juste, Harrison?

— Eh bien... cela ne se fait pas.

Il déployait de gros efforts pour parler d'un ton enjoué, mais Jessie devinait son inquiétude.

— Même toi, tu dois te rendre compte que ce n'est pas convenable.

Le vent fit bruisser les feuilles des eucalyptus qui bordaient le chemin.

— Est-ce vraiment si important de toujours se soucier de l'opinion des autres? demanda Jessie.

— Naturellement! s'exclama-t-il, sincèrement choqué.

Elle observa son beau visage, au-dessus de son col amidonné, de sa cravate nouée à la perfection.

— Harrison, n'as-tu jamais rien fait que les personnes bien intentionnées jugeraient inconvenant?

Un sourire un peu enfantin naquit sur ses lèvres. Il lui reprit la main et la garda dans la sienne.

— J'aimerais pouvoir te dire non, mais je dois t'avouer un secret: à l'âge de quatorze ans, je suis tombé follement amoureux d'une fille imprévisible et fascinante, la plus belle fille du monde. Jusqu'à ce jour, cette obsession ne m'a jamais quitté.

— L'amour est donc inconvenant? s'enquit-elle à mi-voix. Aimer, cela ne se fait pas?

Il resserra son emprise sur sa main, la mine grave.

— Quand il est vécu avec excès, je crains que non... Mais c'est une transgression à laquelle je n'ai pas l'intention de renoncer.

Le soleil surgit de derrière un nuage et darda ses rayons brûlants sur la colline et la baie, en contrebas. Jessie se dit qu'elle aurait dû être heureuse de savoir qu'il l'aimait avec une telle ardeur.

Pourtant, elle avait la gorge nouée. Elle éprouvait une sensation étrange, comme si elle dévalait le puits sombre et profond du désespoir, sans la moindre chance de salut.

Jessie avait presque fini de seller Cimmeria quand Charlie entra, les mains glissées nonchalamment dans les poches de son pantalon, s'efforçant de siffloter un air qu'elle ne reconnut pas.

L'espace d'un instant, il fut aveuglé par la pénombre qui régnait. Aussi ne remarqua-t-il pas tout de suite la présence de la jeune fille. Puis il s'arrêta net et cessa de siffler.

— Mademoiselle! s'exclama-t-il en se précipitant vers elle, le visage blême. J'ignorais que vous vouliez monter Cimmeria... Attendez, je m'en occupe.

Elle lui adressa un sourire rassurant.

— Tu n'étais pas encore au domaine quand je suis partie pour l'Angleterre, n'est-ce pas?

— Non, mademoiselle, répondit-il en se dandinant timidement. Attendez, je vous...

— Il m'arrive souvent de seller moi-même ma jument, expliqua-t-elle.

Elle sortit de l'écurie et l'enfant la suivit, les yeux écarquillés.

— Mais, mademoiselle... vous ne pouvez pas partir toute seule, sans palefrenier.

Elle le regarda par-dessus son épaule.

— Seigneur ! J'ai l'impression d'entendre Harrison, mon fiancé !

— Mademoiselle...

— Ne t'inquiète pas, Charlie, conclut-elle avec un sourire pour lui montrer qu'elle ne lui en voulait pas. Je suis allée voir le vieux Tom, mais il ne va pas très bien aujourd'hui, alors j'ai préféré le laisser se reposer.

Elle saisit les rênes et le pommeau de la selle.

— Je peux aller chercher Gallagher, suggéra Charlie en se dandinant toujours. Il est dans l'enclos, en train de faire travailler un hongre qui pose problème.

Jessie grimpa en selle avec aisance.

— Merci, mais je n'ai pas besoin de M. Gallagher. Je ne compte pas aller très loin.

Sur ces mots, avant que Charlie ne puisse protester, elle talonna sa monture et partit au trot.

Elle s'engagea sur le sentier qui menait vers la montagne, dans la forêt tropicale. Les nuages s'étaient dissipés et le soleil brillait dans le ciel d'un bleu intense. Bientôt, la forêt l'enveloppa. Elle se retrouva parmi les bouleaux, les eucalyptus, les gommiers blancs et noirs, les arbres à thé, qui lui procurèrent une ombre bienfaisante. Elle ne comprenait pas ce qui la poussait à agir, ni cette sensation d'étouffement qui l'étreignait de plus en plus souvent. Elle avança sans même savoir pourquoi.

Elle voulait simplement être seule, ne pas subir la présence des autres. Or, dans son milieu, une jeune fille célibataire était rarement seule.

Dès qu'elle aurait épousé Harrison, elle serait libérée de certaines contraintes de sa vie de jeune fille. Cette pensée ne lui fut cependant d'aucun réconfort : elle ne fit au contraire qu'amplifier ce malaise étrange qui lui nouait les entrailles. Elle se demanda à quel moment précis elle avait cessé de comprendre ses propres réactions, ses propres pensées, quand elle avait commencé à cacher ses désirs, ses besoins…

Jessie tira brutalement sur les rênes. Ce n'est qu'une fois arrêtée qu'elle comprit où elle se trouvait, et pour quelle raison. Elle était dans une petite clairière parsemée d'orchidées bleues, de jonquilles et de délicats iris blancs. Entourée de fougères, à l'ombre des gommiers, la clairière était un véritable havre de paix. Pourtant c'était là, sept ans plus tôt, que son frère Reid avait été tué. C'était le deuxième enfant que Béatrice Corbett perdait de mort violente. Reid n'avait que dix-sept ans.

Ce jour-là, une bande de brigands aborigènes l'avait capturé alors qu'il rentrait d'une partie de chasse et l'avait transpercé de nombreuses flèches. À présent, les Aborigènes avaient disparu de la région. Les derniers survivants étaient rassemblés comme du bétail et déportés vers une île, au loin, où ils dépérissaient à cause des maladies apportées par les Blancs, de l'alcoolisme et du désespoir.

Elle mit pied à terre. Ses bottines foulèrent l'herbe tendre et haute. Un tronc d'arbre était couché à l'orée de la forêt. Poussant un long soupir, elle alla s'y asseoir, les jambes repliées contre sa poitrine.

Jessie ignorait combien de temps elle demeura ainsi, les yeux fermés, ravalant ses larmes. Elle entendait le vent dans les arbres. Un rossignol se tut soudain. Le cœur de la jeune fille se mit à battre la chamade. Elle sentit, sans l'ombre d'un doute, qu'elle n'était plus seule.

Elle rouvrit les yeux et découvrit une jambe maigre, vêtue d'un pantalon de toile de forçat. L'inconnu ne portait pas de bottes. Ses pieds étaient simplement entourés d'une peau de kangourou, façonnée grossièrement et nouée aux chevilles, là où demeuraient les traces indélébiles des chaînes.

12

Une terreur incontrôlable s'empara de Jessie, lui comprimant la poitrine, de sorte qu'elle fut incapable de pousser un cri.

Elle leva les yeux vers l'inconnu.

C'était un homme hirsute aux joues émaciées, aux épaules voûtées. À travers les déchirures de son pantalon en loques, on devinait d'affreuses blessures purulentes. Il portait cependant une élégante chemise en lin au col ouvert, presque propre, mais ses cheveux bruns et sa barbe étaient longs et sales. Ses yeux pétillaient d'une lueur folle, à peine humaine.

Elle se leva d'un bond et recula si vite qu'elle trébucha. Les lèvres de l'inconnu esquissèrent un sourire narquois, révélant des dents noircies.

— Tiens, tiens, fit-il. Regardez un peu qui est là...

Un autre homme s'esclaffa. La jeune fille se rendit compte qu'ils étaient trois. Un jeune blond, vêtu d'une veste de gentleman sur son torse nu et d'un pantalon de forçat en haillons, et un homme noir, un Africain apparemment, même s'il devait se trouver dans le bush depuis un certain temps, car il était entièrement vêtu de peaux de bête. Il était moins sale que ses deux compagnons.

— Que me voulez-vous ? demanda-t-elle, la gorge nouée par la peur.

Le blond portait une paire de bottes et tenait un pistolet à silex, une arme de gentleman, dont la crosse était incrustée de nacre. Elle se demanda si l'arme appartenait au même homme que la veste, les bottes et la chemise. Que lui était-il arrivé?

Le jeune homme caressa la crosse du pistolet, la toisant d'un regard qui lui noua les entrailles.

— D'après toi, ma belle? railla-t-il en relevant le menton.

— Si c'est mon cheval que vous voulez, reprit-elle, cherchant à maîtriser le tremblement de sa voix, prenez-le et allez-vous-en avant que quelqu'un ne vous arrête.

— Oh, on va le prendre, ton cheval! déclara l'autre Blanc. Mais on va s'amuser un peu, avant.

Jessie avait grandi parmi trois frères qui n'avaient pas toujours surveillé leur langage en sa présence. Aussi connaissait-elle le sens de cette expression.

Affolée, elle prit ses jambes à son cou.

Le blond lui barra la route, au moment où elle s'engageait sur le sentier. Elle partit dans l'autre direction, se penchant en avant pour éviter les branchages. La traîne de sa robe était lourde à porter, et ses jupons la ralentissaient. Une branche de fougère vint lui fouetter le visage. Cherchant à se protéger les yeux, elle trébucha sur une pierre et s'écroula sur le sol humide de la forêt tropicale.

Le souffle court, elle voulut se relever, mais une main de fer se referma sur sa cheville.

— Tu essayais de nous échapper, hein? fit la voix mielleuse du blond.

— Lâchez-moi!

Roulant sur le côté, Jessie se débattit de son pied libre. Mais il se contenta d'esquiver les coups en riant.

— Vous êtes fous! lança le Noir, qui se tenait un peu en retrait. Lâchez-la et fichons le camp d'ici. Si vous faites ça, sa famille va tout mettre en œuvre pour nous retrouver.

— Si tu veux passer ton tour, libre à toi, rétorqua le brun en se penchant sur la jeune fille. Moi, j'ai l'intention de m'offrir du bon temps.

— Vous feriez mieux d'écouter le conseil de votre ami, déclara Jessie, figée par la peur. Mon palefrenier ne va pas tarder.

— C'est bizarre, mais je n'en crois pas un mot, répliqua le blond avec un sourire cruel.

— Quelqu'un approche ! cria le Noir.

L'avertissement effaça le sourire du blond. Il saisit Jessie par le bras et la mit debout sans ménagement. Elle se débattit, mais il pointa son arme sur sa tempe. Elle ne put réprimer une plainte de terreur.

— Ferme-la ! murmura-t-il en l'entraînant vers l'autre extrémité de la clairière. Au moindre bruit, je te tue. Toi et celui qui arrive. Vous crèverez tous les deux.

L'homme resserra son emprise et se posta face à l'endroit où le sentier débouchait sur la clairière. Au soleil, il faisait presque chaud. Elle se rendit compte qu'elle avait perdu son chapeau dans les bois. Une goutte de sueur perla sur son front et coula le long de sa tempe. Elle entendit un bruit de galop. Toujours prisonnière, elle vit apparaître un cheval luisant entre les arbres. Son cavalier s'arrêta brusquement.

— Au moindre geste, je lui fais sauter la cervelle, menaça le blond en posant le canon de son pistolet sur la joue de Jessie.

Le hongre était réputé pour son mauvais caractère. Il s'agita furieusement, la tête en arrière, les oreilles couchées, piétinant le sol comme s'il ressentait la peur ambiante. L'espace d'un instant, le regard de Lucas Gallagher croisa celui de la jeune fille. Il affichait un air dur, impassible. Elle ne décela rien dans son regard sombre et voilé : ni sympathie, ni appréhension, ni réconfort. Après tout, lui aussi était un forçat. Tout comme ces trois brigands désespérés qui la tenaient en otage. Il n'avait aucune raison de venir à son secours. Au contraire.

Maîtrisant son cheval sans la moindre difficulté, Lucas posa une main sur sa cuisse.

— Pourquoi diable me soucierais-je de ce que vous pourriez lui faire ? lança-t-il.

Le blond ricana et pointa son arme vers Gallagher.

— Je ne vois aucune raison, fit-il. Descends de cheval, doucement. C'est ton cheval qui nous intéresse. Et tes vêtements, aussi.

Lucas hocha la tête. Les brigands volaient souvent les vêtements de leurs victimes, avec leur argent et leurs montures. Les tenues civiles étaient une denrée rare dans le bush, et la plupart des évadés n'étaient guère habiles à façonner des pagnes à l'aide de peaux de kangourous.

— Cela ne m'ennuie pas de vous donner le cheval. Il ne m'appartient pas. Mes vêtements, c'est une autre histoire. J'y tiens.

Il sauta à terre avec grâce.

— Pourquoi ? demanda le brun en s'approchant pour saisir les rênes du hongre. Tes maîtres t'en donneront d'autres.

Le cheval rua avec une telle férocité que le brigand eut un mouvement de recul.

— Seulement à mon retour au domaine, répondit Lucas en toisant les trois hommes d'un œil perçant. Mais le chemin ne va pas être aisé, à pied, dans le plus simple appareil. De plus...

Il désigna Jessie de la tête. Elle crispa les poings.

— ... nous sommes en présence d'une dame.

— C'est vrai, railla le blond en lâchant le bras de la jeune fille pour lui caresser l'épaule et la poitrine. Et une sacrée jolie petite dame, en plus !

— Ne me touchez pas avec vos sales pattes ! prévint-elle en l'écartant d'un geste.

Elle se retrouva face au canon du pistolet.

— Recommence ça une seule fois et je te tue ! gronda le blond.

— Vous avez sa jument, dit Gallagher en ôtant sa veste grise pour la lancer en direction du brun, avec son gilet. Pourquoi ne pas la libérer ?

Le blond s'esclaffa.

— Tu manques vraiment d'imagination, toi!

Il saisit Jessie par la nuque et la secoua violemment. Cette fois, elle se laissa faire.

— Mais je veux bien te laisser participer quand même aux réjouissances…

Ses lèvres formèrent un rictus cruel. Il désigna l'homme noir, qui se tenait un peu plus loin comme s'il souhaitait se démarquer des autres:

— Tu pourras peut-être même passer avant Parker.

— Non, fit le dénommé Parker en croisant les bras sur sa large poitrine. Je n'aime pas contraindre les femmes.

Le troisième homme, occupé à récupérer la veste de Gallagher, leva les yeux.

— Et pourquoi pas? Ils vont te pendre, de toute façon. On est déjà en route pour l'enfer.

Parker se contenta de secouer la tête, tandis que le blond brandissait son arme en direction de Lucas.

— Et toi? Tu es contre le viol?

Gallagher demeura immobile, les mains sur les hanches, les yeux plissés.

— Non.

Jessie s'efforça de ne pas fondre en larmes.

— À la bonne heure.

Le sourire du blond fit place à un regard froid.

— Continue à te déshabiller, ordonna-t-il.

Les deux hommes se toisèrent l'espace d'une seconde, puis Lucas haussa les épaules.

— Très bien, dit-il.

Jessie sentit ses derniers espoirs s'envoler, la laissant vulnérable et muette. Elle le vit ôter lentement sa chemise de toile épaisse.

— Tiens, attrape! dit-il en la roulant en boule avant de la lancer vers le blond, qui dut lâcher la jeune femme.

Puis Lucas s'accroupit et entreprit de dénouer ses lacets.

— Tu crois que mes bottes seront assez grandes pour toi, Parker? demanda-t-il au Noir qui demeurait impassible.

— Je n'en ai pas besoin, répliqua celui-ci.

— Autant les essayer, puisqu'on va te pendre à cause d'elles...

Il jeta les bottes au loin, dans l'herbe, en direction de Parker.

Ce dernier se penchait pour les ramasser, lorsque Jessie aperçut un couteau dans la main de Gallagher. D'un geste vif, il lança l'arme, qui vint se planter dans la poitrine dénudée du blond.

La jeune fille ravala un cri d'effroi. L'homme tituba, faisant voleter les pans de sa veste, foulant l'herbe de ses élégantes bottes. Il baissa les yeux sur sa blessure, comme s'il ne comprenait pas ce qui lui arrivait. Puis il se mit à agiter les bras et à basculer en arrière. Les mains sur la bouche, Jessie le vit mourir avant même de toucher le sol.

Gallagher s'était précipité, roulant souplement dans l'herbe en direction de son cheval. Au bout de quelques mètres, il se releva d'un bond, une branche à la main. D'un coup sec, il projeta l'autre homme contre le flanc de l'animal. Le hongre rua. Le brun s'écroula.

Jessie tomba à genoux, rampant de son mieux vers le cadavre du blond pour récupérer le pistolet qu'il tenait encore.

— Ça fait un bout de temps qu'on ne s'était vus, Gallagher, déclara Parker.

Elle regarda en direction de Lucas, torse nu, en position de combat face au dernier fugitif.

— Je n'ai rien contre toi, Parker.

— Toi non, fit le Noir, mais je pense que celle-là ne peut pas en dire autant...

Jessie se leva, crispa le poing autour de la crosse du pistolet et pointa l'arme vers la poitrine de Parker. Le souffle court, elle sentait tout son corps trembler, mais parvint à tenir l'arme fermement.

— Absolument, confirma-t-elle d'une voix nouée par la rage. Et j'ai bien l'intention de vous faire pendre !

Parker se figea, les bras écartés.

Gallagher se tourna vers la jeune fille. Seul le bruissement du vent dans les feuilles rompait le silence pesant.

— Vous savez vous en servir, au moins ? demanda-t-il enfin.

Elle hocha la tête sans le regarder.

— À douze ans, je tirais déjà mieux que mon père.

— Même sur un homme ?

— Non. Mais j'en serais capable, s'il le fallait.

Il fit un pas vers elle, puis un autre, et un autre encore, jusqu'à ce qu'il soit assez proche pour qu'elle remarque la lueur amusée qui brillait dans son regard.

— Je vous crois sans peine, déclara-t-il en posant une main sur l'arme. Mais je vous demande de ne pas le faire.

— Comment ?!

Son geste n'avait rien de brutal, mais il laissa sa main sur la sienne. Elle sentit ses paumes meurtries, chaudes et rugueuses à la fois, à travers son gant de cuir très fin. Il était si proche qu'elle voyait ses muscles saillants, son torse nu et bronzé se soulever au rythme de sa respiration.

— Je vous demande de le laisser partir. Je le connais. Il n'est pas dangereux. Et il ne vous a rien fait.

Elle secoua la tête pour écarter quelques mèches rebelles de son visage.

— Rien ? Si vous n'aviez pas surgi à temps, ces hommes m'auraient violée sans l'ombre d'une hésitation !

— Je n'ai pas participé à toute cette histoire, assura Parker. Vous le savez bien.

Ses yeux écarquillés étaient rivés sur le pistolet, comme s'il redoutait qu'un coup de feu ne parte, par accident.

— Vous étiez pourtant avec eux, insista froidement la jeune fille.

— Dans le bush, il est impossible de survivre seul très longtemps, expliqua Gallagher d'un ton posé.

Elle le dévisagea, mais ne s'attarda pas sur lui. Il était bien trop proche, trop dénudé... trop viril.

— Il existe un proverbe qui dit qu'un homme qui couche avec les chiens finit par attraper des puces.

— Vous avez passé trop de temps avec ce vieux Tom, se moqua Lucas. Il s'agit d'un proverbe irlandais.

Son sourire fit place à une expression intense.

— Donnez-moi cette arme, mademoiselle Corbett. Si vous livrez Parker aux autorités, il sera envoyé à Port Arthur ou à Norfolk. Ou alors il sera pendu.

La jeune fille se rendit compte qu'elle aurait dû avoir peur de Lucas, et qu'il était en mesure de lui prendre le pistolet sans la moindre difficulté. Peut-être le ferait-il, si elle refusait d'obéir... Elle le dévisagea.

— C'est vraiment ce que vous souhaitez ?

— Oui.

De la forêt s'éleva le cri strident d'un cacatoès. Peu à peu, le jour commençait à tomber. Déjà, la lumière avait changé. Tiraillée entre deux solutions, Jessie regarda tour à tour les deux hommes. Ce que Gallagher lui demandait allait à l'encontre des principes de son éducation. Mais il avait risqué sa vie pour sauver la sienne. Elle ne pouvait lui refuser cette requête.

— Je ne mentirai jamais sur sa présence ici, prévint-elle. Quand Warrick apprendra ce qui s'est passé, il pourchassera votre ami et l'exécutera.

— Je sais.

Elle lui remit l'arme et s'éloigna.

Le corps tremblant, elle s'écroula sur le tronc d'arbre abattu et croisa les bras autour de ses genoux, comme pour se protéger.

— Si tu veux récupérer quelque chose sur ces types, dit Gallagher à Parker, sers-toi et disparais.

Le Noir répondit à voix basse.

Jessie balaya la clairière du regard. Le hongre paissait tranquillement sous le soleil doré, près du corps inerte du brun. Elle se demanda s'il était mort, lui aussi. En voyant l'état de sa tête, elle n'eut plus aucun doute. Elle ferma les yeux. Les deux hommes discutaient toujours.

Au bout d'un certain temps, Gallagher déclara :

— Si tu restes sur cette île, tu seras vite capturé.

La jeune fille releva brusquement la tête et les observa. Ils se tenaient non loin du sentier.

— Ah oui ? fit Parker en éclatant d'un rire amer. Et qu'est-ce que je peux faire, selon toi ? Rentrer en Afrique à la nage ? Même si c'était possible, je suis né en Amérique, de toute façon.

Gallagher lui tournait le dos et n'avait pas encore remis sa chemise, de sorte que Jessie pouvait admirer ses muscles et sa peau dorée, striée de cicatrices. Il avait été fouetté souvent, et violemment. À cette idée, elle retint son souffle. C'était étrange, car elle avait déjà vu des hommes se faire fouetter, le torse nu, les mains attachées en l'air. Elle avait vu leurs corps tressauter de douleur à chaque coup de fouet. En songeant à ces images cruelles, elle sentit son cœur se serrer et fut envahie d'une vague d'émotions confuses.

— Tu pourrais partir vers le nord-ouest, disait Gallagher. Des baleiniers y passent parfois. Ils sont toujours en quête de main-d'œuvre et n'accordent pas trop d'importance au passé des hommes qu'ils embauchent.

— Oui, fit Parker en secouant la tête, j'en ai entendu parler. Ils embauchent peut-être, mais leurs hommes sont maltraités. J'ai déjà été esclave deux fois, d'abord en Amérique, ensuite ici. Je préfère encore mourir.

— Un esclave a toujours la possibilité de s'enfuir, répliqua Lucas. Pas un homme mort.

Parker haussa les épaules et sourit.

— Quand tu es mort, tu es libre, au moins.

Il tendit la main à Gallagher. Les deux hommes se saluèrent chaleureusement.

— Merci, mon ami.

Jessie était mal à l'aise, comme si elle assistait à une conversation intime qui ne la regardait en rien. Elle se détourna, toujours assise sur le tronc. Un petit kangourou surgit, le museau frémissant, les oreilles dressées. Dès qu'il la repéra, il s'empressa de s'enfuir.

Une ombre lui fit lever les yeux. Gallagher se tenait à son côté, le pistolet à la main. Parker avait disparu. Ils se retrouvaient seuls dans la clairière balayée par le vent.

— Prenez-le, ordonna-t-il.

Elle fixa l'arme, puis plongea dans le regard de Lucas.

— Prenez-le, répéta-t-il. Si on me voit avec ça, je suis un homme mort.

Jessie obéit. Le pistolet lui parut si lourd qu'elle le posa dans l'herbe.

— Ce que vous avez fait est une folie.

— Vraiment? répliqua-t-il en plaçant un pied sur le tronc d'arbre. Parker est un type bien. Il ne mérite pas la pendaison.

— Un type bien? répéta-t-elle, incrédule. C'est un criminel évadé, un voleur. Dieu sait pour quelle raison il est arrivé ici.

— Pour meurtre, je crois.

Lucas lui adressa un regard de biais, comme s'il cherchait à la provoquer. Ses lèvres affichaient un vague sourire mais ses yeux demeuraient froids.

— Un homme ne décide pas toujours du cours de sa vie, mademoiselle Corbett. Parfois, les événements nous échappent…

Ils se toisèrent longuement. Soudain, la fille eut le souffle court. Elle entrouvrit les lèvres et respira profondément. Ses joues s'empourprèrent. Lucas la regardait fixement. Ce regard intense et sombre était si insupportable, qu'elle baissa les yeux vers sa jambe fléchie, sa cheville meurtrie.

Se levant, elle s'éloigna. Elle voulait traverser la clairière pour rejoindre sa jument qui broutait tranquillement. Mais elle découvrit les deux cadavres attachés, tête en bas, sur sa selle. Aussitôt elle se figea, portant la main à sa bouche.

— Je ne vous ai pas remercié… Vous m'avez sauvé la vie, dit-elle d'une voix enrouée.

Elle le sentit s'approcher. L'espace d'une seconde, elle crut qu'il allait la toucher mais, naturellement, il n'en fit rien.

— Si, vous m'avez remerciée, répondit-il. En laissant Parker s'en aller. De plus, vous n'avez pas la certitude qu'ils vous auraient tuée.

— Ce qu'ils voulaient me faire…

Elle déglutit, la gorge nouée par l'effroi.

— … il paraît que c'est pire que la mort.

— C'est faux.

— Comment ? fit-elle en le regardant par-dessus son épaule.

— Ce n'est pas pire que la mort. C'est humiliant, dégradant, et vous auriez sans doute eu envie de mourir ensuite. Mais vous êtes forte. Vous auriez surmonté cette épreuve.

Elle scruta son profil altier, ses pommettes saillantes, la courbe délicate de ses lèvres. Il était très beau, à la fois superbe et effrayant. Parfois, en le regardant, elle avait l'impression de se consumer de l'intérieur.

— Pourquoi m'avez-vous suivie jusqu'ici ? demanda-t-elle soudain. C'est Warrick qui vous a chargé de venir me chercher ?

— Non.

Il alla ramasser sa chemise restée à terre.

— Charlie m'a dit que vous aviez pris Cimmeria, et je savais que des brigands traînaient dans le coin.

— Comment le saviez-vous ?

— Je le savais, dit-il simplement en enfilant sa chemise.

La jeune fille ne put s'empêcher de le contempler. Il avait un corps superbe, doré par le soleil et endurci par le travail. Son regard balaya les muscles saillants de son torse et ses épaules carrées. Il ajusta lentement sa chemise. Jessie se demanda ce qu'elle ressentirait à le toucher, à effleurer ces courbes parfaites du bout des doigts. En comprenant qu'elle en avait envie, qu'elle brûlait de poser les mains sur sa peau nue, elle retint son souffle. C'était une pensée indécente, un désir interdit dont elle ne comprenait pas l'origine, mais qu'elle ne pouvait nier.

Lucas alla récupérer ses bottes. Le cœur battant à tout rompre, Jessie le vit se pencher, admirant les ombres du soleil sur son corps. Lorsqu'il se redressa, la lumière dorée joua sur ses traits.

Elle détourna vivement la tête.

Le soleil commençait à décliner, plongeant la clairière dans l'ombre. La brise était plus fraîche, et l'air embaumait. À la tombée du jour, elle aurait dû se trouver dans la sécurité de sa chambre, en train de s'habiller pour le souper, et non dans cette nature sauvage avec deux cadavres attachés à sa selle, en proie aux désirs les plus fous, des sensations nouvelles qui la laissaient pantelante.

Il monta en selle.

— Donnez-moi la main, ordonna-t-il en se penchant vers la jeune fille.

Elle obéit. Les doigts puissants de Lucas se refermèrent sur son gant. Il la fit monter derrière lui, talonna sa monture et ils s'enfoncèrent dans la forêt sombre.

En dépit de ses principes, Jessie avait l'impression qu'être plaquée contre un homme, jambes écartées, les mains sur ses hanches, était une position naturelle. Elle sentait sa chaleur à travers le tissu de la chemise, et la fermeté de son torse qui se mouvait au rythme du cheval.

Gallagher n'était pas un forçat comme les autres. C'était un homme qui lui avait sauvé la vie au risque de perdre la sienne, qui avait sauvé un ami d'une exécution certaine. Et qui avait sur elle un tel effet qu'elle en venait à se demander à quoi ressemblait son corps entièrement dénudé.

Un homme dont la simple présence à ses côtés suffisait à la rendre heureuse, saisie d'un désir impossible.

13

Ce soir-là, le vent se déchaîna sur l'île. Jessie mit un châle sur ses épaules et sortit dans la pénombre.

Une fois dehors, elle reçut une bourrasque de plein fouet. Elle dut crisper les poings sur son châle pour l'empêcher de s'envoler. Le vent hurlait dans les arbres, l'air était chargé de pluie, même si la lune luisait calmement parmi de lourds nuages. Dans l'allée du Château, les feuilles mortes volaient en tout sens. Jessie hâta le pas, sans vraiment savoir où elle allait, prise d'un besoin irrépressible d'ouvrir son âme aux éléments déchaînés.

Elle foula la pelouse, sentant la terre humide sous ses pieds nus. En atteignant l'étang dont les eaux ondulantes scintillaient au clair de lune, elle s'arrêta. Elle enroula un bras autour du tronc d'un pommier, sur lequel elle aimait grimper quand elle était enfant. Depuis son retour d'Angleterre, ses fleurs s'étaient asséchées et envolées.

Jessie se tourna vers la maison, si imposante dans le noir. Elle en aimait les moindres recoins. Pourtant, elle semblait différente de ses souvenirs... Peut-être n'avait-elle pas changé, songea la jeune fille en inspirant à pleins poumons. Peut-être était-ce elle-même qui avait changé. Cette maison n'était plus la sienne, du moins plus pour très longtemps. Si elle épousait Harrison, elle n'y reviendrait qu'en visite, en tant qu'invitée.

Elle se demanda pourquoi cette idée la désolait. Bien sûr qu'elle allait épouser Harrison. Elle le savait depuis sa plus tendre enfance. C'était son meilleur ami, et il deviendrait un très bon mari. Tout le monde en était persuadé. Il était gentil, séduisant, bien éduqué et riche. Ensemble, ils vivraient comme leurs parents avaient vécu, dans un environnement protégé et familier.

Rien n'obligeait Jessie à écouter la petite voix qui lui murmurait que cet avenir n'était peut-être pas celui qu'elle désirait au plus profond d'elle-même. Elle ne pouvait se permettre de penser à la façon dont son cœur s'emballait, chaque fois qu'elle croisait le regard troublant de Lucas Gallagher.

Ils étaient rentrés à la maison bien après la nuit tombée. Les hommes du domaine étaient allés fouiller la clairière où elle avait été agressée. Ils avaient décidé d'y retourner dès le lendemain matin, pour examiner les lieux. Lucas était rentré trop tard pour le souper et avait dû se contenter d'un plateau. Depuis, Jessie ne l'avait pas revu.

Soudain, elle vit une ombre surgir d'une arcade. Une silhouette familière venait vers elle.

— Tu peux m'expliquer pourquoi tu déambules toute seule en pleine nuit ? demanda Warrick.

Elle écarta ses cheveux de son visage.

— Comment as-tu su que j'étais ici ?

Il baissa la tête, un sourire au coin des lèvres.

— Je t'ai vue depuis la véranda.

— C'est peut-être cette nuit qui est responsable, déclara-t-elle d'un ton qui se voulait assuré. Une nuit où nul ne parvient à trouver le calme.

— Tu es énervée, Jessie ?

Elle serra plus fort le tronc d'arbre, sentant son écorce rugueuse et froide à travers le fin tissu de la chemise de nuit.

— J'ai passé un après-midi un peu… perturbant.

— C'est normal. Tu as failli être violée.

— Je t'en prie, implora-t-elle en levant une main pour le faire taire. Ne me gronde pas. J'en ai déjà assez entendu de la bouche de notre mère.

Warrick se mit à rire.

— Je ne suis pas du genre à te réprimander, tu le sais bien. Et je suis certain que tu n'es pas ici à cause de ta mésaventure avec ces brigands. À mon avis, tu es sortie en pleine nuit pour les mêmes raisons qui t'ont poussée à partir à cheval cet après-midi, toute seule, dans la montagne.

Warrick retrouva son sérieux.

— Que se passe-t-il, Jessie ?

Elle lâcha le tronc d'arbre et rejoignit son frère, les bras croisés sur la poitrine pour mieux s'envelopper de son châle. Elle n'eut pas le courage de le regarder, de lui poser certaines questions, aussi se contenta-t-elle de fixer les eaux sombres de l'étang.

— Warrick, sais-tu ce que tu attends de la vie ?

Elle osa enfin affronter son regard. Les lèvres du jeune homme se tordirent en un rictus amer.

— Nom de Dieu, fit-il avec un rire triste. En général, je n'arrive même pas à savoir si j'ai envie d'un cognac ou d'une pinte de bière. Quant à savoir ce que j'attends de la vie...

— Naguère, tu le savais.

Il se détourna pour contempler le parc endormi, les épaules tendues sous son élégant costume, la tête en arrière, se tapotant nerveusement la cuisse.

— Ah bon ? Oh, je le croyais ! Je voulais parcourir les mers du monde entier, en découvrir de nouvelles. Je voulais devenir officier de marine à seize ans, et capitaine à vingt-cinq.

Il s'interrompit un instant, immobile.

— Tous les garçons ont des rêves. Très peu arrivent à les réaliser.

— Certains y parviennent.

Il fit volte-face, le regard un peu fou, le souffle court.

— Vraiment ? Cecil rêvait de devenir le plus grand propriétaire terrien qu'on puisse imaginer.

— Cecil est mort, répondit-elle posément.

— C'est vrai, Cecil est mort. Et mes rêves de prendre la mer sont morts avec lui, et avec Reid.

— Selon toi, quels étaient les rêves de Reid? demanda-t-elle, la gorge nouée.

— Je l'ignore. Il n'en parlait jamais.

Il s'approcha de sa sœur.

— C'est pour cela que tu es allée à la clairière, cet après-midi? À cause de Reid?

— Je n'en suis pas certaine...

Le vent souffla de plus belle, plus cinglant, annonçant une pluie imminente. Warrick passa une main dans ses cheveux bouclés et hirsutes.

— J'ai toujours cru que tu savais ce que tu voulais, Jessie. Un beau mariage, des enfants. Vivre dans la vallée... Et ne me dis pas que tu es prise d'une envie soudaine d'aller étudier la géologie en Mongolie, parce que je ne te croirai pas. Tu aimes trop cette île pour la quitter une nouvelle fois.

— Tu as raison. Ce n'est pas cela. C'est...

Elle lui prit le poignet, cherchant ses mots.

— Toute ma vie, j'ai eu l'impression qu'une lutte se déchaînait en moi, entre la Jessie qui voulait tout savoir sur la botanique, l'astronomie, qui voulait chevaucher au grand galop, en dépit des convenances, et la gentille Jessica qui ne cherchait qu'à plaire à ses parents.

— En te transformant en une nouvelle Catherine ou Jane?

— Peut-être. Je ne sais pas. C'est justement le problème. Je ne sais plus qui je suis, qui je veux être.

— Vraiment?

Incapable de lui répondre, de supporter l'intensité de son regard, elle baissa les yeux. Il commençait à pleuvoir. De grosses gouttes tombaient sur les feuilles et la surface de l'étang. Elle les sentit sur sa joue.

Ce n'est que lorsque son frère la prit dans ses bras qu'elle comprit qu'elle pleurait.

— Jessie, je suis désolé... pardonne-moi, dit-il.

Le lendemain, dès l'aube, Warrick et Harrison se retrouvèrent dans la cour avec une meute de chiens, un pisteur aborigène, le chef de la police et ses hommes. Jessie observa la fébrilité des préparatifs, depuis le balcon du premier étage. Les chiens aboyaient dans la fraîcheur du matin. Les hommes criaient, les chevaux s'agitaient. La jeune fille regarda l'expédition s'éloigner en direction des montagnes, sous d'épais nuages, puis elle regagna sa chambre.

Elle passa la matinée à broder tranquillement des boutons sur une chemise de nuit. Ensuite, elle fit la lecture à sa mère, qui demeurait prostrée depuis l'incident de la veille. Dans l'après-midi, elle se rendit à Beaulieu pour passer un moment en compagnie de Philippa Tate. Elle coupa par le parc, comme elle l'avait fait souvent dans son enfance, savourant l'air pur et le contact du vent vivifiant sur ses joues.

Elle resta à distance des écuries.

Les hommes rentrèrent tard dans la soirée, en nage, épuisés, frustrés de n'avoir découvert aucune piste. La pluie avait effacé toute trace du fugitif. Dans le vestibule, Jessie écouta leurs lamentations, le cœur léger. Son soulagement l'étonna et la troubla à la fois.

Naturellement, les hommes repartirent à la chasse dès le lendemain. La journée s'annonçait chaude et ensoleillée. Le chef de la police se disait persuadé que les chiens renifleraient l'odeur du criminel avant midi.

Cette fois, au lieu de les regarder partir, Jessie gagna l'étage supérieur de la maison. La demeure qu'Anselm Corbett avait fait construire ne comprenait pas moins de huit chambres à coucher, car la famille était nombreuse, à l'époque. Elle entra dans la chambre de Catherine, puis dans celle de Jane. Les deux pièces n'avaient guère changé : le lit à baldaquin en acajou, la coiffeuse, la table de toilette étaient encore là. Seules les touches personnelles telles que les chapeaux de paille, coquillages, vases et autres brosses à cheveux avaient disparu. Béatrice Corbett était capable de chanter les louanges de ses enfants décédés à qui voulait l'entendre, mais elle ne parvenait apparemment pas à poser les yeux sur un objet leur ayant appartenu.

Dans la chambre de Jane, plongée dans la pénombre, Jessie s'efforça de se rappeler comment était la pièce, avant la mort de sa sœur. En vain.

Cet été-là, les trois filles Corbett avaient attrapé la scarlatine. À vingt et un ans, Catherine était sur le point d'épouser un riche marchand de Launceston. Jane avait dix-sept ans. Jessie se rappelait deux jeunes filles sages, gracieuses, convenables et effacées. Depuis quelque temps, elle se demandait si ses sœurs étaient réellement ainsi, ou si ces portraits idylliques correspondaient à la description que faisait d'elles Béatrice Corbett, depuis toutes ces années. Un jour où Jessie avait fait une grosse bêtise, sa mère s'était mise dans une rage folle et lui avait lancé qu'elle aurait préféré la voir mourir à la place de ses sœurs. C'était la seule fois qu'elle avait tenu de tels propos, car Béatrice cédait rarement à la colère. Mais Jessie n'oublierait jamais sa cruauté.

Le cœur serré, elle s'approcha de la fenêtre et replia les volets en cèdre, laissant entrer la lumière. Cependant, le soleil ne parvint pas à réchauffer la pièce, qui restait désespérément vide et morte.

Jessie garda les mains posées sur les volets un long moment, le front contre la vitre. Puis elle referma les volets et regagna sa chambre. Très vite, de peur de changer d'avis, elle enfila sa tenue d'équitation et se dirigea vers les écuries.

— Tu as envie de courir, hein? fit Lucas en tapotant l'encolure d'un jeune cheval gris.

L'animal se mit à grogner, comme s'il lui répondait par l'affirmative, ce qui fit rire Gallagher.

Il leva la tête vers la jeune fille, occupée à seller sa jument dans la lumière diffuse des écuries. Elle était vêtue différemment, tout en vert émeraude, avec un jabot de dentelle et une taille marquée qui mettait en valeur la courbe sensuelle de ses hanches. Lucas préféra ne pas se rappeler son allure sauvage de la dernière fois, ses cheveux décoiffés, sa robe déchirée, son corps tremblant de peur.

Aujourd'hui, Jessie paraissait sûre d'elle. Elle affichait même une certaine arrogance et semblait en proie à une légère nervosité. Il avait tendance à s'inquiéter pour elle, car il ne la comprenait pas. Elle était imprévisible. Elle ne réagissait jamais comme il s'y attendait. Lucas commençait à se rendre compte que Jessica Corbett n'était pas celle qu'il croyait, ce qui l'inquiétait d'autant plus.

Non seulement elle était capable de seller elle-même son cheval, mais elle préférait se charger de cette tâche. Alors que les autres femmes accentuaient leur vulnérabilité et leur fragilité pour paraître plus féminines et raffinées, elle était forte et autonome. Et intelligente. C'était l'un des aspects qu'il appréciait le plus chez elle. Malgré lui, il l'admirait. Dans un premier temps, il l'avait crue hautaine et gâtée, ce qui était parfois le cas. Mais elle possédait aussi de nombreuses qualités, qu'il cherchait à découvrir et à comprendre. Si seulement il n'avait pas été qu'un simple forçat...

Il l'observa pendant qu'elle bouclait la sangle de la selle.

— Où allons-nous, au fait ? demanda-t-il en préparant le cheval gris.

— Ce n'est pas le genre de question qu'un humble palefrenier doit poser, monsieur Gallagher.

— Ah non ? fit-il en posant les yeux sur ses lèvres. J'ai toujours eu du mal à feindre l'humilité.

Elle saisit les rênes de la jument.

— Un peu à l'est d'ici, il y a une série de grottes calcaires, près de Fern Gully. Je voudrais les explorer.

— Des grottes ?

137

— Vous n'aimez pas les grottes, monsieur Galla-gher ?

— Eh bien, cela dépend, répliqua-t-il tandis qu'ils menaient leurs montures dans la cour. Du moment qu'on ne me demande pas d'y vivre.

Autrefois, Lucas avait trouvé refuge dans une grotte, dans les montagnes de Comeragh, lorsqu'il était recher-ché par l'armée britannique. Mais il se garda d'en par-ler à la jeune fille.

— Je n'ai pas l'intention de m'installer à Fern Gully, assura-t-elle en riant. À moins, bien sûr, que nous nous égarions...

Il l'aida à monter en selle.

— Ne devrions-nous pas avertir quelqu'un de notre destination, au cas où ?

— J'en ai parlé au vieux Tom, répondit-elle en lis-sant sa robe.

— Tom ?

— Absolument.

Lucas fit un pas en arrière, la tête inclinée.

— Personne ne vous connaît vraiment, n'est-ce pas ? Je parle des membres de votre famille.

Elle releva vivement la tête et retint son souffle. Puis elle talonna sa jument aux pattes blanches d'un geste très séduisant.

— Vous êtes un impertinent !

— Au moins, je suis honnête.

Il vit ses poings se crisper sur sa cravache et redouta un instant de recevoir un coup en plein visage. Pour-tant, il ne fit rien pour s'éloigner, se rendant compte, à sa grande surprise, qu'il voulait qu'elle le frappe. Il voulait qu'elle le pousse à la détester.

Sans un mot, Jessie fit volter la jument. Elle s'éloi-gna si vite qu'il dut s'empresser de sauter en selle pour la suivre.

14

Warrick leva son chapeau à large bord, jura dans sa barbe et s'épongea le front avec la manche de son élégant costume. Il faisait chaud pour la saison. Bien trop chaud pour battre la campagne à la recherche d'un brigand. Il quitta le chemin principal pour s'engager sur un sentier envahi par les herbes, qui serpentait à flanc de colline parmi les cornouillers, les sassafras, les arbres à thé. Il jura de plus belle.

Au terme d'un jour et demi de ratissage, dans un déploiement de forces inutile alors qu'il se voulait impressionnant, les hommes avaient fini par se séparer. Le pisteur aborigène et les policiers étaient partis dans la montagne, Harrison et ses chiens sillonnaient l'extrémité nord de la vallée. Quant à Warrick, il avait proposé de fouiller les collines qui bordaient la côte. Il ne s'attendait guère à retrouver le fuyard, et commençait à se dire qu'il faudrait vraiment un coup de chance extraordinaire.

Il avait déjà entendu parler du dénommé Parker Jones. Les Noirs n'étaient pas légion en Tasmanie. On disait qu'il s'agissait d'un esclave en fuite, qu'il s'était évadé d'une plantation de coton, en Géorgie, montant à bord d'un bateau en partance pour l'Angleterre. Il n'avait pas profité très longtemps de sa liberté. Lors d'une rixe dans le port de Portsmouth, il avait tué un marin et s'était retrouvé à bord d'un autre bateau, un convoi de forçats à destination de l'Australie. Naturellement, ces hommes qui travaillaient enchaînés, sous les coups de fouet, à construire des routes ou dans les mines, n'étaient pas appelés des esclaves. Ce n'était pas de l'esclavage à proprement parler, mais Warrick se demandait si Parker y voyait une grande différence.

Il s'interrogeait sur la vie de ce malheureux, tout en gravissant une pente escarpée parsemée de marguerites sauvages. La brise faisait onduler les herbes hautes sous un ciel immaculé. Au sommet, l'océan se déploya à ses pieds. Il s'arrêta, ivre de bonheur, comme chaque fois qu'il revoyait la mer.

La mer avait toujours été sa grande passion. Son père se moquait de lui, le taquinait souvent, se demandant d'où le petit-fils d'un minotier du Lancashire et d'un officier de l'armée pouvait tenir une telle attirance pour la mer et les bateaux. Toutefois, Anselm Corbett ne l'avait pas découragé. Jusqu'à ce funeste jour où les vagues avaient emporté Cecil et l'avaient projeté sur les rochers meurtriers de la crique des Naufragés. Par la suite, il suffisait d'évoquer la mer pour que Béatrice blêmisse, au bord de l'évanouissement. Warrick avait espéré qu'elle surmonterait cette aversion. Mais quelques années plus tard, Reid était mort à son tour, tué par les flèches des Aborigènes. Alors il n'avait plus été question pour Warrick de prendre la mer. Des trois fils Corbett, il restait seul pour reprendre le domaine et succéder à son père, qu'il le veuille ou non.

Il prit une profonde inspiration, humant l'air marin, le parfum enivrant de la végétation luxuriante. Enfin, il tourna le dos à ce superbe spectacle et repartit.

Deux oies sauvages s'envolèrent, battant l'air de leurs ailes déployées. Warrick relâcha les rênes. Il leva son chapeau afin de les regarder prendre de l'altitude. Puis il eut une étrange impression de silence, une intuition indéfinissable... Il comprit que quelqu'un l'observait.

Il fit volte-face et balaya des yeux les alentours, portant la main au pistolet glissé dans son ceinturon.

Un rire féminin retentit, cascadant et cristallin comme un ruisseau.

— Vous allez me tirer dessus, monsieur ?

Elle était perchée dans un arbre, juste au-dessus de lui. C'était une jeune fille longue et fine comme une liane, aux jambes dorées et aux cheveux de la couleur d'un coucher de soleil, qui tombaient en désordre dans son dos.

— Qu'est-ce que vous faites là, toute seule ? demanda-t-il en rangeant son arme.

Elle sauta de sa branche avec la grâce d'un félin, effrayant un peu le cheval.

— J'habite ici.

Elle était mince, élancée, avec une ossature délicate. Elle avait des yeux de chat, étincelants, comme s'ils détenaient quelque secret. Warrick fut à la fois intrigué et effrayé.

— Personne ne vit ici, rétorqua-t-il.

Elle rit à nouveau.

Elle était vêtue d'une vieille robe démodée de coton bleu, et d'un vieux jupon trop court qui révélait ses chevilles et ses mollets. Warrick devina qu'elle ne portait rien en dessous. Le tissu était tendu sur ses seins dont il voyait poindre les mamelons bruns. Elle vint vers lui d'une démarche sensuelle. Il était fasciné par ses jambes fuselées, ses cheveux, ses yeux… Jamais il n'avait croisé une créature aussi captivante.

— Si. Nous, par exemple, dit-elle en posant une main sur la cuisse de Warrick.

C'est alors qu'il aperçut un peu plus loin une modeste fermette en pierre, au toit de chaume, avec une porte en bois brut, construite face à la mer. La demeure semblait surgie tout droit des Highlands d'Écosse, ou du fin fond de l'Irlande.

— Vous avez chaud, on dirait, reprit-elle en souriant.

Elle avait une grande bouche pour un visage aussi délicat, des dents blanches et régulières, des lèvres pulpeuses. Warrick en eut le souffle coupé.

— Effectivement, répondit-il d'une voix rauque.

Elle effleura son genou, mettant le feu à ses sens.

— Suivez-moi.

Sans réfléchir, il obéit. Ils avancèrent en direction de la maisonnette, mais descendirent ensuite vers une ravine qui plongeait dans la mer, au cœur d'une végétation dense, parmi les branches de bouleaux et de pins qui formaient un havre de fraîcheur. Le silence se referma sur lui. Il eut l'impression de pénétrer un monde enchanté. Seul le bruit des sabots de son cheval se faisait entendre. Il la suivit dans ce royaume de fougères et de mousses. Tout près, il perçut un ruissellement d'eau. Elle l'emmenait vers un ruisseau.

Il le découvrit enfin, un ruban d'eau claire cascadant sur les rochers, à l'ombre des hautes fougères et des lauriers. Au bout du chemin, le ruisseau formait un bassin dans la pierre découpée grossièrement.

— C'est vous qui avez façonné ce bassin ? demanda-t-il en arrêtant son cheval.

— Non. Il était déjà là, à notre arrivée. Je crois que ce sont les hommes noirs qui l'ont fabriqué.

L'inconnue entra dans l'eau jusqu'aux genoux, puis se retourna vers lui.

— Venez, dit-elle en dégrafant sa robe.

Le tissu glissa sur son corps, révélant ses hanches, sa taille, ses seins. Elle était terriblement désirable. Warrick eut soudain envie de rire, non pas pour se moquer d'elle, mais de lui-même. Il était tellement choqué qu'il avait failli tomber de cheval. Pourtant, il s'était toujours considéré comme un homme audacieux, un aventurier, un rebelle qui se souciait des conventions comme d'une guigne. Il venait d'avoir la preuve que ce n'était pas le cas.

Elle ôta sa robe et la jeta sur une branche. Il ne s'était pas trompé : elle ne portait rien en dessous, à part un couteau attaché à sa cuisse nue. Il la vit dénouer le cordon et poser son arme sur la robe. Elle lui sourit, la tête penchée :

— Descendez donc de cheval et venez me rejoindre...

Il se raidit.

— Non, je ne pense pas...

— Vous êtes timide ?

— Je viens de découvrir que je le suis, en effet, avoua-t-il.

Elle avait un corps superbe, avec de petits seins ronds et une taille d'une finesse incroyable. Sa toison était de la même teinte enflammée que ses cheveux, son ventre et ses épaules de la même couleur dorée que ses membres. Manifestement, elle passait beaucoup de temps nue au soleil. Cette pensée inquiéta et excita Warrick.

— Vous n'avez pas peur ? demanda-t-il.

Elle avança dans l'eau.

— Peur de quoi ?

— De moi, répondit-il en s'appuyant sur le pommeau de sa selle.

Elle avança encore. Elle n'avait plus pied, car elle devait agiter les bras pour ne pas sombrer.

— Vous ne me feriez pas de mal.

Il observa les mouvements gracieux de ses bras. Ses seins semblaient luire dans l'eau cristalline. Il mourait d'envie de mettre pied à terre, de la rejoindre et de la serrer contre son corps. Il avait envie de la prendre sauvagement, de la coucher sur un lit de fougères, d'enrouler ses longues jambes autour de sa taille et de la pénétrer sous le ciel bleu. Depuis qu'il avait renoncé à ses rêves de grands voyages et d'aventures, il n'avait jamais ressenti un tel désir. Cette femme aux cheveux fous était tout ce qu'il avait toujours voulu.

— Comment savez-vous que je ne vous ferais aucun mal ? lança-t-il. Vous ne savez pas qui je suis.

— Si. Vous êtes M. Warrick Corbett, du Château.

Elle secoua la tête pour écarter les cheveux mouillés de son visage. Sa crinière collait à ses épaules, flottant autour de ses seins.

— Je vous ai déjà vu, vous savez, déclara-t-elle en souriant. Je vous ai vu… et je vous ai désiré.

Elle était franche, directe, mélange de simplicité et de sagesse, d'innocence et d'expérience.

— Vous faites toujours ce que bon vous semble ?

— Oui.

Elle le scruta, les sourcils froncés, les yeux pétillants.

— Ce n'est pas votre cas, ajouta-t-elle.

Il eut envie de protester, d'affirmer qu'il agissait toujours à sa guise, puis il se rappela qu'il était toujours à cheval et n'osait pas la rejoindre.

Elle plongea en avant, révélant des fesses rondes et fermes.

— D'ailleurs, que faites-vous par ici, monsieur Corbett du Château ?

Il porta le regard vers la mer qui formait une bande bleue, au loin, se rendant compte qu'il avait complètement oublié la raison de sa présence.

— Je recherche un brigand, un grand Noir de mauvaise réputation. Un Noir d'Amérique, pas un Aborigène. Vous devriez faire preuve de prudence, jusqu'à son arrestation.

— Je l'ai vu, votre brigand.

Elle gagna les eaux peu profondes du ruisseau, le corps ruisselant dans l'ombre. En la voyant, il sentit une vive douleur lui transpercer la poitrine. Le désir monta en lui comme une fièvre.

— Quand ? demanda-t-il, la gorge nouée.

— Ce matin.

Elle sortit de l'eau et le regarda d'un air pensif.

— Il est mort.

— Où cela ? fit Warrick en crispant les mains sur les rênes.

— Je vais vous montrer.

144

Elle récupéra sa robe et l'enfila. Le tissu colla à sa peau humide, soulignant ses formes. Elle s'engagea dans un sentier qu'il n'avait pas remarqué, parmi les sassafras, les cornouillers et les fougères. Il la suivit en direction de la mer, fasciné par le balancement de sa robe et ses mollets nus. Une fois de plus, il oublia le fugitif, jusqu'à ce qu'il aperçoive le cadavre d'un homme, allongé sur le dos, à quelques mètres du bord de la falaise. Le bruit de la cascade qui jaillissait de la falaise était assourdissant.

— Comment est-il mort ? s'enquit-il en mettant prudemment pied à terre, arme au poing.

La jeune fille haussa les épaules.

— C'est Dicken qui l'a trouvé.

— Dicken ? fit Warrick en s'accroupissant près du cadavre.

— Mon frère.

Il rangea le pistolet dans son ceinturon. Pas besoin d'un médecin pour comprendre que Parker Jones était mort depuis des heures. Pourtant, aucun indice ne trahissait les causes du décès. Warrick retourna alors la dépouille et vit un couteau planté dans son dos.

— Auriez-vous un cheval pour le transporter ? demanda-t-il à la jeune fille.

— Non, mais j'ai un âne.

— Je veillerai à ce qu'il vous soit rendu, promit-il en se redressant.

— Non.

Elle secoua la tête, un sourire énigmatique au coin des lèvres, et précisa :

— Je veux que vous me le rameniez vous-même.

Il croisa son étrange regard noisette.

— Très bien, dit-il, acceptant son invitation tacite. Je le ferai.

Lorsqu'il s'éloigna un peu plus tard, il se rendit compte qu'il ne lui avait pas demandé son nom.

15

Tremblant de tous ses membres, Jessie tira sur les rênes pour permettre à Gallagher de la rejoindre. Son coup de colère était à la fois inexplicable et troublant.

Quand il arriva à sa hauteur, elle talonna sa jument et partit au trot. Ils chevauchèrent à travers champs. Entre eux planait un malaise.

— Je vous demande pardon, dit-elle enfin. Mes réactions sont intolérables.

Un silence s'installa, puis elle reprit :

— À votre tour de vous excuser, pour m'avoir délibérément provoquée.

Il se tourna vers elle, la mine sombre et indéchiffrable.

— Vous n'auriez pas été piquée au vif, si j'avais proféré un mensonge.

Naturellement, il avait raison, mais ce n'était pas très galant de le lui faire remarquer. De toute façon, il ne jouait pas le jeu de la politesse et de la fausseté. C'était un aspect de sa personnalité qui la fascinait.

Elle l'observa discrètement, admirant les mouvements souples de son corps sur la selle. Il portait son chapeau très en arrière sur sa tête. Il leva les yeux vers la forêt tropicale qui tapissait la montagne, verdoyante et brumeuse. Il faisait très chaud en ce début de printemps. Le soleil dansait dans ses cheveux longs. Ses yeux plissés donnaient l'impression qu'il souriait, même si ce n'était pas le cas. La brise soulevait les pans de sa veste grise de forçat, plaquant sa chemise contre les muscles de son torse. Il avait un petit air sauvage et brutal, dangereusement séduisant. Jessie songea qu'elle avait eu tort de prendre le risque de chevaucher avec lui.

Le sentier était plus escarpé, les bouleaux et les pins plus denses. Elle mit sa jument au pas et scruta les traits sombres de son compagnon.

— Pourquoi m'avez-vous sauvé la vie, l'autre jour ? demanda-t-elle.

Il la regarda d'un air fier, presque arrogant.

— Vous pensez que j'aurais dû les laisser faire ?

Elle se pencha pour flatter l'encolure de Cimmeria.

— C'est ce qu'auraient fait la plupart des hommes, à votre place. Pourquoi risquer votre vie pour une personne que vous détestez ?

Il y eut un silence, que seuls venaient rompre les sabots des chevaux sur la terre humide, tandis que l'air lourd de la forêt tropicale les enveloppait.

— Qu'est-ce qui vous fait croire que je vous déteste ?

Elle se concentra sur les troncs d'arbres couverts de mousse.

— À cause de nos origines respectives. Parce que je m'efforce de respecter certaines règles, même si je les trouve souvent absurdes. Parce que je dissimule la personne que je suis vraiment à mes proches. Je rends visite à ma meilleure amie en secret, comme si j'avais honte d'elle, alors que c'est faux.

Elle sentait le regard perçant de Lucas posé sur elle.

— Qu'a donc fait cette Geneviève pour être une femme aussi peu fréquentable, aux yeux de votre famille ?

— Elle est tombée amoureuse d'un comte polonais, dit simplement Jessie, car tous les habitants de l'île connaissaient le passé de Geneviève.

— Effectivement, c'est un crime atroce, railla Lucas en exagérant son accent. Surtout pour une Anglaise.

Ces paroles étonnèrent la jeune femme qui se mit à rire, avant de pousser un soupir.

— Les circonstances étaient particulières. Ses parents avaient déjà organisé son mariage avec un riche marchand de Hobart, un jeune homme de bonne famille.

— Ce comte était donc pauvre?

Elle secoua la tête.

— Bien au contraire.

Il lui lança un regard de biais.

— Dans ce cas, pourquoi ses parents auraient-ils préféré un marchand de Hobart à un comte fortuné? Son titre compensait sans doute largement le problème de sa nationalité et de sa religion.

— Sans doute, s'il n'avait pas été déjà marié.

— Ah, fit Lucas, ça se complique!

— Il était lui-même victime d'un mariage arrangé et était malheureux en ménage. Sa femme et lui vivaient d'ailleurs chacun de leur côté.

— Ainsi, ce comte est tombé amoureux de Geneviève?

— Oui.

Elle s'imagina en train d'avoir une telle conversation avec Harrison. C'était impensable. Il pouvait sembler étrange de discuter de ces questions intimes avec un rustre d'Irlandais, un domestique, forçat de surcroît. Pourtant, cela lui semblait naturel. C'était bien le plus étrange.

— Geneviève savait qu'il ne pourrait jamais l'épouser, raconta Jessie. Mais elle l'aimait avec tant de passion qu'elle ne concevait pas de vivre sans lui. Alors ils se sont enfuis tous les deux.

Elle avait toujours considéré que c'était un cruel dilemme. Poussant un long soupir, elle baissa la tête.

— Je ne m'imagine pas dans une situation pareille, reprit-elle. Quitter ma maison, ma famille, mes amis... mener une vie de marginale, coupée de tout ce qui m'était cher. Cela équivaut à une sorte de mort.

148

Il la dévisagea, les yeux plissés, indéchiffrables.

— De toute évidence, elle jugeait que le jeu en valait la chandelle.

— Rien ne vaut un tel sacrifice, décréta-t-elle.

Un sourire apparut sur les lèvres de Lucas, si doux et triste à la fois qu'elle en eut le cœur chaviré.

— Vous n'avez jamais été amoureuse.

Et vous ? eut-elle envie de lui demander. Même s'ils parlaient librement, elle n'osait pas aller jusque-là.

La forêt tropicale s'épaissit, formant une sorte de tunnel de végétation au-dessus de leurs têtes. L'atmosphère était plus fraîche et plus humide. Le marron des troncs d'arbres contrastait avec le vert profond des fougères et des mousses, avec çà et là les couleurs vives des lauriers et les fleurs odorantes des sassafras.

— Depuis combien de temps lui rendez-vous visite ? s'enquit Lucas.

— Depuis l'âge de douze ans, répondit-elle en regardant un oiseau prendre son envol. Mon amie Philippa Tate a toujours considéré ma passion pour la science comme une forme de révolte, alors que c'est faux. Ma mère essaie de me décourager, mais elle ne m'a jamais vraiment interdit de me livrer à des expériences. Pourtant, avec Geneviève…

— Votre mère vous a interdit tout contact avec cette femme, je parie.

Jessie réprima un rire.

— Et en termes très précis. Enfant, je n'avais aucune idée de ce que Geneviève avait fait. Je ne connaissais même pas son nom. Elle était simplement la femme perdue de la pointe de la Dernière Chance. À l'époque, je m'imaginais qu'elle avait dû tomber des falaises et être invalide, difforme. Ma mère me mettait en garde contre elle.

— C'est pour cela que vous êtes allée la voir ? Pour braver un interdit ?

— Je ne suis pas de ceux qui font quelque chose uniquement parce que c'est interdit. Je laisse ces enfantillages à Warrick.

— Alors, que s'est-il passé?

— Je cherchais des fossiles dans les dépôts calcaires, près du cottage, quand je l'ai rencontrée par hasard. Nous avons commencé à discuter des roches et... nous avons sympathisé, conclut-elle en haussant les épaules.

— Et si vous deviez un jour annoncer à votre mère et votre fiancé que Geneviève Strzlecki est votre meilleure amie, que se passerait-il?

— Ils seraient choqués, mortifiés, fous de colère. Ils m'interdiraient de la revoir.

— Et vous obéiriez? Vous cesseriez de lui rendre visite?

— Non, avoua-t-elle avec un soupir peiné. Non, bien sûr que non. Mais ma vie serait... un enfer.

— Donc, vous allez la voir en secret. Vous faites de votre mieux pour être la jeune fille modèle que souhaite votre famille. Mais quand cela n'est plus possible, vous évitez de leur jeter vos décisions au visage... À mon avis, si quelqu'un est fautif, ce sont eux, car ils ne vous acceptent pas telle que vous êtes. Ils vous obligent à choisir entre la femme que vous êtes réellement et leur amour.

Il se tut, sans cesser de guetter sa réaction.

— Je ne vous déteste pas, reprit-il avec douceur. De quel droit vous détesterais-je, ou jugerais-je les choix que vous avez faits? Quant à nos origines...

Il esquissa un sourire ironique qui accentua la fossette de sa joue.

— ... eh bien, ce n'est pas votre faute si vous êtes anglaise.

Elle éclata de rire. Elle s'en voulait de découvrir Lucas sous ce jour, de le trouver si avisé, si compréhensif. Elle voulait continuer à ne voir en lui qu'un rustre. Comment avait-elle pu oublier à ce point qui ils étaient tous deux ? Comment osait-elle parler aussi librement de l'amour, de l'amitié, et des choix qu'un forçat irlandais ne possédait pas, lui dont l'avenir était marqué par les chaînes ?

— Je ne suis pas certain que ce soit une bonne idée, déclara Lucas en levant sa chandelle pour éclairer le plafond bas et lisse de l'entrée de la grotte.

Non loin ruisselait une eau fraîche, dont l'écho résonnait, plein de mystère, à la fois attirant et dangereux.

Ils avaient laissé les chevaux un peu en contrebas, attachés près du ruisseau qui jaillissait de la montagne. Après cette conversation franche et intime, ils s'étaient tous deux repliés dans le silence. Le souvenir des paroles de Lucas semblait planer entre eux.

— Auriez-vous peur, monsieur Gallagher ?

Il croisa son regard empli de défi et sourit.

— Je préfère me dire que je suis raisonnable.

— N'oubliez pas que je suis déjà venue ici, déclarat-elle en étudiant la paroi rocheuse. C'est un vrai labyrinthe de tunnels et de grottes, mais il suffit de suivre le cours d'eau et nous ne nous perdrons pas.

Lucas l'observa en silence, fasciné par les ombres que projetait la flamme de la chandelle sur son visage délicat, soulignant la courbe d'une joue, la longueur des cils, de son cou d'ivoire. Elle était féminine et forte à la fois, pleine d'énergie et de vitalité. Un sentiment bizarre le saisit soudain, si puissant et douloureux qu'il dut se détourner.

— Nous avons des grottes dans les montagnes de Comeragh, expliqua-t-il en marchant devant elle sur la pierre légèrement glissante qui bordait le ruisseau. Dans le comté de Waterford, non loin de l'endroit où je suis né. Il arrive souvent que des gens s'y perdent.

— Vous voulez dire des voleurs de bétail et autres bandits qui y trouvent refuge ? dit-elle en lui emboîtant le pas.

— Oui, admit-il en riant. Pour certains. Mais il y a aussi quelques scientifiques binoclards et fumeurs de pipe, vos compatriotes, qui viennent les étudier.

Il l'entendit pouffer et leva la chandelle.

— Est-ce une promenade de santé ou bien cherchez-vous quelque chose de précis ? demanda-t-il.

— Un peu de patience, monsieur Gallagher.

— Pourquoi ?

Soudain, l'étroite galerie s'ouvrit devant lui sur une énorme salle, dont les parois étaient drapées de formes superbes sculptées dans le calcaire. Des stalactites tombaient du plafond, rejoignant les stalagmites qui jaillissaient du sol, formant d'énormes piliers scintillants.

— Seigneur, souffla-t-il, impressionné par ce spectacle aux mille couleurs chatoyantes.

Elle vint se placer à son côté. L'espace d'un instant, ils partagèrent le même émerveillement.

— Alors, monsieur Gallagher, vous trouvez toujours qu'il n'y a rien à voir, ici ?

Il baissa les yeux vers elle. Elle avait les bras croisés sur sa poitrine. Une tache lui barrait la joue et ses cheveux s'échappaient de son chignon. En la voyant en cet instant, nul ne l'aurait trouvée hautaine ou inaccessible. Elle poussa un soupir d'aise.

Un profond trouble saisit à nouveau le jeune homme, si puissant qu'il en eut le souffle coupé.

— C'est... magnifique, admit-il d'une voix rauque.

Elle le regarda, parcourue d'un frisson.

— Vous avez froid, dit-il en posant sa chandelle sur la pierre, près de lui.

— Non, ça va, assura-t-elle en secouant la tête.

— Prenez ma veste, insista-t-il.

— Mais vous allez avoir froid à votre tour...

— J'ai l'habitude.

— D'accord, fit-elle avec un sourire tremblant en acceptant le vêtement.

Sa main se posa sur celle de Lucas. Ce simple contact suffit à enflammer leurs corps. Il se sentit fondre et vit les yeux de la jeune fille s'écarquiller.

Jessie recula vivement – trop vite, car le sol de la grotte était glissant. Elle réprima un cri de peur et ses jambes se dérobèrent sous elle.

16

Lucas bondit en avant, rattrapa la jeune fille par le bras et l'attira vers lui, juste avant qu'elle ne touche le sol. Malgré elle, Jessie se retrouva plaquée contre son torse. Sa chandelle s'éteignit. Elle s'accrocha désespérément à sa chemise, mais ne fit que l'entraîner dans sa chute.

— Nom de Dieu! lança-t-il en tombant sur le flanc, sa hanche heurtant brutalement la pierre, avant son épaule et son dos. Nom de Dieu!

Il entendit la jeune fille éclater de rire. Ils roulèrent ensemble, dans un enchevêtrement de membres, jusqu'à ce qu'elle se retrouve à son tour sur le dos, sous lui. Se dressant sur les coudes, il rit à gorge déployée. Lorsqu'il plongea dans le regard de Jessie, son rire s'évanouit.

La tête renversée en arrière, les yeux mi-clos, elle révélait son cou gracile, fascinant, tandis que son corps tressautait encore de son éclat de rire. Lucas sentit soudain ses longues jambes contre les siennes, la force de ses mains crispées sur ses épaules. Le désir brûlant qui l'étreignit lui coupa le souffle.

Il se rendit compte que sa compagne ne riait plus. Son sourire s'était envolé. Elle le regardait fixement, droit dans les yeux. Seuls leurs souffles saccadés rompaient le silence. L'univers semblait s'être réduit à la lueur dorée d'une chandelle, à l'odeur de la pierre humide, et à cette femme.

Il vit ses lèvres s'entrouvrir, sentit ses seins se soulever contre son torse. Les mains de la jeune fille tremblaient dans son cou, dans un geste proche de la caresse. Il flottait dans l'air comme un parfum d'interdit. Lucas se dit qu'elle avait des yeux superbes, profonds, sombres, si magiques qu'il avait envie de s'y noyer pour toujours.

Il pencha légèrement la tête, effleurant ses lèvres des siennes, sans la quitter des yeux. Il aurait pu l'embrasser de la façon la plus naturelle du monde. Tout autre que lui l'aurait fait. Mais il était un domestique, un forçat. *Son* domestique, promis à une vie de servitude et de honte, à une mort prématurée, alors que Jessie…

Il roula sur le côté et s'assit, lui tournant le dos, cherchant à retrouver une respiration régulière.

— Vous aviez raison, déclara-t-elle enfin d'une voix qui résonna étrangement dans la grotte.

Il la regarda par-dessus son épaule. Elle s'était redressée sur son séant, les genoux repliés sous le menton. À la faible lueur de l'unique chandelle restée allumée, ses yeux semblaient immenses. Elle avait les lèvres enflées, comme après les baisers passionnés d'un amant. Le souvenir de ce qui s'était passé entre eux, de ce qui avait failli se passer tourmentait Lucas, le torturait et le tentait à la fois.

— À quel propos ? demanda-t-il d'une voix tendue.

Il vit un léger sourire naître au coin de ses lèvres.

— Ce n'était pas une bonne idée.

— Je crois que nous devrions en parler.

Jessie tourna la tête vers lui, par-dessus les rochers déchiquetés et l'eau bouillonnante qui les séparaient. Il se tenait au bord du ruisseau, les jambes écartées, les mains sur les hanches, dans une posture très masculine. Une petite chute d'eau formait un voile blanc qui projetait un léger brouillard, dans un enchevêtrement de branches et de feuillages.

Une fois sortie de la grotte, elle avait descendu la pente pour s'asseoir sur un gros rocher et s'asperger le visage d'eau fraîche. Elle voulait remettre de l'ordre dans ses cheveux, s'éloigner de Lucas, le temps de digérer ce qui venait de se dérouler dans les profondeurs de la grotte.

Elle s'était crue capable de maîtriser l'attirance impossible, interdite, involontaire qu'elle éprouvait pour cet homme. Ce forçat. Elle se croyait capable de contrôler ses pulsions. Rien dans sa vie antérieure ne l'avait préparée au choc merveilleux du contact d'un homme, ni à la douce tentation de ses lèvres effleurant les siennes. Elle avait ressenti une telle vague de désir, un besoin si violent d'aller plus loin, qu'elle n'avait pas réussi à le masquer.

Lui non plus.

Elle avait lu le désir dans ses yeux, elle avait senti le frémissement de son corps ferme contre le sien. Il la désirait avec une ardeur qui l'effrayait et l'excitait à la fois. À tel point qu'elle se demandait à présent s'il ne l'avait pas désirée depuis leur première rencontre. Entre eux, la tension était palpable. Dès qu'il lui souriait, le cœur de Jessie s'emballait. Il suffisait qu'il pose les yeux sur elle pour qu'une douce chaleur naisse au creux de son ventre, et que des pensées honteuses lui surgissent à l'esprit.

Lucas avait failli goûter ce qu'elle était disposée à lui offrir de son plein gré. Mais il s'était ravisé. Un homme dans sa situation n'avait pas le droit.

Jessie crispa les doigts sur la pierre humide. Elle avait cru un moment qu'ils pourraient se comporter comme si rien ne s'était passé, en faisant mine qu'il n'existait aucune attirance entre eux. Elle avait oublié que Lucas n'était pas comme elle, qu'il croyait en la franchise, quelles que soient les conséquences. Lucas

Gallagher se moquait des règles édictées par la bonne société.

— Dans mon milieu, on ne parle pas de ces choses-là, déclara-t-elle d'une voix assez forte pour couvrir le bruit de l'eau. Tout ce qui peut mettre autrui dans l'embarras est refoulé sur-le-champ.

— C'est ce que vous souhaitez ?

Elle scruta son visage, ses traits sombres, ses yeux ravageurs et sa bouche tendue. Quelque chose en elle se brisa. Elle prit une profonde inspiration, comme si cela pouvait soulager sa souffrance. Elle devinait que son calvaire ne ferait qu'empirer, désormais.

— Il ne s'est rien passé. J'ai glissé sur la pierre et vous m'avez rattrapée, c'est tout. Il ne s'est rien passé, répéta-t-elle comme pour se convaincre elle-même.

— Vous avez raison, répondit-il en traversant le ruisseau pour la rejoindre, sans la quitter des yeux.

Il sauta sur un rocher qui surplombait la jeune fille, qui dut lever la tête afin de croiser son regard.

Il ne s'est rien passé depuis ce premier jour, songea-t-il, quand vous m'avez vu casser des pierres, à la carrière de votre frère. Il ne s'est rien passé quand vous m'avez regardé faire travailler cet étalon fou que vous avez acheté, ni quand nous sommes allés à la crique des Naufragés. Pourtant, si nous n'y prêtons pas attention, il va se passer quelque chose, et très bientôt. Ensuite, nous devrons payer. Tous les deux.

Elle baissa les yeux, les mains croisées sur ses genoux.

— Sachez que Warrick a déposé une requête auprès du gouverneur pour obtenir votre grâce, car vous m'avez sauvé la vie. Quand vous l'aurez obtenue, vous serez libre de partir.

C'était ce qu'elle souhaitait, qu'il s'en aille le plus loin possible. En même temps, cette perspective lui arrachait le cœur.

— Vous pourrez partir et nous n'aurons plus à nous revoir, ajouta-t-elle.

— Aucune grâce ne me sera jamais accordée.

— Vous ne pouvez pas le savoir.

Il descendit de son rocher, se tenant bien droit face à elle.

Soudain, la jeune fille fut saisie d'un terrible soupçon.

— Pour quel crime avez-vous été envoyé en Australie ?

Ses lèvres formèrent un sourire qui accentua sa fossette séduisante, sans réchauffer son regard.

— Pour avoir adhéré à une association illégale, un groupe de résistance, en quelque sorte.

— C'est la vérité ?

— Oui, entre autres…

— Je ne vois pas pourquoi ils refuseraient votre grâce pour cette raison, protesta Jessie.

— Ce ne sera pas pour cette raison.

Elle scruta son profil altier, les mouvements saccadés de sa poitrine à chaque souffle. Elle avait envie d'en savoir davantage sur lui, de mieux le comprendre.

— C'est à cause de ce que vous avez fait pour mériter le fouet ?

Il se contenta de hausser les épaules.

— C'était à quelle occasion ? questionna-t-elle. Sur cette île, on prend cinquante coups de fouet pour insubordination, vingt-cinq pour un simple juron.

— J'en avais mérité davantage.

Il y eut un silence. Au plus profond de la forêt, un cacatoès se mit à crier.

Il enfonça son chapeau sur son front et précisa :

— Je me suis mis en tête de faire la peau à ce maudit gardien.

— Pourquoi ?

Lucas eut un rire amer.

— Parce que je ne suis qu'une brute d'Irlandais, naturellement !

— C'est faux.

— Ah bon ? Eh bien, à mon arrivée, j'ai été affecté aux écuries de l'armée, à Hobart. Là-bas, les soldats n'ont guère de respect pour les Irlandais.

Jessie déglutit, cherchant à chasser l'émotion qui l'étreignait. Elle avait entendu parler de la façon dont les hommes du régiment traitaient les forçats, surtout les Irlandais.

— Il existe une règle stricte parmi toutes les autres, reprit Lucas. Les forçats n'ont le droit de recevoir qu'une lettre tous les deux mois.

— C'est inhumain.

Il la regarda par-dessus son épaule, la mine grave, presque hostile.

— N'oubliez pas que nous sommes là pour purger une peine, non pour être dorlotés. Ce maudit gardien ne cessait de nous le seriner. Aujourd'hui, chaque fois que je vois un œuf, je pense à lui.

Une lueur amusée naquit dans son regard.

— C'était une grosse brute, nommée Leo Lamb.

En voyant son visage s'assombrir à nouveau, Jessie eut toutes les peines du monde à ne pas lui tendre la main pour le réconforter d'une caresse.

— Ce type avait une dent contre ce qu'on appelle les détenus spéciaux, ceux qui savent lire et écrire et qui ont le tort de s'exprimer correctement. Il considérait que ces hommes-là avaient, plus que les autres, besoin d'être matés. Alors il s'est mis en tête de m'humilier à la moindre occasion.

La jeune fille crispa les poings, si fort que ses ongles lui meurtrirent les paumes. Elle n'ignorait rien des méthodes des surveillants pour neutraliser un détenu récalcitrant. Elle avait même vu un homme subir vingt-cinq coups de fouet pour un sourire déplacé.

— Ce type me harcelait jour et nuit. Il m'attribuait les corvées les plus pénibles, cherchant à me faire perdre la raison. Mais j'étais déterminé à tenir le coup malgré ces brimades.

— Que s'est-il passé, finalement? demanda-t-elle d'une voix brisée.

— Un jour, j'ai reçu une lettre dans une enveloppe bordée de noir.

Seigneur, songea-t-elle, le cœur serré, comprenant qu'il s'agissait d'un faire-part de décès.

— Le problème, c'est qu'il ne s'était pas écoulé deux mois depuis mon courrier précédent. Alors, le gardien l'a brûlée sous mes yeux.

Il se tut et pencha la tête en arrière.

— Je savais qu'un être cher était mort, mais j'ignorais qui. J'ai... j'ai craqué. Je ne l'ai pas tué, mais je l'aurais fait si les autres ne m'avaient pas retenu. On m'a condamné à un an de chaînes et trois cents coups de fouet.

— Qui était-ce?

Il se tourna vers elle, les yeux écarquillés.

— Comment?

— Le faire-part de décès. Vous avez pu savoir de qui il s'agissait?

L'espace d'un instant, elle crut qu'il n'allait pas lui répondre. Puis il déclara:

— Elle s'appelait Caroline. Caroline Reardon. Nous devions nous marier. Elle est morte en couches.

Soudain, le vacarme de la cascade parut trop assourdissant, l'air trop lourd et humide. Jessie parvenait à peine à respirer.

— Je suis désolée...

— Ne vous méprenez pas, fit-il en secouant la tête. L'enfant qu'elle portait n'était pas de moi.

— Elle ne vous a pas attendu?

Il soupira, observant les eaux bouillonnantes sur les rochers.

— C'est moi qui lui ai dit de ne pas m'attendre. Après ma condamnation aux travaux forcés, je lui ai conseillé de me considérer comme mort.

Il se mit à jouer avec un caillou du bout du pied, et le fit tomber dans l'eau.

— Caroline n'a d'abord pas voulu m'écouter. Elle était furieuse que je puisse faire une telle suggestion. Elle m'a promis de m'attendre toute sa vie, s'il le fallait.

— Mais elle a changé d'avis.

Il scruta le tronc couvert de mousse d'un eucalyptus géant, qui s'élevait majestueusement à cent mètres vers le ciel.

— Peu avant que j'embarque dans un navire en partance pour l'Australie, Caroline est venue me voir. Elle m'a annoncé qu'elle avait rencontré un homme qui l'aimait, un homme avec qui elle pensait pouvoir être heureuse, et qu'elle préférait me l'avouer franchement, car elle me devait la vérité.

— J'imagine que ce fut un moment très difficile, pour vous…

Il vint s'installer près de la jeune fille, les bras croisés, l'expression indéchiffrable.

— Quand je lui avais dit de me considérer comme mort, j'étais sincère. Elle avait la vie devant elle. Je ne voyais pas pourquoi j'aurais détruit son existence, en plus de la mienne.

Il était si proche qu'elle aurait pu le toucher. Elle en brûlait d'envie. Si seulement elle avait pu le réconforter d'un geste…

Un sourire triste apparut sur les lèvres de Lucas.

— Elle m'a dit qu'elle m'aimait encore, qu'elle m'aimerait toujours. Mais elle m'a aussi avoué que je ne l'avais jamais aimée comme elle avait besoin d'être aimée. Elle a affirmé que si je l'avais aimée vraiment, plus que mon honneur, plus que ma vie, je n'aurais pas fait ce que j'ai fait.

— C'était injuste de sa part.

— Vraiment ? fit-il en la dévisageant. Elle avait raison, pourtant. Je l'aimais, mais pas assez pour ne pas faire ce que je croyais nécessaire.

161

Jessie comprit qu'il avait dû être impliqué dans un crime plus grave qu'une association illégale ou son agression contre Leo Lamb, mais elle n'était pas prête à entendre de quoi il s'agissait, surtout si cela pouvait nuire à sa demande de grâce.

— L'homme que Caroline a épousé, reprit-il, était un véritable colosse. Le bébé qu'elle portait également. Il était bien trop gros pour son corps gracile. C'était une petite femme frêle et délicate. Elle vous ressemblait un peu, d'ailleurs, mais elle avait les cheveux roux comme une forêt en automne, et non dorés comme le soleil du matin.

Elle sentit son regard insistant sur ses cheveux. Elle crut même qu'il allait les caresser, qu'il allait écarter une mèche tombée dans son cou. Mais jamais il ne pourrait lui caresser les cheveux, pas plus qu'il ne pourrait l'embrasser, malgré l'intensité de leur désir partagé.

— Ce n'est pas votre faute, murmura-t-elle.

Il ferma les yeux et respira profondément.

— Ah non ? Si je n'avais pas commis ces actes, si je n'avais pas été condamné aux travaux forcés, si elle avait mis au monde mon enfant, elle ne serait pas morte.

— Comment en avoir la certitude ?

Il rouvrit les paupières. Cette fois, il ne chercha plus à masquer sa douleur et sa peine.

— Vous croyez ?

Alors, incapable de réprimer son geste, elle tendit la main et effleura sa joue. Le trouble qu'elle avait ressenti dans la grotte la submergea. Elle sentit sa barbe de plusieurs jours sous ses doigts, la douceur de sa peau, la chaleur de son corps.

Lucas se figea.

— Mademoiselle Corbett…

— Non, dit-elle en posant la main sur ses lèvres pour le faire taire. Ne dites rien. Ne…

Elle retint son souffle, les yeux dans les siens. Sa main glissa de ses lèvres à son cou, puis sa nuque.

— Ne… ne m'en empêchez pas.

Alors, puisqu'il ne pouvait l'embrasser et ne le ferait jamais, elle se pencha vers lui et l'embrassa.

17

Ce fut un baiser maladroit, presque naïf. Jessie posa doucement ses lèvres sur les siennes, qui étaient douces et chaudes. Elles s'entrouvrirent à son contact. Lucas étouffa un gémissement rauque. Elle sentit ses mains lui caresser les bras et les épaules, pour venir s'enfouir dans ses cheveux. Bientôt, il ouvrit la bouche contre la sienne. Leur baiser se transforma en ardente union.

Jamais elle n'aurait cru que la bouche d'un homme puisse paraître si dure et implacable, tout en étant si douce et caressante. Elle ignorait qu'un homme pouvait glisser sa langue dans la bouche d'une femme, et que cette sensation était merveilleuse. Elle ignorait qu'un simple baiser pourrait lui couper le souffle, faire bouillonner son sang dans ses veines, faire naître au plus profond d'elle-même un désir presque douloureux.

La jeune fille crispa les doigts sur le tissu de sa veste et l'attira contre elle. Elle en oublia la légère pluie d'écume qui jaillissait de la cascade. L'univers se limitait pour l'heure à la chaleur du corps de Lucas contre le sien, et à la magie de sa bouche exigeante.

Lorsqu'il s'écarta, cet univers magique s'écroula. Il la dévisagea, le visage sombre et torturé.

— Non, dit-elle en resserrant son étreinte, haletante. Non, ne me dites pas que vous êtes désolé. Et ne dites surtout pas que c'était une erreur !

Elle le vit esquisser un sourire furtif.

— Eh bien, vous avez décidé de poser des interdits aujourd'hui, mademoiselle Corbett.

— Ne m'appelez pas ainsi, protesta-t-elle avec un sourire. Je vous en prie, appelez-moi Jessie.

Il écarta doucement une mèche de ses doigts calleux, un peu tremblants.

— Je trouve cette familiarité un peu dangereuse...

— Ce n'est pas un pas infranchissable, quand on pense que vous venez de glisser la langue dans ma bouche.

Il rit à nouveau. Sa voix lui parut très sensuelle et rauque. Elle vit une lueur ardente scintiller dans ses yeux bleu-vert. En remarquant son souffle court, elle crut qu'il allait l'embrasser encore. Au contraire, il se détourna pour contempler le ruisseau.

— Écoutez, que cela vous plaise ou non, nous venons de commettre une erreur... une terrible erreur.

Cette fois, Jessie garda le silence. Elle devait admettre qu'il avait raison. Comment aurait-elle pu savoir ? songea-t-elle, désespérée. Comment aurait-elle pu deviner qu'un seul baiser ne lui suffirait pas ? Que cela ne ferait qu'intensifier son désir pour lui ?

— Vous savez ce que me feraient votre frère et M. Harrison Tate, s'ils découvraient que j'ai osé vous toucher ?

— Jamais ils ne... Harrison ne...

Il croisa son regard.

— Mais si, ils le feraient, et vous le savez très bien.

Elle se mordit la lèvre.

— Vous vous trompez. La demande de grâce déposée par mon frère sera peut-être acceptée...

— Peut-être, dit-il sans y croire vraiment. Entre-temps, mademoiselle Corbett, mieux vaut éviter de faire trop de promenades à cheval.

Le vent se levait dans les feuillages, au-dessus de leurs têtes, laissant filtrer un peu plus de lumière. Elle se dit qu'elle parviendrait à rester à l'écart de Lucas.

Pour une journée. Deux, peut-être.

Au moment où elle atteignait les écuries, elle entendit braire un âne.

— Warrick! s'exclama-t-elle, hilare, en mettant pied à terre.

Son frère arrivait dans la cour, jurant dans sa barbe, traînant derrière lui un âne récalcitrant.

— Que fais-tu avec cette pauvre bête?

Puis elle reconnut la silhouette sombre, attachée à l'animal. Son rire s'éteignit.

Elle adressa un regard furtif à Gallagher, qui affichait cet air impassible qui la troublait tant.

— Jessie, ne regarde pas, c'est affreux, ordonna Warrick en confiant sa monture et l'âne à Lucas.

— Tu l'as tué? demanda-t-elle.

Cet homme lui avait fait peur, mais il ne lui avait fait aucun mal. En tout cas, il ne méritait pas la mort. Il ne méritait pas de finir ainsi, attaché à un âne, la tête en bas.

— Il était déjà mort quand je l'ai retrouvé, expliqua son frère en se tournant vers Gallagher. Tu mettras le cadavre dans la chapelle pour cette nuit. Demain, je ferai creuser une tombe par un forçat.

— Je l'enterrerai moi-même, répondit Lucas d'une voix morne.

— Bien, fit Warrick.

Il s'éloigna vers la maison.

La jeune fille regarda Lucas. Elle se sentait incapable de partir sans un dernier regard. Mais elle ne lut rien dans ses yeux.

Levant le bas de sa robe, elle emboîta le pas à son frère.

— Attends-moi! lança-t-elle en le rattrapant à la grille du jardin. Tu as pensé à ta demande de grâce auprès du gouverneur? Pour Gallagher?

Il se tourna vers elle, une mèche de cheveux sur le front.

— Je ne te l'ai pas dit?

— Dit quoi?

— J'ai demandé à Harrison de se renseigner pour moi. J'ignore ce que cet Irlandais a pu faire, mais Harrison m'a affirmé que quand bien même il aurait sauvé la vie de la reine en personne, il terminerait sa vie au bagne.

Elle s'immobilisa, accablée de douleur.

— Mais… comment le sait-il ?

— Son histoire figure dans son dossier, expliqua Warrick en haussant les épaules. Harrison l'a consulté, l'autre jour.

Il repartit et, cette fois, elle ne le suivit pas. Ainsi, Lucas avait raison, se dit-elle. Il n'obtiendrait pas la grâce du gouverneur. Elle dut se retenir pour ne pas regarder dans sa direction, car elle savait qu'il n'avait pas bougé. Les nuages commençaient à se teinter de rose, à mesure que le soleil descendait à l'horizon. La nuit allait bientôt tomber. Elle songea à la porte en fer qui se refermerait sur Lucas, l'emprisonnant jusqu'au lendemain. Et il en serait ainsi jusqu'à la fin de ses jours. En pensant aux nombreuses nuits qui l'attendaient, elle sentit le poids d'une enclume se poser sur ses épaules.

Puis elle songea au lendemain, et au jour suivant, et à chaque jour où elle le verrait travailler aux écuries ou chevaucher à côté d'elle. Tant de journées de tentation et de danger en perspective ! Elle était tenaillée par la peur – pas seulement pour lui, mais pour elle-même.

Lucas enfonça la pelle dans la terre. Au-dessus de sa tête se dessinaient d'épais nuages orageux. La terre vola, formant un monticule près de lui. Toujours les mêmes gestes réguliers. En trois ans, il avait creusé d'innombrables trous, et presque autant de tombes.

Il s'interrompit pour observer le ciel menaçant, puis enfonça à nouveau sa pelle dans le sol, faisant saillir les muscles de ses bras. La fosse n'était pas encore assez profonde, et il allait bientôt pleuvoir. Une bourrasque surgit de la colline, fouettant son dos nu, faisant bruisser les branches des arbres. Il enfonça sa pelle… et sentit soudain qu'elle était là.

Il se redressa lentement. Elle se tenait à quelques mètres et portait une robe à rayures bordeaux et blanches, à la taille marquée. Son décolleté ourlé de dentelle soulignait ses seins généreux. Lucas fut submergé d'une vague de désir, suivi d'une immense frustration, proche de la colère.

— Je croyais vous avoir recommandé de rester à l'écart, gronda-t-il en lui tournant le dos pour se remettre au travail.

— Vous aviez raison, à propos de votre grâce…

Il s'interrompit un instant, puis se remit à creuser. Cette seconde de déception le surprit lui-même, car il s'y attendait.

— Raison de plus pour m'éviter, rétorqua-t-il d'un ton sec.

— Il faut que j'aille à la pointe de la Dernière Chance, déclara-t-elle.

— La pointe? fit-il en posant un coude sur le manche de sa pelle, pour écarter les cheveux de son visage. Vous avez vu le temps qu'il fait?

Elle ne regardait pas le ciel, mais Lucas.

— Je suis désolée, pour votre ami.

— Parker n'était pas un ami. Simplement un camarade que je respectais.

Il leva les yeux vers elle et ajouta:

— Cela vous surprend que l'on puisse respecter un ancien esclave en fuite, vêtu d'une peau de kangourou, n'est-ce pas?

— Non, assura-t-elle en secouant la tête, les yeux humides d'une émotion qu'elle ne s'expliquait pas. J'ai entendu ce que vous lui disiez dans la clairière, à propos des forçats en fuite qui devaient absolument quitter cette île. Manifestement, vous y avez beaucoup réfléchi.

168

— Hmm, fit-il d'un air désinvolte. Quel forçat n'a jamais pensé à s'évader?

— Peut-être, mais pour vous, c'est différent. Vous allez vraiment essayer.

Il la dévisagea.

— Hier soir, reprit-elle, j'ai réfléchi à la situation des détenus. Je me suis demandé ce que je ressentirais, si je savais que je ne serais plus jamais libre.

Elle se détourna pour effleurer de la main une croix de bois, la tête baissée.

— Naguère, je ne comprenais pas comment des hommes tels que Parker prenaient autant de risques pour s'évader. À présent...

Elle le regarda à nouveau.

— ... je crois comprendre.

— Mademoiselle Corbett, où voulez-vous en venir?

— Je vous ai demandé de ne pas m'appeler ainsi. Pas quand nous sommes seuls.

Posant les mains à plat dans l'herbe, il se hissa hors de la fosse à la force des bras, et vint se placer face à la jeune fille.

— Qu'est-ce que vous croyez? Que parce que vous m'autorisez à vous appeler par votre prénom en privé, ma servitude sera moins humiliante? Ou cela vous aide-t-il à faire semblant qu'il n'y a pas cette barrière entre nous?

Elle blêmit.

— Je ne cherchais pas à vous humilier.

— Bon sang! s'exclama-t-il en se détournant.

— Vous ne comprenez donc pas? insista Jessie. Quand je vous regarde, ce n'est pas un forçat que je vois. Je... je vois un homme. Cela fait longtemps que je ne vous considère plus comme un forçat.

Il pivota sur lui-même. Son torse, où perlait la sueur, se soulevait au rythme de sa respiration saccadée.

— Mais je *suis* un forçat. Rien ne pourra changer cet état de fait. Pas même la mort. Regardez donc autour de vous, grommela-t-il en désignant les champs.

Elle prit une longue inspiration. Le vent plaquait sa robe contre ses jambes et faisait voleter quelques mèches de ses cheveux.

— Et vous, que voyez-vous quand vous me regardez ? Une Anglaise ?

Soudain, la colère de Lucas retomba. Il tendit une main tremblante et glissa une mèche rebelle derrière l'oreille de la jeune fille.

— Je ne vois que vous. Vous seule.

Ses doigts descendirent sur son cou. Il la vit frémir, retenir son souffle. Il eut envie de…

Il voulait la prendre dans ses bras, la serrer contre lui, enfouir son visage dans ses cheveux, respirer leur parfum, goûter ses lèvres pulpeuses, sentir la douceur de sa peau. Il la désirait de tout son corps. Mais jamais il n'aurait davantage que ce qu'il avait à présent.

— Pour l'amour de Dieu…

Il se força à reculer d'un pas, puis d'un autre.

— Dites à votre frère de nommer un autre palefrenier à votre service.

— C'est impossible, répondit-elle en secouant la tête. Et vous savez très bien pourquoi.

Il émit un rire amer, les mains sur les hanches.

— Si vous pensez que votre entourage réprouverait votre amitié pour Geneviève, que diraient-ils s'ils apprenaient que vous vous êtes abaissée à embrasser un forçat ?

— Cela ne se reproduira plus, assura-t-elle, les yeux écarquillés, le teint pâle.

— Et si cela se reproduisait ?

— Cela ne se reproduira plus, répéta-t-elle résolument, comme si elle cherchait à s'en convaincre.

18

Recroquevillée près de la fenêtre de la cuisine, chez Geneviève, la jeune fille tenait une tasse de vin chaud entre ses mains. En ce début d'après-midi, l'orage qui s'annonçait assombrissait le ciel. On se serait cru à la nuit tombée. Un vent violent balayait la mer déchaînée, agitait les arbres noueux de la pointe et faisait craquer la charpente du cottage.

Geneviève but une gorgée de vin chaud, alarmée par l'air soucieux de la jeune fille qui observait le ciel. Jessie avait changé. Une émotion inconnue lui mettait le rose aux joues, et une lueur nouvelle éclairait ses yeux. Elle sentait vibrer en elle une énergie débordante.

— Que t'arrive-t-il, Jessie? demanda-t-elle en se balançant doucement dans son fauteuil à bascule.

— Cela se voit tant que cela? répondit la jeune fille avec un sourire.

— En général, on ne se promène pas à cheval par un temps pareil.

Jessie regarda les navires qui se dirigeaient vers la baie pour jeter l'ancre, leurs mats nus ployant dans le ciel gris. Il ne pleuvait pas encore, mais l'air était lourd.

— J'aime contempler la mer par temps d'orage. Cela me donne l'impression d'être... vivante.

— Mais ce n'est pas la seule raison de ta visite, n'est-ce pas?

Jessie soupira.

— Non, avoua-t-elle en lissant distraitement le bas de sa robe. L'autre soir, Harrison m'a embrassée.

— Ah, fit Geneviève en souriant, c'est donc cela. Je pensais qu'il t'avait déjà embrassée depuis longtemps.

— Il l'avait déjà fait, admit Jessie qui baissa les yeux. Mais pas... de cette façon. Je...

Sa gorge se noua.

— Je n'ai pas aimé ça.

— Oh, Jessie...

— Mère affirme que les hommes sont plus passionnés que les femmes, et que nous devons nous contenter d'endurer les aspects physiques du mariage. Mais ce n'est pas le problème. Je le sais bien.

Le vent projeta de grosses gouttes de pluie sur les carreaux. Geneviève comprit soudain : l'excitation contenue de son amie, cet air radieux qu'elle affichait...

— Il y a quelqu'un d'autre, n'est-ce pas ?

La jeune fille hocha lentement la tête.

— N'est-il pas... fréquentable ?

— Il ne pourrait l'être moins, répondit-elle avec un sourire triste.

— Tu l'aimes ?

Jessie écarquilla vivement les yeux.

— Non. Comment pourrais-je l'aimer ? Je le connais à peine. Enfin...

Elle prit une profonde inspiration. Dehors, le vent se mit à hurler. La baie disparut derrière d'épais nuages de pluie.

— Mais tu l'as quand même embrassé ?

Jessie ne dit rien, mais sourit d'un air mutin. Geneviève devina que son amie avait fait une bêtise. Le sourire de la jeune fille se figea.

— Il est déjà marié ? s'enquit Geneviève, alarmée.

— Non. C'est pire que cela. Bien pire... Il est hors de question qu'il y ait le moindre sentiment entre nous, pas même de l'amitié.

Il fit soudain très sombre dans la cuisine. La pluie martelait violemment les carreaux.

Geneviève crispa les mains autour de sa tasse.

— C'est Harrison qui te pose problème ?

Jessie opina du chef, les lèvres pincées.

— Je me sens si mal… Il ne mérite pas ça. Mais je n'ai pas voulu ce baiser. C'est arrivé, c'est tout.

— Le cœur a ses raisons que la raison ignore, Jessie. Une femme ne peut décider d'aimer ou de ne pas aimer.

Le vent hurlait autour de la maison, couvrant presque le bruit des vagues qui frappaient les rochers et des cloches de l'église, au loin.

— Que peut-il se passer ? demanda Geneviève en se levant.

À cet instant, la porte de la cuisine s'ouvrit avec fracas et heurta violemment le mur.

Michael, un vieux forçat libéré qui effectuait de menus travaux pour Geneviève, apparut sur le seuil, dégoulinant de pluie, le visage blême.

— Il y a un bateau dans la crique ! s'exclama-t-il dans un souffle, pantelant. Il a dû rompre ses amarres. Le vent l'entraîne en direction des rochers !

La crique disparaissait presque sous les vagues déferlantes et noires, qui s'écrasaient sur le sable dans un bruit de tonnerre.

La mer était si haute qu'ils avaient dû faire le tour de la pointe, pour rejoindre le chemin menant à Blackhaven Bay avant de redescendre vers la crique. Gallagher conduisait la charrette de Geneviève, chargée de bouteilles de vin chaud, de soupe et de couvertures enveloppées dans une bâche huilée.

D'autres personnes les avaient précédés sur la plage, silhouettes sombres penchées en avant pour résister au vent.

— Oh non ! murmura Jessie tandis que le cheval s'arrêtait dans le sable détrempé. Regardez !

L'embarcation en détresse était un petit ketch à longue coque, dont le pont penchait dangereusement car sa proue avait heurté les rochers, à une centaine de mètres au large, à l'autre extrémité de la crique. Sous le choc, la proue s'était dressée et la poupe avait sombré. Les vagues venaient battre le pont arrière.

— Il ne coulera peut-être pas, commenta Geneviève.

— La coque est percée, déclara Lucas en mettant pied à terre pour l'aider à descendre.

Sa voix couvrait à peine le bruit du vent, de la pluie et des vagues.

— Pour l'instant, reprit-il, les rochers le retiennent, mais il ne tiendra pas longtemps. Les courants vont finir par l'emporter. Ensuite, il coulera.

Il se tourna vers Jessie. Son visage ruisselait de pluie. Il tendit les bras pour la prendre par la taille et la déposer à terre. Leurs regards se croisèrent furtivement. Elle crispa les mains sur ses épaules. L'espace d'un instant, elle eut l'impression qu'une énergie aussi féroce que l'orage passait entre eux.

Elle recula d'un pas et porta le regard vers le navire en détresse.

— Combien de temps lui reste-t-il avant de dériver ? s'enquit-elle.

— Un quart d'heure, vingt minutes peut-être, hasarda l'Irlandais en haussant les épaules.

Geneviève avait remarqué la présence d'un homme qu'elle connaissait, Jack Carpenter, le tenancier de la taverne du Cheval noir. Jessie lui emboîta le pas, resserrant sa capeline sur sa tête.

— Combien de passagers sont à bord ? demanda Geneviève en criant presque. Quelqu'un le sait ?

Carpenter était un homme corpulent au visage rubicond, aux favoris grisonnants. Ses yeux gris trahissaient son inquiétude.

— Quatre seulement. Un marin et trois enfants. Les parents étaient en route pour un périple le long de la côte. Ils ont débarqué ce matin avec l'équipage pour se ravitailler, mais la baie était si houleuse qu'ils ont préféré laisser les enfants à bord du ketch... Tenez, c'est le père, dit Carpenter en tendant le doigt. Avec le capitaine.

Jessie se tourna vers le large et aperçut une barque qui contournait la pointe. Les six rameurs luttaient avec acharnement pour empêcher l'embarcation d'être entraînée par le courant. À la proue, deux hommes écopaient de leur mieux, mais la barque prenait l'eau, continuellement arrosée par les vagues déferlantes.

— Ils sont trop proches de la côte, dit-elle. Ils vont manquer le ketch.

— Le manquer? fit Gallagher en se plaçant derrière elle. Seigneur, ils vont le rejoindre, plutôt!

Par la suite, elle se demanda comment Lucas connaissait si bien les rochers immergés de la côte, alors qu'elle-même y avait passé toute sa jeunesse. La petite embarcation retomba avec une telle violence que la proue s'envola vers le ciel zébré d'éclairs. Les hommes tombèrent à l'eau, simples points sombres dans un tourbillon d'écume.

— Ben! cria une femme.

C'était la mère des enfants. Elle se mit à geindre de douleur en titubant vers l'endroit où les vagues déferlantes s'écrasaient sur la plage, trempant sa robe.

— Mon Dieu! Ben! hurlait-elle.

Quelqu'un la saisit par le bras et l'attira en arrière. Plus loin sur la plage, des hommes se précipitaient pour sauver les victimes emportées par les vagues géantes.

— Je vois les enfants, annonça Geneviève d'une voix brisée. Sur le pont.

Jessie observa le ketch. Un éclair zébra le ciel, de sorte qu'elle devina les trois petites silhouettes serrées contre la rambarde. Le marin avait disparu.

— Ils vont devoir faire venir un autre bateau autour de la pointe, déclara Carpenter au moment où un véritable mur d'eau s'abattait sur le ketch, projetant une pluie d'écume.

Toujours coincé dans les rochers, le navire se balança dans un craquement lugubre.

— Le problème, c'est que cela prendra du temps, reprit Carpenter.

— Ils n'auront pas le temps, conclut Gallagher en ôtant sa veste et son gilet.

La pluie trempa sa chemise, collant le tissu contre son torse.

— Écoutez : la coque du bateau est en train de céder, ajouta-t-il.

— Qu'est-ce que vous faites ? s'exclama Jessie en lui prenant le bras au moment où il allait ôter ses bottes.

Il se redressa et la regarda droit dans les yeux. Elle écarta sa main. Lucas finit de se dévêtir, sans la quitter du regard.

— Je vais y aller à la nage.

— Vous ne pouvez pas ! protesta-t-elle, au bord de la panique.

La pluie coulait sur le visage de la jeune fille, qui avait du mal à trouver son souffle.

— Vous ne pouvez pas, répéta-t-elle. Vous allez être projeté sur les rochers, comme le bateau.

Lucas fit tomber sa chemise près de ses bottes et ses chaussettes.

— J'en doute.

— Même si vous y arrivez, que ferez-vous ? intervint Geneviève en le fixant, livide. Un homme seul pour sauver trois enfants, et sans embarcation ?

Jessie le regarda se tourner vers son amie. Ses cheveux noirs plaqués sur sa tête rehaussaient la finesse de ses traits anguleux.

— Je peux au moins prendre un enfant sur mon dos et nager jusqu'à la rive.

— Vous n'y arriverez jamais, insista Jessie.

— Je peux au moins essayer.

— Mais…

Il tendit la main et la fit taire en effleurant ses lèvres de ses doigts calleux. Jessie écarquilla les yeux, la mine grave, la poitrine serrée. Le vent tournoyait autour d'eux, il pleuvait à torrents. Les déferlantes s'abattaient sur les rochers dans un grondement d'enfer.

Pourtant, l'espace d'un instant, ils eurent l'impression d'être seuls sur la plage.

— Je peux mourir comme Parker, dit-il doucement, d'une voix à peine audible. Ou bien je peux mourir en essayant de sauver trois enfants en détresse…

Ses doigts glissèrent sur le menton de la jeune fille, presque caressants. Elle crut même le voir sourire.

— D'après vous, quelle est la plus belle mort? conclut-il.

Sur ces mots, il s'éloigna en courant dans les vagues. Son torse musclé scintillait. Avec une aisance remarquable, il plongea dans le mur d'eau.

Elle est froide, songea Lucas en sortant la tête de l'eau pour reprendre son souffle, mais pas autant que les mers qui bordent les côtes d'Irlande…

Après le premier choc, il jaillit vivement des vagues. Le vent et la marée étaient contre lui, le repoussant vers la plage, mais il s'y attendait. Il savait que chaque vague était une forteresse à prendre. Les grosses gouttes de pluie formaient des cercles tout autour de lui. Il distinguait les rochers sombres, à sa gauche, et entendait le fracas des vagues projetant de l'écume vers le ciel. Les courants puissants semblaient aspirer son corps, l'attirer vers les falaises.

Il distinguait le ketch, devant lui, mais les rochers l'attiraient irrésistiblement. Il aurait été si facile d'en finir une fois pour toutes avec cette vie d'enfer…

Mais s'il baissait les bras maintenant, trois enfants allaient périr. Alors il lutta, à la fois contre les éléments déchaînés et contre la tentation de laisser la tempête l'emporter à jamais. Le bateau échoué était tout proche. Sa coque chancelait au gré du courant. Lucas leva la tête, écarta ses cheveux de ses yeux et se concentra sur l'échelle. S'il la manquait, il serait écrasé contre les rochers. Il ne fallait surtout pas laisser passer sa chance.

Il puisa toutes les forces qui lui restaient, assourdi par le vacarme, le craquement lugubre de la coque. Il s'acharna avec la volonté du diable. Mais la mer l'emporta. Il sentit soudain de l'eau froide dans sa bouche et ses yeux. Il crut s'être trompé dans ses calculs. Bientôt, toutefois, le courant le relâcha.

Sa main hésitante saisit le premier barreau de l'échelle. Il se hissa péniblement, frissonnant de froid, les muscles engourdis. Il eut toutes les peines du monde à franchir la rampe. Enfin, il glissa sur le pont détrempé, le souffle court, la gorge en feu. Penché en avant, il cracha de l'eau de mer.

— Monsieur... fit une petite voix.

Lucas se retourna, respirant à pleins poumons, et croisa le regard gris d'un garçon d'une douzaine d'années. Derrière lui se tenait une fillette d'environ huit ans, blottie contre sa petite sœur de quatre ou cinq ans qui pleurait à chaudes larmes. Les deux aînés, les yeux écarquillés d'effroi, faisaient preuve d'un sang-froid exemplaire malgré les circonstances tragiques.

— Monsieur, répéta le garçon, tremblant de froid et de peur. Vous venez nous sauver ?

Sur la plage, sous la pluie battante, Geneviève Strzlecki observait Jessie, qui ne quittait pas Lucas des yeux.

La jeune fille attendait au bord de l'eau, ses cheveux dorés plaqués sur les épaules, la robe mouillée, se tenant bien droite face aux vagues meurtrières. Une nouvelle déferlante vint s'écraser sur les rochers, l'aspergeant d'eau froide et salée, mais elle ne broncha pas, concentrée de tout son être sur cet homme qui nageait vers une mort certaine.

Oh, Jessie ! songea Geneviève qui venait de comprendre. Pas lui. Pas cet Irlandais rebelle au charme ténébreux et promis à un avenir funeste !

Soudain, Jessie tendit la main vers son amie et s'agrippa à elle.

— Regardez... il a réussi, dit-elle en l'étreignant, le souffle court. Il a réussi !

— Il a réussi à atteindre le bateau, précisa Geneviève alors que Lucas apparaissait sur le pont. À présent, il va devoir revenir.

19

Une énorme vague heurta le flanc du ketch. Le pont se mit aussitôt à trembler sous les pieds de Gallagher. Au-dessus de leurs têtes, les mâts se balançaient dangereusement avec un craquement lugubre qui attira l'attention du jeune garçon. En levant les yeux, il vit le grand mât se briser et tomber dans un fracas de bois, avec une telle violence qu'ils seraient morts écrasés s'ils s'étaient trouvés à cet endroit précis.

— Le bateau est en train de se désintégrer, n'est-ce pas? demanda-t-il, affolé.

— Oui, répliqua Lucas en posant une main ferme sur son épaule. Comment t'appelles-tu?

— Taylor, monsieur. Taylor Chantry.

Le regard de Gallagher balaya le pont, ou du moins ce qu'il en restait. À la suite du choc initial, les animaux s'étaient libérés de leurs cages et criaient, affolés par les éléments déchaînés.

— Je croyais qu'il y avait un marin avec vous.

— C'est vrai, répondit Taylor. Quand les amarres se sont rompues, il a sauté à l'eau et a essayé de gagner la rive. Je crois qu'il s'est noyé.

— Excusez-moi, monsieur, dit la fillette en clignant les yeux sous la pluie. Comment allez-vous nous ramener à terre sans bateau?

— Comment t'appelles-tu, toi? lui demanda Lucas, s'efforçant de sourire.

Comme sa mère et sa sœur, elle avait les cheveux châtains, et un petit menton pointu. Elle était frêle, trempée, frigorifiée. Elle ne survivrait pas plus d'une demi-heure.

— Mary.

— Et quel âge as-tu ?

— Huit ans.

Lucas s'accroupit devant elle. Le vent faisait voler les cheveux de l'enfant.

— Tu es une grande fille très courageuse. Quel âge a ta petite sœur ?

— Quatre ans. Elle s'appelle Harriet.

— Mary, voilà ce que je vais faire. Je vais essayer de nager avec vous jusqu'à la plage.

— Nager, monsieur ? Mais...

Les lèvres de la fillette se mirent à trembler.

— ... je ne sais pas nager.

— Ce ne sera pas nécessaire. Je vais vous attacher sur mon dos, toi et ta sœur.

Il songea amèrement que s'il sombrait, il emporterait les enfants avec lui, mais il se garda bien de le préciser. De toute façon, les malheureuses n'avaient aucune chance de survivre, alors autant tenter l'impossible.

— Tout ce que tu auras à faire, continua-t-il, c'est garder la tête hors de l'eau et veiller que Harriet ne m'empêche pas de respirer en me passant les bras autour du cou. Tu crois que tu y arriveras ?

L'enfant hésita, réfléchissant à la question. Lucas se tourna vers la plage. Une faible lueur y scintillait. Les gens avaient sans doute réussi à allumer un feu, ce qui lui serait utile.

Mary poussa un soupir.

— D'accord, je vais essayer... Et Taylor ?

— Et toi, tu sais nager ? demanda Lucas au garçon.

— Oui, monsieur.

Au même instant, une vague géante s'écrasa sur le ketch, qui se mit à pencher dangereusement.

— Mais pas dans une mer aussi démontée ! ajouta Taylor, alarmé.

Lucas se redressa et prit son couteau pour couper un morceau de cordage.

— Écoute-moi bien, Taylor. Désormais, seul le rocher sur lequel le bateau s'est échoué le retient de sombrer. À tout moment, une vague peut nous projeter tous à la mer, et l'épave coulera à pic. De toute façon, nous allons nous retrouver à l'eau. Crois-moi, mieux vaut ne pas s'attarder.

— Je ne crois pas que j'y arriverai, monsieur, gémit le garçon, la mine grave.

Lucas noua vivement les cordes autour de la taille des deux fillettes.

— D'accord, fit-il, je vais emmener tes sœurs, puis je reviendrai te chercher.

Sans un mot, Taylor regarda en direction de la plage, au-delà des éléments déchaînés. Une bourrasque frappa l'épave. Sous ses pieds, le bois grinça de plus belle. Il était évident que même si Lucas avait la force d'effectuer deux fois le trajet, le ketch ne tiendrait jamais aussi longtemps.

L'enfant le comprit. Serrant les dents, il déclara :

— Je viens avec vous, monsieur.

Lucas se pencha pour laisser les fillettes grimper sur son dos.

— Pars le premier, ordonna-t-il à Taylor. Je te suis.

Le garçon descendit le long de l'échelle. Lorsque la mer vint lui lécher les chevilles, il écarquilla les yeux.

— Respire bien et lâche l'échelle ! cria Lucas.

— Je ne peux pas ! geignit-il, les mains crispées sur le barreau.

Le ketch se souleva, puis retomba dans un fracas de bois brisé. Déséquilibré par les fillettes, Lucas faillit tomber à l'eau.

— Tu vas y arriver, Taylor. Je resterai près de toi. Je t'aiderai de mon mieux. À présent, saute !

Le navire bougea encore. Lucas sentit qu'il avait quitté les rochers. L'eau s'engouffrait à l'intérieur.

— Vas-y, Taylor… Vite !

L'enfant respira profondément, ferma les yeux, et lâcha l'échelle.

Depuis la plage, Jessica Corbett vit le ketch glisser des rochers. Très vite, l'eau envahit la coque. Le navire sombra à une vitesse effrayante, dans un bruit de tonnerre. Puis elle ne vit plus qu'une zone ourlée d'écume et parsemée de débris flottants, parmi lesquels elle distingua deux formes sombres, qui étaient peut-être des silhouettes humaines.

Trempée, tremblant de froid, le cœur battant à tout rompre, elle les regarda s'approcher. Elle distingua une tête, deux bras puissants et familiers, et une silhouette plus frêle. Parfois, ils disparaissaient un instant, sombrant entre les vagues. Anxieuse, elle attendait de les voir réapparaître pour affronter la prochaine vague.

Il était plus facile de nager avec le courant et le vent dans le dos, se dit-elle. Mais Lucas portait un lourd fardeau sur les épaules, et surveillait la progression de l'enfant qui le suivait. La noblesse de son geste, son courage exemplaire impressionnaient la jeune fille au-delà des mots. Elle se sentait à la fois fière de lui et très humble. Le vent soufflait autour d'elle. Une vague s'écrasa sur les rochers dans un terrible grondement.

Jessie sentit sur ses lèvres le goût du sel, et sut que ce n'était pas de l'eau de mer.

— Je ne les vois plus, s'inquiéta Geneviève, près d'elle.

— Là-bas ! répondit Jessie, le cœur en joie, désignant la silhouette robuste de Lucas qui émergeait des eaux. Mon Dieu, il va bien ! Il va bien !

Une émotion étrange et inconnue monta en elle. Sur la plage, quelqu'un avait dressé un abri de fortune. Le feu crépitait. L'odeur de bois brûlé se mêlait à celle de la mer. Les gens criaient, couraient en tout sens sur la plage, mais Jessie se sentait seule au monde. Seule sous les nuages lourds, au pied des falaises, avec cet homme aux traits tirés, le souffle court, le torse nu, pliant sous le poids des enfants. La pluie s'insinua sous les vêtements de la jeune fille. La mer rugissait dans ses oreilles. Hésitante, elle fit un pas en avant, puis se précipita, ivre de joie. Sa traîne de velours la ralentissait dans sa course. Elle était si pressée de rejoindre Lucas qu'elle entendit à peine une voix crier derrière elle. Une main ferme se referma sur son bras et l'obligea à pivoter sur elle-même.

Elle se retrouva face au regard avisé de Geneviève.

— Prends garde, Jessie. Un tas de gens pourraient te voir, sur cette plage. Les ragots iraient bon train...

La vague qui déferla sur elle lui fit l'effet d'une douche froide. Un homme, vêtu d'un uniforme d'officier de marine, hurlait des ordres à ses soldats. Des hommes et des femmes vinrent s'agglutiner autour d'elles. Soudain, Jessie se rappela qui elle était, où elle se trouvait, et ce qu'elle ne devait pas faire. Elle respira profondément et hocha la tête, croisant le regard de Geneviève. Ce n'était guère le moment de se demander comment celle-ci avait deviné ses sentiments.

— Le garçon est juste derrière moi, annonça Gallagher d'une voix tremblante. Vite, aidez-le !

Jessie vit le capitaine s'affairer à dénouer la corde qui retenait une fillette suffocante à Lucas. Des pleurs s'élevèrent tandis que les hommes se passaient une enfant plus petite de bras en bras, jusqu'à sa mère éplorée.

Un cri rauque surgit des eaux, attirant l'attention des badauds réunis sur la plage. Un autre bateau venait d'apparaître, un grand canot de la frégate britannique ancrée à Blackhaven Bay. Une vague heurta Gallagher, qui portait toujours l'aînée des fillettes. Plusieurs personnes l'aidèrent à se relever, et l'enfant fut enfin détachée.

Alors il s'écroula dans le sable, un genou à terre, la tête en avant, cherchant son souffle. Les muscles de son dos saillaient. Ses balafres semblaient plus blanches que jamais.

Déchirée par des impulsions contradictoires, Jessie se contenta de l'observer. Elle mourait d'envie de le prendre dans ses bras et de le réchauffer, de le serrer contre elle, de l'embrasser à perdre haleine.

Elle voulait qu'il lui appartienne.

Toutefois, elle gagna l'endroit où étaient disposées couvertures et boissons chaudes. Quelqu'un avait déjà placé une couverture sur les épaules du sauveteur. Elle lui servit un gobelet de cidre chaud.

— Tenez, dit-elle en posant une main sur son épaule, car c'était un geste de réconfort qui n'avait rien de compromettant. Buvez.

Lucas releva vivement la tête, le regard sombre et hanté, le visage livide. Un filet de sang coulait d'une plaie au coin de son œil. Il avait également une ecchymose sur le torse ; il avait sans doute heurté les rochers.

— Le garçon ? demanda-t-il en serrant le gobelet entre ses mains. Il va bien ?

Jessie entendit la voix d'une femme, près du feu.

— Taylor ! Où est Taylor ?

Gallagher se dressa d'un bond, faisant tomber son gobelet dans le sable. La couverture glissa de ses épaules. Les yeux plissés, il scruta la mer. Des hommes allaient et venaient dans les vagues, criant à l'attention des marins du canot.

— Seigneur, murmura-t-il.

Il se précipita. Jessie le rattrapa par le bras.

— Non ! Il ne faut pas y retourner ! Non !

Il la regarda. Ses yeux exprimaient une telle souffrance qu'elle en eut le souffle coupé.

— Vous ne comprenez pas. Je lui ai dit... je lui ai promis que je veillerais sur lui. Il était juste derrière moi. Je croyais qu'ils l'avaient sorti de l'eau. Je croyais...

— Non.

Elle secoua la tête. Si seulement elle avait pu le réconforter, appuyer sa tête sur son épaule... Mais elle ne pouvait rien faire. C'était un forçat.

— Vous avez fait de votre mieux, dit-elle simplement. Les hommes qui sont dans le canot le cherchent. Ils vont le retrouver.

— C'est moi qui vais le retrouver, assura-t-il, les mâchoires crispées.

Il s'éloigna, courant vers les vagues. Jessie ne put que le regarder partir.

Il nagea non loin du bord. Mais il avait passé trop de temps à lutter contre les éléments. Ses membres endoloris et glacés refusaient de lui obéir. Comme dans un rêve, il entendit les rames du canot. Puis sa main rencontra des cheveux, une peau douce et juvénile...

Lucas s'empara du garçon et regagna la rive.

Jessica l'attendait. Quand il se releva enfin, tenant l'enfant contre lui comme un nourrisson, elle demanda :

— Il est... ?

— Il est mort, acquiesça-t-il en s'écroulant dans le sable, paralysé de douleur.

20

Face aux trois tombes, Jessie écoutait la voix apaisante du pasteur tout en observant la baie, au loin. La tempête avait fait place à une douce brise qui caressait les feuillages, au sommet de la colline. Le soleil scintillait sur la mer. Soudain, la beauté du paysage la submergea. Elle se tourna vers Lucas. Tenant son chapeau à la main, il avait la tête baissée.

Il l'avait accompagnée au cimetière dans le cabriolet, lui qui avait risqué sa vie pour sauver deux fillettes qu'il ne connaissait même pas. Mais il n'était que son palefrenier et devait se tenir à distance de sa maîtresse, près de Geneviève. Jessie se dit qu'elle avait maintenant deux amis interdits. Mais ce n'était pas de l'amitié qu'elle ressentait pour Lucas. C'était un sentiment plus dangereux.

Elle se demanda comment cette fascination étrange avait dérapé inexorablement vers un sentiment plus profond et plus puissant, que son cœur de femme ne pouvait nier.

Elle vit la brise balayer ses boucles noires, sur son front hâlé. Il avait la mâchoire crispée. Son amour impossible la frappa de plein fouet, avec une telle violence qu'elle en eut les larmes aux yeux.

Jamais il ne serait à elle, du moins comme elle le souhaitait. Or elle le désirait de tout son corps et de toute son âme. Elle voulait qu'il reste près d'elle jusqu'à la fin de ses jours. Elle voulait partager avec lui ses rêves, ses joies et ses chagrins. Elle voulait explorer son corps pendant des heures, et connaître le bonheur de porter ses enfants. Elle voulait passer sa vie à découvrir les mystères de cet homme, lire ses émotions sur son beau visage. Elle voulait… ·

Mais tout cela lui était interdit.

Elle aurait aimé en parler avec Geneviève, mais n'avait pas trouvé le temps de le faire. Désormais, elle devrait faire preuve d'une vigilance accrue lors de ses visites à la pointe de la Dernière Chance. Elle ignorait combien de personnes avaient vu arriver les deux femmes à bord du cabriolet en compagnie de Lucas, et la jeune fille s'agripper à Geneviève, cherchant son soutien, lors de cette attente interminable. Certains s'étaient certainement posé des questions sur son attitude. Jessie aurait voulu s'en moquer comme d'une guigne, oublier sa famille et les bien-pensants, mais elle ne pouvait faire semblant de n'attacher aucune importance au qu'en-dira-t-on.

— … Au cœur de la vie, nous croisons la mort, récitait le pasteur.

Ils enterraient trois victimes, car le marin qui avait sauté à l'eau avait également péri. Au matin, ils avaient retrouvé le corps d'un marin du canot. En Tasmanie, la mort frappait sans prévenir.

Après la cérémonie, alors qu'ils remontaient dans le cabriolet, le père des trois enfants s'approcha. C'était un homme aux cheveux châtains sur un crâne dégarni et au visage anguleux. Il prit les mains de Gallagher dans les siennes et le remercia chaleureusement d'avoir sauvé ses deux filles.

— J'ai écrit au gouverneur, indiqua-t-il à Jessie, pour demander que cet homme soit gracié pour son geste de bravoure. Son héroïsme et son sacrifice méritent une récompense.

Jessie vit une lueur sardonique apparaître dans les yeux de Lucas, qui fit tout de même une réponse

188

appropriée. Il savait qu'il ne serait jamais amnistié.

Que pouvait-il avoir fait pour s'attirer une telle hostilité de la part des autorités ?

Le véhicule cahota sur le chemin boueux vers le sommet de la colline, où la route de Blackhaven Bay rejoignait les chemins menant à la pointe et à la crique. Lucas tenait les rênes souplement, cherchant à éviter les passages glissants. Si l'on exceptait l'état du chemin et l'éclat luxuriant des eucalyptus et des acacias, l'orage de la veille n'était plus qu'un mauvais souvenir. Le soleil lui réchauffait doucement le visage, mais à l'intérieur il avait froid, comme s'il se trouvait encore aux prises avec les courants de la crique.

— Vous n'avez rien à vous reprocher, affirma Jessie, l'extirpant de sa rêverie.

Il arrêta le cabriolet.

— Comment puis-je faire autrement ? rétorqua-t-il en se tournant vers elle. Cet enfant me faisait confiance, il m'a suivi, et je l'ai trahi.

Ces paroles l'étonnèrent lui-même. Il ne voulait pas se confier. Cependant, il ne s'attendait pas à ce qu'elle le comprenne aussi bien, à ce qu'elle se soucie de ses sentiments profonds.

— Il vous a fait confiance pour essayer de l'aider. Et vous avez essayé. Vous ne pouviez rien faire de plus.

Lucas contempla longuement la mer, en silence. Jessie avait raison, mais cela ne rendait pas son épreuve plus facile à supporter.

— Si vous souhaitez descendre, nous avons le temps. Cela vous fera peut-être du bien, suggéra-t-elle.

Il se tourna à nouveau vers la jeune fille, assise à son côté. Elle se tenait à distance respectable, bien droite, ses mains gantées posées sur les plis de sa robe noire, une broche en or rehaussant son col. Mais ses joues s'empourpraient chaque fois que leurs regards se croisaient, et une énergie presque palpable semblait les unir.

Il s'attarda un instant sur la courbe de son cou, ses lèvres pulpeuses. C'était une attitude bien imprudente, car il ne pouvait nier l'attirance qui existait entre eux, et il était encore trop vulnérable pour être certain de résister à cette force, cet élan du cœur.

— Vous croyez que ce serait raisonnable ? demanda-t-il d'une voix rauque.

Elle déglutit et écarta les rubans noirs de sa coiffe, regardant droit devant elle.

— J'en ai assez de chercher à faire ce que les autres jugent raisonnable.

Il observa la mèche dorée qui voletait sur sa joue. Les mouettes tournoyaient en hurlant au-dessus des eaux bleues et scintillantes.

Lucas tapota la croupe du cheval de ses rênes. Le cabriolet s'engagea sur le chemin menant à la crique. Ils laissèrent le véhicule non loin des ruines de la maison des Grimes et marchèrent vers les dunes.

La plage était jonchée de débris du ketch, de même que les rochers au pied des falaises. La carcasse de la coque se mêlait à des morceaux de bois, des lambeaux de voilure, couverts d'algues. Pillards et prédateurs de tout poil avaient déjà accompli leur œuvre, emportant tout ce qui avait la moindre valeur. Pendant plusieurs mois encore, la mer déposerait chaque jour quelque nouveau trésor à glaner.

Assise sur le tronc d'un eucalyptus abattu, Jessie regarda Gallagher s'approcher de l'épave. Il se tenait de profil, les mains sur les hanches, le chapeau enfoncé sur la tête. Elle mourait d'envie de le rejoindre, de passer les bras autour de sa taille et de chercher le réconfort, blottie contre son torse musclé. Mais elle ne pouvait que l'attendre, en lui offrant sa compassion tacite.

190

Ils demeurèrent longuement ainsi, sous le soleil, bercés par le chant un peu triste des mouettes et le mouvement des vagues. Au bout d'un moment, Lucas revint vers elle, la tête baissée.

— Il y avait une crique en contrebas de notre maison, dit-il d'une voix douce. Un peu comme celle-ci. Elle aussi, elle a vu de nombreuses épaves.

— C'est ainsi que vous avez su que le ketch allait se disloquer ? demanda-t-elle en crispant les mains sur ses genoux.

Il leva la tête, lui montrant son visage, la ligne pure de son nez, de sa joue, de son menton.

— La coque d'un navire produit un bruit particulier lorsqu'elle subit une trop forte pression. Quand on a beaucoup navigué, on finit par connaître ce langage.

— Et vous avez beaucoup navigué ?

— Mon père possède un chantier naval, en Irlande, expliqua-t-il en haussant les épaules. J'ai grandi au milieu des coques, des mâts et de leurs bruits familiers.

Elle écarta une mèche de son visage. Lucas avait pivoté vers la mer. Elle eut la certitude qu'il ne pensait plus à la tragédie, mais à son pays natal.

— Pourquoi le gouverneur refuserait-il de vous gracier ? demanda-t-elle sans préambule.

Il se figea, le souffle court. Elle ne s'attendait pas à ce qu'il réponde tout de suite.

— Parce que j'ai tué un homme, avoua-t-il d'un ton froid qui glaça les sangs de la jeune fille. Un dénommé Nathan Fitzherbert. Il était major dans l'armée britannique et cousin de la jeune reine, même si le mariage de son père n'a jamais été reconnu par le roi George.

Soudain, toute chaleur disparut entre eux. La jeune fille frissonna. « J'ai tué un homme », avait-il dit. Il n'avait pas dit qu'il avait été *accusé* d'avoir tué un homme...

— Vous avez été envoyé au bagne pour meurtre ? s'enquit-elle, la voix brisée par l'émotion.

— Oh non! fit-il en secouant la tête, un sourire sardonique sur les lèvres.

Lucas se moquait-il de lui-même ou du système judiciaire? Sans doute des deux.

— J'ai été condamné car je faisais partie d'un groupe de résistance, comme je vous l'ai déjà dit. Ils n'ont pas réussi à me mettre le meurtre sur le dos, alors ils ont trouvé autre chose.

— Pourquoi l'avez-vous tué?

Son sourire s'effaça.

— J'avais de bonnes raisons, répondit-il, le visage impassible. Je ne regrette pas mon geste.

La brise se leva, fraîche et salée. Lorsqu'il marcha vers elle, les pans de sa veste voletèrent. Troublée, elle se leva. Il poursuivit:

— Je ne regrette rien et, si c'était à refaire, je recommencerais.

Il s'arrêta et se pencha d'un air presque menaçant.

— Alors vous voyez, mademoiselle Jessica Corbett, vous feriez mieux de rester à bonne distance de moi. À plus d'un titre, d'ailleurs…

— Jamais vous ne me feriez le moindre mal, souffla-t-elle.

Il écarquilla les yeux.

— Et qu'est-ce qui vous donne une telle certitude?

Elle croisa son regard d'un air de défi.

— Simple observation empirique.

Il se mit à rire. Une fossette se creusa sur sa joue gauche.

Ensemble, ils marchèrent sur la plage.

— Vous avez réfléchi à mon conseil de l'autre jour? Sur le fait que votre frère devrait vous trouver un autre palefrenier? lança-t-il sans la regarder.

Jessie secoua négativement la tête.

— C'est impossible. Je me dis que j'ai vingt ans, et que je devrais parler à ma mère de mon amitié avec Geneviève. Mais quand je pense à sa réaction probable, je…

Elle déglutit péniblement.

— Je suis d'une lâcheté méprisable, termina-t-elle.

Ils avaient atteint l'embouchure de la rivière, et suivirent le cours d'eau à travers les dunes herbeuses pour rejoindre le cabriolet.

— Pas si méprisable que cela, protesta-t-il en levant les yeux vers les ruines noircies de la maison. Vous aimez votre mère et vous voulez qu'elle vous aime, qu'elle soit fière de vous. L'honnêteté se paie souvent très cher. Vous seule pouvez décider si cela en vaut la peine.

Ils se trouvaient à l'entrée de l'ancien jardin, désormais envahi par la végétation. Près de la maison, il faisait plus frais. Comme toujours. Les lieux semblaient empreints d'une fraîcheur naturelle, qui leur conférait une atmosphère étrange et un peu morbide.

— Qui est donc le fantôme qui hante ces ruines ? demanda Lucas en s'arrêtant à l'entrée du jardin, les yeux rivés sur la carcasse de trois étages.

— Vous le sentez ? fit-elle en le dévisageant. Vous sentez ce froid ?

Lucas hocha la tête, le visage fermé. La jeune fille n'était pas persuadée de l'existence des esprits, mais cet endroit l'avait toujours troublée. Elle voyait que son compagnon était déconcerté, lui aussi.

— Que s'est-il passé ici ?

Près du puits, un if solitaire avait échappé aux flammes. Jessie alla poser une main gantée sur son tronc, observant les pierres noircies. Parfois, en respirant très fort, elle parvenait à sentir la fumée, à entendre le crépitement de l'incendie.

— C'est un dénommé Grimes qui avait bâti cette maison, autrefois. Matthew Grimes. Un veuf qui venait de Sydney avec Claire, sa fille unique.

En prononçant ce prénom, Jessie fut parcourue d'un frisson d'effroi.

— Claire avait seize ans, elle était ravissante. On racontait que son père ne vivait que pour elle...

— Vous n'en semblez guère convaincue.

Elle haussa les épaules.

— Il était… très dur et très ambitieux. Il voulait que cette maison devienne la plus prestigieuse de toute l'île. Il l'avait construite ici pour qu'elle soit visible de la mer. Il avait même fait venir d'Angleterre une cage d'escalier en chêne ancien, provenant d'un manoir élisabéthain. Il était spectaculaire. Je me rappelle l'avoir vu, quand j'étais jeune.

Elle crut qu'il allait dire quelque chose, mais il garda le silence, alors elle reprit :

— Un matin, à leur réveil, les domestiques ont découvert Claire gisant au pied de l'escalier, la nuque brisée. Son père a affirmé qu'elle s'était levée durant la nuit et avait fait une mauvaise chute.

Lucas s'approcha de la jeune fille. Elle aurait pu le toucher, mais elle n'en fit rien.

— Vous aviez des raisons de mettre sa parole en doute ?

— Les domestiques les avaient entendus se disputer très violemment, la veille, expliqua-t-elle. Apparemment, Grimes avait découvert que Claire était amoureuse d'un domestique, un… forçat, et il menaçait de renvoyer ce jeune homme en prison où il serait pendu.

Jessie ne parvenait pas à regarder Lucas, même si elle sentait sa présence troublante toute proche, la vitalité qui émanait de lui, tel un éclair qui l'embrasait. Elle prit une profonde inspiration.

— Claire avait révélé à son père qu'elle attendait un enfant de ce forçat.

Elle sentait à présent le regard dur de Lucas rivé sur elle.

— Alors il l'a tuée ?

Elle s'appuya contre le tronc d'arbre.

— Nul ne le sait. Peut-être l'a-t-il frappée, et elle est tombée du haut de l'escalier ? À moins qu'il l'ait pous-

194

sée volontairement ? Si la vérité avait éclaté au grand jour, la honte se serait abattue sur la famille.

— Et pourtant, tout le monde l'a su.

— Des rumeurs ont circulé. Mais Grimes était un homme brutal, impitoyable. Ses domestiques n'osaient pas parler ouvertement, de peur des représailles.

Il posa un pied sur le socle de l'ancienne fontaine et fixa les restes calcinés de la demeure.

— Et l'amant de cette jeune fille ?

— Quelques jours plus tard, Grimes l'a accusé d'avoir dérobé de l'argenterie.

— Et ensuite ? fit Lucas en se retournant vers elle.

— Il a été pendu.

Un silence pesant s'installa entre eux. Jessie entendit le cri lugubre d'une mouette, les vagues qui venaient mourir sur le sable.

— Comment la maison a-t-elle brûlé ? questionna-t-il enfin.

Jessie déglutit nerveusement.

— Un an, jour pour jour, après la mort du forçat, la maison a pris feu. Personne ne sait comment. Les domestiques étaient enfermés au sous-sol, mais quelqu'un leur a ouvert la porte, de sorte qu'ils ont pu s'échapper. Une fois dehors, ils ont entendu Grimes marteler la porte de sa chambre de coups de poing, à l'étage. Il était enfermé à clé.

— Personne ne l'a laissé sortir ?

Elle fixa les trous béants des anciennes fenêtres et secoua la tête.

— Le somptueux escalier a pris feu comme une torche. Il n'y avait rien à faire.

Au-dessus de sa tête, une perruche volait de branche en branche en pépiant bruyamment. Jessie l'observa, les paumes appuyées contre le tronc d'arbre.

— Les domestiques ont raconté que, à la fin, ils l'entendaient crier le nom de sa fille. Il la suppliait de ne pas laisser son amant le tuer.

Il émit un grommellement de mépris.

— Je ne peux pas dire que j'éprouve la moindre compassion pour cet homme... Qui revient hanter la maison ? Claire ?

Elle poussa un soupir.

— Tous les trois, selon certains. La tristesse des lieux viendrait de Claire, et cette fraîcheur inhabituelle de Matthew Grimes. Mais la colère...

— La colère est celle du forçat, compléta Lucas.

— Oui.

Ils se dévisagèrent longuement. Le soleil filtrait à travers le feuillage de l'if, dans la brise de l'après-midi. La silhouette de Lucas se détachait dans la lumière dorée de la clairière, derrière lui. C'était un bel homme, à la fois superbe et effrayant. Il avait les traits tirés, l'air fier, presque arrogant. Trop fier pour un forçat, songea la jeune fille, qui eut soudain très peur pour lui. Sa poitrine se serra. Elle respira profondément, cherchant à se calmer, et sentit à nouveau cette odeur fugace de fumée. Elle se mordit les lèvres.

Le regard de Lucas se figea sur sa bouche.

Au plus profond de ce regard, quelque chose changea, reflétant l'émotion de Jessie, son désir ardent. Le vent souffla dans ses jupons. Elle fit un pas vers lui, puis un autre. Il tendit la main, comme pour l'empêcher d'avancer, mais elle se contenta de prendre cette main dans la sienne. Les doigts de Lucas se refermèrent sur les siens. Il s'appuya sur le bord du puits, jambes écartées, et attira la jeune fille vers lui.

— C'est une erreur, souffla-t-il alors qu'elle glissait les bras autour de son cou.

— Je sais, chuchota-t-elle.

Mais les mains de Lucas remontaient déjà dans son dos, la serrant contre lui.

Leurs lèvres se cherchèrent, se trouvèrent. En l'embrassant, Jessie eut l'impression de rentrer chez elle au terme d'une longue absence. Elle reconnut cette langueur délicieuse qui s'empara de son corps tout

196

entier, la coupant du monde, de sorte qu'il n'existait plus que lui. Elle explora doucement ses épaules, l'attirant vers elle de peur qu'il ne s'éloigne. Elle l'entendit étouffer un gémissement tandis qu'elle resserrait son emprise, émerveillée par la fermeté de son corps, par sa chaleur.

Mais cela ne lui suffisait pas. Elle brûlait de sentir ses mains, ses lèvres, partout sur elle. Tremblante, elle se cambra contre lui. De simples caresses ne pourraient l'apaiser. Elle voulait qu'il la fasse sienne comme si elle était sa femme, sans se soucier du lendemain.

— Si tu savais comme je te désire, murmura-t-il contre sa bouche. J'ai envie de te toucher, de t'embrasser partout...

Il enfouit les doigts dans ses cheveux, tirant sa tête en arrière. Son chapeau tomba à terre. Il l'embrassa dans le cou avec frénésie. Elle sentait son souffle chaud contre sa peau. Ses mains se mirent à errer sur le corps de la jeune fille. Puis il s'interrompit soudain.

Relevant la tête, il plongea dans son regard, les yeux brûlant de désir et de colère.

— C'est une erreur, dit-il, le souffle court.

— Cessez de répéter toujours la même chose.

La main de Lucas se posa sur son sein, dans une caresse si troublante qu'elle retint son souffle.

— Vous ne comprenez donc pas? reprit-il d'un ton dur, presque cruel. Avez-vous idée de ce que cela signifie, quand un homme déclare à une femme qu'il la désire? Savez-vous ce que j'ai envie de vous faire?

— Oui, je le sais.

Il se mit à caresser son sein avec un désespoir presque brutal, à travers la soie noire de sa robe.

— Vraiment? Quand je dis que je veux vous caresser, cela signifie que je veux caresser chaque parcelle de votre corps, tous ces recoins secrets que vous ne connaissez pas vous-même. Je veux vous allonger dans l'herbe, relever votre robe jusqu'à la taille, et prendre possession de votre nudité.

Ses doigts trouvèrent son mamelon dressé sous la soie. Jessie ressentit un plaisir si violent qu'elle faillit crier. Face à cette réaction, il esquissa un sourire.

— Quand je dis que je vous veux, mademoiselle Jessica Corbett, cela signifie que je veux vous pénétrer, vous faire mienne, sauvagement. Vous n'avez aucune idée du désir qui brûle en moi.

Lucas se montrait délibérément cru, cherchant à la repousser. Il ne comprenait pas que cet aspect de sa personne attirait la jeune fille, ce côté ténébreux, dangereux.

— Vous croyez me faire peur en me disant tout ça, mais je n'ai pas peur du tout, répondit-elle sans broncher.

— Vous avez tort. Croyez-moi, mademoiselle. Vous devriez avoir peur.

Elle secoua la tête.

— Si j'ai peur, ce n'est pas de vous. J'ai peur de ne vivre qu'à moitié, de me perdre dans les attentes de mon entourage. Les seuls moments où j'ai l'impression d'être moi-même, sont ceux que je passe avec vous.

La fossette de Lucas se creusa davantage.

— Ce n'est donc pas vous qui vous installez autour de la table d'acajou, chaque soir, pour boire du champagne dans une coupe en cristal ?

Ce ton amer la surprit.

— Je suis présente, mais je ne suis pas vraiment là. Je crains que, un jour, je ne sois plus là du tout…

— Bien sûr, si vous épousez M. Harrison Tate. Vous habiterez chez lui.

Elle s'écarta vivement de lui, consternée de constater qu'elle avait oublié Harrison, son fiancé ! Elle aurait dû se sentir immensément coupable de savourer à ce point les baisers d'un autre homme, ses caresses. Lorsqu'elle pensait à Harrison, elle ne ressentait que du désespoir.

— Comment ne pas l'épouser ? murmura-t-elle en croisant les bras sur sa poitrine. Je suis promise à lui depuis ma naissance. Il y a deux ans, j'ai accepté sa demande en mariage. Il m'aime.

— Et vous, vous l'aimez ?

Elle n'osa pas le regarder, de peur de trahir ses véritables sentiments.

— Je refuse de lui faire du mal.

Il s'éloigna de la fontaine pour s'approcher d'elle.

— Même si ce mariage vous fait du mal ?

— Vous voyez, fit-elle avec un sourire triste, voilà pourquoi j'ai besoin de vous dans ma vie. Pour me rappeler qu'il y a une autre façon de voir les choses...

Il posa une main sur sa joue.

— Et ce désir qui nous pousse l'un vers l'autre, quelle place a-t-il dans votre vie ?

— Je l'ignore, avoua-t-il, le cœur serré.

— Oh si, vous le savez ! Que vous épousiez M. Tate ou pas, il n'y aura jamais rien entre nous.

Il désigna les ruines noircies de la maison et conclut :

— Nous le savons tous les deux.

Ils ne virent le bateau qu'après avoir quitté les vestiges du jardin, pour emprunter un chemin qui serpentait au bord de l'eau.

Sa coque blanche, couverte de boue et d'algues, gisait parmi les roseaux.

— Regardez, dit-elle en s'arrêtant, une main sur la manche de Lucas. Qui aurait cru que l'orage serait assez violent pour transporter l'épave jusqu'ici ?

Les eaux se plissèrent légèrement, faisant balancer doucement la coque.

Lucas garda le silence. Cela faisait des semaines qu'il cherchait un bateau pour tenter une évasion. À présent, il l'avait trouvé.

21

Un panier au bras, Béatrice taillait ses rosiers à l'aide d'un sécateur, quand elle vit sa fille apparaître à la grille du jardin.

— Jessica! appela-t-elle en relevant le bord de son chapeau de paille. Approche! J'ai à te parler!

La jeune fille hésita un instant, puis se fraya un chemin parmi les superbes massifs qui faisaient la fierté de sa mère. Au contraire de ses enfants, les roses de Béatrice se développaient conformément à ses souhaits, et elles mouraient rarement.

— Votre jardin est magnifique, cette année, commenta Jessie en embrassant la joue pâle de sa mère.

— Tu trouves?

Les lèvres un peu pincées, Béatrice humait le parfum d'une fleur. Elle permettait à ses jardiniers d'arroser les rosiers et le reste du jardin, mais tenait à les tailler elle-même.

— J'avoue que j'ai un peu peur des parasites. Nous avons eu trop de pluie, ces derniers temps.

— Je suis persuadée que tes roses n'auraient jamais l'idée saugrenue d'avoir des parasites. C'est trop vulgaire, commenta Jessie en riant.

— Hmm, fit sa mère en reculant d'un pas pour inspecter un massif. Tu as mis bien longtemps à rentrer des funérailles, il me semble...

Jessie garda les yeux rivés sur une rose.

— Nous avons fait un tour à la plage.

— Pendant ton absence, j'ai reçu la visite du capitaine Boyd.

— Le capitaine Boyd? répéta la jeune fille en relevant soudain la tête.

Ses joues s'empourprèrent, lui donnant un air juvénile.

— Le capitaine de frégate. Il m'a raconté qu'il t'avait vue, hier, en compagnie de cette femme.

— Vous voulez dire Geneviève Strzlecki?

Jessie était parvenue à s'exprimer d'un ton léger, désinvolte, mais son cœur battait à tout rompre.

Tu n'es plus une enfant, se dit-elle. Tu ne peux plus être battue, enfermée dans la tourelle et mise au pain sec et à l'eau!

Pourtant, elle n'eut pas le courage de révéler la vérité:

— Quand l'orage a éclaté, je me suis réfugiée au cottage.

— Vraiment, Jessica, fit Béatrice en secouant la tête. Cette personne n'est pas fréquentable. Tu sembles ne jamais te soucier de ce que les gens diront.

Soudain, Jessie eut la sensation d'étouffer. Elle dénoua les rubans de son chapeau et l'ôta.

— Au contraire, mère. J'ai l'impression de songer en permanence à ce que les gens diront, à me comporter comme le veut mon entourage, au lieu de suivre mes propres souhaits.

Béatrice la fixa de cet air troublé, légèrement inquiet, que sa fille connaissait bien.

— Je ne te comprendrai jamais, dit-elle en pinçant les lèvres. Peut-être Harrison parviendra-t-il à te maîtriser, plus que je n'y ai réussi moi-même?

À la perspective d'être *maîtrisée* par son futur mari, Jessie se sentit céder à la panique. Harrison l'aimait, ce qui signifiait certainement qu'il l'accepterait telle qu'elle était. Naguère, elle le croyait encore. Mais elle commençait à en douter. En épousant Harri-

son, elle connaîtrait les mêmes froncements de sourcils réprobateurs, les mêmes critiques que durant
toute sa jeunesse.

— Où est Warrick ? demanda-t-elle en s'éloignant.

— Enfin, Jessica ! Nous étions en train de parler
sérieusement ! Warrick est parti à cheval, peu après
midi. Il est allé rendre cet âne ridicule à son propriétaire. Je lui ai conseillé d'envoyer quelqu'un, mais il a
tenu à y aller en personne. Il n'a aucune idée du comportement à adopter, en tant que propriétaire terrien.
Il faut faire preuve de dignité avant tout.

Tout en parlant, elle coupait les branches d'un
geste sec.

— Regarde ! grommela-t-elle. C'est bien ce que je
pensais : des parasites ! Ce massif m'a toujours posé
des problèmes. Je me demande si je ne vais pas le faire
arracher.

Jessie regarda sa mère s'attaquer au rosier, oubliant
momentanément les problèmes que lui posait sa pro-
géniture. Elle se sentait étrangement oppressée, comme
saisie d'une certaine nostalgie.

Cette sensation de perte ne la quitta pas de la journée, même si elle ne parvint jamais à l'identifier.

Le garçon était assis sur le muret de pierre qui ceignait la fermette, tenant à la main un couteau et ce
qui ressemblait à un petit bâton. Il regarda Warrick
arriver à cheval, tenant l'âne au bout d'une corde.
L'adolescent avait une épaisse tignasse dorée, enca-
drant un visage délicat et de grands yeux changeants.
Il pouvait avoir entre treize et dix-sept ans. Son
visage fin contrastait avec sa grande taille. Il ne sourit pas, ne broncha pas.

— Tu dois être Dicken, lança Warrick.

— Oui, répondit le garçon en se concentrant à
nouveau sur son couteau pour sculpter le bâton.

202

Il semblait si habile que le jeune homme se demanda si ce n'était pas lui qui avait tué Parker Jones.

Au loin, un chien aboyait, mais il ne le voyait pas. Le soleil dardait ses rayons brûlants sur le versant de colline, envahi par les herbes. Warrick s'étira.

— Ta sœur est là?

— Oui.

Warrick s'approcha et lui tendit la corde.

— Merci de m'avoir prêté ton âne.

L'espace d'un instant, le garçon croisa son regard, puis il haussa les épaules et se remit à l'œuvre.

— Vous pouvez le lâcher, vous savez. Il ne s'enfuira pas.

— Je veux bien te croire, admit Warrick, amusé. Cette bête semble allergique au moindre effort.

Dicken esquissa un sourire mais se ravisa vite, comme s'il connaissait la raison de la présence du visiteur. Comme s'il savait que le maître du domaine voisin désirait sa sœur...

Warrick allait se diriger vers la rivière à sa recherche, quand la jeune fille apparut.

Elle descendait la colline parsemée de pâquerettes, derrière la maison. Il reconnut ses longues jambes, son cou gracile et ses cheveux flamboyants. Il talonna son cheval pour aller à sa rencontre. Elle tendit la main vers lui en souriant.

Il prit son poignet délicat et doré. De l'autre main, elle leva sa robe sur ses jambes nues et posa le bout du pied sur la botte de Warrick, afin de se hisser en selle derrière lui d'un mouvement souple et puissant. Une fois installée, elle ne chercha pas à baisser sa robe, se contentant de serrer les cuisses contre les hanches du jeune homme.

— Où allons-nous? s'enquit-il.

— Par là, répondit-elle en désignant la mer.

Puis elle glissa les bras autour de sa taille, sous sa veste, dans une caresse qui lui coupa le souffle.

Elle le guida jusqu'à une haute falaise qui tombait à pic vers la mer, de quoi donner le vertige si l'on regardait les rochers, en contrebas.

— Ici ? s'étonna-t-il.

Elle glissa à terre et tournoya gaiement sur elle-même, les bras écartés, cheveux au vent.

— Ici.

— Pourquoi ? demanda-t-il en mettant à son tour pied à terre.

Il alla attacher son cheval à un eucalyptus.

La jeune fille virevoltait autour de lui, tel un lutin, dans un tourbillon de formes féminines, les yeux pétillants et provocants.

— Parce que je me sens la reine du monde, expliqua-t-elle en levant à nouveau les bras.

Un sourire mystérieux sur les lèvres, elle commença à dégrafer sa robe.

— Je viens ici chaque fois que je le peux. J'aime me déshabiller entièrement et m'allonger au soleil.

Tout en parlant, elle dévoila son corps, ses petits seins parsemés de taches de rousseur, son ventre plat, ses hanches étroites. Le soleil faisait briller sa toison et ses cuisses fuselées. Elle sourit.

Warrick la contempla sans vergogne, submergé par une vague de désir intense. Elle se tenait devant lui, dans l'herbe, sous le ciel bleu. Si belle... La toucher serait déjà l'extase, songea-t-il. Il tendit une main tremblante vers elle.

— On dirait que le soleil a embrassé chaque parcelle de votre corps, déclara-t-il en passant la main sur ses seins.

Il sentit ses mamelons durcir à son contact.

— Vous êtes radieuse...

— Embrassez-moi, ordonna-t-elle, le regard noir et envoûtant, en le prenant par la nuque pour l'attirer vers elle. Je veux que vous m'embrassiez partout où le soleil m'a caressée.

Il posa les lèvres au creux de son cou, humant son parfum féminin et musqué.

Elle ouvrit grand les yeux, rit à gorge déployée.

Jamais il n'avait rencontré une femme capable de monter au sommet d'une falaise et de se déshabiller pour exposer sa peau nue au soleil. Jamais il n'avait rencontré une personne aussi libre et désinhibée, si peu soucieuse des convenances. Elle profitait de la vie avec une extraordinaire jubilation. Avec elle, Warrick se sentait débordant de vitalité. Il avait l'impression de renaître, comme s'il était mort depuis des années sans le savoir.

Gémissant de désir, il enfouit les doigts dans sa crinière dorée en l'embrassant fébrilement dans le cou. Elle se cambra, plaquant ses seins contre son torse, enroulant une jambe autour de sa taille. Leurs bouches se trouvèrent. Warrick se noya dans la magie de ce baiser.

Ses lèvres étaient brûlantes, humides, sensuelles, pleines de promesses. Il commençait à perdre toute raison, pour sombrer dans un tourbillon de sensations et de désir. Il ne sentait plus que la caresse de sa langue, la pression de son corps nu sous ses mains tremblantes.

Elle lui ôta sa cravate et déboutonna son gilet, puis sa chemise. D'un geste sec, elle lui arracha ses vêtements. Le soleil vint caresser son torse. La brise écarta les cheveux de son front moite. Impatient, il l'allongea dans l'herbe. Elle s'ouvrit à lui, tout en déboutonnant le rabat de sa culotte. Sans hésiter, elle prit son membre gonflé entre ses doigts.

Warrick n'était plus que désir. Il ne restait plus rien de son éducation bourgeoise, de ses nobles origines. Il ne voulait qu'une chose : la pénétrer, fusionner avec elle, sentir ses jambes s'enrouler autour de sa taille. Il tremblait de tout son corps, tant il brûlait de la faire sienne.

Maladroit, il se débattit avec l'épais préservatif en caoutchouc qu'il avait apporté.

Elle eut un rire cristallin.

— Qui cherches-tu donc à protéger ? Toi ou moi ? se moqua-t-elle.

Mais elle n'attendait pas de réponse de sa part, car elle le prit dans une main et l'accueillit en elle.

Il se sentit aussitôt enveloppé d'une douce chaleur qui le consuma. Il enfouit le visage dans ses cheveux, lui embrassa les paupières, la bouche, en frissonnant de plaisir. Doucement, il entama de longs mouvements de va-et-vient, de plus en plus fort, de plus en plus vite. Les hanches de la jeune fille suivaient son rythme.

Leurs corps montèrent ensemble vers l'extase. Elle crispa les doigts sur ses épaules, lui meurtrissant la peau. Elle avait le regard fixe, perdu, et émettait des plaintes rauques, presque bestiales. Encouragé par sa réaction, Warrick poursuivit ses coups de reins sous le soleil. La brise caressait son dos luisant de sueur.

Bientôt, il vit la jeune fille rejeter la tête en arrière, au bord de l'extase. Elle ne put retenir un cri de jouissance. Warrick sombra à son tour dans la vague qui l'emporta. La mâchoire crispée, les yeux fermés, il explosa en elle.

Puis, lentement, les morceaux de lui-même se remirent en place. Repu, il découvrit le soleil radieux, le ciel bleu. Il sentit le souffle court de sa partenaire, la sueur qui perlait sur ses tempes et au bas de son dos. Il entendit le fracas des vagues sur les rochers, les cris des mouettes, le murmure du vent dans les hautes herbes.

Warrick se dressa sur les avant-bras pour ne pas l'écraser sous son poids, mais ne parvint pas à se détacher d'elle. Il voulait faire partie d'elle à jamais.

— Je t'aime, souffla-t-il en posant son front sur le sien, tandis qu'ils reprenaient leur souffle. Je t'aime, et je ne connais même pas ton nom !

Elle enroula les bras autour de son cou et l'embrassa avec volupté.

— Comment peux-tu m'aimer? répliqua-t-elle avec un large sourire. Tu ne sais rien de moi.

Ces paroles le troublèrent. Il était contrarié à l'idée qu'elle ne partage pas ses sentiments. Il déposa un baiser sur le bout de son nez.

— Je sais que tu vis dans une petite maison surplombant la mer, avec un frère prénommé Dicken et un âne paresseux.

Elle se mit à rire, les yeux pétillants. Warrick se dit qu'il n'avait jamais rencontré une femme plus envoûtante. Une étrange émotion lui serra le cœur.

— Je sais que tu apprécies la caresse du soleil sur ta peau, reprit-il d'une voix nouée, que tu es libre comme l'air…

Le sourire de la jeune fille disparut. Elle fronça les sourcils d'un air pensif.

— Tu crois que je me limite à cela?

Il glissa sur le côté, afin de la serrer dans ses bras et la contempler à loisir.

— Non. Mais je voudrais en savoir davantage.

— Savoir quoi?

— Parle-moi de toi.

Il lui caressa le front pour en écarter quelques mèches humides.

— Dis-moi d'où tu viens, raconte-moi comment tu es arrivée en Tasmanie, dans cette petite maison isolée.

Elle posa une main sur son torse, fixant le mouvement de ses doigts.

— Eh bien… je suis née dans une modeste ferme des Highlands, près d'un village nommé Strathspey. Un jour, alors que j'avais treize ans, le fils du seigneur du château et deux de ses amis m'ont entraînée au bord de la rivière, et ils ont abusé de moi à tour de rôle.

Atterré par cette révélation, Warrick la serra plus fort dans ses bras.

— Mon Dieu... c'est affreux.

Elle haussa les épaules, mais il ne fut pas dupe de cette indifférence feinte, car elle réprima un soupir.

— Pour une vulgaire fille de ferme, la virginité ne compte pas autant que pour une fille de bonne famille élevée dans un château, comme chez toi, par exemple. Mais mon père n'a pas supporté ce qu'ils m'avaient fait. Il est allé trouver le fils du seigneur et l'a corrigé à coups de poing, de sorte que nous avons dû quitter la région.

Warrick redessina la courbe de son épaule du bout des doigts, puis la clavicule. Malgré les épreuves qu'elle avait endurées, elle était joyeuse, pleine de vie.

— J'avais deux petites sœurs, mais elles sont mortes sur le bateau, en route pour l'Australie. Ma mère aussi... Mon père a vécu assez longtemps pour acheter ce lopin de terre et construire une maison. Mais il ne s'était jamais remis de ses ennuis avec le seigneur du château. Cela va faire deux ans qu'il est mort. Alors je reste seule avec Dicken.

Pour la première fois de son existence, Warrick eut un peu honte de ses origines, de ses privilèges, de sa somptueuse demeure de quatorze pièces meublée avec goût, des lits douillets, des rideaux de velours, des repas copieux et raffinés, des alcools coûteux dont il abusait.

— Tu n'as pas la vie facile, commenta-t-il.

Elle posa une main sur la sienne.

— On s'en sort tout juste. J'ai quelques poules, quelques moutons. Je cultive des pommes de terre et des carottes. J'arrive même à en vendre à l'épicier de Blackhaven Bay. Dicken va à la pêche, à la chasse au wallaby. Il tue des oiseaux au lance-pierres. J'aime cette vie. Je suis heureuse, ici.

Face à son sourire sincère, Warrick se dit qu'il n'avait jamais entendu quiconque prononcer cette simple phrase.

Il se pencha pour l'embrasser.

208

— Maintenant que je te connais un peu mieux, dit-il en soufflant dans son cou, je peux croire que je t'aime.

Elle se tourna sur le côté afin de lui faire face, le visage grave.

— On ne peut pas connaître les gens seulement d'après ce qu'ils disent.

— Tu as raison, admit-il en caressant sa hanche. Mais on peut aussi passer sa vie à côté de quelqu'un sans jamais le connaître vraiment.

— Tu connais ceci, fit-elle en lui prenant la main pour la poser sur son sein, avant de l'embrasser sur les lèvres.

Ils s'unirent doucement, avec tendresse, chacun explorant le corps de l'autre avec un émerveillement renouvelé, découvrant les plaisirs qu'ils pouvaient échanger, jusqu'à ne plus faire qu'un et s'envoler vers l'extase.

— Dis-moi... souffla-t-il. Quel est ton nom...

Elle crispa les doigts dans son dos, comme si elle voulait le garder pour toujours en elle.

— Faine, répondit-elle.

— Je t'aime, Faine ! cria-t-il, triomphant, au moment de s'abandonner à la jouissance, tandis que la mer se déchaînait sur les rochers, en contrebas.

22

— Monsieur Warrick ! lança Charlie en accourant à sa rencontre. Excusez-moi, je ne vous ai pas entendu arriver.

Warrick mit pied à terre et scruta la cour déserte où se profilait l'ombre des dépendances. Bientôt, il ferait nuit noire.

— Où est Gallagher ? demanda-t-il en tendant les rênes au jeune garçon.

Charlie se redressa soudain, les yeux écarquillés.

— Il est avec Finnegan.

— À cette heure-ci ?

— Oui, monsieur.

— Hum, fit Warrick en se dirigeant vers Jessie, perchée sur la barrière de l'enclos.

Un bras autour de l'encolure de sa jument, elle caressait son museau blanc. Il entendit le murmure de sa voix tandis que la bête penchait les oreilles, comme si elle l'écoutait.

Warrick se glissa à côté de sa sœur et leva les yeux vers le ciel qui se teintait de rose et de turquoise, à mesure que le soleil descendait vers les collines.

— Quand tu étais petite, chaque fois que tu avais un problème à résoudre ou besoin de réfléchir, tu venais t'asseoir sur cette barrière et tu parlais à ton cheval...

Elle sourit tristement, caressant toujours la tête satinée de la jument.

— Cela me faisait beaucoup de bien.

Warrick se tourna vers elle, les bras croisés.

— J'étais là quand le capitaine Boyd est venu rendre visite à notre chère mère, ce matin.

La main de la jeune fille s'immobilisa.

— Ah! Alors, tu es au courant de ma dernière manœuvre pour couvrir de honte notre digne famille et accélérer la chute de notre mère...

— Tu devrais pourtant savoir que des milliers de morts, lors d'un naufrage, sont une chose moins choquante à ses yeux que d'apprendre que sa fille a été en contact avec la femme perdue, déclara-t-il en levant les sourcils.

Une brise fraîche soufflait dans les feuillages, chargée du parfum des lilas et des citronniers, et de l'odeur musquée des chevaux.

— Je l'aime bien, avoua-t-elle en regardant son frère dans les yeux.

— Je m'en doute, étant donné que tu lui rends visite depuis longtemps... Attention!

Il la rattrapa par le bras au moment où elle perdait l'équilibre.

Elle s'appuya sur son épaule.

— Tu étais au courant?

— Depuis des années.

Elle se détourna pour observer les autres chevaux qui formaient des ombres dans l'enclos.

— Tu l'as dit à Harrison?

Warrick la fixa intensément.

— Tu me crois capable d'une chose pareille?

— Désolée, bredouilla Jessie en rougissant un peu.

Il ressentit une gêne étrange.

— En tout cas, Harrison n'approuverait jamais tes fréquentations. Il est particulièrement strict sur le sujet.

— Si j'étais la fille que je crois être, je le lui dirais. Je leur dirais à tous les deux.

— Tu es une fille très bien.

Elle se tourna vivement vers lui.

— Vraiment ? rétorqua-t-elle. Alors pourquoi le capitaine Boyd s'est-il précipité pour colporter des ragots auprès de notre mère ?

— C'est son amoureux secret. Tu l'ignorais ?

— Comment ? s'exclama Jessie en perdant à nouveau l'équilibre.

Warrick la prit par la taille pour l'empêcher de tomber.

— Seigneur ! Descends de cette barrière. Tu vas te faire mal.

Consternée, elle posa les mains sur ses épaules et mit pied à terre.

— Mais... notre mère ne peut l'encourager dans ce sens, protesta-t-elle en lissant le bas de sa robe. Je n'arrive pas à y croire !

Warrick lui offrit son bras et tous deux se dirigèrent en flânant vers la maison.

— Notre mère ne se remariera jamais, tu n'as rien à craindre. Sa première expérience du mariage lui a servi de leçon. Mais je crois qu'elle apprécie la compagnie de Boyd. Il a un point de vue navrant sur la société actuelle. Ensemble, ils passent des heures à déblatérer sur le déclin des valeurs morales. De vraies pipelettes.

Jessie se retint de rire.

— Tu ne devrais pas parler de la sorte, Warrick !

— Pourquoi pas ? C'est la vérité. Tu n'auras qu'à les observer, tous les deux, lors de la réception de la semaine prochaine.

Il étudia les traits tirés de sa sœur. Pour la première fois, il remarqua ses cernes, ses lèvres pincées. Elle avait d'autres soucis que le choc de la tempête... Pauvre Jessie ! Elle qui déployait tant d'efforts pour se conformer à ce que les âmes bien-pensantes attendaient d'elle. Pourtant, elle n'y arrivait jamais. Un jour, peut-être, serait-elle une vraie dame.

Il pensa à Faine virevoltant dans l'herbe, la tête rejetée en arrière, riant aux éclats, les bras levés vers le ciel. Elle était pauvre et illettrée, elle marchait pieds nus et vivait dans une bicoque, mais elle possédait un trésor que lui et Jessie avaient cherché toute leur vie.

— La semaine prochaine ? répéta Jessie, étonnée. Je croyais que mère ne projetait pas de donner cette fête dans l'immédiat, à cause du mauvais temps.

— C'est vrai, répondit Warrick avec un sourire en franchissant la grille du jardin. Mais depuis ton comportement honteux, le jour de la tempête, elle a décidé d'avancer la date. De te montrer à ton avantage à tous les amis et les curieux.

Il s'arrêta pour la laisser passer, sourcils froncés.

— Je voulais voir Gallagher, ce soir, pour lui parler du chapiteau.

— Gallagher ? Mais… il est palefrenier.

Le ton de sa voix intrigua Warrick.

— Il est aussi très habile avec un marteau. Je crois qu'il a travaillé sur un chantier naval, autrefois, ou quelque chose comme ça.

Jessie acquiesça.

— Quelque chose comme ça…

Il scruta son visage blême et ressentit une nouvelle fois ce malaise. Il voulut lui demander ce qui n'allait pas, s'il pouvait l'aider.

Mais comment pourrait-il l'aider, songea-t-il amèrement, alors qu'il était incapable de s'aider lui-même ?

La boue épaisse et sombre du marais retenait prisonniers les vestiges de la proue du bateau. Les eaux de la rivière venaient frapper les cuisses nues de Lucas, tandis qu'il cherchait son souffle en jurant.

Il entendait les mouvements puissants de la marée montante, sur la plage, non loin de là. En une demi-heure, il parviendrait sans doute à dégager cette maudite proue. Mais il n'avait pas une demi-heure devant lui. En partant tout de suite, il avait à peine le temps d'être de retour dans la baraque des forçats avant le coucher du soleil.

Serrant les dents, il tira fortement sur l'épave et entendit enfin la proue se libérer dans un craquement sinistre. Une odeur de moisissure lui envahit les narines. Il retourna la coque, puis s'arrêta pour s'éponger le front en respirant profondément.

Le bateau était imposant, bien plus qu'il ne l'aurait souhaité. Certes, sa taille rendrait plus sûr un périple vers le large, mais cela signifiait qu'il devrait emporter plus d'hommes que prévu pour cette évasion. Ce qui augmenterait le délai, les risques de dénonciation, et les possibilités de se faire prendre.

Il se pencha, appuya l'épaule contre la poupe et poussa de toutes ses forces. Il avait redouté de ne pas retrouver l'épave. Les pilleurs avaient déjà écumé la plage. Par chance, l'embarcation avait été entraînée vers l'embouchure de la rivière, or les gens évitaient la maison des Grimes comme la peste.

Tandis qu'il s'affairait à pousser l'embarcation vers la rive pour la couvrir d'épais feuillages, il sentait la présence des ruines noircies au-dessus de lui. Cet endroit était néfaste, chargé de colère et de désespoir. Même les oiseaux et les rongeurs paraissaient l'éviter. Le jardin semblait désert, alors que les criquets commençaient leur chant nocturne.

La brise vespérale sur sa peau nue le fit trembler. Il lui fallut du temps pour effacer les traces laissées par l'embarcation dans les roseaux et les hautes herbes. Par chance, la végétation était luxuriante. Il se redressa et plissa les yeux sous le soleil pourpre. Il était tard.

Il avait attaché Finnegan à un if, près de la fontaine. Le cheval s'agita en le voyant arriver.

— Qu'est-ce que tu as ? Tu n'aimes pas cet endroit, toi non plus ? murmura Lucas en flattant l'encolure de l'étalon avant d'aller ramasser ses vêtements.

Il s'attendait à ressentir de la joie, au moins une certaine satisfaction d'avoir retrouvé le bateau et de l'avoir caché. La coque était moins endommagée qu'il ne l'avait craint. Il pourrait la réparer facilement, avec les bons outils et les matériaux nécessaires. Fox parviendrait certainement à bricoler des rames.

Lucas aurait dû bouillir d'impatience et d'enthousiasme, à la perspective de s'évader. Cette liberté qu'il voulait depuis si longtemps semblait enfin à portée de sa main. Pourtant, il ne parvenait à penser qu'aux bras de Jessica Corbett, à la douceur de son regard quand il était sorti des eaux, en pleine tempête.

Il s'immobilisa, se demandant ce qu'il aurait ressenti s'il était entré dans une salle de conférences de Dublin, un jour, et s'il l'avait vue, très concentrée, écoutant l'orateur avec intérêt... Se seraient-ils promenés au bord de la mer d'Irlande ? Auraient-ils évoqué leurs rêves ? S'il l'avait rencontrée à l'époque où il avait encore des rêves, et non un objectif unique et obsessionnel, une seule ambition : s'évader.

Jurant dans sa barbe, il enfila sa veste et détacha les rênes de Finnegan. Plus vite il s'éloignerait de cette femme, mieux cela serait, songea-t-il.

Pour eux deux.

Depuis la véranda, Jessie contemplait le jardin inondé de soleil. Dans l'air doux résonnaient les coups de marteau et les cris des ouvriers réquisitionnés pour dresser un vaste chapiteau, qui abriterait la fête organisée par Béatrice Corbett.

Comme s'il se sentait observé, l'un des hommes se redressa, un homme mince aux cheveux d'un noir de jais et aux gestes souples et gracieux. Il se tourna lentement, leva les yeux vers le premier étage de la maison. Il avait ôté sa veste et son gilet, roulé les manches de sa chemise, révélant ses avant-bras bronzés. Il épongea son front moite. La jeune fille se tenait en retrait de la balustrade, dans l'ombre. Mais Lucas savait qu'elle était là et qu'elle le regardait. Il sentait ce lien puissant et redoutable qui existait entre eux.

Jessie n'avait pas souhaité ce qui était arrivé, elle n'avait pas cherché ce désir douloureux, cet amour impossible. Mais cela ne changeait rien au danger qu'encourait Gallagher, ni à sa propre trahison envers Harrison, ni au poids de la culpabilité qu'elle devait porter.

Elle avait cru pouvoir chevaucher au côté de cet homme qu'elle aimait, lui parler, tout en maîtrisant ses sentiments pour lui. Mais l'autre jour, dans les vestiges du jardin des Grimes, quand ils avaient évoqué leur amour condamné avant de s'embrasser avec passion, elle avait été obligée d'admettre ce qu'elle savait déjà. Gallagher avait raison. C'était une erreur de le fréquenter, de céder à la tentation.

Aussi gardait-elle ses distances depuis trois jours. Elle n'était pas montée à cheval, avait évité les écuries de peur de le croiser. Cependant, elle ne pouvait s'empêcher de le chercher des yeux, de loin. Le désir ne l'avait pas quittée, pas plus que l'irrésistible envie d'y succomber. Il fallait qu'elle s'en aille, songea-t-elle en reculant d'un pas, désespérée, il fallait qu'elle quitte le Château. Depuis plusieurs semaines, Harrison lui faisait sentir que le moment était venu de fixer la date du mariage. Elle se rendait compte qu'elle repoussait l'échéance. Mais une fois qu'elle serait mariée, installée à Beaulieu, elle ne verrait Gallagher que très rarement, et ne serait plus tentée de le toucher, de l'embrasser, de se donner à lui...

Un léger bruit lui fit tourner vivement la tête, le corps en alerte, comme si un témoin avait pu lire ses pensées. En découvrant Warrick, un verre de cognac à la main, appuyé contre la porte-fenêtre, elle se détendit.

Il portait une culotte en cuir et de grandes bottes. Ses cheveux étaient décoiffés, comme s'il venait de rentrer de promenade, couvert de poussière. Il avait pris l'habitude de partir à cheval dès le matin, pour ne revenir que tard dans la soirée. Elle ignorait où il se rendait et ce qu'il faisait, mais elle sentait que quelque chose avait changé dans sa vie, et elle n'était pas certaine d'apprécier ce changement.

— Déjà rentré ? railla-t-elle. Pourtant, le soleil ne se couchera pas avant au moins trois heures.

Il lui adressa un rictus étrange et leva son verre à sa santé.

— Mère tient à ma présence. Un problème à la buanderie, je ne sais plus...

Il vida son verre d'une traite.

— Vivement que cette maudite fête soit passée, grommela-t-il.

— J'espère qu'il fera beau.

Il s'approcha de la balustrade pour observer l'activité qui régnait en bas.

— Vraiment ? Pour ma part, je préférerais qu'il pleuve. Passer l'après-midi en compagnie de ces personnes triées sur le volet en fonction de leur fortune, de leur rang ou de leur profession, me donne envie de me saouler.

— Tu bois trop, commenta sa sœur.

Il pivota vers elle. Une boucle blonde tombait sur son front soucieux.

— Je sais, admit-il en étudiant son verre. J'ai l'impression qu'il est vide. Excuse-moi.

Il passa devant elle. Elle eut envie de le retenir, de lui dire qu'elle regrettait ses paroles, qu'elle ne voulait que son bonheur, mais elle ne trouva pas les mots. Leur tendre complicité d'autrefois semblait s'être envolée, victime des secrets de la jeune fille, et de ceux de son frère.

Elle fut soudain submergée d'une vague de mélancolie qui la troubla. Elle agrippa la balustrade et scruta à nouveau le parc, mais Gallagher avait disparu.

Jessie ignorait si elle était soulagée ou déçue de ne plus le voir.

Finalement, elle avait décidé de dire à Harrison qu'elle était prête à fixer une date pour le mariage. Mais Harrison était très occupé. Elle ne le revit pas avant la fête organisée par Béatrice.

La journée s'annonçait ensoleillée, sous un ciel d'un bleu intense. Une douce brise caressait les arbres.

— Tu vois, murmura Warrick en s'arrêtant près d'elle, même la nature n'ose pas contrarier les projets de notre chère maman.

Jessie, qui buvait un verre de punch, faillit avaler de travers. Elle secoua la tête, choquée par son impertinence.

Depuis plusieurs heures, voisins et connaissances affluaient dans le parc du Château, du moins ceux que leur mère considérait comme fréquentables : des hommes en queue-de-pie et haut-de-forme, des dames parées de leurs plus beaux atours, arborant bijoux de famille et chapeaux à voilette pour protéger leur teint de porcelaine. Un quatuor à cordes interprétait une sonate.

Tel était son monde, songea la jeune fille avec amertume en contemplant cette marée de soie multicolore, ces sourires figés. Un monde où le champagne coulait à flots, où l'on dégustait de petits sandwichs au saumon fumé, où l'on parlait à voix basse, dans un tintement de cristal. Un monde de luxe et de raffinement, qui devait son confort au travail ardu d'hommes condamnés aux chaînes, aux coups de fouet et au cachot. Lucas Gallagher et elle vivaient peut-être au même endroit, mais selon des règles bien différentes. Leurs chemins ne se croisaient que dans certaines circonstances. Ils ne devaient pas se fréquenter, parler de choses importantes, encore moins s'embrasser.

Et surtout pas s'aimer.

— Ne te retourne pas tout de suite, lui souffla Warrick à l'oreille, mais il est là, près du buisson, avec mère...

— Qui ça ? demanda Jessie en se retenant de faire volte-face.

— Le capitaine Boyd. Le chasseur de veuves fortunées et le dénonciateur des jeunes filles effrontées.

Jessie se retint de sourire. Elle pivota lentement, comme si elle scrutait la foule des invités, les parterres impeccables. Enfin, elle reconnut le petit homme trapu aux cheveux poivre et sel, penché sur la main de Béatrice.

— Je me souviens de lui, déclara-t-elle en cherchant à déchiffrer l'expression de sa mère. Il était sur la plage. Un homme très autoritaire.

Comme ils s'éloignaient vers la pelouse, elle fronça les sourcils.

— Tu es sûr que notre mère n'est pas intéressée par le capitaine ?

Warrick éclata de rire. Plusieurs têtes se tournèrent vers lui. Il se pencha vers sa sœur :

— Tu plaisantes ? La fortune de cet homme est dérisoire, or le mariage est une institution économique, je te le rappelle. Du moins pour cette chère maman.

Jessie dévisagea son frère.

— Selon toi, elle n'a jamais aimé papa ? Pas même un peu ?

Le sourire de Warrick fit place à un rictus amer.

— Absolument pas. Ce sont ses parents qui ont arrangé leur mariage. Elle s'est conformée à leur souhait, bien sûr, car elle respecte les principes. Depuis, elle n'a fait que son devoir. L'amour n'a jamais rien eu à voir là-dedans.

Le quatuor de musiciens entonna un morceau de Haydn un peu triste. Le brouhaha des conversations se teinta d'une certaine mélancolie. Jessie vit sa mère se retourner et lever la tête. Sous son chapeau à large bord, elle souriait. L'espace d'un instant, elle parut étrangement jeune et heureuse, presque belle. Jessie sentit son cœur se serrer, car elle crut voir la jeune fille que Béatrice avait dû être, autrefois.

— Tu crois qu'elle a déjà été amoureuse ?

Warrick écarquilla les yeux et pouffa.

— Mère ? Tu plaisantes !

Jessie ne supportait plus de la regarder. Elle se tourna vers l'orchestre. Elle connaissait les musiciens depuis son enfance. Il s'agissait de quatre colons âgés, vêtus à l'ancienne, qui tenaient à apporter une touche anglaise dans toutes les réceptions mondaines. Ce jour-là, toutefois, quelque chose avait changé... L'homme de gauche était jeune. Elle ne le voyait pas de face, mais sa silhouette mince, son port de tête, la grâce de ses mouvements lui étaient familiers.

— Warrick, fit-elle en prenant son poignet, déconcertée. Comment se fait-il que mon palefrenier joue du violon dans le quatuor de Blackhaven Bay ?

23

Warrick sourit à sa sœur.

— Tu n'es pas au courant? Ce matin, Jacob McCallister est arrivé couvert de boutons.

— Des boutons?

— Il a la rougeole. Il a dû rentrer chez lui. Les autres musiciens ont affirmé qu'ils ne pouvaient jouer sans violoniste. Gallagher a proposé de le remplacer au pied levé.

— Je l'ignorais, fit Jessie d'un ton impassible.

Elle savait qu'elle n'aurait pas dû le fixer de la sorte, mais il l'attirait comme un aimant.

Lucas était superbe, il dégageait la puissance d'un loup au milieu d'un troupeau de moutons. Ce spectacle incongru amusa la jeune fille. Elle reconnut le poignet meurtri, le mouvement fluide de son bras, son torse qui se penchait sur l'instrument avec la révérence d'un amant. Elle le découvrait sous un nouveau jour.

Elle l'avait vu manier la pioche dans une carrière de grès, dresser un cheval dans un enclos, son uniforme de forçat trempé de sueur et maculé de poussière. Elle l'avait vu torse nu, en pleine tempête. Mais c'était la première fois qu'elle le voyait vêtu comme les hommes de son milieu. Il était manifeste qu'il avait connu la richesse, autrefois. Sa queue-de-pie était un peu usée et ne lui allait pas très bien, mais il la portait avec une aisance et une classe que bien des invités auraient pu lui envier. Elle contempla son profil, ses paupières baissées sur l'instrument, dissimulant ses prunelles bleu-vert.

Elle sentit sa gorge se nouer. L'espace d'un instant, elle se prit à imaginer ce qu'elle aurait ressenti, si...

Si Lucas avait été un colon parmi les autres, invité à la réception de sa mère. Un invité qui aurait pu lui sourire sans craindre d'être jugé, qui aurait pu poser son violon et venir la rejoindre, avec qui elle aurait pu se promener dans les allées. À son bras, elle aurait flâné, légère et insouciante...

— Naturellement, c'est embêtant, reprit Warrick. J'ai besoin de lui aux écuries.

Les joues empourprées, Jessie se détourna vivement du violoniste.

— Où a-t-il obtenu ce costume ?

— Sans doute au même endroit que le violon, répondit son frère en haussant les épaules.

Sur ces mots, il s'éloigna en direction du fumoir.

Jessie se jura de ne plus regarder Lucas. Mais la tentation était trop forte.

Il souriait, mais pas à elle. Il souriait à la musique. Pour une fois, il semblait détendu, serein. Il prenait un plaisir évident à jouer.

Le regarder était une douleur lancinante. Le regarder en sachant qu'il ne serait jamais à elle... Il leva furtivement les yeux. Leurs regards se croisèrent. Le choc la pétrifia, puis elle se mit à trembler.

Le cœur battant à tout rompre, elle s'esquiva, le souffle court. Mieux valait ne plus jamais poser les yeux sur lui. Mais la musique la poursuivait, chargée de la présence magnétique de Lucas. Plus jamais elle ne pourrait écouter un violon sans penser à cet homme.

— Te voilà enfin, chérie, déclara Harrison en rejoignant Jessie.

La jeune fille aidait un invité âgé à s'installer à l'ombre.

— Attends, laisse-moi faire, reprit-il.

Avec sollicitude, il saisit le bras du vieil homme et l'aida à s'asseoir sur un banc.

— Je vous en prie, monsieur, répondit-il lorsque l'invité le remercia.

Jessie observa son fiancé qui se tenait bien droit, les joues roses, les favoris châtains. Elle ressentit pour lui une affection teintée de culpabilité. Harrison avait toujours été courtois et gentil. Il ferait un bon mari. Avec le temps, elle serait heureuse d'être sa femme.

Il lui adressa ce sourire juvénile qu'elle aimait tant.

— Warrick m'a dit que tu me cherchais.

— Oui.

Elle lui prit le bras et ils se promenèrent dans l'allée. Au bout d'un moment, l'orchestre cessa de jouer. Jessie dut se retenir pour ne pas se retourner. À cet instant précis, elle n'aurait su dire si elle voulait apercevoir la silhouette sombre de Gallagher ou si cette perspective lui faisait peur. Elle se sentait coupable de penser à Lucas alors qu'elle était en compagnie de Harrison, son fiancé.

— Je voulais te parler, déclara-t-elle vivement. Je…

Elle s'interrompit en sentant le jeune homme se raidir.

— Qu'est-ce que tu as ? demanda-t-elle, étonnée par sa réaction.

Il regardait droit devant lui, la tête haute, et ne souriait plus.

— Cet homme, dit-il. Que fait-il ici ?

Elle suivit le regard de Harrison. Un jeune homme brun les observait.

— Ian Russell ? C'est un ami de Warrick. Ils vont souvent à la chasse ensemble. En quoi sa présence te dérange-t-elle ?

— Tu n'es sans doute pas au courant…

— De quoi ?

— De son mariage. Tu ne vas pas le croire. Figure-toi que ce type a épousé une vulgaire voleuse.

— Une voleuse? répéta Jessie en chancelant. Ah, tu veux dire qu'il a épousé une détenue libérée…

— C'est choquant, n'est-ce pas? déclara-t-il, se méprenant totalement sur la réaction de sa compagne. En tant que juge, j'ai dû lui supprimer tous ses domestiques. Il le prend très mal. Il est même furieux.

— Oh, Harrison…

Elle lâcha son bras pour le dévisager.

— Comment as-tu pu faire une chose pareille? Tu te rends compte qu'il va peut-être perdre ses terres, à cause de cette mesure?

Harrison pinça les lèvres.

— Il aurait dû y penser avant de commettre une telle folie. Je ne fais qu'appliquer la loi, Jessica.

C'était vrai. Un propriétaire terrien pouvait perdre son droit à avoir des domestiques pour de nombreuses raisons, notamment un mariage avec une ancienne détenue. Mais Jessie avait l'impression que Harrison ne regrettait pas sa décision. Il avait des principes très stricts sur les convenances. Pour lui, la naissance avait une grande importance, et il tenait à maintenir les anciens détenus à l'écart de la bonne société.

— Au moins, Russell a eu la clairvoyance de ne pas amener cette femme ici, poursuivit-il en tirant sur ses manchettes impeccables. De toute façon, ta mère n'aurait jamais accepté un tel affront, même de la part d'un ami de ton frère.

En l'écoutant, Jessie fut frappée de constater combien sa mère et son fiancé se ressemblaient. Les seuls anciens détenus qui avaient le droit de franchir les grilles du domaine étaient les domestiques.

La jeune fille s'appuya sur une colonne et scruta la foule des invités.

— Il paraît qu'en Nouvelle-Galles du Sud, les anciens détenus ont droit à de la main-d'œuvre, dit-elle avec une simplicité trompeuse. Et ils ont aussi le droit de se marier, même avant la fin de leur peine.

— Eh bien, par chance, nous faisons mieux les choses en Tasmanie! Au fait, de quoi voulais-tu me parler?

Jessie leva les yeux vers son visage familier et sut qu'elle n'y arriverait pas. Elle ne pouvait fixer une date de mariage. Pas encore. Elle prit une profonde inspiration pour maîtriser la panique qui montait en elle, mais en vain. Tout à coup, elle avait envie de prendre ses jambes à son cou, de s'enfuir loin de Harrison, des invités, de Lucas.

— Jessica? fit-il avec un regard étrange. Qu'est-ce que tu as?

Elle parvint à afficher un sourire poli.

— Aimerais-tu faire une partie de croquet? demanda-t-elle.

Ce n'est que plus tard dans l'après-midi, lorsque les ombres commencèrent à s'allonger dans la vallée, que les invités prirent peu à peu congé. Enfin, ils trouvèrent le temps de faire une partie de croquet. Jessie faisait équipe avec Warrick, contre Harrison et Philippa.

— C'est ta position qui n'est pas bonne, expliqua Warrick à Philippa qui venait de rater son coup pour la seconde fois. Fais un peu attention!

Il se plaça derrière elle et l'entoura de ses bras, posant ses mains sur les siennes pour lui montrer l'art de manier le maillet. Jessie regardait en direction de la maison. Lucas avait ôté son beau costume et s'occupait à présent des chevaux des invités.

Soudain, Philippa se figea, les lèvres entrouvertes, le souffle court.

Elle est amoureuse de lui, songea Jessie en observant Warrick qui lui prodiguait des conseils, pas troublé le moins du monde par la proximité de sa promise. La pauvre, elle est amoureuse de lui!

Jessie se rappela leur enfance. Philippa s'était toujours pliée sans broncher aux fantaisies de Warrick. Elle avait fait de la voile avec lui, elle était allée à la chasse, cherchant à lui faire plaisir. Sans doute était-elle amoureuse de lui depuis sa plus tendre enfance… Nul ne s'en était jamais rendu compte car, conformément à son éducation, elle savait à merveille dissimuler ses sentiments.

Jessie remarqua l'insouciance de son frère, les manières irréprochables de Philippa. L'espace d'un instant, elle lut dans le regard de la jeune fille combien cet amour la faisait souffrir. Harrison venait de faire une réflexion amusante. Warrick éclata de rire, la tête penchée en arrière. Le soleil jouait dans ses boucles blondes, ses yeux pétillaient de joie. Philippa le contemplait avec une telle adoration que Jessie en fut gênée.

Elle se tourna vers le parc, perdue dans ses pensées. Comment avait-elle pu être aveugle à ce point ? De toute façon, même si elle avait vu autrefois ce genre de regard enamouré, elle n'aurait pas su l'identifier. Il fallait vivre soi-même ce désir fou, pour pouvoir le reconnaître chez les autres.

Un peu plus tard, ce soir-là, elle partit à la recherche de son frère. Elle le trouva dans la salle de billard.

— Jessie, dit-il en préparant son prochain coup.

La lumière dorée projetait des ombres sur son visage, dissimulant son regard.

— Tu n'es pas encore couchée ?

Elle s'arrêta sur le seuil pour le regarder jouer. La boule blanche roula sur la table et heurta la boule rouge, qui tomba dans le trou avec un bruit sourd.

— Tu veux jouer avec moi ?

Elle secoua négativement la tête.

— J'ai quelque chose à te demander, avoua-t-elle en s'avançant. Je pensais organiser un pique-nique la semaine prochaine, avec Philippa et Harrison. (Elle hésita.) Tu seras des nôtres?

Il se redressa lentement et vérifia la queue de billard.

— Tu cherches à me caser, toi aussi?

— Bien sûr que non! répondit-elle en riant.

— Hum...

Il s'approcha de la table.

— Parce que tu perdrais ton temps. Je n'ai aucune intention d'épouser Mlle Philippa Tate. Ni aujourd'hui... ni demain, ajouta-t-il en visant une autre boule.

Jessie s'appuya sur le bord de la table, les bras croisés.

— As-tu déjà réfléchi à ce que Philippa pensait de ce mariage?

Il lui adressa un sourire froid.

— Où est le problème? Philippa est l'exemple typique de la jeune fille de bonne famille. Jamais il ne lui viendrait à l'idée de remettre en question ce que l'on attend d'elle.

— Je crois que tu sous-estimes ses sentiments à ton égard.

— Ses sentiments? répéta-t-il en se penchant. Oh, je sais qu'elle m'aime bien! Et je l'aime bien, moi aussi, je t'assure. Mais ce n'est pas du tout le genre de femme dont je pourrais tomber amoureux. Elle est trop sage, trop convenable, trop... prévisible à mon goût.

— Tu crois la connaître, n'est-ce pas?

Il afficha un sourire arrogant.

— Bien sûr que je la connais! C'est justement le problème. Quel plaisir y a-t-il à épouser une femme que l'on connaît depuis toujours? Une femme qui a déjà été fiancée à mes deux frères aînés. Il faut qu'il y ait une part de mystère entre deux êtres.

Il manqua son coup et jura.

— Je connais Philippa comme moi-même, reprit-il. Et cela ne m'excite pas du tout.

Jessie le regarda faire le tour de la table.

— Tu penses que c'est cela, l'amour ? Le mystère et l'excitation ?

Il la regarda par-dessus son épaule et fronça les sourcils.

— C'est quoi, d'après toi ?

Elle posa les mains sur la table et contempla le lustre.

— Je crois... je crois qu'il s'agit de trouver une personne avec qui on se sent bien, avec qui on se sent soi-même. Un reflet de soi, en quelque sorte. Il s'agit de trouver sa moitié.

— Et la passion ?

Elle crispa les doigts, fixant toujours le plafond. Une question lui brûlait les lèvres.

— Warrick, as-tu déjà fait l'amour à une femme ?

Il retint son souffle.

— Seigneur, Jessie...

— Alors ? insista-t-elle en le dévisageant.

Il soutint son regard.

— Oui, répondit-il.

— Comment est-ce ?

Il repoussa distraitement ses cheveux en arrière et baissa les yeux, mal à l'aise.

— C'est un sujet dont tu devrais plutôt parler avec notre mère, tu ne trouves pas ?

— Non. Je connais déjà son opinion sur le sujet. Elle voit cet aspect de la vie comme quelque chose de dégoûtant, une épreuve que les femmes doivent endurer.

Warrick posa sa queue de billard sur la table.

— Pas toutes, répliqua-t-il d'un air songeur, comme s'il se trouvait soudain à mille lieues de là. Je veux dire que toutes les femmes ne se contentent pas d'endurer l'acte charnel.

— Tu ne m'as toujours pas dit comment c'est, insista la jeune fille.

— C'est comme... disons que c'est un peu comme manger. On peut le faire parce qu'on a faim, pour satisfaire un besoin. Ou alors...

Il lui adressa un sourire canaille.

— ... cela peut devenir un festin de roi.

— Qu'est-ce qui fait la différence ? demanda Jessie.

— Les sentiments que l'on éprouve pour sa partenaire, bien sûr.

— Tu veux dire, le fait d'être amoureux ou pas ?

— C'est plutôt une question de désir, expliqua-t-il. Il paraît qu'il y a une grande différence entre l'amour et le désir, mais je ne vois pas laquelle.

Il rejoignit sa sœur.

— Tu viens de comprendre que tu ne désirais pas Harrison et que tu ne l'aimais pas non plus, c'est ça ?

Elle hocha la tête, incapable de soutenir son regard. Il lui caressa doucement la joue.

— Que comptes-tu faire ?

Elle se réfugia dans ses bras. Il sentait le cognac et le cigare.

— Je n'en sais rien, admit-elle. Si seulement j'avais la solution...

Il lui prit le menton et l'incita à lever la tête.

— Je viendrai à ton pique-nique, dit-il en souriant.

Jessie rit de bon cœur.

Le lendemain, Lucas travaillait à nouveau sur la pelouse, sous le soleil, pour démonter le chapiteau. Une ombre se posa soudain sur lui.

— Mademoiselle Corbett, dit-il d'une voix rauque en plissant les yeux, écartez-vous donc. Vous risquez d'être blessée malencontreusement.

Jessie ne broncha pas. Elle portait une robe en mousseline bleu marine, ornée d'un col blanc et d'une ceinture assortie. Il la toisa, passant de son petit chapeau de paille perché sur sa chevelure dorée à ses bottines bleues, pour revenir à son visage.

— J'aimerais faire une promenade à cheval, annonça-t-elle en soutenant son regard.

— Vous n'êtes pas habillée pour la circonstance.

— Je peux me changer en très peu de temps.

Lucas lui tourna délibérément le dos et se remit au travail avec énergie.

— Je suis occupé, grommela-t-il.

Elle alla se planter devant lui, faisant tournoyer le bas de sa robe sur ses chevilles. Il sentit son léger parfum de lavande.

— J'ai déjà demandé à Warrick de confier cette tâche à quelqu'un d'autre.

Il releva la tête, sentant monter en lui une émotion qu'il redoutait.

— Et où voulez-vous vous rendre à cheval ?

Elle inclina la tête d'un air coquet.

— J'aimerais vous montrer quelque chose.

— Moi qui avais l'impression que vous aviez suivi mon conseil en restant à distance, fit-il d'un ton cassant.

— C'était le cas, mais j'ai changé d'avis.

Il la dévisagea longuement, admirant la courbe de sa joue, sa lèvre inférieure, la rondeur de ses seins.

— C'est très dangereux. Vous en êtes consciente, n'est-ce pas ?

Il attendit, sachant qu'ils allaient commettre une erreur, mais incapable de contenir les battements frénétiques de son cœur face au sourire désarmant de la jeune fille, qui l'attirait comme le chant des sirènes.

— J'en suis consciente.

24

Les mouettes tournoyaient dans le ciel d'azur, captant la lumière du soleil sur leurs ailes déployées. Leurs cris étaient à peine audibles dans le vacarme assourdissant de la cascade qui tombait dans la mer, cent mètres plus bas.

Lucas fit arrêter son cheval au bord de la falaise, plissant les yeux, ébloui par l'éclat du sable blanc de la petite crique, en contrebas. Ce jour-là, la mer semblait plutôt calme. Ses eaux turquoise scintillaient contre le croissant de sable.

Sur sa jument noire, Jessica se tourna vers les flots.

— C'est magnifique, non? déclara-t-elle en levant une main gantée vers son chapeau à large bord, dont la voilette voletait au vent.

Elle avait revêtu une nouvelle robe en laine noire, ornée de manchettes, avec deux rangées de boutons de cuivre et un jabot de dentelle blanc cassé. Elle était élégante, altière, délicieuse. Il suffisait à Lucas de la regarder pour sentir sa gorge se nouer.

— Oui, répondit-il d'une voix rauque.

Il mit pied à terre.

— Voilà donc ce que vous vouliez me montrer?

Elle baissa les yeux vers lui, tenant toujours son chapeau. Un rayon de soleil effleura son visage.

— Non, dit-elle en secouant la tête. Ce que je veux vous montrer se trouve au pied de la falaise.

— Il y a donc un moyen d'y arriver? s'enquit-il en lui offrant son bras pour l'aider à descendre de cheval.

Au lieu de lui prendre le bras, comme le voulaient les convenances, Jessie posa les mains sur ses épaules et sourit.

À son contact, il se figea. Le sourire de la jeune fille se fit plus coquin.

— Vous croyez pouvoir y arriver, monsieur Gallagher ?

Il la saisit par la taille, sentant son corps svelte, plein de promesses.

— Vous cherchez les ennuis, petite…

— Peut-être, admit-elle en ôtant les pieds des étriers.

Elle glissa de la selle. L'espace d'un instant, Lucas la tint enlacée, percevant la chaleur de son corps contre le sien, humant le parfum de ses cheveux et de sa peau. Elle crispa les doigts sur ses épaules, la tête renversée en arrière, les lèvres entrouvertes. Le vent soufflait autour d'eux, dans les hautes herbes, chargé de l'odeur de la mer. Elle avait les yeux sombres et écarquillés, le corps offert à ses caresses. N'importe qui pouvait les surprendre à tout moment.

Lucas la relâcha et recula d'un pas, frissonnant de désir. Il devait résister à la tentation. C'était une folie qui n'aurait d'autre issue que l'échec et la mort. Mais comment rester insensible à son charme juvénile ? Autant essayer d'empêcher le vent de souffler.

Ils s'engagèrent dans un sentier très étroit qui menait vers des rochers noirs, sur une petite plage de galets.

En bas, le vacarme de la cascade était encore plus assourdissant. Lucas se percha sur un rocher, jambes écartées, mains sur les hanches, et scruta les falaises. Sur cette étrange petite crique, une énergie incroyable vibrait de toute part. On se sentait à la fois stimulé et humble face à la puissance des éléments.

— Vous croyez que ce sentier est naturel ? demanda-t-il en se tournant vers la pierre d'où Jessie l'observait.

Le vent faisait voleter quelques mèches dorées sur son visage.

— En partie, peut-être. On raconte que c'était un site fréquenté par les Aborigènes, autrefois, mais la plupart des gens ignorent pourquoi.

— Et vous?

Elle s'écarta du rocher d'un pas assuré, un sourire aux lèvres – sourire plein de promesses qui l'attira et le terrifia à la fois.

— Suivez-moi, fit-elle d'un air mystérieux.

Il obéit. Une corniche étroite longeait la base de la falaise en direction de la cascade, juste au-dessus des rochers, au bord de l'eau. Le vent soufflait de plus en plus fort. Les vagues venaient frapper l'étroit passage en bouillonnant.

— Comment diable avez-vous découvert ce site? demanda-t-il en la voyant s'engouffrer dans une brèche, tenant la traîne de sa robe sur un bras, s'appuyant sur l'autre pour ne pas perdre l'équilibre.

Lui-même n'aurait jamais osé s'aventurer dans cette faille.

— Mon frère et moi l'avons découvert un jour, en grimpant sur les rochers en quête d'étoiles de mer. Je ne crois pas que quelqu'un d'autre soit au courant de son existence.

Lucas dérapa sur la pierre humide et jura.

— À propos de cette maudite corniche?

— À propos de ceci.

Ils étaient si proches de la cascade qu'il sentait une bruine sur son visage. Jessie avait les joues roses, le souffle court, et elle affichait un sourire si radieux qu'il dut se détourner pour ne pas l'enlacer.

— Vous cherchez à me convaincre que j'ai raté quelque chose, c'est ça? grommela-t-il en scrutant les rochers.

Elle rit.

— Regardez.

Elle pivota, tournant le dos à la falaise, bras tendus contre la paroi. Lentement, elle progressa dans le vacarme assourdissant de la cascade. Une fine pluie jaillissait dans un arc-en-ciel chatoyant. Les gouttelettes prenaient des tons argentés sous le soleil. Lucas la vit contourner le mur d'eau, puis elle disparut derrière.

— Seigneur! s'exclama-t-il, les yeux écarquillés, en lui emboîtant le pas.

S'appuyant contre la paroi rocheuse, il se faufila entre la corniche et la cascade. Ses bottes risquaient de déraper à tout moment. Ravalant un juron, il songea que les eaux étaient moins importantes en été. À cette époque, au contraire, le ruisseau était enflé par la fonte des neiges. Son visage et sa chemise étaient trempés, de même que son pantalon.

Soudain, il passa derrière la cascade.

Il cligna les yeux. Cette grotte n'était ni profonde ni vaste, mais intime, baignée d'une lumière douce grâce au soleil qui filtrait à travers le rideau d'eau. La pierre noire et le sable blanc prenaient des reflets turquoise et dorés. Ôtant son chapeau, Lucas s'essuya le front de sa manche.

— Vous êtes trempé! s'exclama Jessie en riant.

Elle l'observait, les yeux pétillants, les joues mouillées, brillantes. L'eau rendait le tissu de sa robe plus sombre et alourdissait l'ensemble. Son jabot pendait lamentablement sur sa poitrine. Elle était échevelée... et irrésistible.

— Vous aussi, rétorqua-t-il.

Elle secoua la tête. Quelques mèches étaient collées à ses tempes et sur son cou nacré.

— Pas autant que vous.

— Hum, fit-il en palpant ses jambes. C'est parce que je suis plus grand.

Il sourit en la voyant ôter ses gants pour s'essuyer le visage.

234

— Je crains que cette cascade ne soit un peu plus puissante que je ne le soupçonnais, avoua-t-elle.

— Un peu ? railla-t-il en levant un sourcil.

— Un peu. C'est quand même un spectacle magique, vous ne trouvez pas ?

Fasciné, il la contempla. Il avait oublié la joie que l'on pouvait prendre à découvrir les beautés du monde. À moins qu'il ne l'ait jamais connue.

Lentement, la jeune fille pivota sur elle-même. La lumière dansait sur ses joues, ses yeux pétillaient de bonheur, ses lèvres étaient entrouvertes.

Il laissa échapper un soupir, déterminé à ne pas succomber. Ce qu'il ressentait pour elle n'était pas bien. C'était un sentiment dangereux, voué à la souffrance. Pourtant, il ne parvenait pas à maîtriser ses élans. Il n'était même plus certain de vouloir les maîtriser...

— C'est magique, en effet, admit-il.

Le cœur serré, il la regarda. Elle avait les joues empourprées. Elle battit de ses longs cils. Son souffle court plaquait ses seins contre le tissu de sa robe. Il comprit ce que cela signifiait. Il comprit ce qu'elle avait en tête.

Dès qu'elle fit un pas vers lui, il tendit les bras pour l'accueillir, glissant les doigts dans les boucles dorées. D'un geste impatient, elle ôta son chapeau de paille qui tomba sur la pierre humide de la grotte. Elle posa les mains sur ses épaules, les yeux rivés aux siens, les lèvres tremblantes... jusqu'à ce qu'il l'embrasse enfin.

Leur baiser fut doux et tendre, un moment de complicité qui apaisa l'âme meurtrie de Lucas. L'espace d'un instant, il crut pouvoir se contrôler. Même s'il éprouvait pour elle des sentiments purs, il n'en était pas moins homme de chair et de sang, un homme brûlant de désir. Il voulait sentir la douceur de sa joue, enfouir son visage dans le creux de son cou, humer son parfum enivrant. Il voulait découvrir ses seins ronds et fermes, explorer les courbes de son corps, glisser la main entre ses cuisses. Il voulait voir son visage irradier de plaisir sous ses caresses, la sentir s'ouvrir à lui et la faire sienne.

Il la désirait.

Étouffant une plainte, il s'empara de ses lèvres avec ardeur, cette fois. Sans hésiter, elle entrouvrit la bouche. Leurs langues se cherchèrent. La jeune fille gémit doucement, agrippée à sa chemise. Elle sortit le tissu de sa ceinture pour caresser son dos, strié de balafres.

À ce contact, il redressa la tête, ivre de plaisir. Leurs regards se nouèrent, pétillants d'impatience. Lentement, Lucas entreprit de dégrafer les boutons de cuivre de la robe, sans la quitter des yeux une seconde.

— Dis-le-moi, souffla-t-il en écartant les pans de tissu pour effleurer son corset. Dis-moi que tu le veux.

Elle déglutit. Les veines de son cou saillaient sous sa peau nacrée. Ses yeux bleus ressemblaient à un ciel d'orage.

— Touche-moi.

Il respira profondément, le front posé sur le sien, les mains fébriles, puis dégrafa le corset et la camisole de fin coton blanc. Doucement, il révéla ses seins, offerts à son regard, à ses caresses et ses baisers.

Elle avait des seins superbes, songea-t-il. Du dos de la main, il effleura un mamelon brun qui se dressa aussitôt. Jessie émit un gémissement émerveillé. Il sentait son souffle chaud contre sa joue. Troublée, elle demeura immobile, observant les mains de son compagnon qui se promenaient sur sa peau.

Elle ferma les yeux. Lucas se pencha pour l'embrasser dans le cou. D'un bras, il la plaqua contre lui. Ensemble, ils oublièrent le temps. Seule existait la lumière magique de la grotte. Il explora chaque parcelle de son buste. Il couvrit sa gorge de baisers, la vallée de ses seins, tandis que la jeune fille glissait les mains sur son corps, l'embrasant de désir.

Fébrile, il l'appuya contre la paroi rocheuse et chercha sa bouche de ses lèvres exigeantes. Il saisit le bas de sa robe et la releva sur ses cuisses.

— Lucas… gémit-elle en rejetant la tête en arrière, la voix brisée.

Soudain il s'immobilisa, la joue contre la sienne, les paupières fermées, les poings crispés.

Agrippée à sa chemise, elle écarquilla les yeux.

— Non… ne t'arrête pas. Je ne veux pas que tu t'arrêtes.

Il secoua la tête, presque tremblant.

— Tu sais ce qui va se passer, si on ne s'arrête pas maintenant. Tu le sais, n'est-ce pas ?

Il lut dans ses yeux qu'elle le savait. Il la fixa longuement, cherchant à maîtriser ses pulsions. Jamais il n'avait ressenti un tel désir.

Il mourait d'envie de l'allonger sur le sable et de dévoiler tous les secrets de son corps. Il voulait se coucher sur elle, sentir ses jambes s'enrouler autour de sa taille, tandis qu'elle s'agripperait à ses épaules. Il voulait l'entendre crier de plaisir au moment où il la ferait sienne.

Mais jamais elle ne pourrait être à lui. En l'aimant, il ne ferait que la détruire.

Il lui caressa la joue, un sourire triste au coin des lèvres. Puis il l'embrassa avec tendresse et s'écarta.

Il gagna l'entrée de la grotte, le corps vibrant d'un désir non assouvi. L'eau qui retombait sur son visage le rafraîchit. Il entendait le grondement de la cascade. Une tension s'installa entre eux.

— Et si c'est vraiment ce que je désire ? dit-elle enfin.

Il la regarda par-dessus son épaule. Elle se tenait bien droite, les bras serrés sur sa poitrine, retenant sa camisole, les yeux écarquillés, le visage blême. Il dut se retenir pour ne pas se précipiter vers elle, pour la prendre dans ses bras et la réconforter. Mais c'était impossible, car il était lui-même la source de son désarroi.

— Tu sais ce que je suis, déclara-t-il, anéanti. Tu sais ce que cela signifie.

— Je sais, répondit-elle en le fixant, les sourcils froncés. Je le sais depuis la seconde où j'ai posé les yeux sur toi pour la première fois. J'aurais dû y accorder de l'importance, mais je n'ai pas réussi. À présent, il est trop tard, ajouta-t-elle avec un sourire hésitant.

Il poussa un long soupir.

— Nous n'avons aucun avenir ensemble, Jessie.

— Je sais.

Elle se détourna, une main sur son visage, la tête inclinée. Elle paraissait fragile, immensément vulnérable.

— Tu crois que je n'y ai pas réfléchi ? reprit-elle. Pourtant, cela ne change rien à ce que je ressens pour toi. Cela ne m'empêche pas de te désirer.

— Mademoiselle Corbett…

— Ne m'appelle pas ainsi ! gronda-t-elle en faisant volte-face, folle de rage. Qu'est-ce que tu crois ? Que je t'utilise pour me changer les idées ? Que tu n'es qu'un passe-temps dont je vais vite me lasser ? Pire encore, que je te ferai payer ce qui s'est passé entre nous ?

Il s'approcha.

— Non. Tu ne ferais jamais une chose pareille.

Il lui effleura tendrement la joue.

— Mais ne te fais aucune illusion, ajouta-t-il. Nous payerons d'une façon ou d'une autre.

Elle lui adressa un regard chargé de douleur.

— Et si cela m'était égal ?

— Moi, cela ne m'est pas égal, décréta-t-il en baissant la main.

Elle se mordit la lèvre.

— Je… je suis désolée. Je ne croyais pas…

Elle se détourna.

Il l'obligea à lui faire face.

— Attends. Ce n'est pas ce que je voulais dire. Tu as toute ta vie devant toi. De quel droit te laisserais-je tout gâcher, en faisant quelque chose que tu ne pourras que regretter ?

— Et si je ne veux pas de cette vie toute tracée ?

Il plongea dans son regard. Il s'en dégageait une émotion rare et pure qui lui vrilla le cœur. L'espace d'un instant, il se noya dans ses yeux, dans leur chaleur. Mais elle ne savait pas... Elle ne le connaissait pas vraiment, elle ignorait ce qu'on lui avait fait et les actes qu'il avait commis.

Elle ignorait ses projets d'évasion.

— Je suis un homme mort, déclara-t-il d'un ton glacial, crispant les doigts sur ses épaules. Ma vie s'est arrêtée il y a quatre ans. Si tu t'aventures trop près de moi, tu ne feras que te détruire.

— C'est trop tard, rétorqua-t-elle. Tu ne comprends donc pas qu'il est trop tard ?

— Non, il n'est pas trop tard.

Pourtant, Lucas savait qu'elle avait raison. Il était trop tard pour tous les deux.

Ils quittèrent la cascade et remontèrent en selle, n'échangeant que quelques paroles le long du sentier qui bordait la côte. Lucas ne se rendit compte de leur destination que lorsqu'il aperçut les murs noircis de la maison des Grimes.

— Pourquoi venir ici ? demanda-t-il en s'arrêtant brusquement.

Elle pénétra dans le jardin envahi par la végétation.

— J'ai perdu une broche en or, l'autre jour. Ce n'est pas un bijou de grande valeur, mais je la possédais depuis mon enfance et je tiens à la retrouver.

Il lança un regard furtif vers l'endroit où il avait caché le bateau, parmi les roseaux.

— Tu ne la retrouveras jamais dans cette jungle, protesta-t-il en étouffant un juron.

— Il n'y a pas de mal à chercher.

Elle mit pied à terre sans attendre son aide. Il hésita, puis lui emboîta le pas.

— Elle n'est pas là, déclara-t-il au bout d'un quart d'heure, passé à fouiller les buissons.

Malgré le beau temps, il régnait toujours une certaine fraîcheur autour des ruines.

Elle leva la tête et pivota vers l'embouchure de la rivière.

— Nous sommes passés là-bas, l'autre jour. Je l'ai peut-être fait tomber dans les roseaux.

— Tu as pu la perdre n'importe où, répliqua Lucas en se redressant, agacé.

Mais la jeune fille était déjà sur le sentier, riant dans la brise.

— Qu'est-ce qui te prend, tout à coup? Les fantômes te dérangent?

Il la suivit de mauvaise grâce.

— Au diable les fantômes, grommela-t-il. Tu vas attraper froid, avec ta robe trempée.

— Ne t'inquiète pas. Je porte plusieurs couches de laine, de coton et un corset, comme toute jeune fille qui se respecte. Toutefois…

Elle trébucha sur le bateau, se rattrapant de justesse à une branche. Si elle n'avait pas cherché sa broche, elle n'aurait rien remarqué, car il était caché avec soin. Lucas n'avait pas eu le temps de réparer la poupe, mais le travail qu'il avait effectué pour Béatrice Corbett lui avait donné accès aux outils et au bois dont il avait besoin. Il avait commencé les réparations. Le bois neuf et brut ressortait contre la coque délavée.

Jessie se figea, les doigts crispés sur la branche.

— Voilà pourquoi tu ne voulais pas que je fouille les environs, déclara-t-elle d'une voix sourde. Tu as l'intention de t'évader, n'est-ce pas?

En croisant son regard grave, il eut l'impression de recevoir un coup de fouet.

— Oui, admit-il. Je vais partir.

25

— Quand? s'enquit Jessie, sans le regarder.

Ils étaient assis au soleil, à l'extrémité du vieux ponton. Elle avait les jambes repliées, le menton sur les genoux.

— Quand comptes-tu partir?

— Dès la prochaine pleine lune.

Elle se tourna vers lui. Il était adossé à un pilier délabré.

— Tu ne seras pas seul, n'est-ce pas? Tu auras besoin d'au moins six hommes pour ramer.

Il tendit les jambes et pencha la tête en arrière.

— C'est vrai. Tu vas me dénoncer, mademoiselle Jessica Corbett?

La marée montait. L'eau clapotait sur le ponton. Au loin, les mouettes criaient en tournoyant au-dessus des vagues. Le vent faisait voler les cheveux noirs de Lucas. Soudain, la jeune fille eut très peur pour lui.

— Si tu te fais prendre, tu seras exécuté. Ou pire, prévint-elle.

— Je te l'ai dit, Jessie : je suis mort depuis quatre ans.

Elle déglutit péniblement. Elle avait tant de choses à lui dire, mais les mots ne venaient pas. Une terrible douleur lui enserrait la poitrine. Ravalant un sanglot, elle détourna les yeux.

— Il vaut mieux que je parte, déclara-t-il. Après ce qui vient de se passer, tu ne peux le nier.

Elle acquiesça. Il avait sans doute raison, mais il existait un gouffre entre son intérêt et ses désirs profonds.

Elle savait qu'il ne pourrait jamais être à elle. Maintenant que le moment de la séparation était presque venu, elle se demandait comment elle allait vivre sans lui. Supporterait-elle son existence de jeune fille rangée ?

— Je peux t'aider, proposa-t-elle en contemplant la mer, cette mer qui allait emporter Lucas loin de cette vie qu'il détestait, et loin d'elle. Je pourrais te procurer des vêtements et des vivres, par exemple.

— Pas question. Si nous sommes pris, les autorités auraient tôt fait de remonter jusqu'à toi.

— Je suis disposée à courir le risque.

— Pas moi.

Elle s'efforçait de ne pas le regarder, de peur de trahir ses sentiments. Mais comment l'éviter, alors qu'elle l'aimait tant et ne le verrait bientôt plus ?

N'écoutant que son cœur, elle le fixa, cherchant à imprimer dans sa mémoire ses sourcils noirs, ses pommettes saillantes, son menton volontaire, ses yeux pétillants... Elle fut saisie d'une bouffée d'amour pour lui, et sut que cet amour serait éternel. Elle sut aussi qu'il l'avait deviné, qu'il connaissait désormais son douloureux secret.

— Petite... murmura-t-il en lui tendant la main.

Elle la prit dans la sienne. Leurs doigts s'entrecroisèrent.

Ils restèrent assis longuement, main dans la main. Puis ils se levèrent et retournèrent vers leurs vies respectives.

Cette fois, Jessie parvint à rester à distance de Lucas. Le plus loin possible. Elle fit la lecture à sa mère et effectua d'interminables promenades dans le parc.

242

La semaine suivante eut lieu le pique-nique avec Harrison, Philippa et Warrick.

Harrison les conduisit sur une haute falaise surplombant la côte. Ils étalèrent une couverture sur l'herbe et burent du champagne dans des verres en cristal, tout en dégustant du foie gras et de délicats petits sandwichs dans des assiettes en porcelaine. Ensuite, Harrison prit Jessie par la main et ils flânèrent parmi les fleurs des champs. Une douce brise faisait voler les rubans de son chapeau et plaquait sa robe de mousseline blanche sur ses cuisses.

Ils ressemblaient à deux amis de longue date. D'ailleurs, c'était le cas, songea Jessie, sauf qu'ils allaient se marier. C'était bien là le problème.

Elle se sentait sournoise, à marcher au bras de son promis bien sagement, alors que chaque cri de mouette, chaque vague qui venait s'écraser sur les rochers, chaque coup de vent lui rappelaient un autre homme. Elle n'éprouvait aucune honte à être amoureuse de Lucas Gallagher. Pourtant, un sentiment de culpabilité lui pesait sur les épaules comme une enclume. Cette culpabilité ne provenait pas de son amour pour Lucas, ni de ce qu'elle avait fait avec lui, mais de ce manque d'honnêteté, cette duplicité…

Elle se tourna vers Harrison. Le soleil avait coloré ses joues. Son regard pétillant le rendait plus juvénile, moins sérieux. Dans ces moments-là, Jessie sentait ressurgir un élan de tendresse pour lui. Elle se prit à croire que même si son cœur appartenait à Lucas, elle pourrait peut-être rendre Harrison heureux. Il en attendait peu d'elle. Il suffirait qu'elle respecte le protocole, les bonnes manières, qu'elle lui procure un foyer confortable et qu'elle soit une mère idéale pour ses enfants. Il ne voulait certainement pas d'un amour fou. Et l'homme qu'elle aimait avec passion serait bientôt très loin.

Cette pensée raviva une douleur atroce et une peur terrible. Comment allait-elle survivre à cette épreuve ?

Elle savait qu'elle n'avait pas le choix. À la prochaine pleine lune, Lucas Gallagher serait parti, ou mort, et son amour pour lui resterait à jamais un secret au fond de son cœur.

— Tu te souviens du pique-nique que nous avons fait le lendemain de Noël ? lui demanda Harrison avec un sourire insouciant. J'avais quatorze ans, toi dix. Tu avais reçu en cadeau un grand cerf-volant.

Elle rit à l'évocation de ce souvenir et se pressa contre lui.

— Je m'en souviens. Il était énorme. Je croyais que si je courais très vite sur la plage, je m'envolerais avec lui. Tu as essayé de m'en empêcher.

— J'ai essayé. Mais tu m'as repoussé et tu es partie en courant.

Il posa une main sur la sienne. La lueur amusée de son regard fit place à un sentiment plus grave.

— C'est ce jour-là que je suis tombé amoureux de toi. Je me suis dit que j'avais de la chance de pouvoir t'épouser un jour.

Elle le dévisagea.

— Et si tu n'étais pas tombé amoureux de moi ? Tu m'épouserais quand même ?

Il rit doucement, mais elle devina une certaine irritation qu'il ne put masquer.

— Pourquoi cette question, Jessica ? Tu me connais suffisamment pour savoir que j'aurais fait mon devoir en toute circonstance.

Son devoir. Ils avaient été éduqués pour faire leur devoir envers Dieu, envers la reine, envers leur famille... Ils n'étaient que des pions.

— Mais si tu avais découvert que tu n'avais aucune affection pour moi ? insista-t-elle. Qu'aurais-tu fait ?

— Eh bien, je suppose que je me serais considéré comme le plus malchanceux des hommes, et non le plus heureux... Jessica, où veux-tu en venir ?

Sa façon de le harceler ainsi était déplaisante, mais elle s'en moquait. Elle voulait savoir.

— Si j'avais été par exemple une détenue, lorsque tu es tombé amoureux de moi, qu'aurais-tu fait?

— Doux Jésus! s'exclama-t-il, choqué. Comme si je pouvais tomber amoureux d'une telle femme!

Elle s'arrêta, le soleil dans les yeux.

— Pourquoi pas? Ce serait toujours moi.

— Mais non! protesta-t-il en secouant vigoureusement la tête.

— J'aurais pu être accusée à tort, ou victime de circonstances malheureuses...

— Cela n'aurait pas d'importance. Je ne pourrais pas davantage tomber amoureux d'une détenue que tu ne pourrais t'envoler depuis le sommet de cette falaise!

Il s'efforçait de parler d'un ton enjoué, mais un tic nerveux agitait son visage. Jessie comprit qu'il était fort mécontent de son attitude.

Elle avala sa salive, consciente d'une émotion qui montait en elle, qui lui oppressait le cœur. Il prétendait l'aimer, et elle était certaine qu'il en était persuadé. En tout cas, il la désirait. Mais elle commençait à se demander si cet amour tiendrait longtemps, alors que tant d'aspects de sa personnalité lui semblaient inacceptables. Maintenant qu'il allait bientôt l'épouser, il exprimait de plus en plus souvent sa réprobation, et entendait qu'elle se conforme à sa propre conception de la vie. Il voulait faire d'elle la Jessica de ses rêves, celle qu'il croyait aimer. Malheureusement, cette Jessica-là n'existait pas.

La jeune fille se dit que c'était sa faute, car elle lui dissimulait son véritable visage. Elle ne lui avait jamais donné l'occasion de la découvrir sous son véritable jour. Ces derniers temps, elle se demandait si elle connaissait vraiment cet homme qu'elle allait épouser. Dans leur monde, il était inconvenant d'extérioriser ses sentiments, de parler avec franchise. Certes, la duplicité et le mensonge étaient condamnés, mais il fallait se conformer aux usages, rester digne en chaque circonstance, garder ses distances et se montrer poli. Étrangement, alors qu'ils avaient grandi ensemble, elle connaissait bien mieux Lucas au bout d'un mois. Elle et Harrison risquaient de passer leur vie côte à côte, sans jamais savoir ce que recelait le cœur de l'autre.

Elle voulut se détourner, mais il l'obligea à lui faire face.

— Chérie, murmura-t-il d'un ton où perçait l'irritation. J'ai à te parler.

Il l'attira vers lui. La brise faisait voler sa robe comme la voile d'un bateau.

— Je sais que cela ne fait pas très longtemps que tu es rentrée de Londres, et je ne voudrais pas te brusquer, mais...

Il sourit timidement. Elle reconnut alors le Harrison de son enfance.

— Ce que j'essaie de te dire, c'est que j'aimerais fixer une date pour notre mariage. Dans quelques jours, je dois me rendre à Hobart, et je serai de retour avant la fin novembre. Nous pourrions nous marier le premier samedi de décembre, qu'en dis-tu ?

Il lui posait une question, mais elle devina à son expression qu'il escomptait une réponse affirmative. Elle respira profondément, au bord de la panique, comme si les courants mortels de la crique des Naufragés l'entraînaient soudain vers une vie dont elle ne voulait pas.

— Je ne sais pas si j'aurai assez de temps, bredouilla-t-elle, désemparée. Enfin, je veux dire... il y a tant de préparatifs...

Harrison se mit à rire.

— Je crois que tu sous-estimes ta mère. Cela fait plus de deux ans qu'elle prépare ce mariage. Elle affirme qu'elle aurait largement le temps de tout organiser.

Jessie baissa les yeux vers leurs mains gantées. Elle pensa à celles de Lucas, bronzées et calleuses. En décembre, il ne sera plus là, songea-t-elle.

— Tu en as déjà discuté avec ma mère ? s'étonna-t-elle.

— Bien sûr. C'est normal, non ?

Au contraire, elle trouvait étrange qu'il évoque la date de leur mariage avec sa mère, avant d'avoir abordé le sujet avec elle. Cela faisait sans doute des semaines qu'ils complotaient.

— Jessica...

Son ton l'incita à lever les yeux. Il l'observait avec une tendresse possessive, mêlée à un désir flagrant. Quand il se pencha vers elle, elle se figea, cherchant à se détendre pour recevoir son baiser.

Harrison posa ses lèvres sur les siennes, gardant toujours ses mains captives. Il avait les lèvres froides et sèches. Leur contact n'était toutefois pas désagréable. Mais elle ne ressentit aucun désir, elle ne chavira pas, n'entrevit aucune extase... et elle sut qu'il en serait toujours ainsi.

Si seulement elle n'avait jamais posé les yeux sur cet homme brun et ténébreux, à la fois sauvage et beau, avec son regard féroce et son âme rebelle. Si seulement il ne lui avait pas volé son cœur... Aurait-elle pu alors se contenter de cette vie que d'autres avaient organisée pour elle ? Aurait-elle ressenti ce désespoir, cette solitude ?

Les mains de Harrison se crispèrent sur les siennes, jusqu'à lui faire mal. Sa bouche se fit plus insistante, avec une brutalité qui stupéfia Jessie. Mais avant qu'elle puisse réagir, il interrompit leur baiser et se détourna. D'une main tremblante, il sortit un mouchoir de sa poche et se tapota les lèvres.

Le vent embaumait l'herbe fraîche et le sel. Une grive chantait au loin, dans les arbres. Harrison ne prononça pas un mot, sans doute choqué par l'intensité de sa propre réaction, au beau milieu d'une prairie, au vu de tous.

Elle le vit se ressaisir, refouler ses élans, et ressentit une grande tristesse, pour elle et pour lui. Il lui avait dit qu'il l'aimait, mais ne semblait guère troublé par le fait qu'elle ne lui avait pas déclaré sa flamme en retour. Ils étaient amis. Il savait qu'elle avait pour lui de l'estime et de l'affection : cela lui suffisait. Un homme honorable ne souhaitait pas une épouse trop enflammée. Il serait sans doute horrifié d'apprendre combien elle pouvait être passionnée et sensuelle...

Alors qu'ils reprenaient leur promenade pour rejoindre les autres, elle comprit que cet aspect de sa personnalité devrait être, lui aussi, caché aux personnes qui prétendaient l'aimer. Ces gens dont l'amour dépendait de son attitude, de sa façon de se conformer aux usages de la bonne société. Elle se demanda combien d'autres facettes elle devrait ainsi masquer à son entourage, et si elle parviendrait à nier ce qu'elle était réellement.

Ce serait comme si la vie la quittait.

26

Allongé sur le dos, dans les hautes herbes, la chemise ouverte et le chapeau penché en avant, Warrick
fixait l'immensité de la mer. On distinguait les voiles
blanches d'un navire, à l'horizon.

— Pourquoi ne navigues-tu plus ? s'enquit Philippa
Tate d'un ton posé, comme si elle lui proposait une
tasse de thé.

Il tourna la tête vers elle. Elle était assise sagement
sur la couverture, les plis de sa robe ourlée de dentelle disposés autour d'elle. Une ombrelle protégeait
son teint du brûlant soleil australien.

— Vous me posez là une question à la fois imperti-
nente et indiscrète, mademoiselle Tate, répondit-il,
ironique. Cela ne se fait pas.

Elle pencha son ombrelle, de façon à lui montrer
son visage et son sourire.

— Je n'aurais posé cette question à nul autre que
toi, assura-t-elle. Tu ne cesses de me répéter que tu en
as assez des convenances et de la politesse. Je me suis
dit que tu ne t'offusquerais pas de mon audace…

— Nom de Dieu, tu sais très bien pourquoi je ne
navigue plus !

Sa grossièreté ne parut pas troubler la jeune fille
outre mesure.

— Je pense que tu serais plus heureux, si tu naviguais. Tu en as besoin, au fond de ton âme.

— Qu'est-ce que tu sais de mon âme, toi ?

Elle se contenta d'un sourire discret et fit tournoyer son ombrelle.

Warrick se dressa sur son séant.

— Tu sais comment réagirait ma chère mère, si je naviguais à nouveau.

Elle soutint son regard. Ses grands yeux noisette exprimaient une compréhension qui effraya le jeune homme.

— Tu sembles t'évertuer à contrarier ta mère, alors pourquoi ne pas faire du bateau?

Il contempla les flots azurés. Parfois, la mer lui manquait tellement qu'il en souffrait dans sa chair. Il avait l'impression d'avoir un poignard planté dans le cœur.

— As-tu envisagé l'autoflagellation? reprit Philippa, pince-sans-rire. Il paraît que c'est très efficace pour exorciser un sentiment de culpabilité, ou l'illusion d'une culpabilité.

— L'illusion? répéta-t-il en relevant vivement la tête.

— Exactement.

Il observa la courbe de son menton, ses lèvres charnues.

— Pourquoi tout le monde te prend-il pour une jeune fille bien sous tous rapports?

Elle sourit.

— Parce que je le suis.

— Hum. Pas avec moi.

— Non, pas avec toi.

Elle posa une main sur son bras.

— Je me fais du souci pour toi, Warrick. Tu as toujours été libre comme l'air. Mais ces derniers temps, j'ai l'impression que tu te consumes de l'intérieur. J'ai peur que si tu ne t'exprimes pas, cela ne finisse mal.

Il aurait dû être agacé par cette clairvoyance. Chez n'importe qui d'autre, ces paroles l'auraient dérangé. Mais Philippa et lui étaient amis de longue date. Et elle avait raison.

Il lui prit la main et sentit ses doigts trembler.

— Tu sais, je t'ai toujours enviée, avoua-t-il doucement.

— Moi? fit-elle en riant, les joues empourprées, presque belle, soudain. Mais… pourquoi?

— Tu t'es toujours si bien adaptée à ce monde. Non, c'est plus que cela : tu es en accord avec toi-même. Tu dégages une certaine… sérénité.

— Ce n'est pas de la sérénité que tu vois chez moi, Warrick. Ce n'est qu'un manque d'imagination et de courage.

— Qu'aimerais-tu donc faire qui t'est aujourd'hui interdit? s'enquit-il avec un sourire.

Une lueur étrange naquit dans le regard de la jeune fille, comme une faim furtive.

— Faire le tour du monde en bateau avec toi.

Le sourire de Warrick s'éteignit.

— Ah, Philippa…

Il effleura ses cheveux, frôlant son cou nacré.

— Pour cela, c'est moi qui manquerais de courage.

Au-dessus des silhouettes sombres des arbres du parc, la lune luisait parmi les étoiles dans un ciel bleu-noir. Elle ne tarderait pas à être pleine.

Jessie se tenait à la porte-fenêtre de sa chambre, la joue appuyée contre l'épais rideau bleu, fixant non pas la lune mais la baraque des hommes, au loin. Elle souffrait de savoir Lucas là-bas, enfermé. Et elle souffrait davantage à l'idée que bientôt, il partirait. Cet amour impossible lui faisait mal. De toute façon, même s'il ne cherchait pas à s'évader, elle ne pourrait jamais vivre avec lui. Elle le connaissait suffisamment pour savoir que cette situation dégradante, humiliante, lui était intolérable. Il devait s'en aller. Il avait pris la bonne décision. Mais cela ne rendait pas la perspective de son départ moins pénible. De nombreux dangers le guettaient.

La jeune fille avait l'impression que son cœur saignait.

Elle avait vécu ces quelques semaines dans la peur et le chagrin. Et la culpabilité. D'ici quelques jours, elle se rendrait à Blackhaven Bay avec Philippa, pour accompagner Harrison au ketch qui l'emmènerait à Hobart. À son retour de la grande ville, Jessie deviendrait sa femme.

Parfois, elle avait l'impression de commettre une erreur en épousant Harrison, alors que son cœur appartenait à Lucas. Combien de secrets pourrait-elle cacher à ses proches ? Peut-être parlerait-elle à Harrison dès son retour de Hobart. Elle lui avouerait non pas qui elle aimait vraiment, mais qu'elle avait aimé un autre homme.

Il méritait d'en être informé. Cependant, elle ne lui dirait rien avant son départ. Elle attendrait que la pleine lune soit passée.

La ville de Blackhaven Bay s'étendait sur presque un kilomètre le long de la côte, mais ne comptait que quelques rues. C'était une jolie bourgade aux coquettes maisons de grès, en contrebas des collines verdoyantes. Avec la colonisation des vallées de l'intérieur de l'île, la ville s'était développée et était devenue un port baleinier. Quand le vent soufflait dans une certaine direction, il flottait une odeur putride de cadavres de baleines.

Jessie avait toujours aimé le paysage de la baie, qu'elle trouvait poignant, comme hanté par l'âme des baleines qui y avaient péri. Un jour, elle en avait parlé à Harrison, qui lui avait répondu que ses propos étaient à la fois ridicules et blasphématoires. Aussi se gardait-elle, depuis, de tout commentaire.

Ce jour-là, un vent frais et pur soufflait du nord-est. Mais les fantômes des baleines paraissaient toujours présents, tristes et furieux…

252

— Au moins tu auras beau temps, déclara Philippa tandis qu'ils longeaient le quai en attendant la marée.

Les vagues enflaient doucement, faisant tanguer les bateaux amarrés près de la frégate du capitaine Boyd, et du ketch sur lequel Harrison devait embarquer.

— Tu es sûre de ne pas vouloir me rejoindre à Hobart ? demanda Harrison à sa sœur. Tu pourrais prendre un bateau dans la semaine.

Philippa lui adressa un regard furtif sous son ombrelle. La dentelle dessinait un motif d'ombres et de lumières sur son beau visage et le haut de sa robe en taffetas jaune.

— Non, espèce d'égoïste. Quelqu'un doit rester ici pour aider Jessie dans ses préparatifs.

Cette dernière se mit à rire. Harrison lui prit la main et la baisa, plus démonstratif que de coutume.

— Tu ne te sens pas abandonnée, j'espère ? demanda-t-il, les sourcils froncés.

— Bien sûr que non, assura-t-elle, le cœur serré par la culpabilité.

En vérité, elle se réjouissait de son départ. Elle aurait ainsi le temps de se préparer à ce mariage... et à la perte cruelle qu'elle allait subir.

— Au fait, je voulais te dire...

Harrison posa la main de sa fiancée sur son bras avant de poursuivre :

— J'ai discuté avec le capitaine Boyd, ce matin. Il paraît qu'ils ont reçu des informations selon lesquelles certains hommes du Château envisageraient de s'évader. Ils auraient caché un bateau quelque part et espéreraient rejoindre les baleiniers qui travaillent dans les îles. Naturellement, Boyd a aussitôt averti Warrick. Mais on ne peut pas faire grand-chose, dans l'immédiat, car nul ne sait où est caché ce bateau. Quant à l'identité des détenus, ils n'ont que la parole d'un forçat forgeron. Franchement, j'estime qu'on devrait les pendre, ces maudits forçats, comme autrefois. Cela mettrait fin à toutes ces bêtises. Voilà ce qui se passe quand on les dorlote…

Jessie trébucha et se rattrapa de justesse.

— Tu vas bien, Jessica ?

La jeune fille avait l'étrange sensation que le monde venait de basculer.

— Ça va, affirma-t-elle. Le… le capitaine Boyd a-t-il précisé quand devait avoir lieu cette évasion ?

— La nuit de la pleine lune, je crois. Mais ne te fais pas de soucis, chérie. La frégate va patrouiller le long de la côte. Si ces hommes tentent quoi que ce soit, ils seront capturés.

Lucas était en train de nettoyer une selle dans l'écurie, quand la jeune fille surgit derrière lui.

— Mademoiselle Corbett, déclara-t-il d'une voix traînante, malgré les battements frénétiques de son cœur.

Depuis le jour où il lui avait fait part de ses projets d'évasion, il ne l'avait vue que de loin. La jeune fille l'avait évité avec soin, renonçant à ses promenades à cheval. Mais elle était là maintenant, près de lui, et la douleur causée par sa présence était presque intolérable.

— Je reviens de Blackhaven Bay, annonça-t-elle en faisant bruisser ses jupons, haletante, sur le pas de la porte. Le capitaine Boyd… il est au courant !

Lucas ne pouvait se méprendre sur ses paroles. Il posa son chiffon et gagna lentement la fenêtre donnant sur la cour. Il eut du mal à parler, tant il était écrasé par la colère et la déception.

— Tu en es certaine ?

Elle s'avança et baissa le ton.

— Ils ignorent où le bateau est caché, mais ils savent que vous en avez un. Ils savent que vous comptez partir vers le nord pour rejoindre les baleiniers, et ils connaissent le jour de votre départ.

— Sais-tu qui nous a dénoncés ? demanda-t-il en la regardant par-dessus son épaule.

Elle secoua la tête.

— Harrison a évoqué un forgeron…

— John Pike, dit-il doucement.

Lucas s'appuya contre le mur blanchi à la chaux, les bras croisés, le regard rivé sur le sol. Il ne dit plus rien, mais elle devinait ses pensées.

— Seigneur, murmura-t-elle, tu ne vas pas tenter le coup dans ces conditions, n'est-ce pas ?

Il releva la tête.

— J'ai peut-être encore une chance. Nous pourrions partir tout de suite, au lieu d'attendre la pleine lune. Et mettre le cap vers le sud au lieu du nord.

Elle le dévisagea, livide.

— Non. C'est trop dangereux.

Il haussa les épaules.

— Il y a toujours un risque.

— Mais… tu pourrais attendre quelques mois. Le temps que les soupçons se calment.

— Non. S'ils savent que nous avons un bateau, ils vont le chercher sans relâche. Ils finiront bien par le trouver. Si nous devons partir, c'est maintenant.

— Mon Dieu, gémit-elle en se retournant, les mains sur le visage.

Une voix d'homme s'éleva dans la cour. Un cacatoès se mit à crier.

Elle poussa un soupir.

— Je m'étais dit qu'il valait mieux que tu partes, même si j'avais peur pour toi. Je savais, au fond de mon cœur, que ce serait mieux pour nous deux. Mais maintenant… c'est trop dangereux. Si…

Elle hésita, le souffle court.

— Si tu pars, ne me dis rien. Je ne veux pas le savoir.

Il vint se placer derrière elle, frôlant ses épaules de ses mains calleuses, puis il baissa les bras.

— J'ai entendu dire que la date de ton mariage était fixée à début décembre…

— Oui, fit-elle en fermant les yeux.

— Ne te marie pas.

Elle pivota vers lui, les yeux scintillants, cherchant à contrôler ses émotions. Il brûlait de la toucher, de lui caresser la joue.

— Ne te marie pas, répéta-t-il, les poings crispés. Tate ne te rendra pas heureuse. Il cherchera à faire de toi quelqu'un que tu n'es pas. Il va te détruire.

Il la vit déglutir péniblement.

— Cette vie est mon destin, affirma-t-elle en reculant d'un pas.

Elle ouvrit la bouche pour dire autre chose, mais elle se contenta de tourner les talons dans un bruissement de jupons et disparut.

— Tu te trompes... répondit-il dans le vide.

27

— Tu as parlé à O'Leary? demanda Fox, penché sur l'arrosoir qu'il était en train de remplir à la fontaine de la roseraie.

— Oui, répliqua Lucas, un pied posé sur la pierre. Il a dit qu'on partait ce soir.

— Cela me coûte un peu de l'admettre, reprit Fox en soulevant l'arrosoir avec peine, mais je suis d'accord avec lui. Et les autres?

Ils marchèrent parmi les rosiers, s'arrêtant de temps à autre pour les arroser.

— Si on part ce soir, il ne faut rien dire aux autres, déclara Lucas. Pas avant qu'on soit fin prêts. L'un d'eux a dû nous dénoncer à Pike. Il ne faut pas que cela se reproduise.

Fox esquissa un rictus plein de haine.

— Le salaud! Avant de partir...

— Non. Ce sera déjà suffisamment dangereux. Inutile de compliquer les choses.

Fox parut songeur.

— Tu ne crois pas qu'il faille partir, c'est ça?

— Effectivement.

— Mais si on ne part pas maintenant, ils trouveront le bateau, tu le sais bien.

Lucas haussa les épaules, les mains sur les hanches, observant la roseraie, puis le parc.

— Si nous perdons le bateau, je pourrai toujours en trouver un autre.

— Un bateau, ça ne se trouve pas sous le sabot d'un cheval !

— Perdre la vie serait encore pire.

— Parfois, la vie ne vaut pas la peine d'être vécue, rétorqua Fox en crachant par terre.

Naguère, Lucas l'aurait approuvé. Mais à présent... il lui suffisait de voir le visage de Jessica Corbett s'illuminer quand elle riait, sa façon de retenir son souffle dès qu'il posait la main sur elle, de sentir le doux parfum de ses cheveux... C'était comme si la vie de Lucas avait à nouveau un sens, une valeur. Pour lui et pour elle.

— S'il fallait un bateau, c'était uniquement pour quitter cette île maudite. Si on met le cap vers le sud pour gagner les régions sauvages de la côte... autant partir vers les montagnes, comme tous les imbéciles qui cherchent à se faire la belle. Parce qu'on y perdra la peau, de toute façon.

Fox redressa son arrosoir d'un geste brusque, projetant un jet d'eau froide sur la terre humide.

— Si on part vers les montagnes, les chiens nous traqueront en quelques jours. Tu n'as pas cessé de nous le répéter. En bateau, ils ne pourront pas nous suivre.

— Ce sera retarder l'échéance.

— Nom de Dieu ! C'est toi qui as suggéré de partir ce soir, non ?

— Je sais.

Une tache colorée attira son attention, sur le balcon du premier étage.

— Ce serait difficile de tout laisser tomber après tant d'efforts, mais...

Fox suivit le regard de son camarade. Jessica Corbett se tenait sur le balcon. Elle devait les observer depuis un certain temps, parce qu'elle se détourna aussitôt, comme pour fuir leurs regards.

— Tu es certain de vouloir partir ? demanda Fox.

— À quoi bon rester dans cet enfer ?

— Si tu restes, tu la reverras, même de loin. Ce simple plaisir suffirait à beaucoup d'hommes…

Lucas poussa un long soupir.

— Ce serait un supplice, déclara-t-il.

Jessie prenait le thé en compagnie de sa mère, au petit salon, quand elle entendit des éclats de voix. Le cœur battant, elle se leva d'un bond, renversant la théière sur la table. Ignorant sa maladresse, elle se précipita vers la porte. Sa chaise tomba en arrière.

— Vraiment, Jessica! commença sa mère, mais la jeune fille était déjà loin.

Elle traversa le jardin, soulevant le bas de sa robe sous le doux soleil de cette fin de journée. Elle repéra un groupe d'hommes autour de la forge. D'autres couraient en tout sens, traînant leurs grosses bottes sur les pavés de la cour.

Remarquant Charlie, le garçon d'écurie, elle s'approcha et l'attrapa par l'épaule.

— Que s'est-il passé? demanda-t-elle brusquement, saisie d'un terrible pressentiment.

— C'est le forgeron, mademoiselle, répondit Charlie, les yeux plissés. Quelqu'un lui a fait la peau.

— Comment? Laisse-moi passer.

Elle se fraya un chemin parmi la foule des ouvriers. Warrick l'arrêta sur le seuil de la forge.

— Ne regarde pas, Jessie.

Il l'attira en arrière, mais elle avait eu le temps de voir l'homme affalé sur une pile de fers à cheval. Son crâne fracassé n'était plus qu'un mélange d'ossements et de chairs sanguinolentes.

— Mon Dieu! s'exclama-t-elle en portant la main à sa bouche, en proie à une violente nausée. Qui est-ce?

— Il s'appelle John Pike, répondit Warrick, les lèvres crispées de colère, le regard dur. Une poignée d'hommes se sont évadés. Pike devait les gêner dans leur fuite.

C'est alors que la cloche se mit à sonner pour donner l'alerte.

Lucas s'appuya sur le vieux ponton et croisa les bras, plissant les yeux face au soleil qui descendait vers les collines, à l'ouest. Son cheval gris s'ébroua pour chasser les mouches. Il se faisait tard. Très tard. Bientôt, la pénombre serait un atout pour passer au large de Blackhaven Bay. Mais il ne voulait pas négocier les abords rocheux de cette crique avec des rameurs inexpérimentés, à la nuit tombée et sans la lumière de la pleine lune.

Il était venu apporter les quelques vivres qu'ils avaient réussi à rassembler et préparer le bateau. Les autres arrivaient à pied, par les collines, mais ils étaient en retard.

Lucas alla placer les rênes du cheval sur la selle.

— Tout ira bien, dit-il en lui caressant l'encolure. File, maintenant. Retourne à l'écurie.

L'animal se contenta d'un grognement et donna des coups de tête contre l'épaule du jeune homme, au lieu de s'éloigner.

Le cheval sur les talons, Lucas monta vers le jardin abandonné et observa le chemin qui passait derrière les ruines de la maison des Grimes. La fraîcheur était plus perceptible que jamais. Un sentiment de danger le fit frissonner. Il songea à la jeune femme qui avait vécu dans cette maison, au forçat qui l'aimait et qui en était mort... Lucas prit une profonde inspiration. Dans l'air salé flottait une étrange odeur de bois brûlé. La tragédie qui avait frappé cette demeure était toujours présente.

Il était temps de quitter ces lieux maudits. Pourtant, il sentait qu'il commettait une erreur, que cette tentative d'évasion était vouée à l'échec. S'il n'avait tenu qu'à lui, il aurait renoncé. Mais les autres persistaient dans leur projet, et ils avaient besoin de ses bras puissants et de son expérience de navigateur. Lucas ne pouvait leur faire faux bond. D'ailleurs, ses raisons de vouloir rester n'étaient pas claires.

Il se tourna pour regagner l'embouchure de la rivière, mais s'immobilisa aussitôt. Les derniers rayons du soleil faisaient scintiller un objet, à ses pieds. Il se pencha et écarta les brins d'herbe pour découvrir une broche en or, celle de Jessie. Les doigts tremblants, il la rangea dans sa poche.

Il regagna le ponton, de moins en moins à l'aise à mesure que les minutes s'égrenaient. Il allait remonter vers la maison, quand il perçut un bruit de pas précipités, des voix d'hommes essoufflés. Ses camarades arrivaient enfin. Épuisés, cinq forçats surgirent, le teint livide, l'air pincé… Quelque chose n'allait pas.

Lucas s'avança et saisit Fox par le bras.

— Où diable est Daniel ?

Fox se pencha en avant, les mains sur les cuisses, reprenant son souffle.

— Il arrive. Il avait un détail à régler avant de partir.

— Quel détail ?

Lucas se tourna vers l'homme qui se tenait un peu à l'écart des trois détenus à qui Fox avait proposé le projet.

— Et qu'est-ce qu'il fait là, celui-là ?

— Vous ne partirez pas sans moi, déclara l'homme d'un air menaçant, même s'il n'osait pas soutenir le regard de Lucas.

C'était un homme corpulent d'une vingtaine d'années, brun, un Irlandais. Lucas croyait savoir qu'il s'appelait Sheen. Il était au Château depuis deux jours et se montrait discret.

— Il était avec les autres, expliqua Fox. Je n'arrivais pas à leur parler en particulier et il se faisait tard. J'ai jugé plus sûr de l'amener avec nous. D'ailleurs, il voulait être de la partie.

— On a assez de place, admit Lucas en le toisant. Tu sais naviguer ?

— Qu'est-ce que tu crois ? répondit l'autre avec un large sourire. Je viens de l'île Achill.

— Alors monte à bord, grommela Lucas. Nous partirons dès que Daniel sera là.

Il se tournait vers les ruines, quand Fox lui prit le bras :

— Tu sais ce que cela signifie, hein ?

Lucas plissa les yeux, cherchant à décrypter l'expression de son camarade.

— Quoi ?

Fox épongea son front moite du revers de sa manche, toujours essoufflé.

— Nous avons six rameurs et un type qui connaît la mer encore mieux que toi. Tu n'es plus obligé de nous accompagner, si tu préfères rester.

L'espace d'une seconde, Lucas faillit céder à la tentation.

— Je viens avec vous, rétorqua-t-il en s'éloignant pour guetter l'arrivée de Daniel.

Jessie s'arrêta au milieu des écuries, la tête penchée en arrière, les bras ballants. Elle pivota lentement sur elle-même, les yeux embués de larmes. À la lueur dorée de cette fin de journée, les murs blanchis à la chaux semblaient trembloter.

Elle ignorait pourquoi elle était venue ici. Les écuries avaient été le domaine de Lucas Gallagher. Elle huma les odeurs de cuir et de foin, et ressentit la perte de l'homme qu'elle aimait avec une intensité décuplée.

Cet homme brun au regard hanté, à l'âme féroce, était entré dans sa vie et lui avait dérobé son cœur. Mais il était parti, à présent, la laissant dans une telle solitude, une telle douleur, un tel désespoir qu'elle se demandait comment elle survivrait. Elle se mit à trembler de tout son corps.

Seigneur, implora-t-elle dans une prière silencieuse, faites qu'il s'en sorte sans mal. Qu'il parvienne à s'évader sans encombre…

Warrick et son régisseur étaient partis à la recherche des fugitifs. Excités par l'agitation ambiante, les chiens avaient aboyé férocement. Les hommes avaient affiché une mine déterminée et implacable. Elle les avait regardés partir, sans se sentir coupable le moins du monde de souhaiter qu'ils échouent. Warrick était son frère, mais ce qu'il faisait était mal. Traquer des hommes comme des bêtes, des hommes enchaînés qui subissaient le fouet, qui travaillaient comme des esclaves. Des hommes qui bien souvent n'avaient cherché qu'à servir une noble cause…

Elle se rendit compte que le soleil s'était couché. Les criquets chantaient dans l'air plus frais. Le ciel était encore pâle. Dans un box, un cheval dévorait son avoine. Lucas avait dû s'occuper des chevaux avant de partir. Cette pensée la troubla.

Lentement, elle tomba à genoux sur les dalles, portant les mains à ses yeux baignés de larmes. Jamais elle ne se remettrait de cet amour interdit, de la douleur de la séparation. Le souvenir de Lucas resterait à jamais gravé dans son âme, triste et doux à la fois.

En entendant un bruit de sabots, dans la cour, elle baissa les mains et s'efforça de se ressaisir. Elle se leva d'un bond, lissa sa robe. Elle tremblait d'émotion, mais parvint à se maîtriser et à se tourner vers la porte, la tête haute.

Son cœur s'emballa, un espoir insensé lui noua la gorge. Elle voulut se raisonner, se dire que c'était impossible, mais elle courait déjà vers lui. Dehors, le cuir d'une selle craqua. Une silhouette se détacha au clair de lune.

— Mon Dieu, murmura-t-elle. C'est toi !

Elle se jeta dans ses bras.

28

— Je te croyais parti, souffla-t-elle d'une voix brisée en parcourant de ses mains fébriles son visage, ses épaules, ses bras.

Elle éprouvait un besoin irrépressible de le toucher, comme pour vérifier qu'il était bien là, qu'elle n'était pas en train de rêver. Elle posa la joue sur la sienne, sentant son souffle tiède dans son cou. Elle dut fermer les yeux pour retenir des larmes de bonheur.

— Seigneur, j'avais l'impression qu'il me manquait une partie de moi-même...

Il lui prit les mains et les embrassa, le visage tendu.

— J'aurais dû m'en aller, dans notre intérêt à tous les deux. J'aurais dû partir.

— Non, ne dis pas cela !

Il l'enlaça, glissant les doigts dans ses cheveux, et la serra tendrement.

— Certaines vérités existent, même si on ne les exprime pas, murmura-t-il.

Il l'embrassa à perdre haleine, avec une ardeur qu'elle ne lui connaissait pas.

Elle s'abandonna à ses baisers, ses caresses, à cette passion interdite mais irrépressible qui la submergeait. Elle aurait voulu que leurs corps ne fassent plus qu'un. En se cambrant, elle sentit contre son ventre l'intensité vibrante de son désir. Alors elle oublia tout, pour savourer le plaisir de ce contact.

Lucas se souvint qu'ils se trouvaient sur le pas de la porte et reprit vite ses esprits.

— Viens, souffla-t-il en l'entraînant vers la pénombre d'un box vide, où flottait une odeur de foin.

Sans tarder, il s'empara à nouveau de sa bouche. Jessie se retrouva le dos plaqué contre la paroi de bois, les bras enroulés autour de son cou, tandis qu'il lui caressait les seins.

Ses caresses étaient magiques, ses baisers un émerveillement, comme un aperçu du paradis. Elle n'en revenait pas de pouvoir le toucher à nouveau, de se retrouver dans ses bras. Mais elle en voulait davantage. Elle voulait sentir le poids de son corps viril sur elle, dans le foin. Elle voulait qu'il vienne en elle, qu'il la pénètre avec force, qu'il apaise ce désir qui l'incendiait. Elle le voulait de tout son corps et n'en ressentait aucune honte, uniquement un bonheur intense.

Il la souleva de terre pour la laisser glisser ensuite contre son corps tendu. Elle savait que son désir était partagé. Ce sentiment lui procura une joie indicible, malgré le danger qu'ils encouraient.

— Chérie… souffla-t-il, la tête penchée en arrière, les yeux fermés, cherchant à maîtriser ses pulsions. C'est de la folie. Quelqu'un peut surgir à tout moment, et je suis sûr que nous ne l'entendrions même pas.

— Probablement pas, admit-elle avec un sourire mutin.

Elle sentait sous ses doigts les muscles saillants de son dos. Le souffle court, elle reprit :

— C'est que… c'est si bon de t'avoir à nouveau dans mes bras. Je ne supporte pas l'idée de te laisser repartir.

Il l'embrassa sur le front, la prenant par la taille pour la serrer de toutes ses forces.

— Je sais.

Elle posa la tête sur son torse et entendit les battements frénétiques de son cœur.

— Dis-moi, murmura-t-elle en lui caressant distraitement le dos. Raconte-moi ce qui s'est passé.

Il prit son visage dans une main. En levant les yeux, elle vit son sourire canaille.

— D'accord, mais puisque je ne vais pas te trousser dans le foin, autant que je te raconte tout en ôtant la selle du cheval gris.

Elle rit et embrassa la paume de sa main.

— Je vais allumer une lanterne.

Une lueur dorée envahit les écuries. Seuls deux boxes demeuraient dans l'ombre. Jessie accrocha la lanterne à un poteau et regarda Lucas s'affairer. À ses mouvements vifs, elle devinait sa joie de l'avoir retrouvée. Il devait toutefois être déçu d'avoir échoué dans sa tentative d'évasion.

— Tu devais partir ce soir, non? demanda-t-elle.

Il s'interrompit et se tourna vers elle.

— Oui.

— Et les autres? Warrick m'a dit que vous étiez cinq ou six.

— Ils sont partis. Malheureusement, l'un d'eux a cru bon de régler ses comptes avant de quitter le Château.

Jessie flatta l'encolure du cheval.

— Je sais.

Il commença à bouchonner l'animal.

— Eh bien, les chiens de ton frère n'ont pas mis longtemps à renifler la trace de cet homme. À peine avait-il atteint la crique, que nous avons entendu les aboiements sur la falaise.

— Ils l'ont capturé?

Lucas secoua la tête.

— Non, mais je savais qu'ils atteindraient la côte avant que le bateau soit à la mer, et il faisait encore assez jour pour qu'ils voient dans quelle direction il partait. La frégate nous aurait interceptés.

Elle caressait toujours la tête du cheval, tandis qu'il s'affairait sur son flanc.

— Alors, qu'avez-vous fait?

266

Il s'arrêta, la tête baissée, les bras tendus sur l'animal.

— J'ai poussé le bateau à la mer, puis je suis revenu à cheval à la rencontre de ton frère et de Dalton, le régisseur, au sommet de la falaise.

— Mais…

Elle le dévisagea. La lueur furtive qu'elle décela dans son regard lui brisa le cœur.

— Pourquoi ? demanda-t-elle.

Il lui tourna le dos et se mit à brosser vigoureusement, s'exprimant d'un ton faussement enjoué :

— Pour faire diversion, bien sûr. Je leur ai raconté avec force détails que je me trouvais à la maison des Grimes, quand les fugitifs sont arrivés et ont mis leur bateau à la mer. J'ai longuement brodé. Un vrai roman plein d'héroïsme et de violence. J'ai conclu en précisant que j'avais réussi à échapper à leurs griffes, non sans avoir vu dans quelle direction ils partaient.

— Tu as dit à mon frère qu'ils avaient mis le cap sur le nord ?

Leurs regards se croisèrent. Les yeux sombres de Lucas étaient emplis de malice.

— Oh, non ! J'ai dit qu'ils étaient partis vers le sud. Dalton sait très bien qu'un Irlandais ne trahirait jamais ses frères. Alors la frégate va sillonner le nord pour les rattraper. Le temps qu'ils se rendent compte qu'ils font fausse route, les autres auront eu le temps de filer.

Il mena le cheval vers son box.

— Mon frère ne s'est pas demandé ce que tu fabriquais à la crique, à cette heure tardive ?

Il lui répondit du fond des écuries :

— J'ai affirmé que tu pensais avoir perdu ta broche, et que j'étais allé la chercher à ta demande.

— Et il t'a cru ?

— Oui.

Il revint vers elle.

— Figure-toi que je l'ai retrouvée par hasard.

Elle reconnut l'éclat de l'or dans sa paume. Il agrafa la broche sur sa poitrine, effleura ses seins au passage.

— Je suis désolée que tu n'aies pas pu partir. Je sais combien tu attendais cette évasion.

— Je voulais partir, c'est vrai, mais je me suis dit que le projet devenait trop risqué. À présent, je me demande si je suis resté pour accorder une chance de réussite à mes camarades, ou pour une tout autre raison.

— Tu serais parti, si mon frère n'était pas arrivé à ce moment précis.

— Tu crois ?

Il se retourna, le visage plongé dans l'ombre.

— Avant de te rencontrer, je détestais tout de mon existence sur cette île. J'étais prêt à risquer ma vie pour tenter de m'évader. Mais maintenant... j'ai l'impression d'avoir quelque chose à perdre. D'ailleurs, une partie de moi t'en veut pour cette raison, ajouta-t-il sincèrement.

Elle s'approcha de lui, le frôlant presque, mais sans le toucher.

— Demain, j'aimerais faire du cheval. Dans la forêt tropicale, cette fois.

Il fit volte-face, le regard sombre, comprenant où elle voulait en venir.

— Petite...

Elle posa le bout des doigts sur ses lèvres chaudes.

— Non. Ne dis pas que c'est une erreur. Plus maintenant.

Il prit sa main dans la sienne et déposa un baiser sur sa paume. Leurs regards se croisèrent.

— Certaines vérités existent, même si on ne les exprime pas.

Le lendemain, en fin de matinée, ils s'engagèrent sur la piste qui serpentait au pied des collines vers les montagnes tapissées de forêt. Le soleil radieux filtrait sous un plafond d'eucalyptus et de fougères arborescentes.

Perdu dans ses pensées, Lucas leva la tête pour observer une perruche. Jamais il ne s'habituerait au rythme inversé des saisons, en Tasmanie.

Par-delà les mers, en Irlande, octobre était depuis toujours un mois où les arbres prenaient des teintes ocre et dorées. Le vent soufflait sous un ciel gris. Ici, au contraire, la nature renaissait en octobre. Tulipes et lilas fleurissaient, la végétation luxuriante se balançait doucement sous la brise printanière. Cette différence ne faisait que renforcer son dépaysement.

Il observa la jeune fille qui chevauchait à son côté. Elle se tenait bien droite, mais semblait détendue. Les plis de sa robe noire élégante étaient disposés avec soin autour d'elle. Ses joues pâles étaient teintées de rose.

Pour Jessica Corbett, le mois d'octobre correspondait au printemps. Si elle partait, si elle se rendait en Amérique, par exemple, elle serait aussi dépaysée que lui. Jamais elle ne se sentirait totalement à l'aise dans l'hémisphère Nord. La place de Jessie était en Tasmanie. Elle aimait cette île, sa maison, et elle y passerait le reste de sa vie. Quand il parviendrait enfin à s'évader, il la laisserait ici. La douleur de la séparation serait comme une plaie à jamais béante.

Depuis leur départ du Château, la jeune fille n'avait prononcé que quelques mots. Elle évitait de le regarder dans les yeux. Pourtant, il la sentait déterminée à aller jusqu'au bout de son projet. Dans l'intérêt de la jeune fille, il aurait dû refuser sa proposition tacite. Mais son désir était profond, puissant. Il le rendait fou et allait au-delà de l'instinct de survie. Lucas savait qu'ils allaient commettre une erreur fatale, mais il n'avait plus la volonté de reculer.

Depuis qu'ils étaient allés dans la grotte, le niveau de la rivière avait baissé. Lucas abreuva les chevaux puis les attacha à l'ombre. Jessie marcha parmi les troncs d'arbres et les fougères, vers une clairière inondée de soleil où l'herbe était haute et touffue. Elle s'assit, les mains sagement posées sur les genoux, la tête baissée.

Il avait toujours eu envie de la toucher, là où la peau du cou était diaphane et nacrée. Il réalisa son rêve d'une caresse.

Elle retint son souffle, puis leva les yeux vers lui, le regard grave.

— J'ai décidé, quand Harrison reviendra de Hobart, de lui annoncer mon refus de l'épouser.

Il s'assit face à elle, en tailleur, ses genoux frôlant les siens. Il ne prononça pas un mot.

Elle baissa les yeux.

— J'aime Harrison, mais comme un ami. Je m'en rends compte, à présent. Je croyais sincèrement que cette tendresse suffirait. Peut-être que si je ne t'avais pas rencontré, je m'en serais contentée. Mais j'en doute. J'aurais vécu avec l'impression qu'il me manquait quelque chose. Cette frustration m'aurait rendue malheureuse. Harrison n'aurait pas été heureux, lui non plus.

— Que vas-tu faire ?

Elle releva vivement la tête, affichant un sourire si spontané et naturel qu'il en eut le souffle coupé.

— Je vais réaliser mon rêve secret, mener des recherches géologiques sur toute l'île. Ce n'est vraiment pas convenable pour une dame, tu ne trouves pas ? La majorité de mon héritage est constituée de terres que je ne pourrai pas administrer. Mais je possède aussi un petit patrimoine que je toucherai à ma majorité, l'année prochaine. Je ferai une demande au gouverneur pour obtenir des terres à mon nom. D'autres femmes l'ont fait avant moi. Je réussirai peut-être à faire en sorte que tu sois affecté chez moi...

— Petite...

270

Il lui prit la main.

— Je ne me suis pas évadé hier soir, mais je partirai un jour ou l'autre. Ce n'est qu'une question de temps. Je ne vais pas passer les cinquante prochaines années dans les colonies, à mener une vie de forçat.

Il vit le sourire de la jeune fille s'effacer. Elle se tourna vers la mer.

— J'aurais dû m'en douter. Mais c'est... très dur. J'ai l'impression de t'avoir cherché toute ma vie sans le savoir. Maintenant que je t'ai trouvé, l'idée de te perdre est...

Elle serra sa main plus fort.

— ... intolérable.

— Pourtant, tu vas devoir supporter cette épreuve.

— Je sais. Mais pas tout de suite.

Elle leva la main de Lucas vers ses seins.

— Fais-moi l'amour, Lucas, implora-t-elle en soutenant son regard.

Elle sentit sa main trembler.

— Tu ne sais pas ce que tu me demandes, protesta-t-il d'une voix rauque.

Elle esquissa un sourire coquin. Il adorait ce sourire, car il trahissait tout ce qu'elle cherchait à cacher.

— Au contraire, je le sais parfaitement. J'ai reçu une formation scientifique très poussée, et Geneviève a toujours été persuadée qu'il ne fallait pas cacher aux jeunes filles certaines réalités de la vie.

Son sourire s'envola. Elle arbora un air grave.

— Tu crois que, parce que je suis vierge, tu ne devrais pas coucher avec moi ?

Il voulut sourire, mais n'y parvint pas. Il tremblait de tous ses membres, ivre du désir de lui caresser le visage, de la prendre dans ses bras, de l'allonger dans l'herbe tendre...

— Peu de femmes verraient les choses sous cet angle.

Elle se mit en colère.

— Ne me traite pas comme une enfant, comme une personne irresponsable, incapable de prendre une décision, uniquement parce que je suis une femme !

Lucas ne pouvait plus se retenir de la toucher. Il effleura sa joue d'une main.

— Je te respecte, petite. Ce n'est pas le problème.

— Alors quel est le problème ?

Il baissa la main.

— Tu ne me connais pas.

— Si, je te connais !

— Non, insista-t-il en secouant la tête. Il y a trop de choses que je ne t'ai pas dites.

— Tu ne vois donc pas que tout cela n'a aucune importance ? Ni les cicatrices qui meurtrissent ton dos, ni cet homme que tu as tué, ni tout autre terrible secret que tu ne parviens pas à me révéler ? Rien de tout cela ne compte !

Elle se pencha vers lui, le visage tendu et grave.

— Je t'aime, Lucas Gallagher, reprit-elle. J'aime l'homme que tu es.

La gorge de Lucas était nouée par l'émotion. Il savait que Jessie le désirait, mais il n'avait jamais osé imaginer qu'elle soit amoureuse de lui, que ce qu'il lisait dans son regard aille au-delà du désir charnel. Cette découverte le déconcerta. Il en éprouva un certain malaise. Il lui prit la main et la porta à ses lèvres, les yeux fermés.

— Si seulement j'avais pu te rencontrer il y a quatre ans, à Dublin, quand j'avais encore un avenir et un cœur à t'offrir…

Elle ôta sa main de la sienne et enleva son chapeau. Ce mouvement plaqua le tissu de sa robe sur ses seins.

— Tu penses que tu aurais été digne de moi, à l'époque ? demanda-t-elle en posant son chapeau à côté d'elle. Tu crois ne pas être digne de moi aujourd'hui ?

Elle se pencha vers lui, les yeux écarquillés.

— Tu ne comprends donc pas que je t'aime ? Toi. L'homme que tu es, *aujourd'hui*.

Lucas fit une dernière tentative.

— Nous n'avons aucun avenir ensemble. Cette relation ne nous apporterait que le danger et la souffrance, tu le sais bien.

— Je sais, admit-elle en ôtant ses gants, qui rejoignirent son chapeau dans l'herbe.

Un sourire timide apparut sur ses lèvres. Lucas eut une envie irrépressible de l'embrasser.

— Je veux t'entendre prononcer mon nom, murmura-t-elle en inclinant la tête.

— Jessie, fit-il.

La jeune fille afficha un sourire radieux.

— Maintenant, fais-moi l'amour.

— Oui, répondit-il en prenant son visage dans ses mains.

29

Jessie demeura immobile, incapable de respirer tandis que, avec une douceur infinie, Lucas l'embrassait. Elle était consciente de son désir vibrant pour elle, devinait le feu qui brûlait en lui. Lucas faisait de son mieux pour maîtriser son ardeur. En dépit de ses grands discours, Jessie était vierge, avec ses incertitudes et ses craintes. Ce n'était pas la première fois qu'ils s'étreignaient, mais elle ignorait tout de ce qui l'attendait ensuite.

Pour l'heure, elle sentait ses lèvres douces et chaudes contre les siennes. Elle glissa la langue dans sa bouche, cherchant la sienne, enroula les bras autour de son cou pour l'attirer vers elle. Leur baiser se fit plus ardent, plus sensuel, leurs corps plus fébriles et impatients.

Il arracha ses lèvres aux siennes et releva la tête, le souffle court.

— Je peux te déshabiller? demanda-t-il d'une voix rauque.

— Oui, à condition que tu me laisses en faire autant, répondit-elle avec un sourire coquin.

Les yeux brillants, il dégrafa le haut de sa robe.

— Moi d'abord.

Il descendit peu à peu, sans quitter son visage des yeux. Enfin, il découvrit la camisole de satin et de dentelle qui dissimulait ses seins fermes.

— Petite... murmura-t-il en faisant glisser le tissu sur ses épaules. Tu es si belle...

Lorsqu'il caressa ses bras dénudés, elle retint son souffle. Les doigts de Lucas se glissèrent sous le fin coton de la camisole, pour effleurer ses seins. Elle rejeta la tête en arrière, les yeux clos afin de savourer la langueur qui s'emparait d'elle.

— Tu dis cela uniquement parce que tu veux me voir nue. Ma mère m'a mise en garde contre les vils séducteurs...

— Hum, fit-il en ôtant le bas de sa robe d'un geste assuré. Je doute que ta mère ait imaginé cette scène.

Il s'attaqua au bas de sa tenue d'équitation.

— De plus, je n'ai pas besoin de te flatter pour arriver à mes fins, puisque j'ai déjà ta permission.

— Ce doit être mon inexpérience.

Elle s'appuya sur les épaules de Lucas pour qu'il puisse la débarrasser de sa tenue d'un geste.

— J'aurais dû te laisser me flatter, avant de te permettre de dégrafer mes boutons.

— Tes boutons, tes lacets, tes crochets...

Il enfouit le visage dans son cou, dans ses cheveux soyeux, puis il s'attaqua au corset et à la camisole.

— Pourquoi les femmes portent-elles tant de couches de vêtements ? On dit que c'est pour qu'elles se tiennent bien droites. En vérité, c'est pour décourager les hommes et les empêcher de poser les mains où ils ne devraient pas.

Elle rit doucement. Il effleura ses mamelons du dos de la main, lui coupant le souffle, et lui retira son corset et sa camisole, de sorte qu'elle se retrouva à moitié nue face à lui. Soudain, elle se sentit intimidée, téméraire et excitée à la fois. Elle avait enfin l'impression d'être sur le point de devenir une femme.

— Allonge-toi, chuchota-t-il en l'installant sur ses vêtements épars.

Elle se coucha sur le dos, vêtue de sa seule culotte, les cheveux déployés sur ses épaules nacrées. Lucas se pencha sur elle, le regard voilé, brûlant, les traits tendus, presque féroces, pleins de désir contenu.

Jessie leva la main et traça le contour de sa mâchoire volontaire.

— J'aime quand tu me regardes ainsi, déclara-t-elle.

— Comment ? demanda-t-il en enlevant sa veste pour venir s'allonger contre elle.

— Tu sembles si fort, si effrayant, et pourtant...

— Pourtant ?

Il s'appuya sur un avant-bras et la plaqua brusquement contre son corps ferme et viril.

Elle posa une main sur son bras meurtri.

— Pourtant, je me sens toute chose, à l'intérieur. Comme envahie d'une sorte de chaleur...

La main de Lucas descendit de ses seins vers son ventre. La peau de la jeune fille frissonna à ce contact. Tout son corps s'enflamma.

— Tant mieux, souffla-t-il. C'est exactement ainsi que je te veux.

Il dénoua les lacets de sa culotte. Quand les doigts de Jessie se crispèrent sur sa main, il s'immobilisa et leva les yeux vers elle, les sourcils froncés.

— Tu préfères que j'arrête ?

Elle secoua la tête, la gorge nouée, et lâcha sa main. Elle était troublée, honteuse de lui avoir demandé de la faire sienne et de l'en empêcher ensuite.

— Non. Excuse-moi. J'ai réagi machinalement, je...

— Chut, murmura-t-il en enfouissant son visage dans son cou. Ne t'inquiète pas. Tout va bien. Je vais aller plus doucement.

Il l'embrassa sur le nez, les paupières. Son souffle était chaud contre sa peau. Il prit ses seins dans ses paumes. Agrippée à ses épaules, elle se cambra pour mieux savourer ces caresses. Il poursuivit ses baisers enfiévrés. Elle sentit le parfum enivrant de sa peau sous le soleil.

Jessie ferma les yeux et se laissa emporter dans un tourbillon de sensations nouvelles, le contact de sa langue humide titillant son mamelon, cette douce chaleur dans son ventre, la caresse de ses doigts...

276

Brûlant d'envie de lui caresser le dos, elle entreprit de lui ôter sa chemise.

— Enlève-la, ordonna-t-elle d'une voix rauque.

Il s'écarta un instant et se dévêtit, avant de se pencher à nouveau sur elle. Lorsqu'il voulut dénouer le lacet de sa culotte, elle ne l'arrêta pas, cette fois. Au contraire, elle se mit à gémir et se souleva pour lui faciliter la tâche.

Quand il exposa à son regard son corps entièrement nu, il se releva, haletant, et lui écarta doucement les cuisses de ses mains fébriles. Il vint se placer délicatement entre ses jambes. La jeune fille fut étonnée de ne ressentir aucune gêne, bien au contraire. Elle ne voulait plus qu'une chose : l'accueillir en elle. Elle oublia tout. Il n'existait plus que cet homme ténébreux.

Enfin, il effleura sa féminité offerte. La sensation fut si divine qu'elle cessa de respirer. Elle crispa les doigts sur ses bras et murmura son prénom, se laissant engloutir par un océan de plaisir.

Il leva les yeux vers elle, les traits tendus.

Jamais Jessie n'aurait soupçonné que cette partie de son corps fût aussi sensible, que le simple contact de l'homme qu'elle aimait pouvait l'exciter à ce point. Elle se cambra, les paupières closes. La bouche de Lucas s'aventura sur son ventre, puis plus bas. Elle ignorait qu'un homme pouvait embrasser une femme de cette façon. Il semblait connaître son corps mieux qu'elle-même. Il savait où la toucher, comment éveiller sa passion jusqu'au point de non-retour.

Comme s'il lisait ses pensées, il dégrafa son pantalon, tout en s'emparant de ses lèvres avec fougue. Bientôt, elle sentit sur elle le poids de son corps tandis qu'il se plaçait entre ses jambes. Il se plaqua contre elle et la pénétra doucement, d'un coup de reins. La douleur se perdit dans un flot de plaisir.

Au coup de reins suivant, elle étouffa un cri de douleur et de volupté mêlées. Il se dressa sur les avant-bras et elle contempla son torse moite de sueur, aux muscles saillants, ses yeux mi-clos, ses traits délicats d'ange déchu. Il était d'une beauté extraordinaire.

— Lucas, murmura-t-elle.

Il se pencha, les mains dans ses cheveux épars, et l'embrassa tendrement. Ses hanches se mouvaient au rythme de son souffle saccadé.

— Je t'ai désirée dès le premier regard, chuchota-t-il contre ses lèvres. Seigneur, comme je t'ai désirée…

Elle lui caressa le dos, sentant les cicatrices sous ses doigts.

— Moi aussi, mais je ne le comprenais pas…

Il déposa des baisers furtifs dans son cou.

— Et tu comprends, maintenant ?

— Oui, dit-elle en resserrant son emprise à mesure qu'il accentuait ses mouvements de va-et-vient.

Il s'enfonça plus profondément en elle. D'instinct, Jessie enroula les jambes autour de sa taille, cherchant à l'attirer plus loin, de plus en plus vite, en quête d'un plaisir qu'elle ne connaissait pas, une sensation qu'elle réclamait de tout son corps, de toute son âme.

Bientôt, elle crut mourir. Autour d'elle, le monde s'écroula. Elle fut submergée par une vague de plaisir indicible. Elle sentit Lucas se raidir à son tour. Son visage se tordit en un rictus douloureux, comme s'il souffrait. Après un dernier coup de reins, il s'arracha à elle avec une telle brutalité qu'elle lui en voulut de la quitter. Elle s'agrippa à ses épaules pour le retenir. Il frémit encore et déversa sa semence sur son ventre.

Blottie contre Lucas, sous le soleil radieux, Jessie lui caressait paresseusement la poitrine.

— Je n'ai pas fini de te déshabiller, déclara-t-elle en redessinant les contours de ses muscles.

Elle avait envie de découvrir chaque parcelle de son corps.

Il caressa sa jambe.

— Moi non plus, répondit-il. Tu as gardé tes bas, tes bottines...

Elle se tourna pour mieux observer son visage. Jamais elle ne l'avait vu aussi détendu, aussi épanoui. Il devait être ainsi, autrefois, avant que son existence ne sombre dans la douleur.

— Et si on recommençait? suggéra-t-elle d'un air coquin.

En riant, il la saisit par les hanches et l'attira sur lui.

— C'est une excellente idée, mademoiselle Corbett.

Elle sentit contre son ventre l'intensité vibrante de son désir. Dans un gémissement, elle enfouit le visage dans son cou et l'embrassa avec ardeur.

— Que se passe-t-il? s'étonna-t-elle lorsqu'il interrompit soudain leur baiser.

— Ce que nous faisons est très dangereux...

Elle s'assit à califourchon sur lui.

— Tu as peur que quelqu'un nous surprenne?

Il posa une main sur son ventre plat.

— Pas seulement. J'ai surtout peur de te faire un enfant.

Elle sursauta, puis secoua la tête.

— Mais... tu t'es retiré à temps.

— Cela ne suffit pas toujours.

— Alors, que faire?

Le bonheur qu'elle avait lu sur son visage fit place à un air soucieux. Il plissa les yeux.

— Il existe un objet que les hommes peuvent enfiler, mais je n'ai aucun moyen de m'en procurer. Les femmes connaissent d'autres astuces. Enfin, certaines femmes...

— Geneviève en connaît peut-être.

Elle le regarda fixement, une mèche dans les yeux. Il se mit à jouer distraitement avec la boucle dorée.

— Crois-tu qu'il serait raisonnable de lui poser la question?

— Jamais elle ne me trahirait, affirma Jessie.

Il arqua les sourcils.

— Pas même si elle considérait que c'est pour ton bien ?

La jeune femme secoua la tête.

— Elle a toujours jugé stupide de croire que l'on peut savoir ce qui est bon pour autrui.

Il lâcha la mèche, qui retomba sur sa poitrine. La main de Lucas se referma sur un sein. Il sourit et se mit à lui caresser les seins d'un air faussement indolent qui embrasa Jessie. Le regardant droit dans les yeux, elle posa les mains sur les siennes et accentua leur pression.

— Demain, j'irai lui rendre visite pour lui poser la question.

Il l'attira contre lui pour l'embrasser avec volupté.

— Je ne devrais pas te parler de ce risque de grossesse, marmonna-t-il. Je devrais te dire que tu es folle, que nous sommes fous tous les deux, qu'il ne faut pas recommencer. Si nous continuons, nous sommes certains de nous faire prendre.

Jessie suivit d'un doigt le contour de sa mâchoire, puis la courbe harmonieuse de sa joue. Elle aurait pu le regarder pendant des heures.

— Je ne peux pas vivre loin de toi, dit-elle doucement. Plus maintenant. Je n'en aurais pas la force.

— Moi non plus, avoua-t-il.

Il la fit rouler sur le dos, prisonnière de son corps. Elle vit ses lèvres esquisser un sourire qui la rendit folle de désir.

— Et si je finissais quand même de te déshabiller…

Ce soir-là, quand elle se fut habillée pour le souper, Jessie remercia sa femme de chambre et s'installa devant sa coiffeuse. Dehors, le vent s'était levé, faisant vaciller les flammes des lanternes.

Le miroir lui renvoya le reflet d'une femme aux cheveux dorés, vêtue d'une sage robe de soie rose ornée de fleurs et ourlée de dentelle écrue. Elle avait le teint plus coloré que de coutume, les yeux brillants, mais ne trahissait aucun autre signe de ce qui venait de lui arriver. Cette pensée ne la rassura guère. Au fond d'elle-même, elle se sentait transformée et redoutait que son entourage ne s'en rende compte. Qu'ils sachent qu'elle s'était allongée dans l'herbe, entièrement nue, qu'elle avait accueilli en elle un homme, un détenu…

Elle aurait souhaité crier son amour au monde entier. Mais Lucas était un forçat irlandais. Leur amour était condamné. Soudain, le désespoir la submergea.

Le cœur brisé, elle porta une main à sa bouche, puis respira profondément. Elle alla éteindre les chandelles et partit à la rencontre de sa mère.

Jessie tenait à garder son secret, mais elle avait aussi décidé de rompre ses fiançailles avec Harrison. Sa mère devait en être informée sans tarder.

30

La chambre de Béatrice se trouvait à l'avant de la maison, au bout d'un couloir immense. Elle occupait cette chambre même avant la mort de son mari. D'aussi loin que Jessie se souvienne, ses parents avaient toujours fait chambre à part. Une fois en âge de comprendre la situation, elle s'était dit qu'ils étaient simplement réservés, peu démonstratifs. À présent, elle commençait à croire que Warrick avait raison. Leurs parents ne s'étaient jamais aimés.

La jeune femme frappa doucement à la porte.

— Entrez! fit la voix sèche de sa mère.

Elle était habillée d'une austère robe noire. Une femme de chambre la coiffait avec soin. Elle ne se retourna pas vers sa fille.

Jessie demeura sur le seuil, les mains croisées, le cœur battant. On lui avait appris à répondre aux souhaits de ses parents. Or ils avaient toujours voulu qu'elle épouse Harrison Tate... Elle se sentit soudain oppressée. Par le passé, elle avait souvent déçu sa mère, et elle était sur le point de recommencer.

— Mère? J'aimerais vous parler...

Béatrice croisa son regard dans le miroir, puis renvoya la domestique d'un geste.

— De quoi s'agit-il, Jessica?

La jeune femme gagna la fenêtre drapée de lourds rideaux bordeaux. Cette pièce l'avait toujours étonnée, avec ses tons sombres, ses meubles en acajou et ses tissus riches. Elle dégageait une atmosphère dramatique, un peu incongrue. Étrangement, Jessie se dit que sa mère avait peut-être des secrets, elle aussi.

— J'ai quelque chose à vous annoncer, déclara-t-elle, rassemblant son courage. J'ai décidé de ne pas épouser Harrison.

Contrairement à ce qu'elle attendait, Béatrice n'eut aucune réaction. Elle ouvrit son coffre à bijoux et choisit une bague ornée d'une perle, qu'elle glissa à son doigt.

— Je regrette, Jessica, c'est impossible. Tu es fiancée, et le mariage aura lieu début décembre. Tout est prévu.

Jessie fit un pas en avant.

— Mère, vous ne pouvez rejeter ainsi ma requête ! Je ne peux épouser Harrison. Je ne l'aime pas comme une femme doit aimer son mari.

Béatrice referma vivement son coffret à bijoux. Le regard dur, elle fixa sa fille dans le miroir. Jessie sentit son estomac se nouer. Elle avait l'impression d'être une enfant de six ans, qui attendait une punition.

— Ne dis pas de bêtises ! Ton père a décidé ce mariage il y a très longtemps. Tu n'as jamais protesté, que je sache.

— C'est vrai, avoua Jessie, tenaillée par la culpabilité. Mais je proteste à présent.

— C'est trop tard.

La jeune femme secoua la tête.

— Tant que les vœux n'ont pas été prononcés, il n'est pas trop tard.

Béatrice se leva dans un froufrou de jupons et de soie, très digne. Elle alla ranger son coffret à bijoux, puis se tourna vers sa fille. Jamais Jessie n'avait vu une telle expression sur le visage de sa mère, des yeux aussi froids, furieux. C'était la deuxième fois qu'elle exprimait une volonté, après celle de poursuivre ses études à Londres.

— Il ne s'agit pas de détails de procédure, Jessica. Je te parle d'honneur, de devoir, de honte, de savoir-vivre, des usages. Une jeune fille convenable respecte ses engagements. Si je te permettais de rompre tes fiançailles, ta réputation serait entachée. Nous deviendrions des parias. Plus jamais nous ne pourrions apparaître en public. As-tu pensé à ton frère ? À l'effet qu'une telle honte aurait sur sa place dans la société ? Et son amitié pour Harrison ? Son mariage avec Philippa ?

Jessie se détourna.

— Mère, Warrick ne veut pas épouser Philippa, vous le savez très bien. Les arrangements de nos pères respectifs semblaient judicieux à l'époque, mais c'était une erreur. On ne peut élever des enfants comme des frères et sœurs, et leur demander de se marier une fois adultes.

Béatrice fulminait.

— Tu ne sais rien de ces questions ! Nous faisons notre devoir, et tu dois épouser Harrison Tate.

La tête haute, tremblant de tous ses membres, Jessie se dirigea vers la porte.

— Je regrette, mère, mais j'ai l'intention d'informer Harrison de mon refus de l'épouser, dès son retour de Hobart.

Elle posa la main sur la poignée de la porte. La voix de sa mère l'interrompit, une voix dure qui avait le don de rouvrir certaines plaies de son enfance :

— Tu as toujours été une égoïste. Tu ne penses qu'à toi, à tes petits caprices ridicules. Tu n'as jamais cherché à me satisfaire, comme tu le devais, pourtant.

Tremblant de douleur et de colère, Jessie fit volte-face.

— Vous vous trompez. J'ai essayé. Depuis ma plus tendre enfance. J'ai tout fait pour être la fille dont vous rêviez, mais cela ne suffisait jamais. Vous n'avez cessé de me répéter combien vous étiez déçue, combien je vous faisais honte !

— Pourquoi agis-tu de la sorte ? demanda Béatrice. Pour me punir ?

284

— Non. Je le fais parce que c'est nécessaire.

— C'est nécessaire ?

Elle émit un rire cassant.

— Si tu romps tes fiançailles avec Harrison, personne ne voudra de toi.

Jessie secoua la tête. Elle se sentit soudain comme une étrangère, face à cette femme qui lui avait pourtant donné la vie.

— Je refuse de passer ma vie à redouter ce que les autres risquent de penser.

— Jessica... si tu fais cela, je ne te le pardonnerai jamais.

La jeune femme ouvrit la porte et la regarda par-dessus son épaule, la gorge nouée par le chagrin.

— Je suis désolée, mère, mais si je renonce à ma volonté, je ne me le pardonnerai jamais.

Elles étaient assises sur les rochers, au pied des falaises de la pointe de la Dernière Chance. Geneviève balançait doucement ses pieds dans l'eau. Jessie avait les jambes repliées, le menton appuyé sur les genoux. Le vent de la veille était tombé, faisant place à une belle journée ensoleillée, sous un ciel d'un bleu intense.

Leur dernière rencontre remontait à des semaines, mais leur amitié était ainsi, faite de moments volés, un lien essentiel qui devait moins à des contacts fréquents qu'à une communion d'idées et une compréhension mutuelle. Au fil des années, Geneviève avait appris à aimer cette jeune fille tourmentée comme la fille qu'elle n'avait jamais eue. Ce jour-là, elle l'avait laissée relater son entrevue houleuse avec Béatrice, sa décision à propos de Harrison. Mais elle devinait que Jessie lui cachait quelque chose.

— Où est la limite, Geneviève ? demanda-t-elle, les sourcils froncés comme lorsqu'elle était enfant. Jusqu'à quel point une femme doit-elle se sacrifier pour les autres ? Jusqu'à quel point doit-elle n'écouter que ses désirs ?

Geneviève poussa un long soupir et regarda au loin, vers le large.

— Je ne pense pas que la limite soit la même pour chacune de nous, répondit-elle. Cela dépend des choix auxquels nous sommes confrontées, dans la vie. Chaque femme sent au fond de son cœur qu'elle commet une erreur.

— Mais quand on est égoïste...

Geneviève posa une main sur sa manche.

— Tu ne l'es pas.

Jessie baissa la tête, laissant la brise caresser les cheveux qui tombaient sur sa nuque.

— Ma mère pense que je le suis.

— Ta mère a sans doute besoin de justifier ses choix d'autrefois.

La jeune femme releva les yeux, intriguée.

— Vous parlez de son mariage avec mon père ?

— Exactement.

Jessie observa une algue accrochée à un rocher, qui se balançait au gré des vagues.

— Elle ne l'a jamais aimé, n'est-ce pas ?

Geneviève secoua la tête.

— Lorsque les parents ont arrangé ce mariage, Béatrice et Anselm ne s'étaient rencontrés qu'une seule fois. Comment pouvaient-ils s'aimer, dans de telles conditions ?

Devant le regard troublé de son amie, elle ajouta :

— Béatrice a toujours considéré Anselm comme inférieur à elle. Sa famille était de l'ancienne noblesse. Ils étaient pauvres, mais nobles.

— Alors que les Corbett étaient selon elle des parvenus, déclara tristement Jessie.

— En quelque sorte. Mais ce qualificatif m'étonne de sa part.

— Elle l'utilise pour qualifier les gens qui ont fait fortune malgré leurs origines modestes. Chaque fois

286

qu'elle l'employait, elle regardait mon père d'un air éloquent. Il était facile de deviner ce qu'elle pensait de lui.

Un aigle passa dans le ciel. Geneviève se pencha en arrière pour contempler ses ailes déployées.

— Elle n'a pas changé…

— J'ignorais que vous connaissiez ma mère, déclara Jessie en la dévisageant.

— Je l'ai connue, oui.

— Comment ?

La brise était chargée d'une odeur d'eucalyptus et de sel. Geneviève ferma les yeux et respira profondément.

— J'ai promis à ta mère de ne jamais te le révéler, répondit-elle, le cœur lourd.

Elle redouta un instant que la jeune femme insiste, mais Jessie n'en fit rien. Un silence complice s'installa entre elles.

— Ma mère aimait-elle un autre homme ? demanda enfin Jessie. Je veux dire, lorsque ses parents ont organisé ce mariage…

Geneviève acquiesça.

— Oui. Il s'appelait Peter Fletcher. Il n'était que lieutenant dans l'armée, mais sa famille était ancienne et fière… et encore plus pauvre que celle de ta mère.

— Il l'aimait ?

— Profondément. En entendant parler du mariage de Béatrice avec Anselm, il a voulu s'enfuir avec elle.

— Et elle a refusé.

— Oui. Ta mère a toujours suivi le destin qui était tracé pour elle.

Un navire était apparu au large, à l'entrée de la crique. Ses voiles blanches le menaient vers le sud.

— Toutes ces années… commenta Jessie en observant le bateau. Et je n'en savais rien.

— Elle l'a peut-être oublié elle-même. Elle a dû se forcer à oublier. Elle est comme ça.

Geneviève leva une main pour s'abriter du soleil. Il s'agissait de la frégate, le *Repulse,* qui rentrait au port.

Puis elle regarda sa jeune amie :

— Ta mère n'a pas deviné tes sentiments pour cet Irlandais, j'espère ?

Jessie secoua la tête.

— Je n'ai jamais eu l'occasion de vous demander comment vous le savez.

— J'ai vu ton visage, le jour de la tempête. Quand tu le regardais, tes sentiments se lisaient dans tes yeux.

— Je devrais peut-être porter des chapeaux à voilette, se moqua Jessie sans joie. Si ma mère le savait…

Elle pinça les lèvres et ajouta :

— J'ignore ce qu'elle ferait, mais elle lui causerait du tort, c'est certain. Elle le rendrait responsable de ma décision de rompre les fiançailles.

— Quand se terminera sa peine ?

Jessie porta ses mains crispées à sa bouche.

— Jamais. Ils ne le libéreront jamais.

La frégate était si proche qu'elles entendaient les voiles battre au vent et le fracas de l'eau sur la coque.

— Jessie, fit Geneviève en lui prenant la main.

— Il dit…

Elle leva les yeux, la voix brisée.

— Il dit qu'il existe des moyens pour éviter d'être enceinte… Vous en connaissez ?

Geneviève étudia ses traits tirés. Elle avait senti qu'il s'était passé un événement important dans la vie de Jessie, un événement qui allait au-delà de sa décision à propos de Harrison et de son entrevue avec sa mère. À présent, elle comprenait la situation.

— Oui, répliqua-t-elle. Je peux t'expliquer, si tu veux.

La jeune femme hocha la tête, retenant ses larmes. Geneviève songea qu'elle avait toujours été trop exigeante envers elle-même, trop forte. Même enfant, Jessie pleurait rarement.

— Vous allez me dire que ce que nous faisons est très dangereux ?

Geneviève pressa sa main dans la sienne.

— Oui, c'est dangereux. Mais tu le sais déjà.

Elle ressentit de la peur au plus profond d'elle-même, et une grande tristesse pour ces amants condamnés qui n'allaient croiser que le malheur.

— Rappelle-toi que je serai toujours là pour toi, quoi qu'il arrive.

Le jeune garçon était adossé au mur de la maison, les jambes tendues, les mains sur les genoux, le chapeau enfoncé sur la tête.

— Elle est dans le pré derrière la maison, en train de garder les moutons.

— Merci, répondit Warrick.

Il fit volter son cheval, puis s'arrêta pour observer le garçon. Dicken était un être étrange, presque effrayant, un peu sauvage. Au cours des dernières semaines, lorsqu'il était venu à la fermette, Warrick l'avait vu tuer toutes sortes d'animaux, des pies aux wallabys, à l'aide d'un lance-pierres. Chaque fois qu'il faisait mouche, il souriait. En voyant ce rictus cruel, Warrick ne pouvait s'empêcher de se demander s'il n'était pas celui qui avait abattu Parker Jones.

— Dis-moi, ce détenu noir que je recherchais... déclara-t-il soudain, posant enfin la question qui lui brûlait les lèvres. C'est toi qui l'as tué ?

— Moi ?

Dicken ouvrit un œil sous le bord de son chapeau.

— Moi je n'utilise que le lance-pierres. C'est Faine qui manie le couteau.

Warrick crispa les mains sur les rênes, suffisamment fort pour faire peur au cheval qui s'agita.

Il le talonna en direction du pré...

— Pourquoi ne m'as-tu pas dit la vérité ? demanda-t-il à sa maîtresse, plus tard, quand ils se retrouvèrent nus et enlacés à l'ombre d'un bouleau. Pourquoi ne pas m'avoir avoué que c'était toi qui avais tué le fugitif ?

Elle haussa les épaules.

— J'ignorais comment tu réagirais en apprenant la nouvelle.

Elle se tourna pour lui faire face et décela une lueur indéchiffrable dans son regard.

— D'ailleurs, j'ai l'impression que tu es contrarié. Après tout, ce type était un voleur, un évadé.

Il lui caressa la joue.

— S'il te menaçait, tu n'avais pas le choix.

— Il ne cherchait pas à me faire du mal. C'est mon âne qu'il voulait.

Warrick se figea.

— Tu l'as tué pour un âne? Tu l'as poignardé dans le dos?

Elle roula sur le côté et s'appuya sur un bras, pour mieux l'observer.

— Tu vois! Tu ne comprends pas mon geste. Tu ne sais pas ce que c'est qu'être pauvre.

Elle posa une main sur son torse nu et le caressa lentement, d'un air pensif.

— Pour toi, reprit-elle, être pauvre c'est s'allonger dans l'herbe, faire l'amour sous les étoiles, être libre parce qu'on n'a rien à perdre… Eh bien, cet âne compte énormément pour nous, et il n'était pas question que je le perde.

Warrick la dévisagea. Il n'avait jamais tenu compte de leurs différences, mais elles semblaient soudain se dresser entre eux. Non, il ne savait pas ce qu'était la pauvreté. Il n'y avait jamais réfléchi jusqu'à ce jour. Peut-être que ce manque de respect pour la vie humaine en faisait partie. Sauf que…

Il fronça les sourcils.

— Tu ne ressens rien? Aucun remords? Pas même de la tristesse? Cet homme est mort, bon sang!

Elle secoua la tête, la mâchoire crispée.

— Il n'avait qu'à pas essayer de voler mon âne!

Elle se leva et s'éloigna, svelte et superbe, vers le petit ruisseau qui cascadait sur les pierres. Au milieu de l'été, il serait asséché, mais l'eau claire coulait encore. Il regarda la jeune fille s'agenouiller pour boire une gorgée d'eau fraîche. Le soleil tapait sur son dos et ses hanches minces. Son naturel, son calme l'enchantaient.

Cela faisait des semaines qu'il venait la voir, qu'ils s'aimaient follement, qu'il la prenait dans ses bras et lui racontait ses rêves. Mais il n'avait jamais été aussi proche de la faire totalement sienne, de saisir son essence.

— Pourquoi fais-tu cela? demanda-t-il. Pourquoi couches-tu avec moi? Tu dis que tu ne m'aimes pas.

Elle se redressa et pivota vers lui, affichant un sourire radieux.

— Tu es superbe. On dirait un ange venu d'un autre monde. Il est très rare de pouvoir toucher une créature d'un autre monde.

Warrick s'assit.

— Tu ne m'aimes pas un petit peu?

Elle inclina la tête et le scruta, comme si elle cherchait à le comprendre. Warrick savait qu'elle avait connu d'autres hommes, à qui elle s'était donnée sans retenue, après ce viol qu'elle avait subi en Écosse.

— Je t'aime bien, répondit-elle lentement. Mais comment pourrais-je t'aimer, alors que je ne te connais pas?

— Tu n'as donc rien appris sur moi au cours des dernières semaines?

— Peu de choses. Mais je ne pourrais jamais te connaître vraiment. Nous sommes trop différents.

Il alla la rejoindre. Il se sentait toujours un peu gêné de se promener nu, comme elle.

— Je crois...

Il se tut et la prit par les hanches.

— Je suis sûr que deux personnes peuvent se connaître et s'aimer d'instinct, dès leur première rencontre.

Faine renversa la tête en arrière pour le regarder. Son visage n'exprimait aucun sentiment.

— Je ne comprends même pas le sens de ces mots.

Elle lui prit une main et la glissa entre ses cuisses, dans les replis humides de sa féminité.

— Voilà ce que je connais. C'est ce que nous avons, tous les deux...

Son autre main se referma sur son membre.

À sa grande honte, il sentit le désir monter en lui. Il ne voulait pas que leurs rapports se limitent à ces étreintes. Il cherchait un amour véritable, quelque chose de profond. Jamais il n'aurait cru qu'il puisse être romantique... Mais il l'était peut-être, finalement.

Il enfouit le visage dans ses cheveux et se mit à rire. Bientôt, elle rit aussi. Puis leurs bouches se trouvèrent et ils basculèrent sur le tapis d'herbe.

En début de soirée, deux jours après sa visite à la pointe de la Dernière Chance, Jessie revenait de chez le vieux Tom quand elle aperçut Charlie, le palefrenier. Le garçon accourut vers elle, retenant son chapeau sur sa tête.

— Mademoiselle! lança-t-il, les yeux écarquillés. Mademoiselle, attendez!

— Que se passe-t-il? s'inquiéta Jessie en le prenant par les épaules.

— C'est Gallagher, mademoiselle.

Le garçon tenta de se calmer.

— Il a pris le cheval gris et il est parti en trombe. Je ne sais pas où, mais il était très nerveux.

— Il est parti, à cette heure-ci? fit Jessie en plissant les yeux sous le soleil couchant. Mais... il est tard! Charlie, que s'est-il passé?

— Le capitaine Boyd est venu à la maison, mademoiselle. Ils ont retrouvé les six fugitifs, et Gallagher l'a appris.

Le cœur de la jeune femme se mit à battre la chamade. Dieu merci, Lucas ne les avait pas accompagnés.

— Ils ont tous été capturés?

— Seulement trois. Les trois autres sont morts. Et deux de ceux qui sont en prison à Blackhaven Bay ne survivront peut-être pas assez longtemps pour être pendus.

Jessie fut prise d'une violente nausée. Elle dut se détourner, les poings crispés contre ses lèvres. Elle avait assisté à des pendaisons, elle avait vu le visage noirci et difforme des condamnés, leurs corps souillés.

— Ces hommes étaient-ils de bons amis de Gallagher ? demanda-t-elle.

Le garçon opina du chef.

— Celui qu'on appelait Fox est arrivé sur le même bateau que lui. Quant à Daniel O'Leary, ils ont connu les chaînes ensemble. Gallagher m'a raconté qu'il lui avait sauvé la vie.

— Ce Daniel est-il encore vivant ?

— Non, mademoiselle. Daniel est mort. Fox l'a tué.

— Écoute-moi, Charlie, déclara Jessie en regardant la maison où sa mère se préparait sans doute déjà pour le souper. Tu vas seller ma jument, le temps que j'aille me changer. Si on te pose des questions, tu diras que Gallagher est avec moi, et que nous sommes en retard parce que je voulais observer l'aurore australe.

— La quoi ?

— Les lumières du sud.

Le garçon s'éloigna en courant. Jessie le rappela :

— Charlie ! Merci.

31

Jessie trouva le cheval gris attaché à un if, au fond du jardin des Grimes, près de la fontaine asséchée. Son cavalier demeurait introuvable.

En contrebas, les vagues venaient se fracasser contre les rochers. La jeune femme talonna sa jument en direction des ruines de la maison. Le soleil avait presque disparu derrière les montagnes, dans un ciel rose et mauve qui réduisait le paysage à des ombres inquiétantes.

Elle s'arrêta devant la maison en réprimant un frisson et leva les yeux vers les orifices des fenêtres et les murs craquelés. Elle savait qu'il était là. Son instinct le lui disait. Elle mit pied à terre dans les hautes herbes et attacha la jument à un anneau rouillé, incrusté dans le mur de pierre.

— Doucement, Cimmeria, murmura-t-elle en caressant l'encolure de sa monture. Les fantômes ne font aucun mal aux chevaux.

Elle s'exprimait d'un ton enjoué, mais Cimmeria leva la tête et s'agita de plus belle, piaffant dans la poussière.

C'était la première fois que Jessie entrait dans la maison depuis le jour où, bien plus jeune, elle avait admiré le somptueux escalier de chêne, le vestibule carrelé de marbre noir et blanc. Le cœur battant, la gorge nouée, elle franchit le seuil et pénétra dans le hall.

Tous les murs de l'édifice étaient formés de blocs taillés dans la pierre par les forçats, des blocs épais qui tenaient encore debout. L'escalier en chêne avait disparu, les dalles étaient craquelées et jonchées de feuilles et de débris. Serrant les bras sur sa poitrine, Jessie tourna à droite vers le salon.

La silhouette d'un homme apparut dans la pénombre, les mains posées de part et d'autre de ce qui avait été une porte-fenêtre donnant sur la terrasse, avec vue sur la mer. Jessie ne put réprimer un gémissement de peur.

— Tu t'attendais à voir un fantôme ? déclara-t-il d'un ton agressif.

Il baissa les bras et s'approcha de la jeune femme, menaçant, comme maudit.

— Tu m'as fait peur, répondit-elle en cherchant à distinguer son beau visage.

— Je sais. Que fais-tu ici ?

— Je pourrais te poser la même question.

Elle eut envie de marteler sa poitrine de ses poings, tant elle était furieuse contre lui. Mais elle mourait aussi d'envie de prendre sa tête entre ses mains et de l'embrasser avec passion. Si seulement il pouvait l'enlacer et lui avouer qu'il l'aimait autant qu'elle l'aimait !

— Tu te rends compte de ce que tu risques à partir à cheval, comme ça, à la tombée de la nuit ? gronda-t-elle.

Il haussa les épaules, les lèvres pincées.

— Une semaine de cachot, deux peut-être, au pain et à l'eau. J'ai connu ça. Et bien pire. On s'en remet.

— Alors tout va bien, railla-t-elle. Et s'ils décidaient de t'infliger cinquante coups de fouet ? Resterais-tu aussi impassible ?

Il se détourna brusquement.

— Je n'aime pas les règles, Jessie. Je ne supporte pas d'être dirigé, de recevoir des ordres, de me conformer à ce que les gens attendent de moi. Parfois… parfois, j'ai besoin de fuir tout cela, même si je dois en payer le prix.

Un silence s'installa entre eux, que seuls venaient troubler la mer et le vent dans les arbres. Elle fit un pas vers Lucas, puis s'arrêta.

— J'ai appris la nouvelle, pour tes amis, déclara-t-elle d'une voix tendue. Je regrette. Mais tu ne dois pas t'en vouloir. Ce n'est pas ta faute.

Il fit volte-face. Ce soir-là, il semblait nerveux, féroce, ce qui effrayait et excitait à la fois la jeune femme.

— Ah non ? C'est pourtant moi qui ai trouvé ce maudit bateau. Je l'ai réparé et j'ai planifié ce projet stupide !

— Il n'était pas stupide. Quelqu'un t'a dénoncé, et ces hommes ont décidé de partir quand même. Ce fut leur décision. En quoi es-tu responsable de leur sort ?

— Si je les avais accompagnés…

— Si tu les avais accompagnés, mon frère aurait vu le bateau quitter la crique, et la frégate vous aurait récupérés au bout de quelques heures.

— Au lieu de quelques jours…

Elle décela une lueur dure dans son regard. Une peur soudaine envahit la jeune femme.

— Tu me détestes, n'est-ce pas ? murmura-t-elle. Parce que je suis anglaise, parce que je fais partie de ce système brutal, inhumain ?

Il s'approcha. La brise soufflait dans ses cheveux noirs.

— Je ne te déteste pas, répliqua-t-il d'une voix douce.

— Lucas…

Elle tendit vers lui une main tremblante.

— Tu ne parviendras pas à atténuer la souffrance de tes amis en souffrant à ton tour, tu sais.

Il prit sa main dans la sienne et la serra très fort, les yeux plissés.

— Tu crois que c'est la raison de mon geste? Que je cherche à être puni?

— Je me trompe?

Il inspira profondément.

— Je ne sais pas.

Il la relâcha brusquement et s'éloigna pour appuyer une épaule contre le chambranle de la porte, fixant la mer, les vagues scintillantes au clair de lune.

— Tu n'aurais pas dû venir, reprit-il.

— Pourquoi?

Il s'écarta de l'entrée, raclant le sol de ses bottes pour gagner la terrasse, les mains sur les hanches. Jessie le suivit. Côte à côte, ils admirèrent les vagues.

— Tu te rends compte que tu ne m'as jamais demandé pourquoi j'avais tué ce dénommé Nathan Fitzherbert? lança-t-il au bout d'un moment.

Elle se tourna vers lui.

— Je me suis dit que tu m'expliquerais tes raisons quand tu serais prêt à le faire...

— Comment sais-tu que j'avais une raison de le tuer?

Elle étudia son profil, ses traits anguleux taillés à la serpe, sa pommette saillante, sa peau dorée.

— Je te connais.

Il poussa un long soupir.

— Existe-t-il une raison valable de tuer un être humain?

— Probablement pas. Mais je peux comprendre qu'un homme puisse être poussé à commettre un tel acte.

Elle pencha la tête en arrière pour contempler la nuit étoilée et précisa:

— Tu n'as pas à me le dire.

— Si. J'aurais dû t'en parler avant.

— Si tu crois que cela risque de me détourner de toi, tu te trompes, affirma-t-elle.

— Tu n'as encore rien entendu.

Elle s'assit au bord de la fenêtre, les jambes dans le vide, les mains sagement posées sur les genoux. Elle voulait en savoir plus sur cet homme énigmatique, mieux le comprendre, saisir son âme. Mais elle n'était pas certaine d'être prête à entendre ce qu'il allait lui révéler.

— C'est arrivé quand tu étais à l'université de Dublin, n'est-ce pas ? fit-elle.

Elle l'entendit s'asseoir à son côté, mais garda la tête baissée.

— Je rendais visite à ma sœur Rose, commença-t-il d'un ton posé. Patrick Maguire, le mari de Rose, était un bon ami. Il était écrivain et journaliste. Il possédait une imprimerie secrète au sous-sol de sa maison qui servait notre cause.

Jessie n'eut pas à lui demander de quelle cause il s'agissait. En Irlande, il n'existait qu'une seule cause : le combat pour l'indépendance.

— Ce soir-là, des soldats anglais sont venus fouiller la maison. Quelqu'un leur avait parlé de l'imprimerie.

— Nathan Fitzherbert était parmi eux ?

Il hocha la tête, la mine impassible, le regard éteint.

— Fitzherbert était l'officier responsable. Il était accompagné de six hommes. Ils ont détruit la presse, puis il a laissé ses hommes violer Rose tour à tour. Tous les six.

Jessie retint son souffle, prise d'une soudaine nausée. Seigneur, songea-t-elle, c'est affreux...

— Patrick et moi avons essayé de les en empêcher. Fitzherbert a tiré une balle dans la tête de Patrick. J'ai cru que j'allais subir le même sort, mais il avait d'autres projets. Il m'a obligé à tout regarder, un pistolet sur la tempe.

La jeune femme crispait les mains, si fort qu'elle avait mal. Elle se força à les plaquer sur ses cuisses.

— Ta sœur... a-t-elle survécu ?

— Le supplice que ces soldats lui ont fait subir ne l'a pas tuée. Le lendemain, elle s'est suicidée.

Jessie se pencha pour poser la tête sur ses jambes repliées. Elle avait entendu parler de telles exactions de la part de l'armée, mais de façon très vague et théorique. Or il s'agissait de la sœur de l'homme qu'elle aimait. Elle eut soudain honte pour son pays.

— As-tu essayé de porter plainte auprès des autorités ?

— Tu veux dire les Anglais ? railla-t-il avec un grommellement chargé d'ironie. J'ai essayé, oui. Mais il n'y a pas de justice pour les Irlandais, en Irlande. Pas tant que les Anglais seront là.

Leurs regards se croisèrent. Lucas avait les yeux voilés. Jessie retenait son souffle. Elle poussa un long soupir.

— Alors tu l'as tué toi-même...

Il ramassa une pierre et la retourna entre ses mains.

— Un soir, je l'ai suivi alors qu'il sortait d'un pub. Je l'ai abordé au moment où il traversait le parc. Je lui ai tendu un gourdin en lui disant de se battre. Mais c'était une arme irlandaise, ajouta-t-il avec un sourire diabolique. Comme nous n'avons pas le droit aux armes à feu, nous avons appris à nous battre avec nos propres armes, même s'il ne s'agit que d'un simple bâton. Il n'avait pas une chance.

Elle se rappela le jour où les forçats l'avaient attaquée, dans la clairière. Lucas avait maîtrisé ses adversaires avec une adresse rare.

— Mais tu lui as accordé la possibilité de se battre d'homme à homme. Ce n'est pas un meurtre.

— Vraiment ? fit-il en crispant le poing sur la pierre.

Un sourire au coin des lèvres, il fixa la pierre puis la lança brusquement dans la nuit.

— J'avais l'intention de le tuer, et je l'ai fait. Les semaines qui se sont écoulées entre le viol et le jour où j'ai tué cette ordure sont troubles dans mon esprit. Je ne me souviens de rien. Mais je me souviens du meurtre.

— Qu'as-tu fait ensuite ?

Il se leva prestement et vint se placer derrière elle, si proche qu'elle sentait la chaleur de ses jambes dans son dos.

— J'ai quitté Dublin pour me réfugier dans les montagnes de Comeragh. Mais les soldats ont fini par me retrouver. J'étais prêt à avouer ce que j'avais fait, mais mon père a affirmé qu'ils n'avaient aucune preuve pour me condamner. Il a dit que ma mère avait déjà perdu un enfant, qu'elle ne supporterait pas d'en perdre un deuxième. Alors je n'ai pas parlé.

Il se tut. Le vent gémissait dans les arbres.

— Naturellement, mon père avait raison, reprit-il d'un ton amer. Ils ne possédaient aucune preuve. Ils m'ont condamné pour trahison, et ma mère a quand même perdu un autre enfant...

Jessie leva la tête vers son visage tendu et posa une main sur sa cuisse. Le tissu de son pantalon était rugueux.

— Au moins, tu as été déporté et non pendu.

Il s'installa plus confortablement dans son dos, plaquant sa poitrine contre elle, les bras autour de sa taille.

— Quelle différence, à ses yeux ? Elle ne me reverra jamais.

— Cela fait une différence, protesta Jessie en enserrant ses bras pour l'attirer plus près.

Il lui ôta son chapeau et posa une joue contre la sienne. Ils restèrent ainsi un long moment, caressés par la brise qui montait du jardin, chargée d'un parfum de sel et d'herbe.

— Au départ, reprit-il enfin d'une voix tremblante, j'ai vraiment cru m'en sortir, Jessie. Être rusé, plus fort que ce système, et survivre. Mais j'ai très vite compris que je ne serais plus jamais libre.

Il marqua une pause.

— À moins de m'évader, conclut-il.

Elle respira profondément pour soulager la douleur qui la tenaillait. Elle se sentait bien dans ses bras, enveloppée dans la chaleur familière de son corps. Elle l'aimait tant qu'elle en avait mal. Et voilà qu'il parlait de la quitter.

— Tu te trompais, dit-elle. Cela ne change rien à ce que je pense de toi.

Il la prit sur ses genoux et la fit pivoter. Son visage se profilait dans l'ombre de la nuit.

— C'est parce que tu n'as pas encore entendu le pire.

Je ne veux pas l'entendre, songea-t-elle, serrée contre lui. J'en ai déjà trop entendu.

Mais elle se garda de le lui dire.

— Tu crois que je l'ai tué à cause de ce qu'il a infligé à ma sœur et parce qu'il a tué Patrick. C'est en partie vrai, mais il y a autre chose.

Il la prit par le menton et l'obligea à lever la tête.

— En tuant Fitzherbert, je pensais surtout à ce qu'il m'avait fait, à moi.

— Ne me dis rien ! implora-t-elle, secouant la tête, mais il la força à le regarder.

— Voilà ce qu'il m'a fait, Jessie, reprit-il d'un ton dur, le regard un peu fou. Quand les soldats en ont eu terminé avec Rose, Fitzherbert leur a ordonné de m'immobiliser. Ce monstre m'a infligé ce que ses hommes avaient fait à ma sœur.

— Mon Dieu ! s'exclama Jessie. Non !

Elle éclata en sanglots. Des larmes ruisselèrent sur ses joues.

— À présent, tu sais tout. Tu sais que je n'ai pas le droit de te toucher, ni de te faire ceci.

Il s'empara de sa bouche dans un baiser brutal, ivre de passion et de douleur. Elle ignorait si cette violence était dirigée contre elle ou contre lui-même. Elle gémit, leva les mains vers lui. Loin de le repousser, elle agrippa sa veste et se plaqua contre lui, accueillant sa langue dans sa bouche avec une ferveur égale à la sienne. Elle sentit toute sa colère, son désir, et s'abandonna totalement.

Il s'arracha à son baiser.

— Non, ne fais pas ça, souffla-t-il, haletant.

— Faire quoi? T'embrasser? T'aimer?

Il se leva d'un bond et recula, les yeux écarquillés.

— Surtout pas ça, dit-il avant de tourner les talons.

Elle se leva à son tour, se prenant les pieds dans le bas de sa robe, les jambes tremblantes.

— Lucas...

Elle fit un pas vers lui, puis un autre. Dans la pénombre, il semblait menaçant. Mais elle n'avait pas peur de lui. Elle avait peur pour lui.

— Tu n'aurais pas dû venir, déclara-t-il tandis que le vent caressait ses boucles noires. Je t'en prie, Jessie. Va-t'en, laisse-moi ici. Tu ne saisis donc pas ce que je cherchais à te faire comprendre?

— Je t'aime, dit-elle en faisant un pas de plus.

Il retint son souffle, le corps agité d'un tremblement involontaire.

— Ne dis pas ça.

— Je t'aime.

Il fit volte-face, le regard sombre, le visage déformé par la souffrance.

— Jessie, reste à distance de moi. Je t'en prie. Je ne vaux pas... tout cela. Ni ton amour, ni les risques que tu prends pour me rencontrer, ni la douleur que tu vas ressentir quand je partirai... ou quand ils me tueront.

— Je t'aime, répéta-t-elle en tendant la main vers lui.

Il la prit par les épaules, enfonçant les doigts dans sa chair. Elle crut, l'espace d'un instant, qu'il voulait l'écarter. Elle voyait l'angoisse dans ses yeux, reflet de son âme tourmentée. Puis il émit un gémissement et l'attira contre lui pour s'emparer à nouveau de sa bouche.

Ils s'embrassèrent avec ardeur, fébrilement, langues et souffles mêlés. Les mains de Lucas errèrent sur le corps de la jeune femme. Il plaqua ses hanches contre son ventre, dans un frottement suggestif qui transperça le corps de Jessie d'ondes de plaisir. Elle tressaillit et s'agrippa à lui, une main dans son dos, l'autre dans ses cheveux. Elle rejeta la tête en arrière tandis qu'il parsemait son cou de baisers brûlants.

— J'ai envie de toi, dit-il contre sa peau nacrée. Tout de suite.

— Moi aussi, encore davantage, murmura-t-elle en lui titillant le lobe de l'oreille.

Il la plaqua contre le mur et lui arracha sa robe, son corset. Ses mains tremblaient de désir. Lorsque ses mains se refermèrent sur ses seins nus, il eut un grondement de triomphe.

Jessie étouffa un cri et se cambra sous ses caresses, emportée dans le tourbillon des sensations, ne sentant plus que ses mains, sa langue, ses lèvres sur sa peau nue. Elle entreprit de dégrafer son pantalon.

Il marmonna des paroles inintelligibles et se redressa. Elle vit sa silhouette se dessiner contre le ciel étoilé. Elle huma l'air nocturne et le parfum de sa peau. Puis il l'embrassa avec une ardeur décuplée.

Ses mains fébriles se glissèrent sous ses jupons et les relevèrent jusqu'à sa taille. Elle l'entendit jurer d'impatience, puis elle perçut un bruit de tissu déchiré, mais elle s'en moquait. Son cœur battait la chamade, au rythme du sien.

— Viens, souffla-t-elle contre sa bouche, viens…

Enfin, les doigts de Lucas trouvèrent une ouverture et elle sentit ses doigts sur sa chair frémissante. Il glissa un doigt en elle. Elle gémit de plaisir.

Mais déjà, ce contact délicieux ne lui suffisait plus.

Audacieuse, elle prit dans sa main son membre gonflé, dont la peau satinée contrastait avec la violence de son désir.

— Jessie, chuchota-t-il en l'embrassant.

Il glissa une jambe entre ses cuisses pour les écarter et la souleva, le dos contre le mur. La maintenant à la force des bras, il la laissa descendre doucement et la pénétra. Elle chavira en le sentant en elle, submergée par une chaleur familière.

Étouffant un nouveau cri, elle se cambra pour mieux le recevoir, les doigts crispés sur ses épaules.

— Doucement, chérie, murmura-t-il à son oreille avant d'entamer un mouvement sensuel de va-et-vient.

Jessie oublia tout et se perdit dans la fièvre de cette union à la fois tendre et brutale. Elle était prisonnière de son corps et du mur de pierre, dans son dos, prisonnière d'un tourbillon sensuel. Haletante, elle pétrissait ses muscles au rythme incessant de ses coups de reins. Elle se laissa aller à cette volupté, au plaisir qu'il lui donnait sans retenue, vague après vague, encore et encore.

Bientôt, elle ne vit plus que son regard étincelant, envoûtant...

Il cria son prénom. Un rictus douloureux apparut sur son visage. Il rejeta la tête en arrière sans cesser d'aller et venir en elle. Puis il se retira brutalement. Jessie protesta. Il tomba à genoux et gémit, penché en avant, les épaules tremblantes.

— Lucas, dit-elle en s'agenouillant devant lui.

Elle prit sa tête contre son épaule et enfouit le visage dans ses cheveux. Elle sentait les battements frénétiques de son cœur, son souffle court, le tremblement de son corps. Un élan d'amour lui fit monter les larmes aux yeux.

— Oh, Lucas...

Il releva la tête, les paupières plissées.

— Je dois être une bête sauvage pour t'assaillir de la sorte, dit-il d'une voix brisée. Tu mérites mieux que d'être prise sauvagement contre un mur, dans une maison en ruine...

Elle lui caressa la joue, les lèvres, et esquissa un sourire.

— En fait, j'ai aimé ça, avoua-t-elle avant de l'embrasser.

— Et comment comptes-tu expliquer cela à ta famille, au juste ? demanda-t-il sèchement en chevauchant derrière elle, sur le chemin étroit qui remontait de la crique.

Jessie tourna la tête vers lui, mais quelques nuages étaient apparus à l'horizon, masquant la lune et les étoiles. Aussi ne décela-t-elle qu'une silhouette sombre dans la nuit. La simple évocation de ce qu'ils avaient partagé suffisait à faire naître une vague de désir en elle. Il existait entre eux un lien magique et puissant.

— Je pourrais attribuer mes cheveux en désordre et ma robe déchirée à une chute, répondit-elle d'une voix un peu tremblante. Chevaucher de nuit n'est pas sans risques.

— Je ne te le fais pas dire, surtout pour une jeune femme aussi téméraire... D'ailleurs, qu'étions-nous censés faire ?

— J'ai laissé un message à ma mère, disant que je voulais contempler l'aurore australe. As-tu déjà vu ces lumières magnifiques ?

— Une ou deux fois, à travers une fenêtre à barreaux.

Le savoir enfermé troublait la jeune femme. Nuit après nuit, il vivait en cage, comme un animal. C'était sans doute la première fois qu'il profitait d'une certaine liberté à une heure aussi tardive, depuis sa condamnation.

— Alors tu peux les admirer maintenant, dit-elle en arrêtant sa jument au sommet de la corniche.

Le ciel austral déployait des traînées vert et or. Il s'immobilisa à sa hauteur, la tête levée, fasciné par le spectacle des arcs colorés illuminant le ciel.

— C'est superbe, commenta-t-il.

Elle l'observa, cheveux au vent. Dans cette lumière magique, ses traits étaient finement ciselés et d'une beauté à couper le souffle.

Le cheval de Lucas s'agita.

— En Écosse, on compare ces lumières à de joyeux danseurs. Je comprends pourquoi, à présent... Connais-tu l'origine de ce phénomène ?

Elle secoua la tête, la gorge nouée par l'émotion.

— C'est une sorte d'énergie qui semble attirée vers les pôles à cette époque de l'année, provenant peut-être du soleil. Je ne crois pas qu'il existe d'explication scientifique fiable.

Ils restèrent silencieux un long moment, admirant la majesté des éléments. Puis il prit sa main dans la sienne, le regard intense, les yeux pétillants dans la pénombre.

— Merci pour tout ça...

Il désigna le ciel.

— Et pour le réconfort et la joie que me procure ton corps.

Il porta sa main à ses lèvres et baisa sa paume gantée.

— Et merci de m'avoir sauvé de ma propre folie, ajouta-t-il.

— Je comprends pourquoi tu as tué cet homme, assura-t-elle en pressant sa main dans la sienne. Avant, je ne comprenais pas. Mais maintenant, oui.

Il prit une profonde inspiration. Son sourire s'envola.

— Jessie, je vais tenter de m'évader. Je ne peux pas rester. Pas même pour toi, malgré ce lien merveilleux qui nous unit...

— Je sais, je sais, répondit-elle.

Mais accepter cette idée, c'était pour la jeune femme une autre histoire.

Les yeux du surveillant pétillaient d'une rage muette, lorsque Jessie et Gallagher apparurent. La fureur de Dalton n'était pas dirigée contre sa maîtresse, mais contre l'homme qu'elle avait retenu pendant des heures. En tant qu'employé, cependant,

Dalton ne pouvait rien faire, à part marmonner dans sa barbe.

Elle s'éloigna et traversa le jardin endormi vers l'entrée de service de la maison. En passant devant le salon de musique, dont la porte était close, elle entendit les notes d'une sonate de Beethoven, emplie d'émotion. Ce ne pouvait être que Warrick. Béatrice jouait avec une technique parfaite, mais seul son frère avait le don de lui faire monter les larmes aux yeux. Le souper devait être terminé depuis longtemps. Elle emprunta l'escalier de service pour gagner sa chambre.

Elle se déshabilla rapidement et enfila sa robe de chambre. Elle allait saisir le broc d'eau, quand la porte s'ouvrit avec fracas. Elle fit volte-face.

Béatrice se tenait sur le seuil, les joues empourprées de colère.

— Te voilà enfin !

— Mère, dit Jessie en serrant les pans de sa robe de chambre contre sa poitrine. Vous m'avez fait peur.

— Je sais ce que tu viens de faire, répliqua Béatrice en claquant la porte derrière elle.

32

— Aurais-tu totalement perdu le sens du devoir envers ta famille ? attaqua Béatrice, dont la robe de soie noire tournoyait à ses chevilles, tandis qu'elle remettait en place les chandeliers disposés sur la cheminée. D'abord, ce caprice à propos de tes fiançailles avec Harrison, et à présent... ceci !

Prise au dépourvu, Jessie sentit son cœur s'emballer.

— Mère... bredouilla-t-elle.

— Je veux savoir depuis combien de temps dure cette scandaleuse histoire, coupa Béatrice en pivotant. Depuis le jour de la tempête, ou avant ?

Depuis combien de temps ? songea Jessie en fixant sa mère. Quand cela avait-il commencé ? Ce fameux après-midi, dans la forêt tropicale, où ils avaient échangé ce merveilleux baiser ? À moins que ce ne soit dès le premier jour, lorsqu'elle avait vu Lucas casser des pierres dans la carrière de grès ? Ce jour-là, sa vie avait basculé.

— Je n'arrive pas à croire que tu puisses m'infliger une honte pareille ! se lamenta sa mère en portant une main à son front.

Jessie aperçut des larmes dans ses yeux. Ce fut pour elle un choc terrible. Jamais elle n'avait vu sa mère pleurer.

— Comment as-tu pu te conduire de la sorte ? Me faire cela, à moi, alors que tu sais ce que je pense de cette femme !

Cette femme?

Jessie assimila enfin le sens de ses paroles. Elle ne sait rien, songea-t-elle en ravalant un soupir de soulagement. Elle ne sait rien sur Lucas !

La jeune femme s'écarta de la table de toilette, le cœur battant.

— De quoi parlez-vous donc, mère ?

Jessie comprit que les larmes de Béatrice n'étaient dues qu'à la colère, et non à un quelconque chagrin.

— Ne joue pas les imbéciles, Jessica ! Je parle de tes visites à la pointe de la Dernière Chance.

— À Geneviève ?

Béatrice plissa les yeux.

— Ne cherche pas à nier !

Jessie alla s'asseoir sur le tabouret de sa coiffeuse.

— Je n'ai aucune intention de vous mentir, affirmat-elle en crispant les mains sur ses genoux. Geneviève et moi sommes amies depuis huit ans. Je ne vous ai rien dit, parce que je savais que vous m'empêcheriez de la voir. Mais j'aurais dû sans doute vous en parler. Je suis désolée.

— Huit ans ? Tu fréquentes cette femme de mauvaise vie depuis huit ans ?

Béatrice avait le souffle court, les yeux écarquillés, presque fous.

— Je t'interdis de revoir cette créature, tu as bien compris ?

— C'est mon amie, protesta Jessie.

— Elle n'est pas fréquentable ! Tu le sais, pourtant. Je te l'ai assez répété.

— Pourquoi ? rétorqua la jeune femme en levant la tête vers sa mère qui approchait. Parce qu'elle a osé saisir son propre bonheur, en dépit de l'enfer que ses parents envisageaient pour elle ? Est-ce la raison pour laquelle vous la détestez à ce point ? Parce qu'elle a eu le courage d'accomplir ce que vous n'avez jamais osé faire ?

Sans crier gare, Béatrice la gifla, avec une violence qui la projeta sur son siège.

— Tu es exactement comme elle ! persifla-t-elle, la mâchoire crispée. Toujours à battre la campagne, à multiplier les excentricités uniquement pour attirer l'attention. Tu lui ressembles, quand tu prends tes grands airs...

— Je lui ressemble ? Mais pourquoi...

Jessie s'interrompit. Son esprit fonctionnait à toute vitesse. Tout s'expliquait, à présent : le cottage, qui avait autrefois appartenu à sa grand-mère, l'intérêt que Geneviève avait toujours porté au bien-être de la famille, la complicité qui existait entre elle et cette femme âgée, bien plus intense que ce qui existait entre elle et sa mère. Une complicité qui pouvait lier une mère et sa fille, ou une tante et sa nièce...

— Seigneur, murmura-t-elle en fixant Béatrice. Geneviève est votre sœur.

Sa mère recula d'un pas.

— Tu l'ignorais ?

— Oui, répondit la jeune femme en secouant la tête. Elle ne me l'a jamais révélé. Elle m'a dit vous avoir fait une promesse, mais j'ignorais laquelle...

Jessie poussa un soupir et écarta une mèche de cheveux, que la gifle de sa mère avait libérée de sa coiffure.

— Mais pourquoi avez-vous rompu toute relation avec elle ? Comment est-ce possible ? Votre propre sœur ! Vous m'aviez dit qu'elle était morte.

— Elle s'est couverte de honte, et sa honte a rejailli sur la famille. Elle s'est déshonorée. Tu n'as pas idée de l'humiliation que j'ai subie par sa faute, les regards furtifs, les murmures réprobateurs, la pitié des voisins...

Béatrice s'interrompit, cherchant à chasser ces mauvais souvenirs.

— En ce qui me concerne, Geneviève n'est plus ma sœur. Elle est morte depuis longtemps, conclut-elle.

Jessie scruta le visage de sa mère, mais n'y lut que froideur et colère.

— Grand-mère lui a manifestement pardonné, puisqu'elle lui a légué le cottage.

— Mon père ne lui aurait jamais donné cette maison, s'il avait su ce qu'elle projetait. J'ai songé à contester le testament, mais les avocats m'en ont dissuadée. J'ai fini par exiger d'elle cet engagement. Elle m'a promis de ne jamais chercher à contacter mes enfants ou à leur parler de nos liens de parenté. J'aurais dû me douter que je ne pouvais pas lui faire confiance.

— Elle ne m'a pas contactée. Nous nous sommes rencontrées par hasard. Je doute qu'elle vous ait promis de me repousser, en cas de rencontre fortuite.

Jessie se leva, tenant sa robe de chambre fermée sur sa poitrine.

— Qui vous a parlé de mes visites à Geneviève ?

Béatrice garda le silence, la mine impassible.

Jessie se rappela alors que la frégate était passée au large, alors qu'elle était assise sur les rochers en compagnie de son amie.

— Le capitaine Boyd ! dit-elle soudain. C'est lui, n'est-ce pas ? Il est venu annoncer à Warrick qu'il avait capturé les fugitifs, et il a profité de l'occasion pour colporter des ragots à mon propos.

La main de Béatrice se posa sur sa broche, puis retomba. Elle redressa fièrement la tête, les lèvres pincées. Des rides se dessinaient autour de sa bouche.

— Tu aurais dû être à la maison. Je ne sais pas ce qui t'a pris de me faire transmettre ce message par un garçon d'écurie. Comme s'il ne suffisait pas que tu te compromettes avec cette femme, voilà que tu te mets à chevaucher dans la nuit accompagnée d'un palefrenier, uniquement pour regarder le ciel ! C'est inacceptable, Jessica. Que dirait Harrison, s'il l'apprenait ?

— Mère, fit la jeune femme d'un ton las, je n'épouserai pas Harrison.

Comme si elle n'avait pas entendu, Béatrice se tourna vers la porte d'un mouvement brusque.

— Il est normal que les préparatifs du mariage te rendent un peu nerveuse. Je suis persuadée que tu retrouveras tes esprits avant le retour de ton fiancé. Ensuite...

Elle ouvrit la porte.

— Ensuite, tes frasques seront le problème de ton mari, plus le mien.

Jessie se rassit sur le tabouret et regarda la porte se refermer. Elle fixa longuement le panneau de bois, puis serra sa robe de chambre contre elle en frissonnant.

Warrick laissait ses doigts se promener sur les touches du piano, les yeux fermés, emporté par la mélancolie de la musique. Cette passion pour la musique était un aspect de sa personnalité que Faine ne connaissait pas. De toute façon, lui-même ignorait tant de choses d'elle...

Cet après-midi-là, après qu'elle lui eut révélé qu'elle avait tué Parker Jones, ils avaient à nouveau fait l'amour. Leur étreinte avait été torride, ardente, presque bestiale. Mais ils savaient tous deux que leurs ébats avaient perdu leur magie et que c'était la dernière fois.

Il était humiliant de se rendre compte qu'elle avait raison : il ne l'aimait pas, finalement. Il aimait ce qu'elle représentait et ce qu'elle lui apportait. Avec elle, il était un autre homme. Il parvenait à oublier le feu qui le consumait de l'intérieur.

Il songea à Philippa et à ce qu'elle lui avait dit, le jour du pique-nique. Il revit le rire qui pétillait dans ses yeux noisette, et ses doigts se mirent à trembler.

— Tu jouerais sans doute mieux si tu regardais les touches, Warrick, fit une voix acerbe, derrière lui.

— Chère mère! s'exclama-t-il en pivotant. Je ne vous avais pas entendue.

La lueur des chandelles projetait des ombres sur le visage dur de Béatrice.

— Je veux que tu me désignes un homme, déclara-t-elle en regardant au loin.

Elle posait rarement les yeux sur son fils. Elle l'évitait, depuis ses douze ans.

— Un homme de confiance, précisa-t-elle. De préférence un travailleur libre. Tu me l'enverras demain matin à la première heure.

— Pourquoi?

Béatrice le dévisagea franchement cette fois, l'air pincé, comme si elle était en train de faire l'inventaire de tous ses défauts.

— Si j'ai besoin de tes conseils, Warrick, je te le ferai savoir. En attendant, contente-toi de me trouver un homme de confiance pour demain matin.

Warrick regarda sa silhouette vêtue de noir s'éloigner dans le couloir sombre. Puis il se tourna vers le piano et martela brutalement plusieurs touches, créant un son discordant.

Deux jours plus tard, Lucas conduisit Jessie chez le tailleur de Blackhaven Bay.

Elle prit soin de rester à distance de lui, sur le siège en cuir du cabriolet d'un noir étincelant. Elle se tenait bien droite, contemplant les champs verdoyants sous le soleil de cette belle journée de printemps. À les voir avancer sur la route, nul ne les aurait pris pour deux amants. Une jeune fille de bonne famille et son domestique : voilà ce qu'ils paraissaient être. D'ailleurs, c'était le cas, se rappela Lucas, en dépit de leurs étreintes fougueuses.

Chassant de son esprit l'image des seins nus de Jessie, il fit accélérer la jument. Le cabriolet cahota de plus belle parmi les ornières de la route qui descendait vers la baie. Depuis la soirée qu'ils avaient partagée sous le ciel étoilé et la splendeur de l'aurore australe, il ne l'avait pas revue. Ils n'avaient pas échangé un mot, mais Lucas la connaissait suffisamment pour deviner que quelque chose la tourmentait.

— C'est à cause de ce que nous avons fait l'autre soir ? demanda-t-il soudain. Tu regrettes ?

Elle se tourna vivement vers lui, les yeux écarquillés, un sourire triste au coin des lèvres.

— Non. Jamais de la vie ! Je t'aime.

Il soutint son regard, puis scruta à nouveau la route. Un silence s'installa entre eux, que seuls le bruit régulier des sabots et le tintement du harnais venaient rompre. Il savait ce qu'elle attendait de lui, les mots qu'elle avait besoin d'entendre, mais il ne pouvait les prononcer. Jamais.

— C'est à cause de ma mère, reprit-elle enfin d'une voix tendue. Elle est au courant de mes visites à la pointe de la Dernière Chance. Bien sûr, j'aurais dû le lui avouer moi-même depuis longtemps…

Elle émit un petit rire, dénué de toute gaieté.

— C'est drôle. Je ne me suis jamais considérée comme une lâche. Mais depuis quelque temps, je commence à me rendre compte que je le suis. J'ai très peur de décevoir mon entourage, de blesser les gens. Je suis incapable de supporter la tension que provoquent la colère et la réprobation. Ainsi, en cherchant à les éviter, je ne suis plus moi-même. J'ai oublié qui j'étais et ce que je veux.

— À mon avis, la plupart des gens préfèrent une vie tranquille, répondit Lucas, concentré sur sa conduite.

— Peut-être. Mais ils ne laissent pas leurs craintes déterminer leurs choix.

— Tu n'es pas lâche. Il n'y a pas de mal à essayer de rendre heureux les gens qui t'entourent. Il suffit de ne pas aller trop loin.

Elle leva les yeux vers lui. Sous son chapeau de paille à large bord, le soleil éclaira son visage. Le vent faisait voleter ses rubans.

Lucas décela le trouble dans ses yeux, ainsi qu'une douleur nouvelle. Il voulut la prendre dans ses bras pour la consoler. Malheureusement, un chariot chargé de poisson arrivait en sens inverse. Chacun devait rester à sa place. Aussi garda-t-il les mains sur les rênes…

Une fois en ville, il la déposa chez la couturière, puis laissa l'attelage à l'écurie et alla se promener au bord de l'eau, sur les galets. Une douce brise l'enveloppa, chargée des parfums du large. Une forte odeur de baleine flottait dans l'air.

Il plissa les yeux sous le soleil et observa les bateaux amarrés dans la baie. Il reconnut les petites embarcations habituelles, ainsi qu'un baleinier américain et une vieille barque en piteux état. Plus loin, une goélette et ses deux grands mâts, prête à partir. Sur le pont s'affairaient des agents de police. Les hublots crachaient une fumée blanche.

Naguère, de nombreux détenus s'évadaient en montant à bord de bateaux en partance. Ils se cachaient dans des barriques ou dans les soutes, prêts à tout pour échapper au bagne. Désormais, tous les navires quittant l'île faisaient l'objet de fouilles minutieuses. Les capitaines américains, notamment, reprochaient aux autorités britanniques de saccager leur chargement à coups de baïonnette, et de lâcher dans les cales des bombes de soufre à l'odeur nauséabonde. Mais ils n'avaient pas le choix. Soit ils enduraient cette opération, soit ils devaient jeter l'ancre ailleurs, pour leurs réparations et leur ravitaillement.

Les policiers s'en allaient, descendant l'échelle pour regagner leurs embarcations.

Lucas se tourna vers un homme qui approchait. Il était grand et mince, arborant des favoris blonds. En dépit de la chaleur, il portait un manteau de marin et un pantalon de laine taché d'huile de baleine, et il marchait en claudiquant un peu.

— Lucas, mon vieux, dit-il en affichant un large sourire sur son visage tanné, révélant deux dents en or. Qu'est-ce que tu fais là, à l'autre bout du monde ?

Allongée sur le dos, un bras plié derrière la tête, Jessie inspira lentement.

Ils étaient enlacés, repus, dans leur grotte secrète, derrière la chute d'eau. Le sable était frais et sensuel sous la peau de la jeune femme. On entendait le fracas des vagues contre les rochers et le grondement de l'eau.

Elle roula sur le côté et contempla son amant, couché près d'elle. Lucas avait les yeux fermés. Ses cils longs et soyeux ressortaient sur sa peau dorée. Endormi, il paraissait plus jeune, plus vulnérable. Elle étudia les premières rides qui striaient les côtés de ses yeux, la courbe de ses lèvres. Une bouffée d'amour envahit la jeune femme, envoyant des ondes de chaleur dans tout son être.

La beauté de ce corps viril l'impressionnait. Ses muscles fermes sous sa peau douce, la symétrie parfaite de son torse et de ses membres... Elle suivit des yeux la ligne de ses jambes jusqu'à ses chevilles meurtries par les fers. Son cœur se serrait, chaque fois qu'elle pensait aux souffrances qu'il avait endurées.

Et qu'il risquait encore de connaître.

Revenant à son visage, elle remarqua qu'il avait ouvert les yeux et l'observait en silence. Il sourit.

— Qu'est-ce que tu fais ?

Elle se dressa sur un coude, le menton dans sa main, et lui rendit son sourire.

— Je te regarde.

Il prit une mèche de ses cheveux entre ses doigts et l'attira vers lui en riant.

— Le spectacle te plaît? demanda-t-il d'une voix rauque, les yeux pétillant de malice et d'une promesse sensuelle.

— Je pourrais te regarder pendant des heures, répondit-elle. Sans jamais me lasser.

Il prit une profonde inspiration, les yeux mi-clos, retrouvant son sérieux. Soudain, la jeune femme prit peur.

— Jessie...

Il s'assit et se plaça face à elle.

— J'ai quelque chose à te dire, avoua-t-il en lui prenant la main pour la serrer très fort. J'ai croisé un vieil ami cet après-midi, à Blackhaven Bay. Un capitaine de baleinier de Nantucket. Il s'appelle Abraham Chase.

— Un Américain? s'étonna-t-elle. Que fait-il ici, à cette époque de l'année?

— Son navire a essuyé une méchante tempête, il y a environ un mois, sur le chemin du retour. Ils ont débarqué sur une île déserte et ont réussi à effectuer des réparations de fortune pour revenir ici.

Il baissa les yeux sur leurs mains entrecroisées, la mâchoire crispée, comme s'il avait du mal à poursuivre.

— Seigneur, murmura-t-elle. Cet homme va t'aider à t'évader...

Lucas soutint son regard. Il ne dit rien, mais elle lisait la réponse dans ses yeux.

— Comment allez-vous faire? demanda-t-elle en frissonnant.

Dans son intérêt, elle souhaitait qu'il parte, mais la perspective de le perdre la faisait souffrir au-delà des mots.

— Il me préviendra dès que le *Agnès-Anne* sera prêt à lever l'ancre. Comme d'habitude, les autorités fouilleront le navire avant le départ. Chase enverra un canot me chercher plus loin sur la côte, sans doute à la crique des Naufragés, ou ici.

Jessie baissa la tête. Ses cheveux lui tombèrent sur le visage. Elle entendait les mouettes hurler, un son familier qui semblait soudain incongru. Elle se sentait bizarre, comme si cette épreuve touchait quelqu'un d'autre.

— Dans combien de temps? murmura-t-elle.

— Trois ou quatre semaines. Le navire devrait être réparé pour la fin du mois.

Il glissa les mains dans ses cheveux, pour les ramener en arrière et voir son visage.

— Tu le savais. Tu savais que ce jour viendrait...

Jessie déglutit. La douleur qui lui enserrait la poitrine enflait peu à peu.

— Je le savais... et je veux que tu retrouves la liberté.

Elle tenta de sourire, mais ses lèvres tremblaient trop.

— Je veux que tu sois libre, mais cela n'atténue pas ma souffrance.

Elle se leva d'un bond et gagna l'entrée de la grotte. Une bruine fraîche lui fouetta le visage. Elle aurait dû se sentir gênée d'être entièrement nue, sous ses yeux. Pourtant, rien ne lui semblait plus naturel. Lucas connaissait son corps mieux qu'elle ne le connaissait elle-même.

— Je ne pourrai retrouver ma vie d'avant, déclara-t-elle en fixant les eaux tourbillonnantes. Plus maintenant.

Elle l'entendit se lever à son tour, mais ne le regarda pas. Elle ne voulait pas qu'il déchiffre son expression.

— Alors il faut te créer une nouvelle vie.

Elle hocha la tête, cherchant à ravaler ses larmes.

— Le problème, c'est que la vie à laquelle j'aspire serait auprès de toi.

— C'est impossible.

— Je sais.

Elle rejeta la tête en arrière et fixa la paroi rocheuse.

318

— Où iras-tu ? s'enquit-elle.

— En Amérique. Les immigrants sont en train de construire une grande nation, un pays plus juste que partout ailleurs dans le monde. C'est là que je veux vivre.

— Je pourrais aller en Amérique, moi aussi. Te retrouver.

Il s'approcha et l'attira contre son corps chaud et nu.

— Ta vie est ici, répliqua-t-il en posant une joue sur la sienne. Tout ce que tu aimes, tous les tiens sont sur cette île. Ici, tu es chez toi. Tu ne peux être heureuse ailleurs.

Elle pivota entre ses bras et plongea dans son regard lumineux.

— Tu crois que je pourrais être heureuse sans toi ?

— Avec le temps, oui.

— Tu te trompes, affirma-t-elle en secouant la tête. Oh, je survivrai ! Je connaîtrai même quelques moments de joie. Mais je ne cesserai jamais de t'aimer, Lucas. Tu me manqueras toujours.

Il lui caressa la joue, le souffle court, le regard chargé de douleur.

— Tu seras avec moi, *mo chridh*, murmura-t-il en effleurant ses lèvres d'un baiser. Je te garderai à jamais dans mon cœur.

Le lendemain, en début de soirée, Lucas venait de nourrir les chevaux quand il reçut un violent coup de poing.

Pris de court, il bascula en arrière contre la porte d'un box, cherchant à retrouver l'équilibre. Le seau qu'il portait tomba à terre avec fracas. L'avoine se répandit sur les pierres. Il se redressa lentement, un filet de sang au coin des lèvres, et observa l'homme qui se tenait face à lui.

Dans la lumière dorée du couchant, il distingua les traits aristocratiques et les boucles blondes d'un ange, dont le visage était déformé par un rictus méprisant.

— Enfermez-le dans la buanderie pour la nuit, ordonna Warrick aux deux hommes qui l'accompagnaient. Au matin, on enverra ce salaud à la prison de Blackhaven Bay.

33

Cette nuit-là, le vent souffla violemment, venant de l'Antarctique. Une pluie glacée s'abattit sur les fenêtres, créant des courants d'air dans tout le Château. En hiver, les domestiques auraient allumé une belle flambée dans la cheminée. Mais c'était le printemps. Dès le 1er octobre, les feux s'éteignaient pour ne reprendre que le 1er avril, quels que soient les caprices du temps.

Se préparant pour le souper, Jessie enfila une robe en mohair, quelques jupons supplémentaires, et se drapa d'un châle en cachemire. Puis elle descendit l'escalier vers le grand salon, où la famille avait coutume de se rassembler avant le repas. Il semblait étrange à la jeune femme de vaquer à ses occupations quotidiennes alors que, dans son cœur, elle souffrait le martyre en songeant qu'elle allait bientôt perdre Lucas. Mais, après tout, son éducation lui avait appris à dissimuler ses sentiments. Les gens de son milieu cachaient tout. Pas étonnant qu'ils soient aussi transparents que des fantômes.

Sa mère et son frère étaient installés au salon. Béatrice trônait sur le divan, un ouvrage de broderie à la main. Warrick se détendait, buvant un cognac comme toujours.

L'atmosphère pesante de la pièce l'enveloppa. Sur le seuil, elle hésita, saisie d'un terrible pressentiment.

— Que se passe-t-il ? demanda-t-elle en les regardant tour à tour.

Warrick évita son regard.

— Je ne veux pas assister à ça, déclara-t-il en vidant son verre d'une traite, avant de le poser avec fracas.

Il croisa sa sœur qui s'approchait de la cheminée, les yeux écarquillés.

— Mère ? s'enquit-elle.

Elle entendit claquer la porte d'entrée.

Béatrice demeura impassible, le dos bien droit, maniant l'aiguille avec précision.

— J'ai mis au monde trois filles, déclara-t-elle sans lever les yeux, d'un ton posé. Trois ! Et il a fallu que ce soit toi que Dieu m'ait laissée…

Jessie retint son souffle. Sa mère avait souvent fait allusion à son amertume, par le passé.

— Dois-je m'excuser d'être en vie ?

Béatrice leva vivement la tête, s'interrompant dans sa broderie, contenant sa rage.

— Je t'ai fait suivre, Jessica. Pendant trois jours, je t'ai fait suivre.

— Suivre ? répéta la jeune femme, incrédule, cherchant à saisir ce que cela impliquait.

Qu'avait-elle fait au cours de ces trois jours ? Sa visite chez le tailleur, à Blackhaven Bay. Les moments d'intimité avec Lucas dans la grotte, à l'abri de la cascade… Ces heures passées loin des regards avaient dû éveiller les soupçons. Et ce baiser volé sur la plage, une étreinte furtive…

— Toute ta vie, reprit Béatrice, tu as été pour moi un fardeau. Depuis le départ. Mais rien ne peut se comparer à cette… humiliation.

Elle fit une grimace de dégoût.

— Un détenu, Jessica ! Un Irlandais, de surcroît ! Aurais-tu perdu la raison ? Tu n'aurais pas pu choisir d'attitude plus scandaleuse, plus dégradante, même si tu avais cherché à anéantir la famille! As-tu vraiment imaginé que tu étais amoureuse de ce personnage répugnant?

— Je l'aime, répliqua Jessie d'un ton posé, même si elle bouillait intérieurement.

— Seigneur! Et tu crois que cela excuse ta conduite?

La jeune femme crispa les doigts sur son châle et leva la tête.

— Je n'ai pas honte.

Béatrice la fixa. Ses yeux gris brûlaient de colère.

— Je le vois bien. Tu es aussi dépravée que Geneviève!

Jessie se dirigea vers la porte-fenêtre et observa le jardin.

— Où est Lucas? demanda-t-elle en regardant au loin, vers la baraque.

Soudain, elle fut envahie d'une peur irrépressible, qui lui glaça les sangs.

— Qu'est-ce que vous lui avez fait?

— Si c'est à ce vil Irlandais que tu fais allusion, ton frère l'a fait enfermer dans la buanderie. Il sera transféré à la prison de Blackhaven Bay demain matin à la première heure.

Jessie fit volte-face.

— La prison? Mais... il n'a rien fait!

Béatrice émit un son qui ressemblait à un ricanement.

— Rien, dis-tu? C'est ainsi que tu considères cette conduite indigne! Dis-moi une chose: es-tu enceinte?

— Non.

— Tu es sûre?

Jessie secoua la tête, cherchant à maîtriser ses émotions.

— Qu'allez-vous faire de lui?

— Cela dépend de toi.

— Moi?

— En décembre, tu épouseras Harrison Tate, comme prévu.

Autour de Jessie, la pièce se mit à tourner. Elle comprenait où sa mère voulait en venir.

— Non.

— Tu l'épouseras, répéta Béatrice. Sinon, ce sale Irlandais sera pendu pour meurtre.

— Pour meurtre ?

Le vent gémissait sous la porte-fenêtre et faisait vaciller les flammes des chandelles.

— L'un des hommes impliqués dans la tentative d'évasion du mois dernier est prêt à témoigner que ce Gallagher a tué John Pike.

— Il ment. L'homme qui a tué le forgeron est mort.

— Bien sûr qu'il ment, mais cela n'a pas d'importance. L'Irlandais sera pendu.

Dans le silence qui suivit ces paroles, elle entendit le tic-tac de la pendule sur la cheminée et le hurlement du vent dans le parc. Elle sentit la rage monter en elle, si vive que celle-ci prit momentanément le pas sur la peur.

— Si j'accepte, si j'épouse Harrison, que deviendra Lucas ?

— Jusqu'au mariage, il restera en prison à Blackhaven Bay. Ensuite, il sera envoyé à Hobart et affecté ailleurs.

— Vous seriez donc capable de faire pendre un innocent pour servir vos intérêts ?

— Je ne pense pas que le terme d'innocent puisse lui être appliqué.

Les deux femmes se toisèrent dans l'atmosphère pesante du salon.

— Si vous me forcez à me marier, reprit Jessie d'un ton étrangement calme, je ne vous dirai plus un mot. Jamais.

— Mais si, répliqua Béatrice. Avec le temps, tu comprendras que j'avais raison.

324

Elle redressa les épaules et leva la tête, pleine de détermination et d'arrogance.

— Je ferai tout ce qui sera nécessaire pour protéger la réputation de la famille, ajouta-t-elle. Je suis prête à tout, tu m'entends ? Ne commets pas l'erreur de l'oublier une nouvelle fois.

Le lendemain matin, aux premières lueurs de l'aube, Jessie se leva et ouvrit les rideaux de sa fenêtre pour regarder dans la cour. Le vent s'était calmé, mais de lourds nuages menaçaient encore la vallée.

Elle soupira, soufflant de la buée sur la vitre. Le contact du verre froid sur son front la transperça, mais elle s'en réjouit presque. Elle se sentait morte à l'intérieur.

Jessie n'avait pas dit à sa mère qu'elle épouserait Harrison, mais elle commençait à se rendre compte qu'elle n'avait pas le choix. Il n'était pas honnête d'épouser un homme dans ces conditions. Toutefois, elle n'était pas fautive. C'était sa mère qui lui imposait cette décision pénible.

Naguère, elle se serait dit que Harrison l'aimait, qu'il aurait été profondément meurtri par une rupture. Mais la nouvelle Jessie privilégiait l'honnêteté, envers elle-même et envers les autres. En épousant Harrison, en lui faisant croire qu'elle voulait être sa femme, elle vivrait dans le mensonge pour le reste de ses jours. Certes, elle s'efforcerait d'être une bonne épouse. Elle ferait de son mieux, mais jamais elle ne pourrait lui donner ce qu'il attendait d'elle. Son âme et son cœur appartiendraient pour toujours à un autre.

— Lucas... murmura-t-elle, les yeux fermés, embués de larmes.

Elle savait qu'elle n'aurait jamais pu vivre avec lui, mais cette idée n'atténuait en rien sa souffrance.

Rouvrant les yeux, elle essuya la buée sur la vitre. Ils n'allaient pas tarder à emmener Lucas en prison. Pendant la nuit, elle avait songé à aller le voir, mais son frère avait posté des gardes devant la porte de la buanderie. Les gardiens de prison seraient plus faciles à corrompre. Elle trouverait sans doute un moyen de le contacter.

Et d'organiser son évasion.

Dans un premier temps, Lucas fut condamné à l'isolement, dans une cellule d'un mètre sur deux. Un véritable tombeau.

Il n'y avait ni fenêtre ni chauffage mais, au moins, il avait gardé ses vêtements. D'ordinaire, les gardiens déshabillaient les détenus. Une fois par jour, il recevait du pain sec et de l'eau. Privés de lumière, de compagnie, de dignité et de chaleur, les prisonniers perdaient souvent la raison. En fermant les yeux, Lucas croyait entendre leurs cris qui résonnaient encore sur les murs de pierre. Il s'efforça donc de garder les yeux ouverts.

Le problème de l'isolement était qu'il poussait à réfléchir, à ressasser ses regrets, sa douleur et sa rage. Lucas avait envie de ne penser à rien. Mais il n'y parvenait pas.

Au bout de quelques jours, ils le firent sortir à la lumière. Il cligna les yeux et entra dans une autre cellule, plus grande, dotée d'une petite fenêtre à barreaux. Cinq autres prisonniers s'y entassaient déjà.

— Décidément, y a des gens qu'on n'arrive pas à éviter, fit une voix familière.

Lucas se retourna et découvrit Fox, qui arborait un sourire goguenard.

— C'est dur de l'admettre, mais tu avais raison, mon vieux, déclara Fox tandis qu'ils arpentaient la cour de la prison.

Il souffrait encore de la balle qu'il avait reçue dans le ventre, et devait s'appuyer sur le bras de Lucas.

— Nous n'aurions pas dû partir, conclut-il.

— Vous auriez pu réussir, répondit Lucas en haussant les épaules.

La prison était un édifice carré, dont les cuisines et les cellules occupaient trois côtés, sur une cour intérieure. Le directeur occupait le quatrième côté et la grande cour se trouvait à l'angle sud-est. Les murs étaient en grès, épais, mais pas très hauts : pas plus de trois mètres, estima Lucas.

— Pourquoi a-t-il fait ça ? demanda-t-il en détournant les yeux d'un triangle maculé de sang, où étaient infligés les coups de fouet aux récalcitrants. Pourquoi Daniel a-t-il tué Pike ?

— Il nous avait dénoncés. Daniel n'allait pas le laisser s'en tirer à si bon compte.

— Que lui est-il arrivé ?

— À Daniel ? Il a pris une balle dans la mâchoire. Il m'a demandé de l'achever, alors je l'ai fait. Il n'aurait pas survécu et souffrait le martyre. Je l'aurais tué, de toute façon. On s'était mis d'accord.

Lucas hocha la tête. C'était une vieille histoire, en Tasmanie. Deux détenus tiraient à la courte paille, pour savoir qui devait être tué et qui devait être pendu ensuite pour ce crime. Mourir était le seul moyen d'échapper aux sévices infligés par les autorités britanniques.

— Et les autres ?

— Deux sont morts dans la bagarre. Bailey s'en est sorti indemne, mais le nouveau, Sheen, a perdu un bras. Ils sont dans une autre cellule. Je ne les vois pas beaucoup.

Ils se turent un moment, marchant en silence. Puis Lucas reprit :

— Quand vous envoient-ils à Hobart ?

Tous les cas graves étaient jugés là-bas. Fox plissa les yeux sous le soleil.

— Le mois prochain. Ils semblent prendre leur temps.

— Tu es pressé?

— Plus tellement! répondit Fox en riant.

Deux jours plus tard, par une douce journée, Warrick venait d'achever son inspection du bétail quand il vit Philippa Tate venir au-devant de lui dans la cour.

Elle portait une pelisse rouge cerise avec une coiffe assortie qui encadrait sagement ses anglaises et son visage poupin. Mais elle avait les joues plus roses que de coutume. Ses yeux noisette exprimaient une certaine colère.

— Pourquoi as-tu fait ça? demanda-t-elle sans préambule en s'arrêtant face à lui. Comment as-tu pu faire une chose pareille?

— Quoi? demanda-t-il, étonné.

— Arrêter cet Irlandais, le palefrenier de Jessie.

— Gallagher? Il était impliqué dans le meurtre de mon forgeron.

Il observa ses joues rouges et ressentit un soupçon qui ressemblait étrangement à de la jalousie. Si ce maudit Irlandais...

Il fit un pas vers elle.

— Que représente cet homme, pour toi?

— Pour moi, rien. Mais Jessie est mon amie, et je sais que tu ne l'as pas arrêté à cause de la mort du forgeron.

— Que t'a-t-elle raconté? demanda-t-il en se figeant.

Elle eut une expression pleine d'ironie.

— Tu crois qu'elle me dirait quelque chose? À moi, la sœur de Harrison? Bien sûr que non. Mais il suffisait de voir son visage quand elle le regardait, pour comprendre.

— Je n'ai jamais rien remarqué, grommela Warrick.

Philippa détourna la tête. Le vent agitait le bord de sa coiffe. Elle semblait étonnamment mûre et sereine, malgré sa colère contre lui. Il ressentit pour elle une certaine admiration... et autre chose qui ressemblait à du regret. Ils avaient toujours été très proches, mais dernièrement, il avait l'impression qu'elle lui échappait. Et cette sensation lui déplaisait.

— C'est normal, fit-elle avec un sourire pincé.

Il prit une pose arrogante, les mains sur les hanches.

— Ah bon ? Et pourquoi ?

Elle pivota vers lui, le regard teinté d'une lueur inhabituelle, proche du mépris.

— Parce que tu n'as jamais aimé que toi-même.

— Nom de Dieu ! lança-t-il. Et toi, qui aimes-tu ?

— Toi.

Il émit un rire dur.

— Tu ne t'attends pas à ce que je te croie, j'espère !

Elle blêmit, les yeux écarquillés, sombres et douloureux.

— Non. Sinon, je ne te l'aurais pas dit...

Elle fit mine de s'éloigner, mais il la retint par le bras.

— Tu devrais être la première à me remercier de nous avoir débarrassés de ce maudit palefrenier. Après tout, Jessie va épouser ton frère.

Elle le dévisagea, puis baissa les yeux vers la main qui la retenait. Il eut l'impression de sentir battre son cœur sous le fin tissu.

— Jessie ne devrait pas épouser Harrison.

— Vraiment ? Et pourquoi pas ? demanda-t-il en se penchant vers elle.

Elle respira profondément, gonflant sa poitrine.

— Parce qu'il ne sera jamais à la hauteur de ses envies et qu'elle ne sait pas le manipuler. Il va la détruire. Ils vont se détruire mutuellement.

Warrick rit encore, mais d'un rire forcé.

— J'ignorais que tu aimais tant le mélodrame.

— Tu ignores beaucoup de choses de moi, rétorqua-t-elle.

Philippa se dégagea de son emprise et, cette fois, il la laissa partir.

34

Le vieux Tom eut du mal à reprendre la direction des écuries. D'autres hommes furent chargés de l'aider, ainsi que Charlie, bien sûr, mais c'était un travail trop fastidieux pour un vieillard malade.

Jessie le trouva seul, en train de bouchonner Finnegan, par un après-midi pluvieux. Il ordonna à Charlie d'aller chercher une jument. La jeune femme franchit le seuil et demeura près de l'entrée, d'où elle pouvait voir les gens arriver sans qu'ils entendent ce qu'elle disait.

— Petite, fit Tom en levant la tête, on ne peut pas dire que le temps se prête à la promenade...

— Ce n'est pas mon intention, répondit-elle. Je voudrais vous parler.

Il se redressa lentement et s'essuya les mains.

— D'accord.

Cherchant ses mots, Jessie caressa la surface lisse d'une selle. L'odeur du savon, du foin et du cuir l'enveloppait, évoquant des souvenirs qui ne firent que rouvrir ses plaies.

Enfin, elle se tourna vers le vieil homme au visage ridé.

— J'ai besoin d'aide, Tom. Je sais que je ne devrais pas vous demander une chose pareille, mais j'y ai longuement réfléchi, et je ne vois pas comment je pourrais y arriver toute seule.

La pluie redoubla de violence. De grosses gouttes s'écrasaient dans la poussière de la cour, l'air se char-

geait d'une odeur de terre humide. Tom regarda au-
dehors, puis reporta son attention sur la jeune femme.

— Qu'est-ce que tu complotes?

— Je veux faire évader Gallagher de la prison de
Blackhaven Bay, et l'aider à monter à bord d'un baleinier en partance pour Nantucket.

À son grand étonnement, une lueur amusée apparut dans les prunelles de Tom.

— Rien que ça!

Elle sentit un sourire naître sur ses lèvres.

— Rien que ça.

Il prit une brosse et se mit au travail.

— Quand comptes-tu démarrer l'opération?

— Dès que le *Agnès-Anne* sera prêt à lever l'ancre.
Lucas m'a dit que ce serait à la fin du mois, mais je
dois voir le capitaine pour en avoir la certitude.

— Moi aussi, je veux vous aider, déclara Charlie
sur le seuil.

Jessie fit volte-face, le cœur battant. Le garçon avait
dû faire semblant de s'éloigner, pour revenir ensuite
par l'arrière du bâtiment et écouter leur conversation.
Il avait les poings crispés et paraissait très déterminé.

Elle posa une main tremblante sur son épaule.

— Je suis très touchée de ta proposition, Charlie,
mais je ne voudrais pas que tu risques une punition.

— Ils ne pourront rien me faire si je vais en Amérique, décréta-t-il en la regardant de ses grands yeux
écarquillés.

— Non, insista la jeune femme. C'est trop dangereux. Tu risques d'être pris, voire tué.

Derrière elle, le vieux Tom émit un grommellement
ironique.

— Quel avenir l'attend en Tasmanie? À mon avis,
si ce gosse est prêt à prendre des risques, tu n'as pas
le droit de l'en empêcher. C'est sa vie, après tout.

Jessie soutint le regard du vieil homme et sourit
tristement.

— Vous êtes si sage, Tom. Vous avez raison... Charlie, j'accepte ton aide. Nous en aurons besoin...

Plus tard, avant de quitter les écuries, elle posa à Tom la question qui lui brûlait les lèvres :

— Que veut dire *mo chridh* ?

Il lui adressa un regard entendu, plein de mélancolie.

— Cela veut dire « mon amour ».

— Il faudrait un homme compétent pour aider le vieux Tom aux écuries, assura Jessie à son frère, le lendemain, dans le cabriolet qui les menait vers Blackhaven Bay.

C'était une belle matinée un peu fraîche. Le soleil se reflétait sur les eaux bleues, mais Jessie ne voyait que la forteresse aux murs de grès qui dominait la ville.

Warrick se tourna vers elle, l'air renfrogné.

— J'avais quelqu'un de compétent, le meilleur palefrenier que j'aie jamais vu. Jusqu'à ce que tu décides de l'utiliser à d'autres fins.

Il fit claquer les rênes sur la croupe de la jument pour accélérer.

— Je t'assure, Jessie, jamais je ne t'aurais crue capable de faire un coup pareil à Harrison...

Elle détourna la tête et retint sa coiffe. Warrick conduisait toujours trop vite.

— Je n'ai pas utilisé Gallagher, comme tu dis. Je l'aime. C'est différent.

— Un détenu ! Un Irlandais, de surcroît !

— Mon Dieu, j'ai l'impression d'entendre notre mère ! J'ignorais que tu étais à ce point guindé.

Les joues de Warrick s'empourprèrent.

— Ce n'est pas le cas, assura-t-il d'une voix tendue.

— On le jurerait, pourtant. Oh, Warrick...

Peinée, elle posa une main sur son bras.

— Je pensais que tu serais le seul à comprendre la confusion de mes sentiments pour Harrison.

Il rougit davantage, les lèvres crispées, sans un mot.

Ils étaient presque arrivés en ville et allaient s'engager sur la grève. Jessie repéra plusieurs navires à quai, se balançant doucement. Elle identifia vite le *Agnès-Anne*.

— Une simple amitié peut se transformer en autre chose, dit enfin Warrick. Même si on ne s'y attend pas.

Elle se tourna vers lui, étonnée par ces paroles.

— Ce ne sera pas le cas avec Harrison.

— Alors pourquoi l'épouses-tu le mois prochain ? s'enquit-il en la fixant, avant de s'arrêter.

Elle se contenta de secouer la tête.

— Pas question que tu approches de la prison, si c'est à cela que tu pensais en m'accompagnant, reprit-il.

— Non, bien sûr que non ! fit-elle d'un ton faussement enjoué.

Elle descendit du cabriolet sans l'aide de son frère.

— Je veux simplement faire un saut chez ma couturière. Ensuite, j'irai me promener au bord de l'eau. Je te retrouve ici dans... disons, deux heures ?

Assise sur un muret face à la plage, à la sortie de la ville, Jessie observait un marin élancé, aux favoris blonds, qui venait vers elle. Sa claudication lui donnait un air un peu canaille, qui lui rappelait Lucas. Elle sourit tristement.

Il s'arrêta à distance de la jeune femme, regardant au loin vers l'horizon.

— Il paraît que vous me cherchez, fit-il.

— Vous êtes le capitaine Chase ? demanda-t-elle en suivant son regard.

— Oui.

— On m'a dit que vous étiez un ami de Lucas Gallagher.

334

Il lui adressa un regard furtif.

— C'est vrai.

— Vous savez qu'il a été emprisonné ?

— J'ai appris la nouvelle.

— Eh bien, je vais le faire sortir.

Elle dormait tête nue.

Warrick ignorait ce détail intime à propos de Philippa Tate, et il en fut étonné. Elle sommeillait dans l'ombre de son lit à baldaquin, les cheveux épars sur l'oreiller. Elle avait raison : il ne la connaissait pas. Il ne la connaissait plus. Philippa l'avait toujours accepté tel qu'il était, sauvage, tourmenté, avec ses rêves et ses craintes. Il avait dû la connaître autrefois, lorsqu'ils étaient enfants. Quand cela avait-il changé ?

Le grattement de l'allumette parut très bruyant dans le silence de la nuit. Il alluma une chandelle. Une lueur dorée éclaira la chambre. Autour d'eux, la maison trembla, comme balayée par une violente bourrasque, puis tout se calma.

Elle remua dans son sommeil. Il la vit battre des paupières, puis ouvrir les yeux. D'un geste vif, elle tendit la main vers sa robe de chambre posée près du lit, mais Warrick fut plus prompt.

— Félicitations, dit-il avec un large sourire. À ta place, la plupart des femmes auraient hurlé.

Elle s'assit, les mains crispées sur ses couvertures, mais elle ne chercha pas à les relever pudiquement jusqu'au menton.

— Tu as bu, constata-t-elle avec son calme habituel.

La plupart des gens voyaient en elle un modèle de sagesse, de conformisme. Mais ils se trompaient. Elle avait simplement la chance d'être naturellement ce que la société attendait d'elle. Elle n'avait pas besoin de faire semblant, de se cacher – enfin, moins que certains.

— J'ai bu, en effet, admit-il en s'inclinant vers elle. Mais pas autant que tu le penses.

— Qu'est-ce que tu fais là?

Il se redressa et arqua les sourcils.

— Dans ta chambre? À une heure du matin? Tu n'en conclus pas que je suis venu t'enlever?

Elle le dévisagea. La chandelle projetait des ombres sur ses traits délicats, son cou, ses yeux écarquillés.

— Certaines pourraient le croire. Pas moi.

— Ah non?

Il s'appuya contre une colonne du lit.

— Peut-être ne me connais-tu pas aussi bien que tu l'imagines, toi non plus…

Il marqua une pause, guettant sa réaction. Comme elle ne disait rien, il reprit:

— En fait, il faut qu'on parle.

— Maintenant? Ici?

— Cela me paraît approprié.

Elle esquissa un sourire.

— Parce que c'est parfaitement inconvenant?

— Je suppose.

Elle écarta les couvertures et sortit les jambes du lit.

— De quoi devons-nous parler? s'enquit-elle en se levant.

Elle ne chercha pas à prendre sa robe de chambre. D'ailleurs, elle n'en avait pas besoin. Sa chemise de nuit en lin la couvrait de la tête aux pieds.

Warrick l'observa. Deux mètres à peine les séparaient. Soudain, il semblait très sérieux.

— L'autre jour, tu m'as dit que tu m'aimais…

Elle croisa les bras, dans un geste qui plaqua le tissu de sa chemise de nuit contre ses seins généreux.

— Vraiment?

Il ne distinguait que son cou gracile et pâle, ses pieds nus et le contour de ses seins. Pourtant, une vague de désir enflait en lui. Il en fut déconcerté, car c'était une réaction inattendue. Sinon, il ne serait pas venu la voir en pleine nuit.

— Ne jouez pas avec moi, mademoiselle Philippa Tate, vous, le modèle de bonne conduite, lança-t-il en brandissant un index accusateur. Tu sais bien que tu l'as dit.

— J'étais en colère.

Il crut qu'elle voulait nier, aussi eut-il du mal à poser la question suivante. Il venait de se rendre compte combien sa réponse comptait, à ses yeux, combien il avait besoin d'elle dans sa vie.

— Étais-tu sincère?

Elle releva le menton tandis qu'il retenait son souffle.

— Oui.

Warrick poussa un long soupir.

— Depuis combien de temps m'aimes-tu?

Elle étouffa un petit rire.

— Depuis toujours, je pense.

— C'est un amour d'enfance, dit-il en s'approchant.

— Cela l'était, quand j'étais une enfant. Mais j'ai grandi.

— C'est vrai. Tu n'es plus une enfant...

Il effleura les mèches brunes qui tombaient sur sa poitrine. À sa grande surprise, ses doigts tremblaient. Il baissa la main.

— Tu es en train de me dire que, lorsque tu étais fiancée à Cecil, puis à Reid, c'est moi que tu aimais?

— Oui.

Il la dévisagea longuement.

— Si Cecil n'était pas mort, l'aurais-tu épousé malgré tes sentiments pour moi?

— Je te l'ai dit, je suis lâche, répliqua-t-elle en passant devant lui pour gagner la porte-fenêtre. De plus, tu ne vivais que pour la mer à l'époque, souviens-toi.

— Tu dis cela comme si tu étais jalouse de la mer...

— De la mer?

Elle ouvrit les rideaux pour observer le jardin au clair de lune. Une lueur bleutée vint souligner ses traits délicats.

— C'est vrai, je l'étais, avoua-t-elle.

— Tu m'as dit, l'autre jour, que je devrais naviguer à nouveau.

Elle se tourna vivement vers lui.

— Tu vas le faire ?

— Peut-être.

Il s'avança, projetant son ombre sur son corps. Le souffle de la jeune fille s'accéléra.

— Jusqu'à quel point m'aimes-tu ?

Philippa leva les yeux vers lui. Ses longs cheveux glissèrent dans son dos.

— Suffisamment pour me donner à toi, répondit-elle d'une voix rauque. Ici, tout de suite, si tel est ton désir.

— Tu sais très bien que je ne te demanderais jamais une telle chose.

Elle soutint son regard, tout en saisissant les plis de sa chemise de nuit. Lentement, elle l'ôta et laissa tomber le fin tissu à terre, à ses pieds. Le clair de lune sculptait les contours de son corps nu, si harmonieux que Warrick frissonna. Philippa était plus petite et plus ronde que Faine, et très pâle, car sa peau n'avait jamais connu la caresse du soleil. Il voyait ses seins se soulever au rythme de sa respiration saccadée, ses yeux écarquillés, son visage grave...

Il effleura sa joue, puis descendit sur son cou gracile, son épaule nacrée. Sa main frôla ses seins, puis se referma sur l'un d'eux avec audace. Il redoutait un mouvement de recul ou de dégoût. Il s'attendait à lui faire peur. Mais, au contraire, elle entrouvrit les lèvres et gémit de surprise et de plaisir à la fois. Il sut alors qu'elle était sincère, qu'elle l'aimait et le désirait.

Warrick dut se forcer à s'interrompre, à reculer. Il se pencha et ramassa la chemise de nuit, qu'il lui tendit. Elle hésita, puis la prit et la serra contre elle.

— Tu ne veux pas de moi ? murmura-t-elle d'une voix brisée par le chagrin.

Il effleura ses lèvres qui tremblaient.

— Oh si, je te désire ! Crois-moi, Philippa, je te désire... Mais pas comme ça. Pas ici, pas maintenant.

Il lui adressa un sourire, qu'elle ne lui rendit pas tout de suite. Puis il glissa la main sur sa nuque et l'attira vers lui pour l'embrasser.

35

Harrison mit son cheval au trot dans l'allée menant au Château. Il allait plus vite que de coutume, incapable de maîtriser son impatience. Cela faisait plus d'un mois qu'il était séparé de Jessica, après l'avoir attendue plus de deux ans, et il commençait à se sentir anxieux. Heureusement, bientôt elle serait sienne. À cette perspective, il sentit son cœur s'emballer. Il fut envahi d'un désir qu'il trouvait à la fois répugnant et un peu effrayant.

Alors il l'aperçut, au milieu des arbres, marchant de ce pas décidé et vigoureux qu'il n'avait jamais beaucoup apprécié. Elle revenait sans doute de promenade, car elle se dirigeait vers la maison et venait d'atteindre l'allée. Il faisait frais. De lourds nuages peuplaient le ciel, et le vent soufflait dans les chênes et les bouleaux. La jeune femme semblait pâle, plus mince que dans ses souvenirs. Et si belle que le simple fait de la regarder faisait bouillir le sang dans ses veines.

— Jessica, dit-il en arrivant à sa hauteur.

Il mit pied à terre, mais ne prit pas sa fiancée dans ses bras car ces démonstrations de tendresse n'étaient pas convenables. Toutefois, il saisit ses mains et les embrassa à travers les fins gants de cuir. Il plongea dans son regard.

— Harrison, répondit-elle. Bienvenue à la maison.

Le sourire de Jessie était un peu hésitant. Harrison crut déceler l'éclat de larmes refoulées dans ses yeux.

Il en fut étonné, car il ne l'avait jamais vue pleurer, pas même dans son enfance. Lorsqu'il se tourna vers la maison, la jeune femme à son bras, il la regarda à nouveau. Elle ne l'avait pas revu depuis un mois, mais elle paraissait distante, comme si ses pensées étaient très loin. Quand il partait, il ne semblait pas lui manquer.

En observant son visage blême, il comprit qu'elle n'avait jamais vraiment eu besoin de lui. Parfois, il se disait qu'elle préférait ses études, cette notion si peu féminine, ses promenades au bord de l'océan, ses chevauchées dans la campagne...

Il se hâta de chasser cette pensée troublante de son esprit.

Ce soir-là, seule dans sa chambre, Jessie sortit la robe de satin blanc ornée de boutons de roses, qui devait être sa robe de mariée. Elle l'avait commandée avant son départ pour Londres, selon les instructions de sa mère. Cela lui semblait une éternité, à présent.

Elle étala la robe sur son lit, caressant le satin et la fine dentelle. Naguère, elle avait ressenti du plaisir à effectuer les essayages. Cette joie avait disparu, faisant place à un profond chagrin, teinté de culpabilité. Ce que Béatrice faisait n'était pas bien. De même que ce qu'elle allait infliger à Harrison...

Celui-ci n'avait pas changé. Il était toujours aussi élégant, drôle, un peu guindé. Jessie, elle, n'était plus la même. Peut-être avait-elle simplement appris à se connaître ?

Les larmes aux yeux, elle serra la robe contre elle et enfouit le visage dans le satin. Elle ne pleura pas pour Harrison, mais pour un détenu au regard féroce, enfermé dans la prison de Blackhaven Bay.

— J'aurais préféré que vous me le disiez, commenta Jessie en se promenant avec Geneviève sur la plage.

Le fracas des vagues résonnait dans leurs oreilles. Les deux femmes sentaient le sable humide sous leurs pieds. Au-dessus de leurs têtes, les mouettes criaient dans le ciel gris. La pluie avait cessé, mais il faisait encore frais. Les grosses vagues étaient ourlées d'écume. Le temps reflétait à merveille l'humeur de la jeune femme.

— J'avais fait une promesse à ta mère, répondit Geneviève en écartant quelques mèches rebelles de son visage. Tu m'en veux ?

— Non, fit Jessie avec un sourire. Mais je suis heureuse d'être au courant.

C'était la première fois qu'elle revenait à la pointe, depuis qu'elle avait appris la vérité sur Geneviève. Il s'était passé tant de choses qu'elle brûlait de se confier, mais elle ne le pouvait pas. Elle avait déjà impliqué Tom et Charlie dans ses projets. Elle ne pouvait y entraîner sa tante.

— Il paraît que Harrison est rentré de Hobart, déclara soudain celle-ci.

— En effet.

— En ville, on semble croire que tu vas l'épouser...

— C'est effectivement ce que je vais faire.

Geneviève s'arrêta et posa une main sur le bras de la jeune femme.

— Mais pourquoi ? Je croyais que ta décision était prise, que ce mariage n'était pas une bonne idée.

Jessie prit une profonde inspiration.

— Lucas a été emprisonné.

— Seigneur ! Vous avez été découverts ?

Jessie secoua la tête et se tourna de côté pour dissimuler son visage.

— Vous croyez que mère le laisserait vivre, si elle savait ?

Elle regarda au loin, ivre de chagrin.

— Geneviève, reprit-elle, je veux que vous veniez avec moi au presbytère avant le mariage. Je veux que vous m'aidiez à enfiler ma robe.

— Je le ferais volontiers, tu le sais, mais ta mère…

— Mère ne sera pas là. Le mariage a lieu à Saint-Antoine.

— Je croyais que la cérémonie devait être célébrée à l'intérieur des terres ?

— C'est ce qui était prévu, mais j'ai procédé à quelques changements.

— Je m'étonne que Béatrice ait accepté.

Jessie se retourna, un sourire féroce aux lèvres.

— J'ai insisté.

Naturellement, Béatrice n'était pas d'accord, mais elle avait fini par céder. Le plus important pour elle était que sa fille épouse Harrison au plus vite.

— Et Harrison ? demanda Geneviève. Est-il au courant de ce que tu me demandes de faire ?

— Pas encore. Mais, même s'il refuse que vous veniez au mariage, je tiens à votre présence avant la cérémonie.

Geneviève plissa les yeux, perplexe.

— Tu me caches quelque chose…

Jessie prit la main de son amie – de sa tante – et la serra fortement.

— Je vous en prie, ne me posez pas de questions. Aidez-moi simplement à franchir ce cap important.

Geneviève parut troublée.

— Très bien, si c'est ce que tu souhaites…

— C'est ce que je souhaite.

Deux jours plus tard, Jessie se rendit à Blackhaven Bay en compagnie de Tom et de Charlie. Pendant que Charlie traînait à l'extérieur de la prison pour étudier les murs et les environs, elle demanda fermement à voir Lucas Gallagher, l'ancien domestique de son frère, n'hésitant pas à mentir et à intimider le gardien.

Le parloir était une salle froide, basse de plafond, avec un sol dallé et une petite fenêtre à barreaux. Malgré la fenêtre ouverte et l'emplacement de la pièce, qui donnait sur un couloir, l'air empestait les odeurs sordides de la prison. Il y flottait les relents de la peur et du désespoir.

Debout au milieu de la pièce, les mains crispées, le souffle court, Jessie entendit une clé tourner dans une lourde serrure. La porte de la cour s'ouvrit et elle perçut des pas traînants. Si elle n'était pas venue plus tôt, c'était parce qu'elle redoutait des représailles éventuelles de la part de Béatrice, qui aurait pu l'empêcher de revenir. À présent, le *Agnès-Anne* était prêt à lever l'ancre, et tout était organisé pour l'évasion de Lucas. Elle était venue lui exposer son plan.

Et lui faire ses adieux.

Elle fixa la porte, impatiente de le retrouver après ces longues semaines de séparation, la gorge nouée par l'émotion, car elle savait que ce serait aussi la dernière fois qu'elle le verrait. Lui reprocherait-il son incarcération ? Regrettait-il l'enchaînement d'événements qui l'avaient mené vers ce cruel destin ?

Ayant grandi en Tasmanie, Jessie savait combien plusieurs semaines de prison pouvaient meurtrir un homme. Elle s'attendait à le trouver changé, mais fut tout de même choquée de découvrir sa silhouette familière sur le seuil. Lucas était maigre, livide, barbu. Ses vêtements sales pendaient en haillons sur sa pitoyable carcasse, ses yeux superbes semblaient éteints.

— Vous pouvez disposer, déclara-t-elle sèchement au gardien. Je vous préviendrai, quand j'en aurai terminé.

— Mais, madame…

Le gardien écarquilla les yeux et déglutit.

— Je ne peux laisser un détenu…

Jessie le foudroya d'un regard méprisant.

— Ne soyez pas ridicule ! Cet homme n'est pas emprisonné pour un crime. Il est simplement remis entre les mains des autorités. Je dois éclaircir certains détails concernant la gestion des écuries de mon frère, et je ne souhaite pas en parler devant un étranger. Vous pouvez disposer.

L'homme rougit.

— Bien, madame, bredouilla-t-il en s'éloignant.

Il croisa le vieux Tom qui attendait à l'entrée de la pièce, le dos tourné.

Jessie observa Lucas, horrifiée par ses joues émaciées, son corps décharné.

— Mon Dieu, souffla-t-elle tandis que la porte se refermait lourdement. Que t'ont-ils fait ?

Il la prit par les épaules et la tint à distance de lui, afin de l'empêcher de se jeter dans ses bras.

— Doucement. Ne me touche pas. J'empeste la prison.

Elle repoussa ses mains et se blottit contre lui.

— Comment ne pas te toucher ?

Elle se hissa sur la pointe des pieds pour poser la joue sur la sienne, les yeux fermés.

— Depuis des semaines, je ne pense qu'à te toucher, reprit-elle.

— Jessie… murmura-t-il en enfouissant le visage dans ses cheveux, lui caressant le dos. Je croyais ne plus jamais te revoir…

Il l'embrassa avec l'ardeur du désespoir, un baiser de retrouvailles et d'adieu à la fois.

À regret, elle s'écarta enfin.

— Le *Agnès-Anne* lève l'ancre lundi prochain, annonça-t-elle en lançant un regard furtif vers le couloir. Nous avons un plan pour te faire sortir.

— Lundi ? répéta-t-il en la fixant. J'ai entendu dire que tu épousais Harrison Tate samedi.

Elle opina du chef, incapable de parler.

Il lui caressa la joue.

— Pourquoi ? Pourquoi as-tu décidé de l'épouser quand même ?

— J'ai mes raisons.

Elle le vit crisper la mâchoire.

— Dis-moi que je n'ai rien à voir avec cette décision, ordonna-t-il en la prenant par le menton.
Regarde-moi dans les yeux et dis-moi que je n'y suis
pour rien. Si tu es enceinte...

Elle se dégagea, terrifiée à l'idée qu'il puisse lire la
vérité dans ses yeux.

— Je ne suis pas enceinte, et Dieu sait si je le
regrette. Au moins, j'aurais gardé ce souvenir de toi...

— Bien, fit-il en poussant un soupir.

Il vint se placer derrière elle et effleura sa nuque
d'une caresse.

— Je te souhaite d'être heureuse avec Harrison.
Ton bonheur est ce que je désire plus que tout.

— Lucas...

Elle pivota vers lui, le cœur serré, la voix brisée par
l'angoisse.

— Seigneur, je me demande comment je vais supporter l'idée de ne plus te voir. C'est un véritable calvaire.

Elle prit sa main et la porta à sa joue, scrutant son
visage pour en mémoriser chaque trait, chaque ombre.
Elle esquissa un sourire triste.

— M'as-tu aimée, même un peu? demanda-t-elle.

— Je t'ai toujours aimée, *mo chridh*. Depuis la
nuit des temps. Bien avant qu'il y ait des étoiles dans
le ciel. Et je t'aimerai encore quand il n'y en aura
plus.

Le lendemain matin, Jessie cueillait des fleurs dans
le jardin pour son bouquet de mariée, lorsqu'elle vit
Harrison franchir la grille et s'approcher parmi les
rosiers.

— Te voilà, Jessica, dit-il en tripotant nerveusement
la chaîne de sa montre en or, qui pendait sur son gilet.

Ses traits aristocratiques semblaient soucieux. Jessica sentit son estomac se nouer face à son regard
réprobateur.

346

— Je viens d'apprendre que ta mère n'assistera pas à la cérémonie de samedi.

Elle se pencha pour couper des renoncules.

— L'église Saint-Antoine surplombe la mer, expliqua-t-elle calmement. Béatrice ne supporte pas la mer.

— Je sais. Mais...

Il s'interrompit pour lui prendre son panier, comme s'il était trop lourd pour elle, et lui emboîta le pas.

— La mère de la mariée se doit d'assister à la cérémonie, décréta-t-il. Que vont dire les gens ? Je croyais que le mariage aurait lieu à l'intérieur des terres.

— Non, répliqua-t-elle un peu plus fermement qu'elle ne le voulait.

Harrison lui adressa un regard étonné.

— Je veux dire... (Elle posa une main sur sa manche avec un sourire forcé.) Saint-Antoine est notre église. C'est là que nous irons à l'office, tous les dimanches, que nos enfants seront baptisés et...

Sa voix s'éteignit face à la lueur qui venait d'apparaître dans les yeux de Harrison. Elle avait l'impression de le trahir et de se trahir elle-même. Son manque d'honnêteté l'humiliait. Mais comment lui avouer la vérité ? Comment dire à un homme tel que Harrison : « Je me moque de ce que pensent les gens, je refuse de vivre dans la crainte de l'opinion des autres, je ne veux pas que ma mère assiste à mon mariage car ce qu'elle me fait, ce qu'elle nous fait, est impardonnable » ?

Naturellement, elle ne pouvait rien exprimer de tout cela. Ravalant sa culpabilité, elle déclara :

— J'estime que nous devons nous marier ici, où nous allons vivre.

— Si tel est ton désir, concéda-t-il en lui prenant la main. Mais tu dois souhaiter la présence de ta mère en un moment pareil, pour t'aider à t'habiller, partager ton émotion...

Elle observa son beau visage si familier et prit une profonde inspiration.

— Harrison, il y a quelque chose dont j'aimerais te parler, dit-elle vivement avant de perdre courage. Je voudrais que Geneviève Strzlecki soit invitée au mariage.

— Geneviève Strzlecki? répéta-t-il en lâchant sa main, les sourcils froncés, pétrifié. C'est une plaisanterie, j'espère!

— Non.

Elle récupéra son panier et tourna les talons, les mains tremblantes.

— Je suis très sérieuse, au contraire. Non seulement c'est ma meilleure amie depuis des années, mais c'est aussi ma tante. Je veux qu'elle assiste à mon mariage.

— Ta tante?

Il posa les mains sur ses hanches, puis se frotta le front.

— Seigneur, comment est-ce possible? Cette femme n'est pas fréquentable!

En cet instant, il ressemblait à Béatrice. Jessie se mordit la lèvre. Je vais épouser ma mère... songea-t-elle avec effroi.

— Harrison, Geneviève est la sœur de Béatrice, déclara-t-elle. Je viens de le découvrir. Il est très important pour moi qu'elle soit de la fête.

Elle s'interrompit un instant, puis reprit:

— D'autant plus que ma mère sera absente.

Posant son sécateur et son panier, elle vint l'enlacer et effleura sa joue d'un baiser.

— Je t'en prie...

C'était la première fois qu'elle osait un contact aussi spontané. Il parut à la fois surpris et heureux.

— Très bien, admit-il avec un sourire. Si cela te fait plaisir...

À sa grande honte, Jessie découvrit qu'elle ne parvenait pas à soutenir son regard radieux. Elle avait l'impression d'être une catin, d'être tombée très bas pour obtenir ses faveurs à l'aide d'un baiser, d'une

348

caresse, toute la panoplie des armes féminines qu'elle avait toujours méprisées. Jamais elle ne s'était comportée de la sorte, mais elle sut à cet instant que sa vie de couple prendrait cette tournure.

Harrison n'était pas homme à la traiter comme son égale, comme une personne intelligente, avec des opinions et des souhaits qu'il devrait prendre en compte. Si elle essayait de discuter franchement avec lui, si elle cherchait à l'affronter ou à négocier comme le ferait un homme, elle ne parviendrait qu'à le fâcher. Il en viendrait peut-être à la détester.

Il existait de bonnes raisons pour que les femmes soumises à l'autorité de leur mari usent de subterfuges afin de parvenir à leurs fins. La flatterie, les charmes leur permettaient d'obtenir gain de cause. Les femmes en étaient réduites à user de ces armes, car la société l'avait voulu ainsi.

Mais Jessie se demandait combien de temps elle pourrait employer ces méthodes méprisables, avant de se mépriser elle-même.

Perchée sur un petit tabouret, au fond de son jardin, Geneviève dessinait au fusain le paysage qui se déployait en contrebas. Elle plissa les yeux dans le vent. Chantonnant doucement, elle esquissa quelques traits sur le papier. Par temps clair, lorsque la mer était d'huile et le ciel limpide, elle s'adonnait à l'aquarelle. Quand il faisait gris, comme ce jour-là, elle trouvait le fusain plus approprié.

Elle se tourna vers le chemin envahi par la végétation et vit s'approcher un cavalier sur un cheval marron.

Geneviève se leva. Posant sa feuille et son fusain sur le tabouret, elle regagna la maison, foulant les feuilles mortes des rosiers. Le cœur battant, elle vit le jeune homme aux boucles blondes mettre pied à terre avec grâce. Il avait le visage d'un ange. Il regardait la porte du cottage.

— Je peux vous aider ? lança-t-elle.

Il pivota et ôta son chapeau.

— Madame Strzlecki ?

— C'est ainsi que l'on m'appelle, en effet, répondit-elle en souriant. Votre mère vous a sans doute dit que je n'ai pas le droit d'utiliser le nom de notre famille.

Elle décela une lueur malicieuse dans les yeux gris du jeune homme.

— Je suis Warrick Corbett, déclara-t-il comme si elle l'ignorait.

— Je sais.

Il lui adressa un sourire timide.

— Je crois que vous êtes ma tante…

— Effectivement.

— J'aimerais vous connaître, dit-il en lui tendant la main.

Elle la serra.

— Entrez donc dans la cuisine. Je vais vous préparer une bonne…

Elle avait failli dire « une bonne tasse de thé », comme pour sa sœur ! Elle éclata de rire.

— Un bon cognac, plutôt, corrigea-t-elle.

36

Le samedi suivant, jour de son mariage, Jessie découvrit un ciel gris en ouvrant sa fenêtre. L'air sentait la pluie.

Se couvrant les épaules d'une capeline, elle quitta la maison par la porte de service et alla se promener dans le jardin brumeux. Mais les allées impeccables, les massifs soignés étaient trop stricts pour son âme tourmentée. Elle traversa donc le parc vers l'étang. L'herbe était glissante sous les semelles de ses bottines. Le vent lui fouettait les joues. Elle alla jusqu'au nouveau mur du cimetière familial, et s'arrêta pour regarder en direction du Château, avec ses arcades et sa tourelle se dressant sombrement dans la lumière pâle.

Désormais, ce ne serait plus sa maison. Naguère, elle avait cru que le mariage bouleverserait son existence, mais elle savait à présent que rien ne changerait, à moins qu'elle ne trouve le courage de modifier elle-même le cours de sa vie. Elle avait toujours considéré le courage comme une qualité physique : le courage de faire franchir un obstacle à un cheval, d'escalader une falaise, de parcourir les mers vers des terres inconnues… Elle savait aujourd'hui qu'il existait une autre forme de courage : celui qu'il fallait pour être soi-même, dans un monde où régnait le conformisme. Le courage de tenir tête aux tentatives des autres pour la manipuler, la transformer en la femme qu'ils voulaient qu'elle soit, le courage d'endurer leur déception, leur colère.

Toute sa vie durant, elle avait essayé d'être une fille modèle, de faire la fierté de ses parents, de les rendre heureux. Jamais elle n'aurait soupçonné qu'une femme puisse être trop loyale, trop noble, trop soumise. Elle n'avait pas compris que, en cherchant à ne pas trahir les siens, elle se trahissait elle-même. À un moment, elle avait perdu le sens de ce qu'elle devait aux autres et ce qu'elle se devait à elle-même. Plus jamais cela ne se produirait. Elle se promit d'essayer d'être une bonne épouse, sans pour autant renoncer à son intégrité.

Avec un soupir, elle décida de faire le tour de l'étang, dont les eaux grises se plissaient sous le vent matinal. Elle s'arrêta près d'un vieux pommier et admira ses branches qui se balançaient contre le ciel d'étain. L'air sentait la terre humide et les fruits encore verts.

En épousant Harrison, elle épousait un homme qu'elle n'aimait pas, pour sauver la vie de l'homme qu'elle aimait. Toutefois, elle demeurait intègre. Cette décision lui avait été imposée par sa mère, mais elle avait fait son choix. Elle consentait librement à ce sacrifice.

À présent, au matin de son mariage, elle ressentait cruellement la perte de son amour. Cette douleur ne la quitterait jamais. Avec le temps, elle s'atténuerait peut-être, mais pour l'heure, la plaie était béante. La jeune femme croisa les bras sur sa poitrine, se voûtant pour ne pas hurler son chagrin. Le vent soufflait en bourrasques autour d'elle, froid et humide. Quelques gouttes de pluie s'écrasèrent à ses pieds.

Elle entendit des pas se hâter vers elle.

Elle se redressa au prix d'un effort surhumain, le poing contre la bouche. Sa souffrance fit place à un sentiment de panique, lorsqu'elle reconnut la frêle silhouette de Tom qui claudiquait à sa rencontre, les traits tirés.

Elle se précipita vers lui.

— Que se passe-t-il ? lança-t-elle.

Le vieil homme trébucha soudain. Elle tendit les bras pour le rattraper par les épaules.

Il reprit son souffle.

— Un matelot m'a apporté un message du *Agnès-Anne*. Le capitaine Chase prévoit une violente tempête et veut lever l'ancre avant qu'elle n'éclate.

Jessie tressaillit.

— Mais… ils ne peuvent pas partir maintenant ! Chase a promis d'emmener Lucas. Il a dit…

— Écoute, petite, ils vont quand même envoyer une barque à la crique, comme prévu. Mais il faut que ce soit ce matin.

— Ce matin ?

— Oui. Il faut transmettre un message à Gallagher par le garçon qui travaille aux cuisines de la prison. Mieux vaut aujourd'hui que lundi, car vous serez en train de vous marier à l'heure de la promenade des prisonniers. Cela signifie que le capitaine Boyd et ses lieutenants seront à l'église, lorsque Gallagher s'évadera.

Lucas leva la tête et plissa les yeux en scrutant les nuages qui s'amoncelaient au-dessus de la cour de la prison. C'était une journée fraîche et humide. Une tempête imminente s'annonçait. En prison, on perdait vite la notion du temps. Mais il savait que ce jour-là serait celui de son évasion.

Et celui du mariage de Jessica Corbett.

Lucas fit le tour de la cour avec les autres détenus, le corps tendu, en alerte, guettant la diversion destinée à détourner l'attention des gardiens. Son regard revenait sans cesse à la flèche de l'église qui se dressait au-dessus du mur d'enceinte.

Il ne s'expliquait pas pourquoi Jessie épousait cet arrogant. Parfois, au cœur de la nuit, quand il était allongé sur sa paillasse, de terribles doutes l'assaillaient. Il se demandait si elle ne regrettait pas de l'avoir aimé, si elle n'avait pas honte de ce qu'ils avaient fait ensemble. Il était stupide de croire que Jessie pouvait encore aimer ce prisonnier sale et humilié qu'il était devenu. Elle était retournée auprès de son amour d'enfance, soulagée d'être débarrassée d'un amant encombrant.

Mais Lucas la connaissait. Il savait que c'était lui qu'elle aimait, et qu'elle l'aimerait toujours d'un amour inaltérable. Elle lui manquait. Sans doute épousait-elle Harrison Tate par désespoir, cherchant à trouver la paix, le bonheur auprès d'un homme qui l'aimait, même si ce sentiment n'était pas réciproque.

Elle se trompait. Tate l'aimait, mais d'un amour destructeur. C'était surtout de la possessivité, un sentiment égoïste dénué de générosité. Il allait tenter de faire de Jessica la femme qu'il voulait qu'elle devienne, réduisant à néant ce qu'elle était au fond d'elle-même...

Le cri bien imité d'une chouette fit émerger Lucas de ses pensées, attirant son attention vers la cour centrale. Une épaisse fumée noire s'élevait du mur intérieur, au milieu des cris d'alarme et des bruits de pas précipités. Posté près de la porte séparant la cour de promenade de la cour intérieure, le gardien se redressa.

— Nom de Dieu!

Il ouvrit vivement la porte en bois, puis recula face aux flammes qui jaillissaient des cuisines.

— Toi! fit-il en saisissant le bras du premier prisonnier venu. Va chercher un seau! Les autres, suivez-le. Vite!

Malgré sa panique, le gardien veilla à ce que tous les détenus gagnent la cour intérieure, mais il ne referma pas la porte derrière lui, trop occupé à organiser ses troupes. Il ne remarqua pas que Lucas était resté en arrière, près de Fox.

— Vite! dit Lucas. On retourne là-bas.

354

Fox écarquilla les yeux, étonné, mais suivit son compagnon sans protester. Une première corde, puis une autre apparurent contre le mur d'enceinte.

Le mur de trois mètres était facile à escalader à l'aide d'une corde.

— Où sont les chevaux ? demanda Lucas en sautant à terre près de Charlie, à l'extérieur.

Le garçon lança un regard nerveux alentour.

— Là-bas, sous les eucalyptus, répondit-il tandis que Fox sautait à son tour, se tenant les côtes en grimaçant.

Lucas le soutint.

— Tu peux courir ?

— Ouais, assura Fox.

Mais, lorsqu'ils atteignirent les arbres, il tenait à peine debout. Le vieux Tom leur avait envoyé trois chevaux. En regardant Fox, Lucas comprit que le troisième cheval ne servirait à rien.

— Si nous sommes séparés, dit-il en hissant le blessé sur la selle, on se retrouvera à la crique des Naufragés.

Fox saisit les rênes, les yeux écarquillés.

— Je n'arriverai jamais à mener ce cheval...

— Accroche-toi, dit Lucas tandis que Charlie montait en selle derrière lui. Charlie s'en charge. À présent, filez !

Il donna une tape sur la croupe de la monture, puis saisit les rênes de son cheval. Son regard s'arrêta un instant sur la petite église surplombant la baie. La cérémonie allait bientôt commencer, songea-t-il, le cœur serré. Sur le parvis grouillaient des messieurs coiffés de hauts-de-forme et vêtus de queues-de-pie, fines silhouettes contrastant avec les robes aux tons vifs des dames.

Il s'attarda un peu, espérant secrètement apercevoir la femme qu'il aimait. Que ferait-il, dans ce cas ? Il se vit fendre la foule des invités et enlever sa belle, tel un chevalier. Il l'emmènerait loin, très loin. Sauf que...

Il ne pouvait exposer Jessie aux dangers de cette folle évasion, pas plus qu'il ne pouvait lui imposer les épreuves qu'il traverserait ensuite, seul et pauvre en terre étrangère, s'il parvenait un jour en Amérique. Elle était dans cette église de son plein gré. Elle avait choisi Harrison. Sans se l'avouer, il avait espéré trouver la jeune femme prête à le suivre, à partager son destin...

Il regarda une dernière fois en direction de l'église. La cloche de la prison se mit à sonner.

— Filons! lança-t-il en talonnant son cheval.

La femme du pasteur de l'église Saint-Antoine réservait une chambre de sa maison aux futures mariées qui venaient des domaines de la région. La demeure était vaste, en grès, surplombant la baie.

Vêtue de nombreux jupons, d'une fine camisole, d'un corset en satin, avec des boutons de roses et des rubans blancs dans les cheveux, chaussée de pantoufles de satin, Jessica Corbett regardait par la fenêtre de la chambre, vers la ville en contrebas. Elle voyait la silhouette sombre et carrée de la prison, sous le ciel plombé.

— Il est temps d'enfiler ta robe, mon petit, annonça Geneviève.

Jessie scruta le visage serein de sa tante.

— Geneviève, dit-elle en revêtant la robe blanche, qu'est-il arrivé au comte Strzlecki? Vous ne me l'avez jamais raconté.

Sa tante ajusta la robe, penchée sur les volumineux jupons.

— Il est mort deux ans après notre fuite de Tasmanie.

— Avez-vous eu des regrets? Je veux dire, de vous être enfuie avec lui?

Geneviève se redressa, plongeant dans le regard de sa nièce.

— Non, jamais. Même si nous n'avions passé que deux jours ensemble, je ne l'aurais jamais regretté.

Elle esquissa un sourire triste.

— À présent, tourne-toi que j'arrange le derrière.

Jessie obéit.

— Qu'avez-vous fait pendant toutes ces années, avant de revenir ici ?

Geneviève entreprit d'agrafer la robe.

— J'ai voyagé un peu partout, en Russie, en Italie, en Allemagne...

Elle croisa le regard de la jeune femme dans le miroir. Ses yeux pétillaient.

— J'ai eu des amants. La société avait déjà décrété que j'étais une femme légère, je n'avais donc rien à perdre. Les hommes peuvent être de charmante compagnie, sans parler de leurs autres avantages...

Elles rirent de bon cœur. Puis le sourire de Geneviève s'éteignit. Elle arbora un air pensif.

— Tu sais, j'ai même réussi à en aimer un ou deux, mais jamais autant que j'ai aimé Stanislas. C'est à cette époque que j'ai compris que personne ne pourrait le remplacer, alors j'ai décidé de rentrer en Tasmanie. Cela me semblait plus raisonnable. J'avais raison.

Elle posa les mains sur les épaules de sa nièce et la fit pivoter.

— Jessie...

Elle hésita.

— ... ce n'est pas parce que je n'ai jamais retrouvé cet amour qu'il en sera de même pour toi. C'est l'impression que tu as aujourd'hui, mais on ne sait jamais.

— Moi, je sais, rétorqua Jessie en lissant le bas de sa robe. Mais je crois pouvoir m'accommoder de ce mariage. Harrison est un ami d'enfance. Si je ne peux avoir l'amour, j'aurai au moins l'amitié...

Elle s'interrompit en entendant résonner la cloche de la prison. Elle se précipita à la fenêtre et découvrit l'épaisse fumée noire qui s'élevait de l'édifice.

357

— C'est ton Irlandais, n'est-ce pas ? fit Geneviève en la rejoignant. Il s'est évadé.

— Oui.

Un bataillon de gardiens franchissait la porte d'entrée.

— C'est à cause de lui que tu te maries, reprit doucement Geneviève. Béatrice est responsable de tout cela.

Jessie tourna la tête, le cœur battant.

— Elle a dit qu'elle le ferait pendre pour meurtre. Vous savez bien qu'elle en est capable.

Sa tante pinça les lèvres.

— A-t-il un moyen de quitter l'île ?

— Un baleinier l'attend sur la côte pour l'emmener en Amérique, expliqua Jessie d'une voix brisée.

Une profonde tristesse lui enserrait la poitrine, la rongeant de l'intérieur. Elle sentit sa gorge se nouer. Elle tenta de ravaler ses larmes, de peur de ne pouvoir cesser de pleurer si elle laissait libre cours à ses sanglots.

— Tu voudrais partir avec lui, n'est-ce pas, ma chérie ?

— Plus que tout au monde, avoua Jessie dans un souffle.

— Je sais, ce serait dangereux, reprit Geneviève. Fuir les autorités pour se retrouver en terre étrangère, sans argent, avec un homme qu'on connaît à peine.

Jessie se frotta les yeux.

— Ce n'est pas cela, vous le savez bien.

— Alors de quoi s'agit-il ?

Elle se tourna vers la fenêtre. Tous les invités étaient déjà dans l'église, à l'attendre.

— Au départ, toute évasion ensemble était impossible, expliqua-t-elle doucement. Le bateau ne devait être prêt à partir que la semaine prochaine, après le mariage. Mais puisqu'ils lèvent l'ancre plus tôt que prévu…

Elle se tut, saisie d'une terrible douleur qui lui coupait la respiration.

— Comment puis-je partir maintenant, alors que Harrison m'attend devant l'autel ? Il n'a rien fait pour mériter cette humiliation, ce chagrin. Comment puis-je envisager de lui infliger un tel coup de poignard ?

Pourtant elle y songeait, cherchant des yeux un cheval, une voiture vide. En partant tout de suite…

— Jessie, on n'épouse pas un homme par culpabilité ou par obligation.

— Vraiment ? fit-elle, le regard implorant. J'ai accepté ce mariage pour sauver la vie de l'homme que j'aime. Ne devrais-je pas le faire pour Harrison ?

— Tu l'épouserais uniquement pour ne pas lui faire de peine ? Par pitié ?

Geneviève prit ses mains dans les siennes et ajouta :

— Tu crois que c'est ce que Harrison voudrait, s'il le savait ? Et ton Irlandais ? Penses-tu au mal que tu lui fais ? Et toi ? Songe à ta souffrance… Je sais, tu crois pouvoir épouser Harrison sans renoncer à être toi-même, mais tu n'y parviendras pas. Vous serez malheureux tous les deux.

Jessie se mit à frissonner, fixant la mer au loin. Le cœur battant, elle se demanda si Lucas avait déjà atteint la crique. En partant tout de suite, pourrait-elle arriver à temps ? Devait-elle partir ?

Un coup frappé à la porte fit sursauter les deux femmes. L'épouse du pasteur apparut.

— C'est l'heure ! déclara-t-elle avec un sourire, alors que les cloches de l'église se mettaient à sonner.

37

Serrant le bas de sa robe dans ses mains gantées de blanc, Jessie longea l'allée qui menait à la porte de l'église. Une douleur sourde lui enserrait la poitrine. Elle ne voyait pas l'autel, ni le marié qui l'attendait à la lueur des cierges, mais elle sentait déjà le parfum de l'encens et de la pierre humide, elle entendait le brouhaha des conversations, les notes familières de l'orgue. Les cloches résonnaient gaiement sous le ciel gris.

Elle avait attendu ce jour depuis sa plus tendre enfance, se disait-elle. Son mariage avec Harrison était une évidence. Pourtant, à mesure qu'elle approchait de l'église, elle avait du mal à respirer. Le vent lui apportait une odeur salée, promesse de terres lointaines et inconnues. En voyant le trou noir que formait l'intérieur de l'église, vu du dehors, elle comprit qu'elle allait commettre une terrible erreur. Que son avenir n'était pas ici. Qu'il était ailleurs, avec un autre homme. Même si Lucas et elle mouraient le jour même en partant vers un avenir meilleur, tel serait leur destin. Elle ressentit de la culpabilité et du chagrin au plus profond d'elle-même, car Harrison allait beaucoup souffrir. Mais ce serait encore pire de rester dans ces conditions.

Étouffant un cri de désespoir, elle se tourna vers Geneviève qui marchait à son côté.

— Je ne peux pas, dit-elle. Je croyais en être capable, mais je ne peux pas… Et je ne dois pas.

Sa tante la prit par les épaules, les yeux emplis de tendresse et de compréhension.

— Alors pars, mon enfant. Parfois, la fuite est la seule solution.

Jessie l'étreignit avec ferveur.

— Dites-lui, dites-leur à tous que je suis désolée. Essayez d'expliquer à Harrison que... et à Warrick, à Philippa, pourquoi j'ai dû partir.

— Je crois que Warrick et Philippa comprendront, affirma Geneviève. Harrison aussi, avec le temps.

Un autre nom les hantait, mais elles savaient toutes deux que Béatrice ne comprendrait jamais son geste et ne lui pardonnerait jamais.

Souriant à travers ses larmes, Geneviève l'embrassa et la repoussa.

— File !

Saisissant les plis de sa robe, Jessie se mit à courir. Elle entendit la femme du pasteur bredouiller :

— Mais... quelle mouche l'a piquée ? Elle ne peut pas partir comme ça !

Une voix masculine l'interpella, mais elle ne se retourna pas. Sans hésiter, elle traversa le cimetière et franchit la grille, puis elle tourna à gauche où l'attendait un vieil homme à la silhouette familière, avec deux chevaux, dont un superbe étalon.

— Tom ! souffla-t-elle en saisissant les rênes de Finnegan de sa main gantée de dentelle. Que faites-vous là ?

— Mon petit doigt m'a dit que tu aurais besoin d'un cheval rapide, répondit-il en l'aidant à monter en selle dans un froufrou de jupons. Mais, si je puis me permettre, petite, tu es un peu en retard.

— Tom...

Elle fit volter Finnegan au sommet de la falaise et le lança au galop, avant de poursuivre :

— Ils vont se douter que vous m'avez aidée, et que vous êtes complice de l'évasion de Lucas.

— Oui, dit-il en chevauchant près d'elle. C'est pourquoi je pense que je vais aller mourir en Amérique.

Lucas arrêta son cheval au sommet de la colline et scruta les eaux qui se déchaînaient en contrebas. Le vent soufflait plus fort, faisant voleter les pans de sa veste. La crique était déserte, mais le bateau était là, la proue sur le sable, la poupe agitée par les vagues ourlées d'écume.

— Dieu soit loué, ils sont là, déclara-t-il en adressant un sourire à Charlie et Fox.

Il talonna son cheval pour descendre vers la plage.

Le second du *Agnès-Anne*, un petit homme noueux d'origine portugaise, les attendait sur le sable. Il se tourna vers eux en les entendant approcher :

— On a failli ne pas vous attendre ! s'exclama-t-il dans le vent.

— Personnellement, je me demande si je ne préfère pas rester ici et être pendu, avoua Fox, livide.

Lucas se pencha pour mettre pied à terre.

— Ta blessure s'est rouverte ? demanda-t-il.

— Non.

Fox se dirigea d'un pas mal assuré vers le bateau.

— Mais j'ai cru mourir quand ce gosse démoniaque a descendu la pente à toute allure, grommela-t-il. J'avais l'impression que le cheval allait s'envoler.

— Les chevaux ne volent pas, protesta Charlie qui monta à bord de l'embarcation.

— Je n'aime pas la façon dont les rochers disparaissent sous les vagues, déclara le Portugais en criant pour couvrir le vacarme des éléments déchaînés.

Lucas poussa le canot à la mer.

— Je connais bien la crique. Il faut rester à l'ouest en sortant.

Une grosse vague vint se fracasser contre la coque, trempant Lucas d'eau froide jusqu'à la poitrine. Les dents serrées, il se hissa à l'intérieur. Ils devaient avancer contre le courant et le vent qui soufflait du sud-est. La proue se dressa à l'annonce d'une nouvelle vague, puis retomba à pic, malmenant les six hommes qui ramaient.

Lucas scruta la falaise couverte de broussailles qui surplombait la crique. Peu à peu, l'exaltation du départ faisait place au chagrin de laisser derrière lui la femme qu'il aimait. Il l'avait perdue à jamais. L'espace d'un instant, il regretta presque de partir.

Un mouvement retint son attention, au bout du chemin. Quelqu'un approchait. Le cœur battant, il reconnut le superbe étalon irlandais qui arrivait au galop, suivi d'un autre cheval. Il vit une femme en robe de mariée, des rubans dans les cheveux, chevaucher avec adresse...

— Attendez ! cria Lucas tandis que le bateau tanguait furieusement sous ses pieds. Revenez en arrière ! Vite !

— Faudrait savoir ce que tu veux, mon gars ! gronda le Portugais. Mais... qui est cette femme ?

— Elle vient avec nous, expliqua Lucas en éclatant de rire.

Jessie n'attendit pas pour se jeter à l'eau, toujours à cheval. En sentant le sable céder sous ses sabots, l'étalon rua. Lucas crut un instant qu'elle allait pousser Finnegan trop loin. Mais elle sauta dans l'eau, entraînant sa lourde robe. Le cheval s'éloigna rapidement.

— Jessica ! hurla-t-il, saisi de terreur.

Une vague souleva l'embarcation.

— Jessie ! cria-t-il encore, l'ayant perdue de vue.

Le bois de la coque craqua, puis le bateau retomba. La tête de la jeune femme apparut au milieu d'un nuage d'écume. Elle se débattait. Il parvint à l'attraper par le bras et à la hisser par-dessus la balustrade, haletante.

— Vous cherchez à vous noyer, mademoiselle Corbett ? se moqua-t-il en l'attirant vers lui.

Elle rejeta la tête en arrière, écartant ses cheveux trempés de son visage. Ses yeux écarquillés reflétaient une foule d'émotions. Elle esquissa un sourire qui fit fondre le cœur de Lucas.

— Je sais nager, rétorqua-t-elle.

Il la serra plus fort contre lui et l'embrassa avec ardeur.

Près d'eux, quelque chose heurta la coque. Une détonation gronda dans toute la crique.

— Nom de Dieu! s'exclama Fox tandis que Tom montait à bord. Ils nous tirent dessus.

— Baisse-toi! ordonna Lucas à Jessie.

Il se tourna vers la plage. Deux cavaliers étaient apparus au sommet de la falaise. Il s'agissait apparemment de soldats. L'un d'eux s'éloigna très vite.

— Qu'est-ce qu'il fait? s'inquiéta Charlie, soudain très pâle sous ses taches de rousseur.

L'embarcation trembla, la proue se dressa au sommet d'une grosse vague. Les rameurs s'efforçaient de gagner le large.

— À mon avis, il va alerter la frégate, répondit Fox en s'accrochant de son mieux, le regard dur.

L'autre soldat, qui était armé, avait atteint la plage. Il entreprit de recharger méthodiquement son fusil.

— Tu crois qu'il peut faire mouche à cette distance? demanda Jessie en posant une main sur l'épaule de Lucas.

— S'il est bon tireur, oui.

Il l'enlaça, se plaçant entre elle et le soldat. Elle tremblait de froid.

— Essaie de rester derrière moi, dit-il.

— Regarde! fit-elle en crispant les doigts sur son bras.

Mais Lucas les avait déjà aperçus: deux autres hommes à cheval, en queue-de-pie, qui débouchaient au galop sur la plage. L'un d'eux, un jeune homme élancé, avait perdu son chapeau. Ses boucles blondes lui donnaient l'air d'un ange. Il arriva au moment où le soldat épaulait à nouveau pour tirer. Avec un cri furieux, il lança son cheval. Le soldat leva la tête, mais ne baissa pas son arme. Le jeune homme lâcha les rênes et se jeta sur le tireur. Ils roulèrent dans le sable humide. Le coup de feu partit en l'air.

— Qui est ce type ? s'enquit un rameur.

— Mon frère, répliqua Jessie. Avec Harrison Tate.

Elle vit Harrison s'approcher du bord de l'eau. Le dos bien droit, la tête haute, il observa la jeune femme. Il était trop loin pour qu'elle puisse lire son expression, mais elle le connaissait. Une terrible douleur devait l'accabler.

Je suis désolée, songea-t-elle, le cœur serré. Harrison, mon ami, je suis désolée…

Mais Harrison ne s'autorisait jamais à trahir sa douleur. Il ne se permettait même pas de la ressentir. Très vite, son chagrin fit place à une immense colère.

38

— Vous êtes fou! hurla le soldat, dressé sur un coude.

— Moi, non, mais vous devez l'être, rétorqua Warrick en brandissant le fusil en direction du soldat. Pauvre imbécile! Ma sœur est à bord de ce bateau. Vous auriez pu la toucher!

Il se releva et essuya le sable de son costume.

— Nom de Dieu, c'était un costume neuf, grommela-t-il.

— Votre costume? répliqua le soldat. Vous m'avez cassé la jambe!

Mais Warrick ne lui prêtait plus aucune attention. Il s'approcha lentement de l'homme demeuré à cheval qui observait le bateau, le regard fixe.

— Qui est-ce? demanda Harrison. Qui est cet homme? Ce détenu?

Warrick regarda son ami, figé par la rage.

— C'est un Irlandais. Tu le connais, c'était mon palefrenier.

Harrison baissa les yeux vers lui.

— Un palefrenier… Tu veux dire que ma femme s'est enfuie avec un palefrenier?

— Je suis désolé, Harrison, fit Warrick, ne sachant que dire en de telles circonstances.

D'ailleurs, son ami ne l'écoutait plus. Les mains crispées sur les rênes, il fit volter son cheval et remonta le sentier vers le sommet de la falaise.

— Où vas-tu ? lui cria Warrick.

Il crut un instant ne pas obtenir de réponse. Mais Harrison s'arrêta :

— Je vais avertir le capitaine Boyd et sa frégate. Ces bandits n'iront pas loin. Même si un autre bateau les attend au large, nous pouvons les rattraper. Ensuite, je ferai pendre ce maudit Irlandais !

Sur ces mots, il talonna sa monture et partit au galop, un nuage de sable dans son sillage.

Les marins du *Agnès-Anne* étaient forts et expérimentés. Ils prirent vite le rythme qui permit au canot de filer sur les vagues. Dès qu'ils furent loin des courants et des rochers immergés de la crique, ils hissèrent les voiles et mirent le cap au nord-est, vers le large, où le navire américain les attendait.

Jessie était assise contre Lucas, entre ses bras, dans la chaleur de son corps. Ensemble, ils regardèrent la côte déchiquetée s'éloigner. Il était douloureux d'admirer ces collines verdoyantes en sachant que ce serait la dernière fois, car les chances de la jeune femme de revoir un jour les siens étaient réduites. Mais jamais elle ne regretterait sa décision.

Elle sentit Lucas bouger dans son dos, son souffle sur sa nuque.

— Pourquoi es-tu venue ? demanda-t-il à son oreille.

Elle prit sa main calleuse et meurtrie dans la sienne.

— Tu ne veux pas de moi ?

Il resserra son étreinte.

— Si, murmura-t-il en poussant un long soupir. Mais, si je me souviens bien, tu étais sur le point d'épouser un autre homme...

Jessie posa la tête sur son épaule.

— Quand ma mère a découvert notre liaison, elle m'a prévenue que si je n'épousais pas Harrison, elle te ferait pendre pour le meurtre de John Pike.

Elle le sentit se figer contre elle.

— Et tu as accepté ce chantage ? Tu allais l'épouser pour me sauver ?

La jeune femme pivota entre ses bras pour le regarder dans les yeux.

— J'aurais dû te laisser mourir ?

Il lui caressa la joue d'une main tremblante.

— En te mariant avec Harrison, tu aurais dépéri à petit feu.

— Je donnerais ma vie pour toi.

— Tu risques de mourir avec moi, répondit-il en enfouissant les doigts dans ses cheveux.

— Nous n'allons pas mourir, assura-t-elle en désignant le navire américain qui se dressait devant eux. Regarde, c'est le *Agnès-Anne*.

— Oui, dit-il d'une voix étrange.

Elle se rendit compte qu'il regardait ailleurs, au-delà du navire.

— À ce détail près que la frégate du capitaine Boyd est à nos trousses… ajouta-t-il.

Jessie sentit son cœur s'emballer. Les grandes voiles blanches se détachaient contre le ciel d'étain. La frégate venait de surgir de la pointe de la Dernière Chance. Sa proue fendait fièrement les vagues.

— Nom de Dieu ! jura un rameur au visage émacié, qui ressemblait à s'y méprendre à un jardinier de Béatrice Corbett.

Il se tourna vers la poupe, plissant les yeux dans le vent.

— C'est l'armée britannique ! lança-t-il.

— Ils ne vont pas nous couler, tout de même ? demanda Charlie, les yeux écarquillés d'effroi.

— Bien sûr que si, répliqua Tom avec un grognement de mépris.

— Ils le feraient ? s'enquit Jessie en dévisageant Lucas.

— Peut-être, dit-il avec un sourire. Mais probablement pas si tu es à bord.

Elle observa l'imposant vaisseau qui grouillait de soldats. Les fugitifs étaient encore à distance du navire américain, alors que la frégate approchait dangereusement, prête à virer. Soudain, Jessie comprit les intentions du capitaine Boyd.

— Le *Repulse* n'a pas besoin de nous couler, déclara-t-elle d'une voix à peine audible. Il suffit qu'il vienne s'interposer entre nous et le *Agnès-Anne*.

Lucas opina du chef.

Ayant compris lui aussi la manœuvre de la frégate, le marin portugais se mit à hurler des ordres à ses hommes. Ils se groupèrent à tribord tandis que le canot gîtait. Les voiles battaient au vent. Ils étaient toujours plus proches du *Agnès-Anne* que la frégate ne l'était d'eux, mais les soldats allaient bientôt combler leur retard.

Loin de la côte, ils commençaient à sentir de plein fouet la violence de la tempête qui s'annonçait. La modeste embarcation se soulevait sur les vagues, pour replonger brutalement. Le marin portugais s'époumonait à la barre. Les hommes s'efforçaient d'affaler les voiles. Heurté par une nouvelle lame, le bateau ralentit un peu.

Agrippée à la rambarde, Jessie sentit une pluie glacée sur son visage, les yeux rivés sur la frégate qui fonçait droit sur eux.

— S'ils ne virent pas maintenant, ils vont nous heurter, commenta Lucas en la prenant par les épaules pour l'attirer contre lui.

Jessie remarqua que l'espace entre le canot et le baleinier était devenu trop étroit pour que la frégate s'y engouffre sans risque. Pourtant, elle avançait toujours vers eux, la proue fièrement dressée comme une lance. Avaient-ils décidé de heurter le bateau des fugitifs ? La jeune femme se blottit contre Lucas. Le vent hurlait autour d'eux, les arrosant d'eau glacée chaque fois qu'une vague venait se briser sur la coque. Il n'y avait plus de ciel, rien que l'ombre de l'énorme frégate qui les menaçait. Avant que le choc ne devienne inévitable, celle-ci vira à bâbord.

— Eh bien! s'exclama Lucas en resserrant son étreinte. On l'a échappé belle!

— J'ai bien cru que j'allais devoir vous récupérer par petits morceaux, déclara le capitaine Chase en tirant sur sa pipe.

Ils se tenaient près de lui sur le pont du navire américain. Quelqu'un avait posé une couverture sur les épaules de Jessie. La jeune femme tremblait de tous ses membres. Heureusement, Lucas la tenait par la taille. Une odeur de peinture et de bois flottait dans l'air, se mêlant à celle de la mer et à la puanteur habituelle des baleiniers.

Il régnait à bord un vacarme assourdissant: les cris des hommes, le bruit de leurs pas sur le pont, les poulies, les cordages, la chaîne de l'ancre... Un long sifflement retentit. Les voiles furent hissées. Le vent s'engouffra dans la toile avec un claquement sourd.

Le navire s'ébranla. Jessie trébucha en arrière. Lucas lui sourit et la serra plus fort dans ses bras.

— Bon sang, souffla-t-il en se figeant soudain.

Elle pivota pour suivre son regard. La poursuite avait mené la frégate anglaise bien au-delà du navire américain. Un bateau filant à cette vitesse met longtemps à virer, encore plus à s'immobiliser. Mais la frégate avait ralenti, les voiles affalées. Soudain, elle reprit de la vitesse, soulevant des jets d'écume en fendant les eaux.

— Mon Dieu, gémit Jessie. Ils reviennent à la charge!

Un nouveau sifflement retentit. Le trois-mâts s'ébranla lentement et mit le cap vers le large. Mais il était chargé de quatre ans de pêche à la baleine.

— Ils vont nous rattraper ? s'inquiéta la jeune femme.

— Oui, répondit le capitaine en plissant les yeux. S'ils le veulent, ils y arriveront. Regardez les voiles. Ce navire est conçu pour couler les navires marchands. Et un baleinier possède moins de voilure encore.

Le trois-mâts prenait de la vitesse en filant vers le nord-est. L'air était chargé de pluie. La tempête s'annonçait, venant du sud, de plus en plus palpable, battant les voiles, faisant grincer le bois. D'un pas chancelant, Jessie alla s'appuyer à la rambarde et observa les eaux déchaînées en contrebas. La frégate était presque à leur hauteur, maintenant. En voyant flotter le pavillon britannique, elle prit peur.

À la barre, Lucas s'entretenait avec le capitaine. Alarmé par l'expression de la jeune femme, il vint la rejoindre et l'enlaça. Ensemble, ils virent la frégate se préparer à l'abordage.

— Ils sont là, murmura-t-elle en posant la tête sur son épaule, lui prenant les mains.

— Oui, fit-il en l'embrassant dans le cou. Tu n'as rien à craindre. Il ne peut rien t'arriver.

— Ce n'est pas pour moi que je m'inquiète.

Elle le dévisagea. Les yeux de Lucas avaient pris la couleur de la mer, un vert sombre et orageux. Elle sentit son amour pour lui gonfler son cœur.

— Je ne regrette rien, tu sais. Quoi qu'il arrive, je ne regretterai jamais de m'être enfuie avec toi.

Il ferma les yeux, les lèvres crispées, comme s'il souffrait.

— Si tu savais comme je t'aime… souffla-t-il à son oreille.

— Je sais, répliqua-t-elle en souriant.

La frégate était parallèle au trois-mâts. Un nuage de fumée surgit de ses flancs, suivi d'un éclair et d'une détonation. Les soldats leur tiraient dessus.

— Salauds! hurla Chase avant de crier des ordres à ses hommes.

À présent, ils distinguaient clairement les soldats qui s'affairaient sur le pont de la frégate. Jessie s'attendait à voir son frère ou Harrison, mais c'est le capitaine Boyd qui apparut, toujours en tenue d'apparat, sabre au ceinturon. Il était muni d'un porte-voix.

— Ohé, du bateau! cria-t-il. Rendez-vous!

Le capitaine américain s'approcha à son tour. Sa voix était si puissante qu'il n'avait pas besoin d'un porte-voix, malgré le vacarme des éléments déchaînés :

— Vous venez de tirer sur un navire américain, bande de vauriens!

L'officier anglais bomba le torse.

— Vous vous trouvez en territoire britannique, vous êtes donc soumis à la loi de la Couronne.

— Certainement pas! répliqua Chase. Nous avons franchi la limite des eaux territoriales. Vous ne l'avez pas remarqué?

Boyd parut écouter quelqu'un, derrière lui. Puis il hocha la tête.

— On a vu des membres de votre équipage embarquer trois prisonniers de Sa Majesté. Vous êtes passible de poursuites.

— C'est faux.

Il y eut un silence, puis l'officier prit son porte-voix à deux mains.

— Rendez-vous!

L'Américain s'appuya sur la rambarde, bras écartés.

— C'est un navire américain. Je vous rappelle que nous avons gagné la guerre contre vous, espèces de colonialistes! Nous vous avons battus à plate couture pour dès questions de territoire, justement!

Le capitaine de la frégate se figea.

— Vous allez vous rendre, oui ou non?

Chase sourit.

— Non.

— Très bien. Vous avez cinq minutes pour réfléchir. Ensuite, nous ouvrirons le feu.

39

— Où vas-tu ? s'exclama Jessie en retenant Lucas par la manche alors qu'il s'éloignait.

Il pivota lentement vers elle, la mine impassible, le regard dur.

— Je vais chercher Fox et Charlie, pour leur annoncer que nous allons nous rendre.

— Pas question ! grommela le capitaine Chase en s'approchant.

Le vent soufflait dans les cheveux noirs de Lucas. Ses traits tendus faisaient ressortir ses pommettes saillantes.

— Il n'est pas question que je mette en péril ton bateau et tes hommes, rétorqua-t-il.

Les mains sur les hanches, les pieds bien campés sur le pont, Chase répondit :

— Je suis le capitaine, c'est moi qui commande. Tu es sur un navire américain et tu y resteras. Pas question que ce sale officier anglais t'arrête. Ces gens-là croient dominer le monde et les océans, mais je n'ai pas l'intention de leur donner raison. Ils se font des illusions, ces salauds. Je vais leur botter le cul. Excusez mon vocabulaire, madame, ajouta-t-il à l'intention de Jessie.

— Et Mlle Corbett, justement ? fit Lucas, une lueur glaciale dans le regard.

— Je doute qu'ils nous tirent dessus avec une dame à bord, si c'est ce que tu redoutes.

— Et si tu te trompes ?

Jessie vint se placer entre les deux hommes et saisit le revers de la veste de Lucas.

— Je refuse que tu te rendes à cause de moi.

— Jessie… fit-il en lui prenant les mains.

— Non, coupa-t-elle, la tête haute. Crois-tu que je pourrais vivre, en me sachant responsable de ton arrestation ?

Elle vit sa mâchoire se crisper.

— Dès que les cinq minutes seront écoulées, persista-t-il, je me rendrai aux autorités.

— Vieira ! cria Chase à son second. Emmène M. Gallagher dans les cales. Attache-le, s'il le faut, mais je veux qu'il reste enfermé jusqu'à nouvel ordre.

Le second s'approcha tranquillement, la main posée sur le pistolet glissé dans son ceinturon.

— Bien, capitaine.

Chase fusilla Lucas du regard.

— Gallagher ?

Les deux hommes se toisèrent un long moment. Puis Lucas leva une main en signe d'apaisement.

— Si je dois mourir, je préfère rester sur le pont.

Warrick se tenait en retrait, dans l'ombre. Il demeurait immobile malgré le roulis. Il avait toujours eu le pied marin. Le fait qu'il ait renoncé à ses rêves d'enfant n'y changeait rien. Au-dessus de sa tête, une voile claquait. Il observait le trois-mâts qui tanguait sur des vagues de plus en plus hautes.

Il voyait sa sœur, sur le pont. Sa robe de mariée était trempée, souillée. Une manche était même arrachée. Les boutons de roses qui ornaient sa chevelure avaient disparu.

Il avait toujours cru être proche de Jessie et était un peu chagriné de découvrir qu'elle ne lui avait pas confié son terrible secret. Toutefois, elle n'avait peut-être pas eu tort. En apprenant la vérité, il aurait très mal réagi. Il commençait à se rendre compte qu'il ressemblait à sa mère, par certains aspects de sa personnalité, et cette idée le tourmentait.

Près de lui, Harrison avait sorti sa montre en or. Mais il ne surveillait pas les aiguilles. Il regardait en direction du trois-mâts, vers cette femme qui aurait dû être la sienne… et qui était dans les bras d'un autre.

— Quelle mouche t'a piqué? grommela-t-il, la mâchoire crispée. À quoi pensais-tu donc en nommant un homme comme lui palefrenier de ta sœur?

Warrick croisa les bras et considéra son ami.

— Un homme comme quoi, au juste? Un excellent cavalier? Un homme éduqué, dont le seul crime a été d'aimer son pays et de lutter pour sa liberté?

Harrison le dévisagea comme s'il venait de prononcer une obscénité.

— Tu es fou!

— Pourquoi? Parce que je comprends les raisons qui poussent les Irlandais à nous détester? Ou parce que je n'ai pas réalisé que Jessie pouvait voir l'homme derrière le détenu, et tomber amoureuse? J'avoue que je ne l'avais pas prévu. D'ailleurs, crois-tu vraiment tout savoir sur ta propre sœur?

— Bien sûr! répondit Harrison en crispant les doigts sur sa montre.

Mais Warrick décela l'ombre d'un doute dans le regard de son ami d'enfance.

— Oh non, tu ne sais pas tout! dit-il en souriant. Et moi non plus. Je côtoie Philippa depuis toujours, sans vraiment la connaître. Je n'ai jamais saisi la complexité et la beauté de cette jeune fille…

Harrison eut un rire amer.

— Qu'essaies-tu de me dire? Que tu es soudain tombé amoureux d'elle?

— Oui, avoua Warrick, plus sérieux que jamais.

Harrison se pencha en avant, l'air menaçant.

— Eh bien, tant pis pour toi, mon vieux, parce qu'il n'y aura aucun mariage entre nos deux familles. Pas après ce scandale.

Warrick songea à l'épreuve que Harrison était en train de traverser. Il comprenait sa réaction excessive. Mais il ne put s'empêcher de répliquer :

— Si tu crois que Philippa te laisserait empêcher notre mariage, c'est que tu ne la connais vraiment pas.

Harrison referma sa montre et la rangea dans son gousset.

— C'est l'heure, annonça-t-il en avançant d'un pas chancelant, si bien qu'il dut s'agripper à la rambarde. Capitaine !

De là où il se trouvait, Warrick devina l'expression angoissée de Jessie qui avait repéré Harrison. Elle dit quelques mots à l'homme qui se tenait à côté d'elle, l'entourant d'un bras protecteur. L'espace d'un instant, Warrick se prit à regretter que la frégate ait rattrapé le baleinier, que ces amants condamnés n'aient pas réussi à s'enfuir, même si cela signifiait pour lui ne plus jamais revoir sa sœur.

— Ohé, du bateau ! cria le capitaine Boyd dans son porte-voix. Les cinq minutes sont écoulées. Rendez-vous !

Les canons du *Repulse* étaient prêts à faire feu. Les torches des marins scintillaient. Bien sûr, ils bluffaient, songea Warrick, mais l'équipage du baleinier n'avait aucun moyen de le savoir.

— Je répète ! cria Boyd dans un silence pesant. Rendez-vous !

Chase affichait un sourire sardonique.

— Allez au diable ! Tirez si cela vous chante, mais si vous tentez un abordage, je peux vous garantir que vous allez perdre des hommes dans la bataille.

L'officier britannique rougit de colère.

— Vous refusez de vous soumettre ?

— Vous avez bien compris, monseigneur ! railla Chase.

Boyd se tourna vers Harrison, l'air interrogateur. Celui-ci hocha la tête et déclara :

— Vous n'avez pas le choix, capitaine. Il faut ouvrir le feu.

— Nom de Dieu! gronda Warrick en bondissant.

Le capitaine Boyd se retourna et lança ses ordres:

— Visez les voiles. À mon commandement...

Warrick frappa Boyd entre les omoplates, assez fort pour le faire trébucher.

— Qu'est-ce que vous fabriquez? gronda-t-il, furieux. Vous aviez décidé de bluffer!

— J'ai dit... commença Boyd.

— Non, c'est moi qui parle, coupa Warrick en posant un index sur la poitrine de l'officier. Ma sœur se trouve à bord de ce navire!

Harrison le prit par le bras pour l'éloigner.

— Elle s'y trouve de son plein gré, Corbett. Si elle...

Warrick fit volte-face et envoya son poing dans la mâchoire de Harrison, qui recula de plusieurs pas.

— Ferme-la! cria-t-il.

— Allons, allons, intervint le capitaine. Je vais vous faire menotter, monsieur.

Warrick se redressa lentement, le souffle court.

— Si vous tirez sur ce baleinier, je vous garantis que votre carrière sera ruinée, et vous ne trouverez même pas une place de mousse!

L'officier s'empourpra.

— Vous ne pouvez pas me menacer à bord de mon propre vaisseau!

— Cet homme s'est évadé des geôles de Sa Majesté, déclara Harrison, essuyant un filet de sang au coin de ses lèvres. Les Américains sont ses complices. Ils sont coupables.

— Et Jessie? demanda Warrick en le fixant, la poitrine serrée par le chagrin.

Il poussa un soupir et ajouta:

— Dire que j'ai toujours cru que tu l'aimais...

Harrison émit un rire dur.

— Bien sûr que je l'aime ! rétorqua-t-il. Qu'est-ce que je fais là, d'après toi ?

— Non, tu ne l'aimes pas vraiment. Sinon, tu n'agirais pas ainsi.

Sans crier gare, il s'empara du porte-voix et le projeta par-dessus bord, avec une telle brutalité que la manche de sa veste craqua.

— Ce n'est pas de l'amour, reprit-il. C'est de la possessivité, de l'égoïsme. Jessie a eu raison de ne pas t'épouser.

Écartant les cheveux de son visage, il regarda sa sœur. Elle lui adressa un sourire d'adieu et de tendresse. Le trois-mâts s'ébranla.

— Hé, Jessie ! hurla-t-il en se forçant à sourire. Tu me dois une veste neuve !

Dans l'autre bateau, Jessie garda les yeux rivés sur son frère, jusqu'à ce qu'il disparaisse au loin. Puis elle s'écroula dans les bras de Lucas et fondit en larmes.

Lucas contempla sa femme à la proue du navire, sous le soleil levant. Cela faisait deux jours qu'ils étaient mariés, et il n'en revenait toujours pas.

Le capitaine Chase les avait unis lors d'une brève cérémonie, avant même que les côtes verdoyantes de Tasmanie aient disparu à l'horizon. Ensuite, la tempête s'était déchaînée, creusant de véritables gouffres dans la mer. Pendant la nuit, le ciel s'était enfin dégagé. Le vent était retombé et l'océan s'était calmé.

Les jeunes mariés s'étaient réveillés sur une mer d'huile. Main dans la main, ils étaient montés sur le pont, à la proue du trois-mâts.

— Nous avons survécu, dit-elle en admirant le soleil dont les reflets dorés et orangés se projetaient sur les eaux paisibles.

Elle esquissa un sourire et ajouta :

— À un moment, j'ai bien cru que nous allions couler et disparaître à tout jamais.

— Tu ne regrettes pas d'être montée sur ce bateau, madame Gallagher, j'espère! plaisanta-t-il en l'enlaçant.

Elle leva les yeux vers lui, sereine. Il l'observa longuement. Il avait encore du mal à croire qu'il était libre et que Jessie était avec lui. Cette idée lui faisait même un peu peur.

Il craignait d'avoir été égoïste en la laissant venir avec lui, sacrifiant la vie de confort et de richesse qu'elle avait toujours connue. Et si elle ne l'aimait pas pour toujours? Les épreuves qu'il avait subies, toutes ces humiliations, avaient fait de lui un autre homme. Dans l'horreur des années qu'il venait de vivre, il avait perdu une partie de lui-même.

Lisant dans ses pensées, Jessie lui effleura la joue d'une caresse.

— Tu es mon destin, Lucas, quoi qu'il arrive. Jamais je ne regretterai de m'être enfuie vers mon destin. Je te l'ai déjà dit.

Il comprit qu'ils avaient tous deux souffert, mais que leur vie leur appartenait, désormais. Ils allaient tout recommencer dans un pays nouveau qui les attendait, au-delà des mers.

— Je t'aime, dit-il. Je t'aimerai toujours.

Le vent léger faisait danser les voiles au-dessus de leurs têtes. Serrant contre lui la femme qu'il aimait, Lucas offrit son visage à la brise. Le bonheur leur tendait les bras.

Rendez-vous au mois d'octobre
avec trois nouveaux romans de la collection

Aventures et Passions

Le 4 octobre 2002

Une passion en Louisiane

de Katherine Sutcliffe (n° 6208)

Louisiane, 1853. Juliette a grandi en France dans un couvent, loin du domaine de ses parents. À leur mort, elle hérite de la plantation Belle Jarod. Le meilleur ami de son père, Max, la ramène chez elle avec la ferme intention de lui faire épouser son fils bon à rien, Tyler. Mais Juliette ne l'entend pas de cette oreille, d'autant qu'elle est attirée par le séduisant Chantz Boudreaux, l'intendant du domaine Hollingsworth, un homme juste qui, comme elle, méprise l'esclavage...

Le 11 octobre 2002

La maîtresse de l'espion

de Jane Feather (n° 6210)

Angleterre, 1550. La jeune veuve lady Pen, servante de la princesse Mary, sœur du roi mourant, ne croit pas que son fils soit mort-né, contrairement à ce que lui a annoncé sa belle-mère. Prête à tout pour découvrir la vérité, elle fait appel à un espion, Owen d'Arcy, un homme solitaire. Il accepte de l'aider à la condition qu'elle le renseigne sur les intentions de Mary par rapport au trône. Leur marché conclu, ils enquêtent dans les bas-fonds de Londres et bravent ensemble tous les dangers. Ce qui tisse inévitablement des liens très forts entre eux...

Le 25 octobre 2002

La belle de l'Ouest

de Catherine Hart (n° 6358)

À bord d'une diligence en route pour le Texas où elle doit épouser son fiancé Kirk, Megan se fait enlever par des bandits. Il ne s'agit pas de brigands ordinaires, mais d'une sombre histoire de vengeance : Blake compte en effet récupérer le domaine dont son cousin Kirk l'a injustement dépossédé quelques années auparavant... en utilisant Megan comme appât. Mais avec une demoiselle qui n'a pas la langue dans sa poche et n'entend pas se laisser faire, l'affaire ne s'annonce pas de tout repos...

Aventures et Passions

Quand l'amour s'aventure très loin, il devient passion

Ce mois-ci, découvrez également
deux nouveaux romans de la collection

Amour et Destin

Le 6 septembre 2002

Celle qui avait peur d'aimer

de Catherine Anderson (n° 6213)

Le riche rancher Ryan Kendrick est séduit au premier regard par
Bethany Coulter et lui propose de sortir avec lui un soir pour danser…
avant de s'apercevoir qu'elle est en fauteuil roulant. Têtu, Ryan insiste,
et Bethany finit par accepter l'invitation. Ils tombent peu à peu
amoureux, mais Bethany, complexée par son handicap, refuse de
s'engager…

Le 27 septembre 2002

Magie irlandaise – 3 :
Le cœur de la mer

de Nora Roberts (n° 6357)

Le richissime Trevor Magee, Américain d'origine irlandaise, arrive dans
le village de Ardmore pour agrandir le pub des Gallagher et en faire une
salle de concerts de musique celtique. Lorsqu'il rencontre Darcy
Gallagher, l'attirance est immédiate et réciproque. Pourtant, ils
s'avouent être incapables l'un et l'autre de tomber amoureux.
Comme dans les précédents volets, *Les joyaux du soleil* et *Les larmes de
la lune*, leur amour triomphera-t-il malgré tout, permettant ainsi aux
amants maudits Lady Gwen et Carrick, le prince des fées, de se
retrouver ?

Amour et Destin

Quand l'amour donne aux femmes le choix de leur destin

6331

Composition Interligne B-Liège
Achevé d'imprimer en Europe (France)
par Brodard et Taupin à La Flèche (Sarthe)
le 13 août 2002. 14144
Dépôt légal août 2002. ISBN 2-290-31966-X

Éditions J'ai lu
84, rue de Grenelle, 75007 Paris
Diffusion France et étranger : Flammarion